Herrengasse

Silvia Götschi, geboren 1958 in Stans, lebte und arbeitete von 1998 bis 2014 im Kanton Schwyz. Seit der Jugend widmet sie sich dem literarischen Schaffen und der Psychologie. Sie hat sich vor allem in der Zentralschweiz mit der Kramer-Krimi-Reihe und den Davoser Krimis einen Namen gemacht. Seit 1998 ist sie freischaffende Schriftstellerin und Mitarbeiterin in einer Werbeagentur. Sie hat drei Söhne und zwei Töchter und lebt heute mit ihrem Mann in der Nähe von Luzern.
www.silvia-goetschi.ch

Dieses Buch ist ein Roman. Handlungen und Personen sind frei erfunden. Ähnlichkeiten mit lebenden oder toten Personen sind nicht gewollt und rein zufällig.
Auf Seite 333 findet sich ein Glossar.

SILVIA GÖTSCHI

Herrengasse

KRIMINALROMAN

emons:

Bibliografische Information der Deutschen Nationalbibliothek
Die Deutsche Nationalbibliothek verzeichnet diese Publikation in der Deutschen Nationalbibliografie; detaillierte bibliografische Daten sind im Internet über http://dnb.d-nb.de abrufbar.

FSC
www.fsc.org
MIX
Papier aus verantwortungsvollen Quellen
FSC® C083411

Umschlaggestaltung: Tobias Doetsch
Gestaltung Innenteil: César Satz & Grafik GmbH, Köln
Lektorat: Irène Kost, Biel/Bienne (CH)
Druck und Bindung: CPI – Clausen & Bosse, Leck
Printed in Germany 2015
ISBN 978-3-95451-713-8
Originalausgabe

En la fiebre de la venganza
también un buen hombre se vuelve bestia.

Im Rausch der Rache
wird auch ein guter Mensch zur Bestie.

Von den mexikanischen Indios

Der Schmerz kam später.

Aber da spürte er bereits das warme Blut über seinen Hals rinnen. Er konnte seine Hände nicht bewegen, geschweige denn die Arme. Sie waren in einem Fünfundvierzig-Grad-Winkel ausgestreckt und am Bettpfosten fixiert. Wenn er den Kopf drehte, schaffte er es vielleicht, die Halsschlagader mit seinem Kinn zuzudrücken. Das hatte er einmal in einem Film gesehen. Dies bedurfte der Kraft, die er nicht mehr besass.

Wie lange würde es dauern, bis er ausgeblutet war?

Noch schlug sein Herz.

Ob es noch schlagen würde, wenn nichts mehr durch seine Adern floss?

Hilfe!

Er röchelte. Es gurgelte. Der Klang seiner Stimme erstickte im Blut. War nur in seinem Kopf. Auch da nicht wirklich. Ein Traum, aus dem er erwachen würde. Ein Alptraum.

Hilfe!

Da war niemand.

Die Kraft entfloh. Das Gegenteil von Schwerkraft: Schwerelosigkeit?

Er hatte nicht gewusst, wie warm das eigene Blut war.

Sechsunddreissig Grad? Er meinte, es kochen zu spüren.

Die Decke über ihm begann sich zu drehen. Die Rosette aus Stuck über dem Lampenschirm entfaltete ihre Blätter.

Nein, er lag nicht im Garten.

Konnte etwas Weisses noch weisser werden?

Es ist das Blut.

Mit jedem Herzschlag fand es den Weg aus der Wunde. Pro Minute waren das vierundachtzig Stösse. Er hatte einen viel zu hohen Puls. Über fünf Liter würden es sein, bis er leer war.

Komplett leer.

Er würde sterben.

Niemand, der ihm half. Man hatte ihn vergessen.

Das Zittern vermochte er nicht zu verhindern. Er fror plötzlich. Er litt unter Schüttelfrost, doch nicht der Kälte wegen.

Das Weiss wurde weisser. Die Rose über ihm dehnte sich aus. Es dünkte ihn, als schreite er über eine von Blütenblättern übersäte Wiese. Sah so das Jenseits aus?

Es war das Licht, das ihn anzog.

Er konnte fliegen.

Fliegen.

Einem hellen Universum entgegen, in dem jeder Stern seine höchste Strahlkraft entfaltete. Noch nie zuvor hatte er ein solches Glücksgefühl empfunden.

Er schwebte dieser allumfassenden Kraft zu. Wollte nur noch dorthin.

Die Müdigkeit kroch wie ein Ungeheuer in seinen Kopf.

Kein Gedanke mehr an das Irdische.

Nur ein Gedanke an sich selbst. Warum ich?

Der Übergang fühlte sich an, als träumte er. Das Letzte, was er im Halbbewusstsein wahrnahm, schien vom Loslassen geprägt. Seine Körperfunktionen hatte er nicht mehr im Griff. Und wie ein weit entferntes Aufflackern drang noch einmal etwas Seltsames in sein Gehirn.

Das ist der Tod! Er vereitelt den letzten Respekt gegenüber sich selbst.

EINS

Als das iPhone auf der Küchenablage vibrierte, liess Valérie Lehmann feinsten kolumbianischen Kaffee in die Tasse träufeln. Gewiss war es Katja, der sie am Vorabend versprochen hatte, mit ihr in Zürich einkaufen zu gehen. Valérie hatte vorgehabt, den Donnerstag freizunehmen und dafür über das Wochenende zu arbeiten, wenn im Büro weniger Betrieb war. Sie hatte noch eine Menge nachzuholen. Sie drückte den Knopf an der Maschine und zog die Tasse unter dem Kolben weg. Wenn es um die Zubereitung von Kaffee ging, mochte sie das Altbewährte. Von den Hightechmaschinen hielt sie grundsätzlich nichts.

Mit dem iPhone in der Hand schritt sie zum Fenster, wo sie den Flügel öffnete. Die Sicht auf die Mythen war überwältigend. Ihre Flanken waren eingezuckert. In den letzten Tagen hatte es oberhalb von sechzehnhundert Metern noch einmal geschneit. Der Frühling liess auf sich warten. Das Klima hatte sich verändert, fand Valérie. Nach dem nassen Sommer war der Herbst bis in den Winter hinein mild gewesen. Jetzt musste man büssen.

Sie meldete sich.

In der Leitung knisterte es, bevor Valérie eine Stimme vernahm. «Jole von Reding.»

«Frau Staatsanwalt ...!» Valérie schluckte leer. «Frau Dr. von Reding.» Sie hatte mit jeder gerechnet, nur nicht mit ihr. Sie wusste nicht, was sie davon halten sollte. Valérie hatte sie erst ein Mal aus der Ferne gesehen. Diese kleine, gertenschlanke Frau mit dem Kurzhaarschnitt und den listigen Augen. Man munkelte, sie sei nicht sehr beliebt. Böse Zungen behaupteten sogar, dass man ihr nichts recht machen könne. Und sie sich, wenn sie wütend sei, wie ein Elefant im Porzellanladen benehme – diese zierliche Frau.

«*Doktor* können Sie weglassen. Frau Lehmann, ich mache es kurz: Letzte Nacht wurde der Arzt Joachim Heinzer in seinem Haus getötet. Er ist Gynäkologe und gehört in Schwyz zur obersten Liga. Auch in der Politik ist er kein Unbekannter.»

«Müsste ich ihn kennen?» Da war eine klitzekleine Erinnerung, die sich jedoch wie ein Schemen wieder verflüchtigte.

«Soviel ich weiss, sind Sie erst kürzlich bei der Kantonspolizei Schwyz vereidigt worden», wich von Reding ihrer Frage aus. «Ihr Chef hält grosse Stücke auf Sie. Ich selbst bin von Ihrer Vita sehr angetan. Sie sind genau die Person, die wir jetzt brauchen. Ich will, dass Sie die Ermittlungen leiten.»

So, wie von Reding es sagte, duldete sie offenbar keine Widerrede. Valérie kam es trotzdem sonderbar vor. Sie arbeitete noch keine fünf Wochen in der Abteilung Leib und Leben und hatte von den Arbeitsgepflogenheiten hier noch wenig Ahnung. Zudem hatte sie noch nicht einmal alle Lehrgänge absolviert, die nach Schwyzer Verfassung verlangt wurden. Andererseits war sie für ihren Scharfsinn bekannt. Das musste wohl bereits die Runde gemacht haben.

«Sie sind unvoreingenommen», sagte von Reding, als hätte sie Valéries Gedanken gelesen. «Der Fall dürfte meines Erachtens heikel sein. Deshalb bitte ich Sie, so rasch wie möglich an den Tatort zu fahren und alles Erforderliche in die Wege zu leiten. Ansonsten halten Sie sich an Major Fischbacher. Ihr Kollege Louis Camenzind wird sich gewiss auch gleich mit Ihnen in Verbindung setzen. Ich habe mir erlaubt, Ihrer Abteilung Druck aufzusetzen.»

Valérie fand keine Zeit, etwas zu erwidern. Von Reding hatte, ohne sich zu verabschieden, aufgehängt.

Dass die Staatsanwaltschaft sich direkt mit ihr in Verbindung setzte, war neu. In Zürich, wo Valérie herkam, wurden die Direktiven mit wenigen Ausnahmen immer vom Kripochef erteilt. Er stand in der Hierarchie der Kriminalpolizei über den verschiedenen Diensten. Er traf die Entscheidungen und verteilte die Einsatzpläne.

Valérie legte das iPhone nachdenklich auf den Tisch zurück. Joachim Heinzer! In welchem Zusammenhang hatte sie diesen Namen schon gehört? Sie griff nach der Kaffeetasse. Das Schemen kehrte zurück. Sie erinnerte sich: Bevor sie nach Schwyz gezogen war, hatte sie im Telefonbuch nach dem Zufallsprinzip nach einem Arzt gesucht. Heinzers Adresse hatte sie in der Agenda notiert. Für den Fall aller Fälle, sollte sie möglichst schnell gynäkologische Hilfe benötigen. Sie hatte aus der Vergangenheit gelernt. Es war ihr wichtig, gewisse Telefonnummern gespeichert zu haben. Dies gab ihr ein Gefühl der Sicherheit.

Es klingelte wieder. Valérie nahm den Anruf unverzüglich entgegen.

«Hier ist Louis Camenzind. Habe ich dich geweckt? – Dann tut es mir leid.»

Valérie stiess Luft aus. Wie ein Stromstoss ging ein Zittern durch ihren Körper. Wut, Ärger, Erregung: Alles war darin enthalten.

«Weisst du, wie spät es ist?» Sie suchte vergeblich nach ihrer Armbanduhr.

«Fünf nach sechs. Und es ist Donnerstag. Ich hätte dich fast mit ofenfrischen Croissants beglückt. Aber wir haben einen Toten.»

Sie vermied es, von Redings Anruf von vorhin zu erwähnen. Louis sollte noch nicht wissen, dass man sie über ihn gestellt hatte. Sie befürchtete, dass es das Arbeitsklima beeinträchtigen könnte. «Hört sich nicht gut an», sagte sie. «Wer ist es?»

«Joe Heinzer. Er ist ... war *der* Frauenarzt in Schwyz. Meine Mutter war schon bei ihm. Ein guter Arzt ... Wenn du mich fragst, hatte er aber zwei Gesichter.»

Der letzte Satz liess Valérie aufhorchen. Gleichzeitig fragte sie sich, warum man einen Arzt umbrachte. War da vielleicht einmal etwas schiefgelaufen? Eine Operation missglückt zum Beispiel?

Valérie musste sich zusammenreissen. Sie wusste ja erst, dass er umgebracht worden war. Aber der Ermittlerinstinkt war geweckt.

Sie schämte sich für den Gedanken: Aber er kam ihr gelegen, ihr erster Toter in Schwyz, denn dieser hielt Louis davon ab, mit ihr frühstücken zu wollen. Das würde sie erst tun, wenn es wirklich einen Grund gab, dass er am Morgen an ihrem Tisch sass. Dies wäre vielleicht in einem anderen Leben der Fall.

Anfang April hatte sie den frei gewordenen Posten bei der Kantonspolizei Schwyz angetreten. Sie war hergekommen, nachdem sie sich von ihrem Mann getrennt hatte. Sie brauchte nicht nur die räumliche Distanz zu ihm, sondern auch eine örtliche. Ihr vierzehnjähriger Sohn war vorübergehend bei ihren Schwiegereltern einquartiert, bis geklärt war, wo er einmal wohnen würde.

Bis dahin würden unter den Anwälten noch einige Schriften zu wechseln sein.

Valérie goss einen Schuss Milch in die Kaffeetasse. Sie erkundigte sich bei Louis, wohin sie kommen müsse.

«An die Obermattstrasse. Die befindet sich oberhalb des Kollegiums.» Louis teilte ihr die Nummer mit. «Ich treffe hier gleich ein.»

«Dann weiss ich nicht, weshalb du mich abholen wolltest. Irre ich mich, oder wäre das ein Umweg gewesen?»

«Für dich tue ich alles.» Louis brach die Verbindung ab.

Idiot!

Valérie vermutete, dass er ihre Einwände nicht geduldet hätte. Er war ihr nicht geheuer. Sie wusste nicht, was sie von ihm halten sollte. Sie war vorsichtig geworden. Hinter seiner lockeren Art vermutete sie eine dunkle Seite. Aber das lag daran, dass sie im Moment in jedem Mannsbild etwas Dunkles sah. Sie projizierte den Charakter ihres Gatten auf sämtliche Männer.

Sie wusste, dass sie auch in diesen Belangen neutral hätte bleiben müssen. Die negative Energie gegenüber dem anderen Geschlecht trieb sie jedoch an.

Sie trank den Milchkaffee stehend, beförderte die Tasse in den Schüttstein und begab sich ins Badezimmer, wo sie sich unter die Dusche stellte. Eine Tropenbrause in vier Farbtönen, je nach Temperatureinstellung, und Richard Wagners «Tannhäuser» aus dem wasserdichten CD-Player weckten ihre Lust und die Lebensgeister. Dieses Ritual musste sein, auch wenn die Zeit drängte. Nachdem sie sich abgetrocknet und mit einem Körperbalsam eingecremt hatte, trug sie vor dem Spiegel etwas Eyeliner auf und zog die Lippen mit einem hellrosa Stift nach. Sie schnitt eine Grimasse. Der Morgen konfrontierte sie schonungslos mit den Spuren ihrer Vergangenheit. Sie war jetzt dreiundvierzig, fühlte sich aber an manchen Tagen fast doppelt so alt. Eine Narbe zog sich von ihrem linken Augenlidrand bis hinunter zum Mundwinkel. Ein Souvenir, das sie gern ungeschehen gemacht hätte. Ihre schwarzen Augen sahen heute stumpf aus. Einzig auf ihren trainierten Körper war sie stolz. Mit den regelmässigen Besuchen im Fitnesscenter hatte sie sich körperliche Kraft angeeignet, die sie für ihre Tätigkeit brauchte. Valérie fuhr mit den Fingern durch ihre braunen Haare, die sie auf Kinnlänge trug. Der Kamm erübrigte sich. Danach zog sie sich an.

***

Schwyz döste im frühen Morgen des 8. Mai.

Die Sonne hielt sich noch versteckt. Aber heute würde es einen schönen Tag geben, wollte man dem Wetterbericht glauben. Keine Einkaufstour an der Bahnhofstrasse in Zürich also, kein Shopping im Niederdorf. Valérie benachrichtigte kurz ihre Freundin Katja via SMS. Sie würde es, wie immer, nicht verstehen. «Warum muss ich eine beste Freundin haben, die bei der Kriminalpolizei arbeitet», hatte sie erst noch gejammert. «Du tust die Arbeit, die eigentlich den Männern vorbehalten wäre.»

Valérie mochte ihren Beruf. Und ihre Freundin war, was die Ansichten über Männer und Frauen anging, etwas hinter dem Mond. Altbacken, aber lieb.

Nach dem Studium und Lizenziat für Rechtswissenschaften war Valérie in die Polizeischule in Zürich eingetreten, wo sie für das Korps der Kantonspolizei die Ausbildung zur Polizistin absolvierte. Anfänglich hatte sie im uniformierten Polizeidienst gearbeitet. Es war ihr Wunsch gewesen. Während dieser Zeit hatte sie einen Führungslehrgang durchlaufen, geheiratet und ein Kind bekommen. Später hatte sie zur Kriminalpolizei gewechselt und war dort mehrere Jahre im Fahndungs-, später im Ermittlungsdienst tätig gewesen. Sie hatte im Time-Sharing gearbeitet, als ihr Sohn klein war. Anfänglich hatte das einigermassen gut funktioniert, bis ihr Mann seine väterlichen Pflichten vernachlässigte und Valérie gezwungen wurde, ihren Sohn in einer Kinderkrippe unterzubringen. Seit der Trennung war gerade dieser Umstand zu einem Verhängnis geworden.

Kurz vor der Kündigung bei der Kriminalpolizei in Zürich war sie Leiterin der Ermittlungsabteilung gewesen. Dass sie in Schwyz in der Hierarchie eine Sprosse runterstieg, war ihr egal. Hauptsache, sie konnte die Geister der Vergangenheit verscheuchen.

Von ihrem Wohnort aus, einem Vierzimmerappartement in einem mehrgeschossigen Wohnblock in der Rubiswilstrasse, brauchte Valérie keine zehn Minuten bis zum Tatort. Ihr wendiger Roadster, ein Audi TTS, den sie sich erst noch geleistet hatte und der Symbol für ihre wiedererlangte Freiheit war, führte sie mittels Navigation sicher ans Ziel. Der Wagen war vor allem Louis Camenzind ein Dorn im Auge. Er fand, dass es sich nicht gehörte, bei der Polizei mit einem Sportboliden aufzutrumpfen. Aber Valérie vermutete, dass er ihr den Wagen nicht gönnte, zumal er selbst eine biedere Familienkutsche fuhr. Das männliche Auto-Gen war ihr nicht fremd.

Über die weissen Fassaden der Villa zeichnete die aufgehende Sonne Baumschatten. Valérie parkte neben Louis' silbergrauem Kombi und dem Kastenwagen des Technischen Dienstes. Die Strasse selbst lag wie ausgestorben da. Eine graue, von Sonnenlicht geküsste Linie, die ins Nirgendwo führte. Valérie kannte solche Viertel, die von herrschaftlichen Häusern geprägt waren, in denen der Mief des Bürgerlichen durch die Ritzen wehte. Meistens fehlten jedoch die Seelen. Die Häuser dienten bloss als piekfeine Ausstellobjekte, an denen die Mauern sauber und die Fenster blitzblank gereinigt waren. Wie ein Spiegel ihrer Bewohner, denen der kleinste Kratzer Grund für einen Disput gab.

Rot-weisse Bänder mit der Aufschrift «Absperrung Polizei» sirrten im Wind. Valérie zeigte der Türwache ihre Dienstmarke.

Der Eingang lag zwischen zwei eindrücklichen Säulen, um die sich Rosenranken wanden. Filigrane hellgrüne Blätter sprossen hervor. Bevor Valérie ins Entrée trat, stülpte sie sich Plastiksocken über die Füsse. Durch ein offen stehendes Bogentor gelangte sie ins Wohnzimmer. Auch hier machte es den Anschein, als wäre das, was man Wohnbereich nannte, eine Ausstellhalle. Selbst die Teppiche, die jeglichen Laut dämpften, trugen nichts zum Wohlbefinden bei. Das helle Mobiliar wirkte kalt und steril, die Frau am Tisch wie ein Fremdkörper in einer intergalaktischen Landschaft. Sie beachtete Valérie nicht. Sie hatte den Kopf geneigt. Ihr gegenüber sass Louis. Exotisch und wild. Eine eurasische Mischung, denn seine Mutter war Thailänderin, was er ihr am ersten Tag schon erzählt hatte. Die Erbanlagen der Mutter übertünchten diejenigen des Vaters. Seine Haut schimmerte in einem Bronzeteint, seine Augen waren wie Orangenschnitze geformt und liefen an den Enden nach oben aus. Die Haare dicht, schwarz und ungezähmt. Als Louis seine Kollegin bemerkte, gab er ihr ein Zeichen. Er sah auch gut aus, wenn er nicht lachte.

«Oben?», fragte Valérie leise. Bevor sie sich mit allfälligen Zeugen beschäftigte, wollte sie den Tatort inspizieren.

Louis nickte und sah ihr nach. Sie spürte seinen Blick auf ihrem Rücken und war versucht, sich umzudrehen. Nein, sie hasste dieses Spiel. Und sie hasste im Moment jegliche Konfrontation mit Männern. Sie war gerade daran, ihre kaputtgegangene Ehe zu verdauen. Da hatten Männer absolut keinen Platz. Auch kein Typ wie Louis.

Die Treppe führte neben der Küche, eine in Weiss gehaltene Kochlandschaft und frei von Gebrauchsspuren, ein Stockwerk höher in eine Galerie. Von hier aus gingen vier Türen weg. Die Tür zum Schlafzimmer stand offen. Zwei in sterile Anzüge gekleidete Techniker beugten sich über ein pompöses Bett, über das ein schwarzer Baldachin mit Drachenmuster gespannt war, was zur restlichen Einrichtung nicht recht passen wollte. Ein Geruch nach Blut und menschlichen Exkrementen hatte sich ausgebreitet. Valérie hielt sich die Nase zu. «Kann hier jemand das Fenster öffnen?»

«Nein, noch nicht.» Ein dritter Mann fotografierte unter dem gleissenden Licht von Halogenleuchten. Er war der Einzige, der Valérie Aufmerksamkeit schenkte. «Ah, Frau Unteroffizier, nehme ich an.» Er hielt mit der Arbeit inne. Entweder provozierte er sie, oder er kannte ihren Dienstgrad nicht. «Franz Schuler vom Kriminaltechnischen Dienst. Wir haben uns noch nicht bekannt gemacht. Ich war bis vor Kurzem in den Ferien.»

«Oberleutnant Valérie Lehmann.» Ihr Gesicht zeigte keine Regung. Sie bat um ein Paar Handschuhe. Sie merkte, dass ihr Ton unangebracht war. «Nenne mich Valérie.» Louis hatte ihr bereits beigebracht, dass sich unter den Schwyzer Polizisten alle duzten, egal, auf welcher Stufe sie in der Hierarchie standen. «Wer hat dich informiert?»

Schuler wirkte irritiert. «Major Fischbacher, der Kripochef.»

«Kann ich beginnen?»

«Ich glaube, Dr. Stieffel ist noch nicht ganz fertig. Er ist nebenan. Er kommt sicher gleich zurück.»

Valérie sah zuerst auf den geschlossenen Koffer neben dem Bett, dann auf das, was sich auf dem Bett befand, nachdem die beiden Techniker das Blickfeld darauf frei gemacht hatten. Ihr Herzmuskel zog sich zusammen.

Auf einem zerwühlten goldfarbenen Satinlaken lag eine nackte männliche Leiche in Blut und Kot. Ein verstörender Anblick. Valérie erkannte trotz des vielen Blutes, das fast explosionsartig aus dem Körper geschossen sein musste, die durchtrennte Kehle. Bei näherem Hinsehen bemerkte sie den tiefen Schnitt, der seitlich so aufklaffte, dass sie darunter Muskelstränge zu erkennen glaubte. Scharfes Küchenmesser, war ihr erster Gedanke. Und sie sah eine imaginäre Hand mit dem Messer auf den Hals zuschnellen, hinein ins muskulöse Fleisch. Ein Stich, ein Schnitt, eine Drehbewegung des Knaufs. Die Brutalität erschien vor ihren Augen, als würde ein Film vor ihr ablaufen. Ungewöhnlich war die Lage des Toten. Seine Arme waren seitlich ausgestreckt, seine Hände an den oberen Bettpfosten mit Handschellen befestigt. Er sah wie ein Gekreuzigter aus.

«So etwas findet man nicht alle Tage.» Der Mann, der sich unter dem Türrahmen aufbaute, war mindestens einen Meter neunzig gross, hatte schwarzes, gerades Haar und graue, schmale Augen.

Valérie zog sich die Latexhandschuhe über. Ihr Gesicht drückte weder Sarkasmus noch Aggression aus. Sie war höchst konzentriert. Ungeachtet dessen, dass der Mann sie angesprochen hatte, beugte sie sich über den Toten. Sie wusste, wenn ihr im ersten Moment der Leichenbeschauung etwas entging, würde sie es nie mehr finden.

«Gibt es Kampfspuren?» Der Hüne stellte ihr diese Frage.

«Ich nehme an, Sie sind der Tatortspezialist», sagte Valérie und richtete sich auf. «Entschuldigen Sie bitte. Sie müssen der Gerichtsmediziner sein.» Sie sah wieder auf den Hals des Opfers. «Es macht den Anschein, als hätte er sich den Schnitt einfach so machen lassen …»

«Vielleicht zeitgleich während seines Orgasmus …» Der Arzt näherte sich dem Bett. «Sehen Sie die kleinen oberflächlichen Einschnitte entlang des Halses? Es sieht danach aus, als wäre er während des Liebesspiels mehrmals geritzt worden.»

«Und exakt auf dem Höhepunkt stösst die Täterin zu respektive schlitzt sie ihn auf?» Valérie wich einen Schritt zurück. «Sie gehen also davon aus, dass er vor seinem Ableben Geschlechtsverkehr hatte? … Ach ja, ich habe mich noch nicht einmal vorgestellt.» Sie nannte ihren Namen. «Ich bin die leitende Ermittlerin.» Sie kniff die Lippen aufeinander. Mehr wollte sie dazu nicht sagen.

«Res Stieffel von der Rechtsmedizin Zürich. Leider erreichte mich die Nachricht von dem Tod meines Kollegen in einem ungünstigen Moment …» Er stockte, als vermied er es, noch etwas hinzuzufügen, was nicht für Valéries Ohren bestimmt war, als hätte er ihre Aversion gespürt.

Die Situation war angespannt.

«Sie kennen den Toten?»

«Wir haben zusammen studiert.» Er musterte Valérie einen Moment zu lange.

Sie griff instinktiv an ihre Narbe, versuchte sie, unter dem bohrenden Blick ihres Gegenübers, zu kaschieren. «Sie haben Frauenheilkunde studiert?»

«Das ist schon eine Weile her. Dieses Gebiet erschien mir etwas zu komplex. Ich untersuche ehrlich gesagt lieber tote Körper. Ich meine, von Berufs wegen …» Stieffel zog seine Schultern nach oben wie ein Schuljunge, den man beim Abschreiben erwischte. «Wenn man wüsste, wohin es einen treibt …»

Da war sie wieder, diese Zweideutigkeit der Worte, die Valérie im Überdruss hatte. Nur weil sie eine Frau war, gab es den männlichen Kollegen noch lange kein Recht, so mit ihr zu sprechen.

Stieffel öffnete den mitgebrachten Koffer. Dann besah er sich wieder den Hals des Toten. «Mehrere Verletzungen, wobei die tiefste tödlich war.»

«So weit war ich auch schon», giftete Valérie. «Können Sie die Todeszeit schon bestimmen?»

«Die Raumtemperatur beträgt zweiundzwanzig Grad», vermeldete Schuler, der den Fotoapparat niedergelegt hatte und jetzt an einem Türpfosten pinselte.

Dessen ungeachtet hangelte Stieffel nach einem Fieberthermometer und führte es dem Toten rektal ein. Er wartete, während er Valérie ungeniert anstarrte. Nachdem er es wieder entfernt hatte, griff er nach seinem Diktafon und begann mit den Ausführungen. «Erstbeurteilung zum Leichenfund vom Donnerstag, 8. Mai.» Er nannte die Jahreszahl. «Sieben Uhr drei. Männlich. Name: Joachim Heinzer, fünfundfünfzig Jahre alt, Todesursache: Durchtrennung der Aorta aufgrund Messereinstichs im Bereich des Kehlkopfes ... Sechs zwei bis drei Zentimeter lange Einschnitte in der Epidermis, verteilt auf dem vorderen Hals ... drei tiefer gehende Einschnitte unterhalb des Kehlkopfes, die jedoch nicht tödlich waren ... keine Zyanose ...» Stieffel versuchte, den Kopf des Toten zu drehen. «... Totenstarre bis zum Brustbein eingetreten.» Er besah sich die Arme, dann den Rumpf. «Atypisch viele Flecke ...»

«Was heisst das?», unterbrach Valérie seine Ausführungen.

Stieffel stoppte das Aufnahmegerät. «Nach seinem hohen Blutverlust zu urteilen, ist das eher ungewöhnlich.» Er sah auf das Fieberthermometer, aktivierte das Aufnahmegerät wieder und fuhr fort: «Körpertemperatur vierundzwanzig Grad. Todeszeitpunkt schätzungsweise: zwischen dreiundzwanzig und zwei Uhr ... Im Genitalbereich zahlreiche Rötungen und Fissuren infolge heftigen Verkehrs ...» Er drückte die Aus-Taste.

«Wie heftig?» Valérie war in Gedanken versunken.

«Ungewohnt heftig», sagte Stieffel. «Allerdings keine rektale Penetration.»

«Also keine gleichgeschlechtliche Aktivität.» Valérie griff nach ihrem Notizblock, den sie in der Jackentasche mit sich trug. Sie notierte: *Augenscheinlich aggressives Verhalten während des Geschlechtsakts. Abnorme Brutalität. M. E. deutet alles auf Rache hin, was der finale Schnitt zeigt.*

Sie wurde jäh abgelenkt, weil Louis ins Zimmer trat.

Die beiden Männer standen sich gegenüber, und Valérie fiel auf, wie unterschiedlich sie waren. Was Stieffel in der Grösse, machte Louis in der Breite wett. War der eine schlank, fast mager, repräsentierte der andere ein ansehnliches Muskelpaket am Oberkörper. Den gläsernen Blick, wenn sie Valérie betrachteten, hatten sie beide.

«Frau Heinzer hat ihren Mann heute Morgen um halb sechs in diesem Zustand gefunden», vermeldete Louis.

Er sah wirklich gut aus. Unter anderen Umständen hätte sie …

«Sie war weg?» Valérie blinzelte wiederum auf den Toten. Dessen Gesicht wirkte aschfahl. Die Augen standen offen, als hätte ihn vor seinem Hinschied etwas sehr verwundert. Eine der Iriden war nach innen Richtung Nasenrücken gedreht.

«Das teilte sie mir so mit.» Louis' Stimme hatte ein aussergewöhnliches Timbre, das sie erst einmal bei einem Radiomoderator gehört hatte.

«Und kommt um halb sechs nach Hause?» Sie runzelte die Stirn. «Eine sonderbare Zeit und nicht sehr glaubwürdig. Wo war sie? Gibt es da einen Geliebten?» Eindringlicher Blick auf den tödlichen Schnitt.

«Bei einer Freundin. Diese habe sie hier vor der Haustür abgeladen und sei weiter nach Zürich Flughafen gefahren, weil sie um zehn einen Flug hat. Sie reist für ein halbes Jahr in die Staaten.»

«Okay, wir brauchen trotzdem die genauen Angaben dieser Freundin.» Valérie starrte erneut den Toten an. «Und er hat die Abwesenheit voll ausgenutzt und ein Schäferstündchen mit einer rabiaten Frau abgehalten.»

«Eine Frau?», wunderte sich Louis. «Steht denn das schon fest?»

«Nur so eine erste Reflexion. Nach den Labortests werden wir es wissen, ob weibliche Körpersäfte vorhanden sind sowie Haare und Hautpartikel.» Ihre Pupillen bewegten sich von der Leiche weg in den Rest des Raumes. «Hat man eine Tatwaffe gefunden?»

«Hm … nein, noch nicht. Man sucht noch danach.» Louis starrte schwer schluckend auf den Leichnam. «Ich habe schon von Sexpraktiken gehört, da wird dem Partner die Luftröhre zugehalten, bis er fast erstickt. Soll luststeigernd sein. Aber dass jemand mit einem Messer fuchtelt und … Ob es ein Unfall war?»

«Die Frage kann ich dir leider nicht beantworten. Doch ich

bezweifle es. Da hat jemand im Affekt gehandelt. Gibt es ein Handy?»

Schuler reichte ihr ein Smartphone. «Wir haben es bereits überprüft. Es ist codiert.»

«Dann schickt es jetzt gleich in die IT-Abteilung. Ich will erfahren, mit wem das Opfer vor seinem Tod telefoniert hat. Und jetzt will ich mich im Haus umsehen und dann mit der Frau des Toten sprechen.»

«Ich habe sie schon befragt», sagte Louis. «Viel habe ich nicht aus ihr herausgebracht. Sie steht noch unter Schock. Der Polizeipsychologe ist jetzt bei ihr.»

«Vielleicht wird sie mir die Fragen eher beantworten können. Ich meine, so von Frau zu Frau ...»

«Du zweifelst an meinen Fähigkeiten?» Louis gab sich untröstlich.

«Die kenne ich noch nicht», konterte Valérie schlagfertig. Ihr entging nicht die Röte, die sich über Louis' Gesicht zog. Er schwieg, und sie dachte, dass sie zu weit gegangen war. Es war ihr nicht möglich, solche Bemerkungen sein zu lassen. Seit ihr Mann sie vor zwei Jahren zum wiederholten Mal betrogen hatte, wurde sie von ihnen befallen wie von einem hartnäckigen Virus. Zynismus oder Bitterkeit drängten sich auf. Es musste raus, in welcher Form auch immer.

«Könntest du hier fertig machen? Ich bin dann mal unten.» Sie verabschiedete sich von Stieffel.

Auf der Türschwelle blieb sie stehen. «War eigentlich die Staatsanwältin schon hier?»

«Nur kurz», sagte Louis. «Sie hatte es sehr eilig.»

Die einfühlsamen Worte des Polizeipsychologen nutzten wenig. Elvira Heinzer sass erstarrt in der Wohnküche und bohrte Löcher ins Tischtuch. Sie war eine gepflegte Erscheinung und gehörte, wie Valérie vermutete, zu den Frauen, die viel Zeit in ihrem Leben darauf verwendeten, geschminkt, frisiert und adrett gekleidet den Tag zu beginnen. Ihre Fingernägel waren makellos lackiert, ein teurer Klunker steckte am rechten Mittelfinger. Obwohl sie ihre Tränen nicht zurückzuhalten vermochte, war sie darauf bedacht, das Verlaufen des Eyeliners unter Kontrolle zu halten. Sie tupfte sich immer wieder vorsichtig ihre Augen ab. Sie trug ein hellgraues unifarbenes Kleid mit Ausschnitt, aus dem ein unnatürlich voller Busen hervorblitzte, und um ihren Hals eine Perlenkette in einer gröberen Ausführung als der Ring.

Valérie, die vom Haus einen Augenschein genommen hatte, scheuchte den Psychologen – einen Kahlköpfigen mit randloser Brille – vom Tisch weg und setzte sich Elvira gegenüber.

«Gehen Sie gnädig mit ihr um», flüsterte der Psychologe Henry Vischer und platzierte sich in der Nähe des zweiflügligen Kühlschranks, um in der Not eingreifen zu können.

Valérie warf ihm einen nichtssagenden Blick zu. Die Angst um Elviras Befindlichkeit schien nicht begründet. Wer auf goldfarbener Bettwäsche unter einem schwarzen Baldachin schlief, verriet ihr eine gewisse Kaltschnäuzigkeit. Dass sie das Bett mit ihrem Gemahl geteilt hatte, war offensichtlich. Im ganzen Haus war nirgends ein zweites Bett zu finden gewesen.

Valérie setzte ihr Diktiergerät in Betrieb und legte es auf den Tisch.

«Muss das sein?» Elvira schien aus ihrer Lethargie zu erwachen.

Valérie ignorierte es. «Frau Heinzer, sind Sie in der Lage, mir ein paar Fragen zu beantworten?»

«Es bleibt mir wohl nichts anderes übrig», kam es leise zurück.

«Ich gehe davon aus, dass Sie hier wohnen.»

«Natürlich, das Haus trägt meine Note.» Elviras Stimme schlug einen höheren Ton an.

«Auch das Schlafzimmer?»

Mit diesem undiplomatischen Angriff hatte Elvira nicht gerechnet. «Sie meinen, wegen des Baldachins?» Sie zog ihre Stirn kraus. «Tatsächlich. Denken Sie, was Sie wollen, aber ich schlafe noch immer mit meinem Mann.» Und als hätte es einer Relevanz bedurft, fügte sie hinzu: «Wir sind jetzt seit über dreissig Jahren verheiratet. Aber wir lieben uns noch immer.»

«Ihr Mann ist tot.» Valérie schätzte ihr Gegenüber so ein, dass sie ohne Weiteres einen unzimperlichen Dialog würde führen können. Sie kannte diese Gattung Frau, die so tat, als wäre ihr Ehemann ihr Ein und Alles. Dabei war sie froh, wenn er am

Morgen die Wohnung früh verliess, sie untertags nicht behelligte und am Abend möglichst spät zurückkehrte, wenn sie bereits im Bett war und nicht damit rechnen musste, zum Beischlaf gezwungen zu werden. Ihr machte man nichts mehr vor. Sie traute Elvira Heinzer sogar völlige Gefühlskälte zu.

«Sie haben ausgesagt, dass Sie Ihren Mann bei Ihrer Ankunft heute Morgen früh im Schlafzimmer gefunden haben.»

«Ich kam um Viertel nach fünf zurück. Daraufhin ging ich in die Küche, um das Frühstück zuzubereiten. Mein Mann macht sich um diese Zeit gewöhnlich bereit. Um sieben beginnt normalerweise sein Dienst in der Praxis. Aber die Stille im Haus kam mir unheimlich vor. Joachim ist morgens immer sehr laut. Heute hätte ich die Stille mit den Händen greifen können. Das fiel mir zuerst auf.»

«War die Haustür verschlossen?»

«Die Tür ist immer verschlossen. Sie hat ein Schnappschloss, das sich nur von innen ohne Schlüssel öffnen lässt.»

Valérie notierte: *Heinzer muss die Täterschaft in die Wohnung gelassen haben.*

«Als Sie ins Schlafzimmer gingen, was haben Sie da vorgefunden?»

«Ja, was denn?» Elviras Stimme bekam einen krächzenden Unterton. «Joachim lag mit aufgeschlitzter Kehle auf dem Bett. Und es stank ganz fürchterlich.»

«Haben Sie ihn angerührt?»

«Nein, Gott bewahre. Ich sah sofort, dass er tot war. Schrecklich, ihn da in seinen eigenen Ausscheidungen zu sehen.»

«An wen haben Sie sich gewandt?»

«An meine Freundin Lene, die unterwegs nach Kloten war. Sie riet mir, die Polizei anzurufen, die Nummer 117 …»

«Sie hätten auch die Nummer 144, den Notfalldienst, anrufen können.»

«Ich sah doch, dass er tot war … Sie müssen verstehen, ich war ziemlich durch den Wind, wusste nicht wirklich, was zu tun war. Ja, und mein Gott, ich habe mich geekelt.»

«Was ging Ihnen durch den Kopf, als Sie Ihren Mann im Bett liegen sahen?»

«Wie meinen Sie das?»

«Die Frage dürfte unmissverständlich gewesen sein.» Valérie beobachtete sie mit wachsendem Misstrauen. Ihr Blick streifte kurz den Kahlköpfigen, welcher mit versteinerter Miene seine Bemerkungen im Zaume hielt. Valérie sah ihm an, wie wenig Gefallen er an dem Gespräch hatte. Eigentlich müsste es ihm schon längst aufgefallen sein, dass Elvira ihnen beiden etwas vormachte.

«Ich war zornig.»

«Sie waren zornig. Und weshalb? Haben Sie etwas gesehen, das dieses Gefühl rechtfertigt?»

«Ich dachte, was für eine Sauerei.»

Valérie zog die Augenbrauen nach oben. Sie notierte: *Emotionale Kälte. Könnte der Schock sein.*

«Hatte Ihr Mann Feinde?»

«Wie soll ein Gynäkologe Feinde haben?», fragte Elvira beinahe verbittert. «Die Weiber haben ihn vergöttert. Die waren scharf darauf, sich bei ihm auf den Schragen zu legen und die Beine breit zu machen.»

«Na, na …»

«Ist doch wahr! Joachim hat mir manchmal die absurdesten Geschichten erzählt. Über die heissblütigen Weiber jenseits der fünfzig, die meinen, noch begehrenswert zu sein. In seiner Praxis roch es manchmal wie in einem Freudenhaus nach opulenten Parfumdüften …»

«Wie kommen Sie darauf?»

«Weil ich ab und zu in der Praxis ausgeholfen habe …»

«Als Praxisassistentin?»

«Als seine Frau. Ich half ihm bei der Buchhaltung.»

Valérie verzichtete auf eine Bemerkung. Elvira Heinzer machte auf sie einen verwegenen Eindruck. Wahrscheinlich litt sie selbst sehr darunter, dass sie die fruchtbaren Jahre hinter sich hatte. «Hat er denn auch Geburtshilfe geleistet?» Valérie warf immer wieder Blicke zu Henry Vischer, dem der Dialog nicht mehr geheuer schien. Er verdrehte die Augen und knetete seine Handknöchel weiss.

«Joachim? Selbstverständlich! Geburten sind lukrativ. Die meisten Babys werden nachts geboren. Dann kann man wenigstens noch vom Nachttarif profitieren … Nur die Ausländerfrauen gingen zu Ärztinnen, wegen des religiösen … Sie wissen ja … Von den Verschleierten gab es selten welche, die man in seiner Praxis antraf. Oder sie kamen in Begleitung ihrer Männer. Untersuchen durfte mein Mann sie allerdings nicht. Im Nachhinein gab es immer Zoff wegen der Rechnung.»

«Wie meinen Sie das?»

«Mein Mann musste auch Flüchtlingsfrauen untersuchen. Da rückte schon mal das kantonale Flüchtlingsamt an. Das sind richtige Rappenspalter. Joachim hat sich oft darüber beklagt, dass er infolge des Papierkrams für die wesentliche Arbeit kaum noch Zeit finde. Er stand immer ziemlich unter Druck.»

«Wurde er bedroht?»

«Nein, das hätte er mir mit Sicherheit gesagt.»

«Hatte Ihr Mann eine Geliebte?»

Elvira zögerte zu lange. «… Nein, hatte er nicht.»

«Dann hatte er also eine», folgerte Valérie.

«Mein Gott, Sie kennen ja die Männer. Wenn sie in die Midlife-Crisis kommen, glauben sie, jedem jungen Gör hinterhersehen zu müssen. Da laufen sie halt Gefahr, denen hin und wieder zu verfallen. Aber etwas Ernstes ist es meistens nicht. Und wenn er eine Geliebte gehabt hätte, wäre es mir bestimmt aufgefallen.»

«Aller Wahrscheinlichkeit nach hatte Ihr Mann vergangene Nacht jemanden bei sich.» Dies war zwar nicht bewiesen, verfehlte aber die Wirkung nicht. Valérie verwendete Provokation als Mittel dafür, ihr Gegenüber aus der Reserve zu locken.

«In meinem Bett?» Elvira tat so, als würde ihr diese Tatsache erst jetzt bewusst. «Ich dachte, es sei ein Raubmord gewesen.»

«Fehlt denn etwas?»

«Ich habe noch nicht nachgesehen.»

«Dies sollten Sie unter Aufsicht meines Kollegen noch tun. Wann haben Sie das Haus gestern verlassen?»

«Bereits am Nachmittag.»

«Haben Sie für den Todeszeitpunkt ein Alibi?»

«Für wann denn?»

«Zwischen dreiundzwanzig und zwei Uhr.»

«Sagte ich nicht, dass ich bei meiner Freundin übernachtet habe?»

«Ihren Mann haben Sie nicht mehr gesehen?»

«Nein, erst heute Morgen – oder das, was von ihm übrig geblieben ist.»

«Gut, fürs Erste lassen wir es. Mein Kollege wird Ihnen mitteilen, wann Sie für das Protokoll auf dem Polizeikommando sein müssen. Bis dahin sollten Sie mir sämtliche Adressen der Patientinnen Ihres Mannes mitbringen.»

«Das kann ich nicht. Die Adressen sind unter Verschluss und befinden sich in der Praxis. Ohne richterlichen Beschluss werde ich nichts unternehmen. Ich kenne meine Rechte.»

ZWEI

Zeitgleich mit den Leichenbestattern traf Fabia Ulrich in der Villa ein. Sie stürmte die Treppe hoch, hastete ins Schlafzimmer und blieb keuchend vor Louis stehen, der sie mit einem missfälligen Blick musterte.

«Verdammt, es ist Donnerstagmorgen früh. Ich bin nicht auf Pikett. Zum Glück ist mein Mann zu Hause und schaut nach unserem Baby.»

Louis zeigte sich wenig beeindruckt. «Das tut er ja immer … Wer hat dich denn aufgeboten?»

«Fischbacher natürlich. Ist er noch nicht hier?»

«Lehmann ist da, genügt das nicht?»

«Der Chef hat mich darüber informiert. Sie soll die Ermittlungen leiten. Warum lässt du dir das gefallen, Louis?»

«Das wird schon seine Richtigkeit haben», wich Louis aus. «Zudem hat sie einen höheren Grad als ich.»

«Sie ist erst einen Monat hier und übernimmt bereits das Zepter. Mensch, Louis, es wäre an der Zeit, dass du mal den Finger rausnimmst.»

Louis vermied es, darauf zu antworten. Über seine Schwachstelle diskutierte er nicht gern. Fabia maulte etwas vor sich hin, was sich wie ein Fluchen anhörte, aber eindeutig Louis betraf.

Fabia hatte ihre Ausbildung vor zwei Jahren abgeschlossen. Sie besass heute den Dienstgrad eines Polizeiwachtmeisters. Sie war eine burschikose Frau mit knabenhafter Figur und breiten Schultern, was ein gewisses Missverhältnis zum übrigen Körper zeichnete. Ihre braunen Haare trug sie zu einem Pferdeschwanz zusammengebunden.

«Ich ging gestern Abend aus, voilà. Hätte ich gewusst, dass man mich abkommandiert, hätte ich es mir anders überlegt.» Fabia nahm einen Augenschein von der Leiche und wich Stieffel aus, der den Bestattern mit dem Umbetten des Toten in den Sarg half.

«Die kommt gleich in die Rechtsmedizin», sagte Stieffel.

Louis sah auf sein linkes Handgelenk. «Fabia, du kannst gleich mal die Nachbarhäuser abklappern.»

«Aha, jetzt erteilst du mir die Direktiven. Kannst du mich vorgängig aufklären?»

«Ich dachte, Fischbacher hätte dich darüber informiert?»

Fabia hob nur die Schultern. Sie gähnte.

Louis begutachtete ungeniert ihr Halszäpfchen. «Mord um Mitternacht. Der Tote muss Besuch gehabt haben. Das dürfte vielleicht jemandem aufgefallen sein. Beginne mal bei den Nachbarn und arbeite dich systematisch durch. Wenn du Glück hast, sind die Herrschaften noch zu Hause.»

«Warum bist du dir da so sicher? Könnte es nicht auch ein Überfall gewesen sein?» Sie zögerte. «Ich habe seinen Hals gesehen. Schrecklich …»

Louis stiess Luft aus. «Der Täter oder die Täterin hat mehrmals auf das Opfer eingestochen.»

«Die Verletzungen sehen zwar eher nach Aufschlitzen aus.» Fabia drehte sich zum Eingang um. «Jack, the Ripper ist zurück. Dieser hat es wohl auf Männer abgesehen …»

«Kaltschnäuziges Miststück», fluchte Louis. Aber Fabia hörte es nicht mehr.

Die Sonne warf ein fahles Licht auf die Häuserreihe mit den Walmdächern und den akkurat angelegten Vorgärten, die weissen Umzäunungen und Thujahecken. Fabia begann gleich mit dem Nachbarhaus links von Heinzers Haus. Sie stellte sich vor den massiven Eingang und läutete Sturm. Doch ausser zwei Schwalben, die sich aus dem Baum in die Lüfte erhoben, bewegte sich nichts. Die Herrschaften waren ausgeflogen, die Rollläden vermittelten einen verlassenen Eindruck. Der gefüllte Briefkasten neben der Tür bestätigte Fabias Vermutung, dass die Leute seit einiger Zeit ausser Haus waren. Sie griff in den Schlitz und zog die unterste Zeitung heraus. Seit Samstag war die Post nicht mehr entfernt worden. Fabia legte die Zeitung in den Milchkasten zurück.

Beim Haus auf der rechten Seite musste sie ein paarmal klingeln, bis ein Teenager im Schlafanzug die Tür öffnete. Er wirkte wie ein Clown, mit verwuschelten Haaren und dunklen Ringen unter den Augen. Fabia schätzte ihn keine fünfzehn.

«Kloiber?» Sie zeigte ihm die Dienstmarke.

Der Bursche fletschte seine eingezäunten Zähne. «Ich bin Patrik. Mein Alter ist nicht da.»

«Kann ich trotzdem reinkommen?»

«Das ist gerade ungünstig.»

«Ich werde dich nicht lange aufhalten. Ich brauche lediglich ein paar Auskünfte über einen Nachbarn.»

«Die Nachbarn interessieren mich nicht.» Patrik liess Fabia nur zögernd eintreten, nachdem diese sich wenig zimperlich am Jungen vorbei ins Haus gedrückt hatte.

Fabia sah auch gleich den Grund. Im Wohnzimmer, das durch eine Tür vom Entrée aus zu erreichen war, lag ein Dutzend Mädchen und Burschen teils auf dem Sofa, teils auf dem Boden und schlief offensichtlich seinen Rausch aus.

«Wissen deine Eltern davon?» Fabia warf schnell einen Blick in jede Raumecke.

«Nein, natürlich nicht. Ich habe gerade sturmfrei. Mein Alter ist immer so pingelig. Man muss die Situation ausnutzen. Das verstehen Sie doch.»

«Und deine Mutter? Wo ist sie?»

«Die ist voriges Jahr abgehauen.»

«Müsst ihr nicht zur Schule?»

«Nein. Lehrerkonferenz. Warum sind Sie hier?»

Fabia ignorierte seine Frage. «Wann seid ihr hier eingetroffen gestern?»

«Um sieben. Wir kochten uns etwas und zogen uns einen Film rein. Ja, und getrunken haben wir auch etwas.»

«Etwas viel.» Fabia machte ein ernstes Gesicht, während sie die leer getrunkenen Bierdosen ins Visier nahm. «Ihr wart also nicht draussen?»

«Nee.»

«Und gehört habt ihr auch nichts?»

«Was gehört?»

«Vom Nachbarhaus.»

«Pat, was gibt's?» Ein Mädchen, das einer Bohnenstange

ähnelte, hatte sich erhoben und wandelte schlaftrunken zur Tür. Ausser einem Slip und einem Büstenhalter trug es nichts auf sich.

«Die Polizei ist da, Sabrina.» Patrik stellte sich beschützend in ihre Nähe.

«Was?»

«Nicht unseretwegen, keine Angst. Die wollen wissen, ob wir gestern und letzte Nacht etwas aus dem Nachbarhaus vernommen haben.» Patrik starrte Fabia an. «Warum eigentlich?»

«Ich muss mir eure Namen notieren», wich Fabia der Frage aus. Sie streckte Patrik einen Block und den neongrünen Schreibstift hin, den sie immer auf sich trug. «Ich brauche die Namen deiner Freunde hier und die Adressen. Für den Fall, dass wir eure Aussagen protokollieren müssen.» Ihr Blick blieb unverschämt lange an dem Mädchen hängen. Ein Skelett mit Brüsten, ging es ihr durch den Kopf.

«Das ist ja ein Ding. Aber versprechen Sie mir, dass das hier unter uns bleibt? Wir werden aufräumen und die Bude wieder so instand stellen, dass mein Alter nichts merkt, Ehrenwort.»

Fabia nickte einvernehmlich, und Patrik schrieb alle Namen auf.

Das Ehrenwort konnte er sich sonst wohin streichen.

In der gesamten Strasse schien man nichts bemerkt zu haben. Die Leute gaben sich zurückhaltend. Nur eine gestandene Dame, die allein mit ihrem Hund am Ende der Häuserzeile wohnte, meinte, dass sie dies nicht verwundere.

«Der Herr Doktor war ja so selten zu Hause», sagte sie. «Und seine Frau, die nahm den Ärmsten aus wie eine Weihnachtsgans. Immer die neusten Kleider, die teuersten Schuhe und Handtaschen. Er verdiente, und sie gab den Zaster aus. Ich glaube, sie hat sogar einen Personal Trainer. Nimmt mich wunder, was sie mit dem treibt … Der Herr Doktor tat einem schon leid.» Gesehen oder gehört hatte sie in der vergangenen Nacht jedoch nichts, weil sie beim Schlafen Ohrenstöpsel trug, und die Frage nach einer anderen Frau blieb auch unbeantwortet. Man übte sich hier offensichtlich in Gleichgültigkeit oder Verschwiegenheit.

«Die sind alle schwerhörig», verlautete Fabia, als ihr beim Eintreffen in Heinzers Haus Valérie über den Weg lief. Diese streifte die Kunststoffsocken von den Schuhen ab und entsorgte sie in einem Abfalleimer.

«Ulrich, Sie brauche ich dringend.»

«Jawohl!» Fabia stand stramm in Achterstellung. «Bin zu dei… zu Ihren Diensten.»

«Lassen Sie den Quatsch.» Valérie packte sie am Ärmel, was sie sich widerstandslos gefallen liess. «Bitte, benehmen Sie sich. Wir sind hier nicht auf einem Vergnügungspark.» Valérie sah auf die Armbanduhr. «Ich will um zehn eine erste Lagebeurteilung im Sitzungszimmer auf dem SSB. Trommeln Sie die Leute zusammen. Ich muss vorgängig noch etwas erledigen.»

«Sind wir jetzt wieder beim Sie?» Fabia verdrehte ihre grossen Augen.

«Das habe ich ganz vergessen. Aber das ist absolut kein Freipass.»

***

Der Sicherheitsstützpunkt des Kantons Schwyz, mit der Abkürzung SSB, befindet sich in Biberbrugg. Das Gebäude erstreckt sich über vier Stockwerke und schmiegt sich rückwärtig an die Ausläufer eines bewaldeten Hügels.

Valéries Arbeitsplatz lag gegen die Biber und den Wald. Sie mochte den Kontrast zwischen dem Wasser und dem Grün der Bäume. Es verübte eine beruhigende Wirkung auf sie. Durch das helle Blätterwerk schimmerten gebrochen Sonnenstrahlen. Vom Fluss stieg Nebel auf und breitete sich aus wie in Zeitlupe tanzende Lichtgestalten.

Valérie setzte sich an ihr Pult. Lange starrte sie auf den Papierstoss, der sich in den letzten Tagen angesammelt hatte. Bereits am ersten Arbeitstag hatte sie damit begonnen, alte sowie aktuelle Rapporte durchzusehen. Es war ihr ein grosses Anliegen, zu erfahren, mit welchen Fällen die Kripo in den vergangenen Wochen zu tun gehabt hatte. Damit konnte sie sich auch ein Bild davon machen, wie hoch die Kriminalität im Kanton war.

Tötungsdelikte gab es eher selten. Sie erkannte bald einen Unterschied zwischen den Orten am Zürichsee und den ländlichen Gegenden in Innerschwyz, musste aber auch davon ausgehen, dass es eine Dunkelziffer gab. Von Übergriffen, die nie gemeldet, von Gewalttaten, die innerhalb der Familien verübt wurden. Es gab Statistiken über die Kriminalität in den Schweizer Kantonen dazu, über häusliche Gewalt zum Beispiel. Diese genoss Valérie mit Vorbehalt. Sie traute Statistiken nicht.

Nebst ihrer schnellen Auffassungsgabe besass Valérie ein fotografisches Gedächtnis. Sie erinnerte sich an eine Akte, die Louis ihr aufs Pult gelegt hatte. Darin ging es um einen Anwalt in Rickenbach, der infolge Herzinfarkts gestorben war. Wie immer bei Todesfällen gab es eine Untersuchung vonseiten der Polizei, um Fremdeinwirken auszuschliessen. Valérie fand die entsprechenden Dokumente nicht. Sie war sich jedoch sicher, den Namen Joachim Heinzer in diesem Zusammenhang gelesen zu haben. Wenn sie sich nicht täuschte, war er der Arzt gewesen, der den Tod festgestellt hatte.

Die Zeit drängte plötzlich. Valérie griff nach einer PET-Flasche mit Mineral, schraubte sie auf und trank sie halb leer. Sie erhob sich. Heute würde sie zum ersten Mal am neuen Arbeitsort ein Team zusammenstellen. Zum ersten Mal vor einer Meute Polizisten stehen, die sie alles andere als gut kannte. Ausser Zweifel hatte sie Lampenfieber. Sie hatte sich zwar am Tatort bereits gut darauf vorbereitet, Notizen gemacht und Schlüsse daraus gezogen. Aber sie war trotzdem nervös.

Bei ihrem ersten Fall im Kanton Schwyz.

***

Zwei Dutzend Polizisten und Polizistinnen hatten sich im Konferenzzimmer eingefunden. Sie sassen an den Tischen, die einen Halbkreis bildeten, vor sich die Laptops. Nebst der Leinwand für den Beamer hing eine Pinnwand, auf der die Polizeifotos angebracht waren. Bilder aus verschiedenen Perspektiven von Heinzers Leichnam, von den Einschnitten am Hals, vom tödlichen Schnitt, vom Austritt des Blutes und der Richtung der mutmasslichen

Messerführung. Von Gegenständen, die man im Zimmer des Opfers gefunden hatte, vom vergoldeten Schreibstift und zwei Weingläsern auf dem Nachttisch, gebrauchten Taschentüchern bis hin zu einem kleinen Abfalleimer, den man geleert hatte. Das Foto einer Quittung, die jetzt vor Valérie lag, eingepackt in einen Plastikbeutel. Daneben Handschellen, Kleidungsstücke und ein Siegelring.

Und mittendrin die Tatwaffe in einem sterilen Behälter. Ein Fleischmesser der Marke Bachmayr aus rostfreiem Edelstahl. Der Knauf wies eine Länge von zwölf, die Klinge eine Länge von neunzehn Komma fünf Zentimetern auf.

«Das Messer lag im Gebüsch neben der Eingangstür», sagte Schuler. «In der Küche fanden wir zudem den Messerkoffer des gleichen Herstellers mit dem fehlenden Stück. Er stand neben dem Herd, gut sichtbar.»

«Das Messer muss sofort ins Labor», sagte Valérie. «Wir brauchen den genetischen Fingerabdruck. Je früher, desto besser.»

Während rund einer halben Stunde verteilte Valérie die Aufgabenblöcke. Die Sachgebiete Einsatz, Technik und Büro wurden je einem Leiter untergeordnet. Louis übernahm die Sachbearbeitung und Aktenführung, die wiederum unterteilt wurde in die verschiedenen Sparten der Spurenverwaltung, der IT-Aktenführung und der Personalverwaltung. Die Leitung der Medienkonferenz würde ad hoc ebenfalls Louis übernehmen. Ihm zur Seite stand der Sachbearbeiter Information.

«Ich bin euer Ansprechpartner», sagte Valérie. «Es geht nichts raus, was ich nicht goutiert habe. Und alles, was an Informationen reinkommt, will ich spätestens eine Stunde später auf meinem Pult. Die Medienkonferenz wird auf Sonntagmorgen einberufen …»

«Warum erst am Sonntag?» Louis tat verärgert.

Valérie sandte ihm einen zurechtweisenden Blick zu. «Wo genau die stattfinden wird, werde ich euch noch mitteilen. Eine erste Polizeinotiz soll jedoch gleich an die Medien.» Sie wandte sich an den Sachbearbeiter. «Nicht mehr als ein Dreizeiler.» Sie erinnerte sich an von Redings Bitte, die Sache gemessen anzugehen. Sie drückte die Mine des Schreibstifts in die Versenkung.

«In erster Linie möchte ich eine Zeugenbefragung im familiären Umfeld des Toten. Auskünfte über seine Vita, über seine Steckenpferde, wo er allenfalls Mitglied war und last but not least in welchen Kreisen er verkehrte. Checkt die Lebensläufe und Vorstrafenregister aller, die mit dem Toten zu tun hatten. Hat man schon herausgefunden, mit wem Heinzer zuletzt telefoniert hat?»

Die Frage wurde verneint.

«Das will ich auch bis heute Abend wissen.»

«Es ist allgemein bekannt, dass Heinzer der Christlichen Volkspartei angehörte.» Louis liess ein paar Sekunden verstreichen, um sich bei seinen Kollegen Gehör zu verschaffen. «Er zählte sich zudem zu den Passivmitgliedern des Tennis Clubs Schwyz. Sportlich unbegabt, aber zahlungskräftig.»

Valérie erinnerte sich an die Bemerkungen der Staatsanwältin. Heinzers Tod hatte bei ihr eine Woge der Entrüstung ausgelöst. Jole von Reding lag es sehr am Herzen, den Fall schnell und unspektakulär zu lösen. Ob es damit zu tun hatte, dass Heinzer ein grosszügiger Zeitgenosse gewesen war, schien ihr allerdings an den Haaren herbeigezogen. Es mussten andere Gründe im Spiel sein.

Valérie sprach den Leiter der Kriminaltechnik an. «Wurden die Abfallcontainer in der näheren Umgebung des Tatorts nach blutverschmierten Kleidungsstücken durchsucht?»

«Wir haben sämtliche Kehrichtsäcke geöffnet. Leider negativ», sagte Schuler.

Schuler zählte zu den Gestandenen im Team. Er war bereits seit zwei Jahrzehnten im Dienste der Schwyzer Polizei, seit fünfzehn Jahren leitete er den Kriminaltechnischen Dienst, der seinen Standort in Schindellegi hatte. Er war verheiratet und hatte zwei Kinder. Er hatte wegen seiner Arbeit diverse Auszeichnungen erhalten. Ein stilles Wasser, das umso tiefer gründete. «Es gibt da etwas, das für den Fall relevant sein dürfte. Im CD-Player in Heinzers Schlafzimmer haben wir eine unbeschriftete Scheibe gefunden. Ein einziges klassisches Musikstück ist drauf. Keine Ahnung, von welchem Komponisten es stammt. Ich kenne mich nicht aus damit. Aber der Player war im Wiederholungsmodus in Betrieb, als wir mit der Arbeit begannen. Die CD war noch warm. Das Stück dauert mehr als fünf Minuten.»

«Hast du die CD hier?»

Schuler legte einen Plastikbeutel auf den Tisch.

Valérie forderte Handschuhe an. «Lasst uns das Musikstück anhören.» Sie zog sich Vinylhandschuhe über, öffnete das Diskettenlaufwerk an ihrem Laptop und schob die CD ein. Leicht irritiert streifte sie die Handschuhe wieder ab, als Schuler sie darauf aufmerksam machte, dass man die CD bereits nach Fingerabdrücken gecheckt, aber leider keine sichergestellt hatte.

«Das ist ja schon mal sehr sonderbar», äusserte sich Valérie dazu. «Sollte Heinzer die CD ins Laufwerk geschoben haben, wird er bestimmt keine Handschuhe getragen haben. Die CD ist also ein Beweisstück, vermutlich als eine Art Signatur am Tatort zurückgelassen worden. Vielleicht ein Hinweis auf den Mord?» Sie nahm den Cursor zur Hand und tippte auf Play.

Do – mi – so – do! Gleich zu Beginn schmetterten die Violinen helle Klänge. Oboen setzten ein.

Valérie brauchte nur den ersten Tönen zu lauschen. Sie wusste, worum es ging. Es fuhr ihr eiskalt über den Rücken. «Richard Wagner!»

Das durfte nicht sein. Ein blöder Zufall, der sie komplett aus dem Gleichgewicht warf.

Alle Augen waren auf sie gerichtet. Es dünkte sie, als hätte sie soeben ihre Seele entblösst. Sie war nicht fähig, etwas zu sagen. Sie spürte ihr Herz bis zum Hals schlagen. Sie riss sich zusammen, ballte ihre Hand. «Naht euch dem Strande, ein Stück im ersten Akt … aus der Oper ‹Tannhäuser›.» Alle mussten ihr ansehen, wie schwer sie schlucken musste.

«Vielleicht mochte Heinzer klassische Musik beim Liebesspiel.» Es war Louis, der diese peinliche Situation beendete. Falls er Valéries Verunsicherung bemerkt hatte, verstand er es, sie vor allfälligen Angriffen der Kollegen zu schützen. «Also ich ziehe Gamelanklänge vor.»

Allgemeines Gelächter erfüllte kurz den Raum.

Valérie rechnete es Louis hoch an. Vielleicht hatte sie anfänglich falsch auf ihn reagiert. Er war nicht so, wie sie gemeint hatte.

Sie nickte ihm dankbar zu. «Es ist eine romantische Oper. ‹Tannhäuser› ist der Welt der Sinnlichkeit geweiht.» Ihre Ohnmacht unterlag dem Willen, sich wieder in den Griff zu bekommen. «Wir wollen uns nicht unbedingt mit Wagner befassen. Wir haben andere Aufgaben zu erfüllen.» Sie sah auf ihre Armbanduhr. «Es ist jetzt halb zwei. Ich entlasse euch in einen arbeitsintensiven Rest der Woche.»

Sie selbst nahm sich vor, den Bericht des heutigen Tages zu schreiben.

Sie kehrte in ihr Büro zurück. Während einer Stunde tippte sie die heutigen Ereignisse in chronologischer Reihenfolge ins Reine. In Gedanken ging sie noch einmal alles durch. Vom Eintreffen am Tatort über die Inspektion im Haus bis zum Gespräch mit Elvira Heinzer. Die Handschellen, «Tannhäuser». Es ergab keinen Sinn. Warum bringt man einen Arzt um? Valérie suchte nebst dem Polizeinetz nach einschlägigen Einträgen in der Suchmaschine. Sie hielt nicht viel von solchen Quellen. Aber dort war so ziemlich alles gespeichert, was einmal in den Medien erschienen war. Als sie den Namen eingab, öffneten sich seitenweise Einträge. Valérie stiess sogar auf einen Eintrag auf Wikipedia, und das verwunderte sie. Wie kam ein Arzt dazu, sich auf dieser Plattform zu enthüllen? Oder hatte er diesen Eintrag nicht selbst verfasst?

Joachim Heinzer, Arzt für Gynäkologie und Frauenheilkunde. Praktizierte seit 1988 in Schwyz. Im Spital Schwyz, wo er drei Tage die Woche arbeitete, war er ein angesehener Mediziner und grosser Befürworter der Wassergeburt gewesen. Diese Gegebenheit war mit einem Geburtshaus am Zürichsee verlinkt. Valérie fand darüber einen ausführlichen Bericht, den Heinzer geschrieben hatte. Sie überflog die Zeilen und kehrte wieder auf die erste Seite zurück. Keine Anklagen aufgrund missglückter Operationen. Ein unbescholtener Schwyzer Bürger. Mitglied der CVP. Passivmitglied im Tennis Club Schwyz. Valérie suchte weiter. Es gab Bilder von ihm während eines Golfturniers im Engadin. Heinzer mit einer Schirmmütze. Heinzer in karierten Hosen. Heinzer zwischen Sträuchern und Bäumen. Wahrscheinlich hatte er dort seinen Golfball verloren. Nichts Negatives über ihn. Es machte den Anschein, als sei er ein umgänglicher Mensch gewesen. Ein grosszügiger auf alle Fälle. Seine Spenden waren im Tennis Club Schwyz aufgeführt. Und er hatte diverse Hilfswerke in Afrika unterstützt.

Die Buchstaben zwischen den Zeilen erkannte Valérie nicht. Gab es keine?

Warum wurde er umgebracht?

Hatte er masochistische Neigungen gehabt? War es doch ein Unfall gewesen? Und wer hatte ihn ans Bett gefesselt? Die gleiche Person, die ihm den tödlichen Schnitt zugefügt hatte? Waren es zwei Täter?

Valérie musste sich gedulden, bis der Autopsiebericht aus der Rechtsmedizin eintraf. Stieffel hatte versprochen, den Bericht so rasch als möglich zu mailen.

Sie suchte nochmals nach der Akte des verstorbenen Anwalts. Lag hier des Rätsels Lösung? Sie fand sie nicht, obwohl sie hätte schwören können, sie vor Tagen erst noch gesehen zu haben. Sie wandte sich wieder dem Computer zu und gab den Namen Paolo Tuzzi ein. Im Zusammenhang mit seinem Namen stiess sie auf verschiedene Informationen, die ihr jedoch kaum weiterhalfen. Eine Todesanzeige wurde ersichtlich, mit Datum des 28. März. Der Anwalt war vier Tage vor ihrem Arbeitsbeginn bei der Schwyzer Polizei gestorben.

Valérie nahm sich vor, mit der Witwe zu sprechen. Sie zog die gesicherte Schublade auf und entnahm ihr ihre Pistole – eine 9-mm-Glock. Vorsorglich steckte sie diese ins Holster, das sie an ihrem Gurt trug.

***

Valérie fuhr über die Schwyzerstrasse nach Rothenthurm und Sattel und von dort hinunter nach Schwyz. Vorbei an filigran wirkenden Obstbäumen. Die Blüte war bereits vorbei. Der zarte Hauch des Frühlings lag nun in der Luft. Die Temperaturen hatten im Verlauf des Tages zugelegt.

Valérie hatte sich auf das Wiedersehen mit Katja gefreut. Mit Katja konnte sie über alles reden, was sie umtrieb. Katja war verschwiegen. Katja ersetzte im Moment jeden Menschen, mit dem Valérie enger zusammen gewesen war. Bei Katja durfte sie sich anlehnen und die zerbrechliche Seite zeigen. Weinen, wenn ihr danach zumute war. Gern hätte sie sie angerufen. Um zu reden und zu hören, was sie zu sagen hatte. Mit ihr lachen, mit ihr scherzen, wie sie das oft taten. Es hätte ein toller Donnerstag werden können. Nach dem Shoppen wären sie in die Sushi-Bar bei Globus eingekehrt, hätten rohen Fisch und Gemüse in Reispapier gegessen oder Austern geschlürft und Champagner getrunken. Sie hätten den Abend mit Musik ausklingen lassen, mit dem Besuch eines klassischen Konzerts. Dann hätte sie bei Katja geschlafen und sich von ihr in den Schlaf streicheln lassen. Und am Morgen hätte sie Colin angerufen. Colin, den sie so sehr vermisste, dass es schmerzte.

Zwei Anrufe pro Woche hatten die Parteien untereinander ausgehandelt. Der Junge müsse wieder zu sich selbst finden. Valérie hielt sich daran. Ob es ihr Nochehemann Willy auch tat, bezweifelte sie. Dass ihr gemeinsamer Sohn vorübergehend bei seinen Eltern lebte, war nicht zu vermeiden gewesen. Diese waren zwar bereits in einem hohen Alter. Aber immerhin lebten sie noch, im Gegensatz zu Valéries Erzeugern. Der Kinderpsychologische Dienst hatte anfänglich interveniert und sich gegen diese Lösung gestellt. Dass Colin dennoch zu seinen Grosseltern ziehen durfte, war wohl Willys Verdienst. Er hatte das Mundwerk, und er hatte die Mittel. Und die zuständigen Ämter goutierten es letztendlich.

Valérie drehte am Radio. Sie suchte erfolglos einen Sender mit klassischer Musik, die auf sie zugeschnitten war. Sie wurde jäh unterbrochen, als sich der Piepton des iPhones einstellte. Valérie drückte die Freisprechanlage und meldete sich.

Auf der andern Seite der Leitung vernahm sie ihren Anwalt. «Frau Lehmann, ich bin's, Peter Ziegler. Wie geht es Ihnen?»

Es kam selten vor, dass er sich nach ihrer Befindlichkeit erkundigte. Offenbar hatte er eine schlechte Nachricht für sie und wollte die Hiobsbotschaft mit seinem kantigen Charme dämpfen. Sie hörte es am Klang seiner Stimme. Sofort war alles in ihr auf Konfrontation gestellt. In der Regel rief Ziegler sie einmal pro

Woche an, um sie über den neusten Stand der Dinge aufzuklären. Meistens ging es um eine Fristenverlängerung der Gegenpartei. Heute war etwas anderes im Anzug. Sie spürte es.

«Ich will nicht um den heissen Brei herumreden», sagte Ziegler. «Ihr Mann beantragt das alleinige Sorgerecht.»

Valérie bremste ab. Hinter sich vernahm sie ein Hupen. «Das ist doch Bullshit!» Sie merkte zu spät, dass sie sich im Ausdruck vergriffen hatte. «Er weiss es selbst, dass das nicht möglich ist. Wir werden uns das Sorgerecht teilen müssen. Oder ich werde darum kämpfen, dass er es nicht erhält.»

Sie fuhr langsam auf eine Ausweichstelle an der Schlagstrasse zu. Auf der Höhe des Verkehrsamtes Schwyz verlangsamte sie noch einmal, zweigte links ab und kam auf dem Parkplatz zum Stehen.

«Er glaubt wohl, mit Geld alles zu erreichen.» Sie stellte den Motor ab. «Warum kommt er auf solche Ideen? Meint er, mich mit dieser Masche verunsichern zu können?»

«Deshalb müssen wir uns treffen», kam es zurück. «Schlagen Sie mir eine Zeit am Montag vor, wann es Ihnen passen würde. Eine Stunde sollten wir im Minimum einberechnen.»

Valérie streckte die Arme von sich und umklammerte mit den Händen das Lenkrad so fest, dass ihre Knöchel weiss hervorstachen. Jede Sitzung mit ihrem Anwalt kostete sie eine Menge Geld. Und Zeit, die sie nicht hatte.

Aber hatte sie für ihren Sohn Zeit?

Colin war ihr in den letzten Monaten immer mehr entglitten. Sie kam einfach nicht mehr an ihn heran. «Er ist ein pubertärer Lümmel», hatte Katja den Jungen verteidigt und sie davor gewarnt, ihn wie eine Klette zu vereinnahmen. «Lass ihm Zeit. In ein paar Jahren wird er dich auf Händen tragen.»

Genau das bezweifelte sie. Colin war ein sensibles Kind, das sich von seinem Vater manipulieren liess. Es ging ganz einfach: Teure Ferien und die neusten elektronischen Geräte, die bei Valérie partout nicht in Frage kamen, machten Colin gefügig.

Bei der Arbeit wollte Valérie sich ablenken. Nicht an die schrecklichen Dinge denken, die ihr das Leben beschert hatte. Sie wollte frei sein. Frei von quälenden Gedanken. Frei von der

Vergangenheit. Deshalb war sie nach Schwyz gezogen, damit sie ihren Frieden wiederfand. Und sich darauf vorbereiten konnte, ihren Sohn ganz zu sich zu nehmen.

Es würde nie zu Ende sein.

«Frau Lehmann? Sind Sie noch dran?»

Valérie konzentrierte sich auf das Armaturenbrett. Sah auf die Benzinanzeige. Nervte sich kurz über den Verbrauch des Kraftstoffs. Der Kauf des Sportwagens hatte dazu gedient, sich von allem Alten zu lösen. Einen Strich unter das leidige Kapitel zu ziehen. Wie dumm war sie gewesen, als sie den Kaufvertrag für den Roadster unterschrieben hatte. Sie hatte an Colin gedacht, wie gern er schnelle Autos mochte, wie sehr er vom 911er seines Vaters schwärmte. Was hatte sie sich nur dabei gedacht?

Ein günstiger Kleinwagen hätte genauso zu ihr gepasst. Hätte ihr nicht mehr oder nicht minder aus der psychischen Misere geholfen. Nein, es hatte ein schnittiges Cabriolet sein müssen. Fast hätte sie sich noch ein rotes gekauft. Die Farbe der Erotik. Die allerdings fand sie an sich schon längst nicht mehr. Im letzten Moment hatte sie sich für das schwarze entschieden.

Die Vergangenheit liess sich nicht einfach beseitigen.

Nicht mit einem teuren Wagen.

Sie hatte sich selbst etwas vorgemacht.

Sie nahm ihre Handtasche vom Beifahrersitz und suchte nach der Agenda. Sie blätterte sie durch. «In einer Woche haben wir unseren nächsten Termin», stellte sie fest.

«Den müssen wir vorverlegen. Es ist wirklich dringend», sagte Ziegler. «Wie wäre es am Montag um neun?»

«Da wollte ich meinen Sohn in der Schule besuchen.»

«Genau um den geht es jetzt», schloss der Anwalt.

***

Das Haus übertraf ihre kühnsten Vorstellungen einer Anwaltsvilla. Valérie hatte den Verdacht, dass diese auf den Pfählen seines Honorars errichtet worden war. Solche Anwesen hatte sie schon in Form von Luxushotels gesehen. Mit eigenem Pool und Tennisanlage sowie Indoor-Golf, was auf dem Türschild ersichtlich war. Offenbar war es für die Hauseigentümer ein Bedürfnis, ihren Besitz zu präsentieren – auch das, was sich im Hausinnern befand. Ein in der Regel nicht gängiger Charakterzug in Rickenbach, das einem Provinzdorf näher kam als einer Stadt. Ein Golfschläger, Eisen fünf, lehnte neben dem Eingang. Daneben zwei Golfbälle in Orange und Gelb mit dem Logo des Clubs.

Valérie betrachtete die Namensschilder, bevor sie die Klingel betätigte. Anwaltsbüro und Wohnung befanden sich unter ein und demselben Dach.

Die schwere, in eindrücklichem Relief gezeichnete Tür schwang auf. Ein Yorkshireterrier preschte sofort auf Valérie los, als hätte er mit dieser Begrüssung seine mickrige Grösse verteidigen müssen, denn diese war nicht mehr als die einer Ratte. Er fletschte die Zähne und knurrte sie an.

«Clooney, tais-toi! Tout de suite!» Die resolute Stimme gehörte einer älteren Dame in schwarzem Kostüm. Valérie nahm an, dass sie die Witwe war.

«Clooney tut Ihnen nichts», sagte sie mit stark französischem Akzent. «Er benimmt sich nur manchmal völlig daneben, seit sein Herrchen gestorben ist. Entschuldigen Sie. Kann ich Ihnen helfen?» Auf dem makellos geschnittenen Gesicht zeichnete sich Erstaunen ab. Ihr Alter war schwer zu schätzen, wahrscheinlich näher an siebzig als an sechzig. Tiefe Falten, die eine gewisse Verbitterung ausdrückten, waren nicht zu übersehen.

Valérie präsentierte ihre Marke und bat um Einlass. «Ich darf davon ausgehen, dass Sie Frau Tuzzi sind?»

«Monique Tuzzi, das ist richtig.» Sie sah die Marke eingehend an. «Es hätte mich gewundert, wenn die Polizei den Tod meines Mannes ad acta gelegt hätte. Sollte Paolo nämlich, was ich zwar eher für unwahrscheinlich halte, ohne kriminelle Hintergründe von dieser Welt gegangen sein, bleiben immer noch Fragen offen.» Damit hatte Valérie nicht gerechnet.

Monique stiess die Türe weit auf und liess Valérie in ihr Heiligtum. Clooney sass zitternd vor der Garderobe, blickte seine Ersatzherrin an und wedelte nervös mit dem Schwanz, ohne sich vom Platz zu rühren.

Valérie kam es vor, als hätte Monique geradezu auf sie gewartet.

«Meine Leute waren unmittelbar nach dem Tod Ihres Mannes hier und haben die Spuren gesichert», bluffte sie.

Monique hob ihre Augenbrauen. «Wenn Sie die Kriminaltechnik meinen, muss ich Sie korrigieren. Zuerst war nur eine Patrouille da. Später kam ein Arzt und bestätigte den Herzinfarkt.»

«Mögen Sie sich an den Namen des Arztes erinnern?»

Erste Verwirrung auf Moniques Gesicht. «Nein, ich ... erinnere mich nicht.» Sie schürzte ihre Lippen. «Dann war da noch ein Polizist in Zivil, der mit Latexhandschuhen nach weiss ich was suchte. Er fand wahrscheinlich ein Haar, das er in eine Plastiktüte steckte.»

Wieder zermarterte Valérie sich den Kopf über die verschwundene Akte.

«Seither hat man mich mit keinem Wort über Neuigkeiten informiert», sagte Monique. «Man ging immer von einer Krankheit aus. Vor gut drei Wochen habe ich ihn beerdigt. Kommen Sie.» Monique führte Valérie durch einen hellen, von indirektem Licht durchfluteten Flur bis zu einem Wohnzimmer, dessen Umfang und Grösse ihr die Sprache verschlug.

«Ich hasse enge Räume», sagte Monique wie zu ihrer Verteidigung. «Ich leide unter Klaustrophobie.» Eindrückliche Säulen vermittelten das Gefühl, sich in einem Palast zu befinden. Die von Hand gemalten Tapeten erinnerten an die Zeit der zwanziger Jahre des letzten Jahrhunderts. Die Möbel mussten von einem italienischen Designer stammen. Sie wirkten opulent, wenn nicht gar kitschig. «Bitte nehmen Sie Platz.»

Valérie liess sich auf einen weichen Sessel sinken, der ihr wie eine Reproduktion eines venezianischen Prunkstücks vorkam. Monique setzte sich ihr gegenüber. Zwischen ihnen ein Glastisch, auf dem nicht das geringste Härchen zu sehen war. Ein Ikebana – ein japanisches Blumengesteck mit exotischen Blüten – schmückte den langen Tisch. Der Geruch war intensiv, fast penetrant.

«Was möchten Sie von mir wissen?»

Unter dem Glas erblickte Valérie die sorgfältig übereinandergeschlagenen Beine der Gastgeberin und an ihren Füssen perfekt gepflegte Pumps. Valérie tippte auf teures Krokoleder. Alles an diesem Ort schien mustergültig. Nicht einmal der Tod ihres Gatten hatte Monique dazu bewogen, sich selbst und ihr Heim zu vernachlässigen. Vielleicht verhindert Reichtum wirkliche Trauer, ging es Valérie durch den Kopf.

«Ich muss Ihnen zum Tod Ihres Mannes noch ein paar Fragen stellen.»

«Wenn es sein muss.»

«Was können Sie mir über Ihren Mann sagen?»

Monique hüstelte. «Mein Mann war kein echter Schwyzer. Er liess sich erst von Berufs wegen hier einbürgern. Hier lebte er jedoch seit seiner Kindheit. Damals, als die Schwarzenbach-Initiative bachab ging, waren seine Eltern und seine fünf Geschwister heilfroh, in der Schweiz bleiben zu können. Mein Schwiegervater arbeitete bis zu seinem Tod in der Messerfabrik Victorinox. Später auch seine Frau und zwei seiner Kinder, um den Ausbildungsansprüchen ihres Jüngsten gerecht zu werden. Sie hatten Glück, dass Paolo dank seiner guten Leistungen ein Stipendium bekam. Er meisterte das Jurastudium mit Bravour. Im Anschluss daran machte er den Anwalt und stellte während rund zwei Jahren in einer renommierten Anwaltskanzlei sein Können unter Beweis. Wir heirateten in Rom, wo wir drei Jahre lebten. Paolo vertiefte sich ins italienische Recht, was ihm nach der Rückkehr in die Schweiz zugutekam. Paolo beschloss dann, eine eigene Kanzlei zu eröffnen. Mein Vater griff ihm damals unter die Arme. Gleichzeitig stellte mein Mann einen Antrag für die Einbürgerung. Die Schwyzer Bevölkerung musste darüber abstimmen. Zweimal ist er durchgerasselt. Sie wissen, wie das ist: Wenn den Leuten ein Kopf nicht gefällt, zeigen sie mit dem Daumen nach unten.»

«Sie waren verheiratet …»

«Ich hatte die italienische Staatsbürgerschaft angenommen. Es war kompliziert. Zudem waren wir nicht sicher, ob wir jemals wieder in die Schweiz zurückwollten.»

«Hat sich Ihr Mann auch politisch engagiert?»

«Ja, das hat er. Als Secondo war es ihm ein grosses Anliegen, deren Standpunkte zu vertreten. Bis zu einem gewissen Grad ist es ihm auch gelungen. Zumindest hat er es geschafft, dass die

Italiener in Schwyz nicht mehr so ausgegrenzt werden, wie das früher der Fall war.»

Valérie nahm es zur Kenntnis. «Ist es möglich, dass Ihr Mann in Ihrer Abwesenheit die Dienste einer Prostituierten in Anspruch genommen hat?»

Monique blieb völlig emotionslos. «Das hat er auch während meiner Anwesenheit getan.» Sie hob das linke vom rechten Bein und legte sie andersseitig übereinander. «Früher hatte ich Paolo stets zu den vielen wichtigen Anlässen begleitet. Wöchentliche Reisen ins Ausland, verbunden mit mehrgängigen Menüs, später abhängen an den Bars, Besuche in Tanzlokalen. Gute Miene zum bösen Spiel, wenn Sie verstehen, was ich meine. Irgendwann wurde mir das zu viel. Es war sogar meine Idee gewesen, die Begleitung eines Escort-Services in Anspruch zu nehmen. Paolo hat sich anfänglich gesträubt. Doch bereits nach der dritten jungen Dame ist er auf den Geschmack gekommen.»

«Gab es da auch Bettgeschichten?»

«Natürlich gab es diese. Sehen Sie mich an. Paolo war immerhin sechs Jahre jünger als ich. Zudem leide ich seit Jahren unter Rheuma. Paolo war ein gesunder Mann ...» Monique hielt inne. «Ich weiss, was Sie sagen wollen ... Sein Herzinfarkt kam für mich aus heiterem Himmel. Er hat mässig Sport getrieben, ausgedehnte Spaziergänge gemacht, ein wenig Golf gespielt, sich gesund ernährt. Aber die Gene kann man sich nicht aussuchen ... Trotzdem stirbt man nicht einfach so an einem Herzversagen. Da muss vorher etwas geschehen sein.» Sie machte ein Geräusch, das sich wie ein Schluchzen anhörte. «Er trug mich auf Händen, müssen Sie wissen. Sex ist nicht alles. Aber eine Liebe, wie wir sie hatten, findet man nicht alle Tage.» Monique hielt wieder inne. Sie kämpfte gegen ihre aufsteigenden Tränen. «Entschuldigen Sie. Es ist alles noch so frisch.»

«Was könnte ihn denn so aufgeregt haben?»

«Da hat jemand nachgeholfen.»

«Wissen Sie, mit wem sich Ihr Mann in letzter Zeit getroffen hat? Oder kennen Sie eventuell die Frau, die ihn zuletzt in Ihrem Schlafzimmer bedient hat?»

Monique hob erneut ihre Brauen. «Nein, das wäre zu weit

gegangen. Um es vorwegzunehmen: Ich habe mein eigenes Schlafzimmer. Was Paolo in seinem tat, das ging mich nichts an.»

«Ich muss Sie das jetzt fragen: Hatte Ihr Mann sexuelle Neigungen?»

«Wer hat die nicht!» Monique verzog ihren perfekt geschminkten Mund. «Unter uns gesagt: Paolo brauchte manchmal etwas Nachhilfe.»

Valérie räusperte sich. «Darf ich mal einen Blick ins Schlafzimmer Ihres Mannes werfen?»

«Ja, bitte, tun Sie sich keinen Zwang an.» Monique erhob sich. «Folgen Sie mir.»

Die beiden Schlafzimmer des Ehepaares Tuzzi lagen nebeneinander, bloss getrennt durch ein grosszügiges Badezimmer mit einer Wanne mittendrin. Im Gegensatz zu Moniques kaiserlichem Schlafgemach, in dem nur noch die Goldbeschläge fehlten, wirkte Tuzzis Zimmer nüchtern und beschränkte sich auf das Bett, einen Nachttisch, eine Kommode, den Schrank und einen verstörenden Frauenakt von Egon Schiele.

Während Valérie sich im Zimmer umsah, lehnte Monique mit verschränkten Armen am Türpfosten. «Sie gehen davon aus, dass er umgebracht wurde? Ansonsten wären Sie ja nicht hier.»

Anstelle einer Antwort fragte Valérie: «Gehörte Ihr Mann einem Club an?»

«Der Pan …?» Moniques Augen vergrösserten sich. Sie schluckte leer.

Valérie sah irritiert auf. «Ich meinte eventuell den Tennis Club … Pan … was sagten Sie?»

«Ja, ja, der Tennis Club …» Monique winkte ab und sah auf den Boden. «Mit dem Tennis Club waren sie im letzten Jahr am Panamakanal.»

Valérie notierte. Sie ahnte, dass ihr Gegenüber nicht die ganze Wahrheit sagte. Sie bohrte nach. «Gibt es da noch einen andern Club?»

«Nein!» Monique machte sich demonstrativ auf den Weg ins untere Geschoss.

Valérie stülpte sich Vinylhandschuhe über und zog diverse Schubladen auf. Unterwäsche, Krawatten, Socken – das Übliche. Sie liess auch den Schrank nicht ausser Betracht. Auf den Ablagen stapelten sich ausschliesslich weisse Hemden, und an der Stange hingen dunkle Anzüge. Im unteren Teil des Nachttisches fand sie verschiedene Massageöle, eine Lederpeitsche und etwa ein Dutzend Damenstrings. Sie nahm an, gebrauchte. Sie steckte einen von ihnen in einen Kunststoffbeutel, den sie in die Jackentasche schob.

Monique kam zurück. «Ich habe eine Akte gefunden und darin die Anschrift des Präsidenten des Tennis Clubs. Eigentlich habe ich die schon vor zwei Wochen gefunden. Ich musste mit dem Aufräumen ja irgendwo anfangen.»

Valérie nahm ihr den Ordner aus der Hand. «Was geschieht eigentlich mit den Klienten Ihres Mannes?»

«Das wurde bereits geregelt. Eine Kanzlei aus Luzern hat Paolos Portfolio übernommen. Ein Berufskollege meines Mannes war da behilflich.»

Valérie sah die Einlageblätter durch. «Ist das alles?» Sie hatte das Gefühl, dass Einlageblätter fehlten. «Ist die Adresse des Escort-Services auch drin?»

«Unter dem Buchstaben W wie ‹Women for Privacy›. Ein Visitenkärtchen ist angeheftet. Und den Namen des Präsidenten des Tennis Clubs weiss ich auswendig. Es ist Martin Betschart. Er ist gleichzeitig unser Regierungsrat.»

«Lassen Sie mich bitte noch etwas umschauen.»

«Wie Sie wollen.» Monique blieb unter dem Türrahmen stehen.

«Gibt es in diesem Zimmer einen CD-Player?»

Monique stiess sich vom Türrahmen ab. Sie ging ausholenden Schrittes zur Wand, an der das Bild hing. Sie schob es zur Seite. Dahinter kam eine Nische mit einem Regal zum Vorschein. Darauf befand sich eine komplette Stereoanlage. «Mein Mann hatte tatsächlich eine Musikanlage, obwohl er nie Musik hörte. Für ihn war sie … wie soll ich sagen, eine akustische Vergewaltigung. Er gehörte auch sonst zu den Unmusikalischen. Mit Musik konnte man ihn auf den Mond schiessen.»

«Sie können sich also nicht vorstellen, dass Ihr Mann während des Liebesakts Musik gehört hat?» Valérie drückte ein paar Knöpfe.

«Nein. Warum fragen Sie?»

Ein Schubfach ging auf, und eine CD kam zum Vorschein. Die Scheibe war unbeschriftet, sah aus wie ein Rohling, auf den jemand etwas gebrannt hatte. Wenn man genau hinsah, erkannte man die feinen Rillen, die sich von der Glätte der Scheibe abhoben.

«Weil ich gerne wissen möchte, wie die Scheibe in den CD-Player gekommen ist.»

Moniques Augen wurden zu schmalen Schlitzen, als ihr Valérie die CD vors Gesicht hielt. «Keine Ahnung. Vielleicht hat jemand von seinen Gespielinnen dieses Zeug mitgebracht.»

«Aber warum hatte Ihr Mann diese Anlage im Zimmer, wenn er keine Musik hörte?»

«Er hat sich vor dem Schlafengehen oft mit Hörspielen zugedröhnt. Er las keine Bücher, aber er hörte sie sich an.» Monique fixierte ihr Gegenüber eindringlich. «Werden Sie den Tod meines Mannes endlich untersuchen?»

«Ich werde Sie rechtzeitig informieren. In den nächsten Tagen werden Sie jedoch Besuch von unseren Technikern bekommen. Ich bitte Sie, bis dahin nichts mehr im Schlafzimmer Ihres verstorbenen Mannes anzurühren. Den Computer werden wir auch abholen.» Valérie steckte die CD in einen Plastikbeutel. Sie verliess das Schlafzimmer und schloss hinter sich die Türen zum Badezimmer und zum Zimmer. Sie entnahm ihrer Jackentasche ein Polizeisiegel und brachte es an.» Sie lächelte, als sie Moniques verdatterten Blick sah. «Das sind die Utensilien, die ich für den Notfall immer mit mir trage.»

«Da bin ich aber sehr beruhigt, dass endlich etwas unternommen wird.» Monique brachte Valérie zur Tür. «Ich werde die Villa verkaufen. Ohne Paolo ist es hier traurig und leer.»

«Es gibt also keine unmittelbaren Erben?»

Monique wirkte auf einmal untröstlich. «Das ist die Ironie des Schicksals. Mein Mann stammte aus einer kinderreichen Familie. Und ich konnte ihm kein einziges schenken.» Sie machte ein verdriessliches Gesicht. «Wir hatten immer Hunde, meistens grosse. Na ja … Paolo wollte sie.»

Valérie blieb auf der Türschwelle stehen. «Wo waren Sie eigentlich, als Ihr Mann starb?»

«Ich war im Luzerner Theater. Die Oper ‹Ariadne auf Naxos› wurde aufgeführt.»

«Mit Begleitung?»

«Mit einer Bekannten.»

«Seien Sie so gut und schreiben Sie mir den Namen Ihrer Bekannten auf meinen Notizblock.»

DREI

Valérie hatte kurz und traumlos geschlafen. Am Freitagmorgen war sie eine der Ersten, die auf dem SSB eintrafen. Vom Automaten auf dem Korridor liess sie einen Kaffee raus, der wie Abwaschwasser schmeckte. Sie warf den halb vollen Becher in den Abfalleimer und spuckte die Brühe in ihrem Mund hinterher. Niemand hatte sie dabei beobachtet. Sie ging in ihr Büro, riss die Fenster auf und inhalierte den Duft des frühen Morgens. Der Wald war voller Geräusche. Sie kehrte zurück zum Pult und setzte sich. Sie griff nach dem Telefonhörer und rief auf Louis' Mobiltelefon an. Sie ging davon aus, dass er noch unterwegs war.

«Guten Morgen», sagte Louis mit belegter Stimme, die so klang, als wäre er erst aufgestanden.

«Guten Morgen. Wann bist du hier?»

«Wenn ich mich beeile, in circa einer Stunde. Zurzeit befinde ich mich auf dem Polizeiposten Schwyz.»

«Du bist noch nicht weiter?» Valérie unterdrückte ihren Ärger. «Erinnerst du dich an die Akte Paolo Tuzzi? Du hast sie zusammen mit andern Akten auf mein Pult gelegt.»

«Die Akte Tuzzi? Warum brauchst du die Akte Tuzzi?» Seine ansonsten sonore Stimme klang eine Oktave höher.

«Das werde ich dir an der nächsten Teamsitzung erklären. Weisst du, wo sie ist?»

Lange kam nichts mehr.

«Louis? Ich war mir sicher, sie lag vor zwei Tagen noch da. Hast du sie entwendet?»

«Warum hätte ich das tun sollen?»

«Deine Fragerei nervt. Hast du oder hast du nicht?»

Louis räusperte sich. «Okay, okay, sie liegt wieder bei mir. Ich … ich habe etwas Beunruhigendes festgestellt …»

«… nachdem man Heinzer gefunden hatte?»

«Scheisse ja. Tut mir leid.»

«Das hättest du mit mir besprechen müssen. – Kann es sein, dass wir dieselbe Vermutung haben?»

«Sie liegt auf meinem Pult. Du kannst sie meinetwegen holen.» Louis war plötzlich kurz angebunden. «Du, ich muss ... Da ist jemand auf der andern Linie.»

Valérie drückte ihn verärgert weg.

Louis' Büro lag gleich gegenüber mit Blick auf die Parkplätze, die Einsiedlerstrasse und auf einen Teil des Bahnhofs. Der Raum unterschied sich unwesentlich von ihrem. Gleiche Grösse, gleiche Einrichtung. Auf dem Pult herrschte, im Gegensatz zu ihrem, eine vorbildliche Ordnung. Valérie fand die Akte auf Anhieb. Sie schlug die Mappe auf. Sie enthielt vielleicht zehn Blätter. Auf der ersten Seite fand sie die Personalien des Verstorbenen. Paolo Tuzzi, geboren am 7. Februar 1954 in Schwyz. Seit 2002 Schweizer Staatsbürger. Anwalt mit Schwerpunkt Wirtschaftsrecht mit einem ansehnlichen Portfolio. Gelegentliche Mandate für Scheidungsfälle. Verheiratet. Keine Kinder. Er hatte sich in der CVP für die Integration ausländischer Staatsangehöriger starkgemacht. Passivmitglied im Tennis Club Schwyz. Alles, was Valérie von seiner Frau wusste. Er hatte sich nie etwas zuschulden kommen lassen. Ein unbeschriebenes Blatt. Das allein machte ihn in Valéries Augen verdächtig. Ein Anwalt ohne Fehl und Tadel. Wo gab es denn heutzutage so jemanden? Sie hatte in Zürich oft genug mit Anwälten zu tun gehabt. Ihr Berufsstand hatte sie nicht davon abgehalten, die Gesetze manchmal mit Füssen zu treten. Und von der Moral waren sie weit entfernt. Obwohl sie verheiratet und Väter waren, hatten sie in der Stadt ihre Geliebte.

Am oberen linken Rand war ein Passfoto von Tuzzi angeheftet, auf dem er noch sehr lebendig schien. Und jünger. Schwarze, tief liegende Augen mit ausgeprägten Schatten, als hätte er unter Schlafmangel gelitten. Kurz geschnittene Haare und Koteletten, die darauf schliessen liessen, dass er nicht sehr modisch gewesen war. Denn Backenbärte, fand Valérie, waren definitiv out.

Sie fragte sich, ob es zwischen Tuzzi und Heinzer eine Verbindung gab. Jole von Reding hatte ihn nicht erwähnt. Es konnte aber gut möglich sein, dass sie von dessen Tod nie etwas erfahren hatte. Falls Fremdeinwirken ausgeschlossen worden war, hatte die Information die Staatsanwaltschaft gar nie erreicht. Ein sonderbares Gefühl beschlich Valérie. Sie blätterte weiter. Sie gelangte zum Bericht des Arztes, der den Todeszeitpunkt festgestellt hatte und die Todesursache Herzinfarkt. Was diesen ausgelöst haben konnte, war mit wenigen Wörtern erwähnt. Vermehrtes Auftreten von Angina Pectoris in der Familie väterlicherseits. Man hatte offensichtlich nach einem plausiblen Grund gesucht. Unterzeichnet war die Todesbescheinigung durch Dr. Joachim Heinzer.

Daran hatte sie sich erinnert.

Valérie spürte das Adrenalin in ihren Adern. Sie blinzelte, vergewisserte sich, dass sie sich nicht irrte. Es stand schwarz auf weiss: Dr. Joachim Heinzer. Vielleicht war es nicht von Belang. Man hatte Heinzer als Kantonsarzt zum Toten gerufen. Er hatte seine Pflicht erfüllt. Dass er eineinhalb Monate später ermordet in seinem Bett gefunden wurde, hatte nichts zu bedeuten. Schwyz war keine Weltstadt. In Schwyz kannte jeder jeden. So kam es Valérie vor. Trotzdem wollte sie diese Tatsache nicht einfach ad acta legen.

Auf der letzten Seite war ein einziges Polizeifoto eingeheftet. Es zeigte den Verstorbenen im Bett. Seine Arme waren ausgestreckt und am Kopfende mit Handschellen befestigt.

Valérie fuhr wie von der Tarantel gestochen auf. Verdammt! Musste sie davon ausgehen, dass Heinzers Mörder schon einmal zugeschlagen hatte? Aber warum hatte man nichts davon verlauten lassen? Waren alle von einem medizinischen Problem ausgegangen?

Valérie las den Abschlussbericht. Auf einmal stutzte sie.

***

«Was haben die Fotos von Paolo Tuzzi auf der Wand zu suchen?» Es war Louis, der die Frage in die Runde warf, nachdem er das Bild des Anwalts unter Heinzers Bild gesichtet hatte.

«Ich habe die Akten des verstorbenen Anwalts studiert», antwortete Valérie ruhig. Ihr Inneres jedoch vibrierte vor Anspannung. Was mussten die Anwesenden von ihr denken? Kaum war sie in Schwyz, zweifelte sie die Seriosität der Ermittlungen an.

«Er starb an den Folgen eines Herzinfarkts», bemerkte Louis.

«Davon ging der Arzt aus», sagte Valérie.

«Der Doktor hat seinen Job richtig gemacht», enervierte sich Louis.

«Frühestens gestern hätte auffallen müssen, dass unser Mordopfer der Arzt ist, der Tuzzis Tod festgestellt hatte.»

«Das fällt uns tatsächlich auf.» Louis blickte in die Runde.

Valérie verstand seine Rundumschläge nicht. Erst noch hatte er ihr mitgeteilt, etwas Sonderbares in der Akte gefunden zu haben. Jetzt stellte er sich quer.

Valérie wurde nun aggressiver. «Wer hat damals die Ermittlungen geführt?»

«Es musste nicht weiter ermittelt werden. Fremdeinwirken konnte komplett ausgeschlossen werden.»

«Kann es sein, dass hier etwas verschlampt wurde?», fragte Valérie wieder mit Bedacht. «Es existiert eine Randnotiz. Daraus geht hervor, dass blonde Haare gefunden wurden. Warum ging man dem nicht nach?» Sie erinnerte sich an Monique Tuzzis Aussage, dass jemand ein Haar in einen Plastikbeutel gesteckt hatte. Wo war dieser Beutel hingelangt?

«Tuzzi hatte ein Date vor seinem Tod», sagte Louis. «Tod während des Beischlafs. Oder kurz danach. Keine Anzeichen von Gewalt.»

«Das Date war schon weg, als er das Zeitliche segnete», mischte sich nun Fabia ein.

«Zwei Handschellen wurden damals sichergestellt», sagte Valérie mit Blick auf ihre Akten.

«Sextoys.» Louis verzog den Mund.

«Es scheint mir etwas verdächtig, wenn die Gespielin ihren Freier verlässt, bevor sie ihn von den Fesseln befreit.»

«Vielleicht starb er tatsächlich in ihren Armen, und sie bekam es mit der Angst zu tun», mutmasste Louis.

Valérie gab sich mit der Antwort nicht zufrieden. «Man hätte die Dame suchen müssen.»

«Es gab keinen Grund, nach ihr zu fahnden.» Louis räusperte sich lautstark. «Was soll das? Wir haben jetzt einen eindeutigen Mord aufzuklären.»

«Der meines Erachtens Parallelen zum Tod von Paolo Tuzzi haben könnte.»

«Wie denn das?»

«Tuzzis Tod mag auf den ersten Blick ein medizinisches Problem zugrunde liegen: Seit heute bin ich mir nicht mehr sicher.»

Valérie wusste, dass ihr erstes Gefühl immer das richtige war, obwohl ihr Kopf dagegensprach. Oder es war ihr inneres heftiges Flehen, dass es letztendlich nicht so sein durfte. Falls die beiden Fälle nämlich miteinander zu tun hatten, würde etwas auf sie zukommen, das es in ihrer Karriere noch nie gegeben hatte: einen Serientäter. «Das Wochenende könnt ihr euch gleich an den Hut streichen», sagte sie heftiger als gewollt. «Nachdem ihr in den letzten Wochen geschlafen habt, wünsche ich ab sofort den Drive, den man von uns Polizisten erwarten darf. Bis morgen Samstag um zehn Uhr will ich sämtliche unmittelbaren Zeugen vernommen haben, und das in beiden Tötungsdelikten.»

«Ist die ätzend», flüsterte Fabia, dass nur Louis es hörte.

«Ein Mord an Tuzzi ist nicht bewiesen.» Louis musste sich zusammenreissen, um nicht ausfällig zu werden.

«Aber man hat ihn in Handschellen gefunden. Allein diese Tatsache hätte den Ermittlerinstinkt wecken sollen.»

«Wenn du wüsstest, wie oft wir aufgrund abartiger Vorfälle ausrücken müssen, würdest du keine solchen Schlüsse ziehen. Es gab absolut keinen Grund», wiederholte Louis.

Valérie mässigte ihre Stimme. «Wir werden die Resultate aus der Forensik bald erhalten. Sollte es nämlich am heutigen Tatort mit dem Ort, wo Tuzzi starb, Übereinstimmungen geben, müssen wir den Todesfall des Anwalts neu aufrollen.»

«Bei Tuzzi fand man keine derartigen Verletzungen wie bei Heinzer. Möglich, dass der Infarkt durch die Fesselung hervorgerufen worden war. Was hat das mit einem Mord zu tun? Dass beide Tote ans Bett gefesselt waren, ist ein beschissener Zufall … Wir sahen keinen Anlass.»

«Stopp!» Valérie sah auch keinen Anlass, dies zu kommentieren. Sie fand aber, dass nach Tuzzis Tod so ziemlich alles schiefgelaufen war. Die Ermittlungen waren nicht nur im Sand versickert, sie waren nie wirklich aufgenommen worden. Und Louis wusste das ganz genau. «Ich führe die Ermittlungen. Es bedarf keiner Diskussion mehr. Wir machen, was ich gesagt habe.»

Sie sah in die Runde und vergewisserte sich, dass ihr alle zuhörten.

«Ich habe da noch etwas, was den letzten Zweifel aus dem Weg räumt.» Valérie holte die CD aus dem Plastikbeutel und schob sie ins Laufwerk ihres Laptops. «Diese CD habe ich in Tuzzis Schlafzimmer gefunden. Wie erklärst du dir das, Louis?»

Louis biss sich auf die Unterlippe und schwieg. Valérie unterliess es, ihn weiter zu drangsalieren, und spielte die CD ab. Sie ging davon aus, dass Louis sich seines Fehlers bewusst war.

Stille im Raum. Der erste Klang wie die Vertonung eines leisen Schmerzes. Zuerst nur die Hörner in Moll. Nach rund einer Minute setzten Cello und Geige ein, bis Louis die Feierlichkeit störte. «Wir haben getan, was getan werden musste. Mir kann man nichts ankreiden …»

Valérie fuhr ihm ins Wort. «Jetzt beruhige dich.» Sie funkelte ihn an, während sie die Aus-Taste drückte. Sie hatte genug gehört. Sie musste sich zusammenreissen, damit man ihr Schaudern nicht bemerkte. «Eindeutig Wagners ‹Tannhäuser und der Sängerkrieg auf Wartburg›, die Ouvertüre im ersten Akt.» Sie unterdrückte ein Seufzen.

***

«Warum hat der Mörder Wagner gewählt? Ausgerechnet ‹Tannhäuser›! Was geht in seinem Gehirn ab? Was will er uns damit sagen? Es muss eine Verbindung zwischen den Opfern und den Musikstücken geben. Ob es ein Hinweis ist?» Valérie sass auf einem der Besucherstühle im Büro der Staatsanwältin. Nachdem sie den ganzen Vormittag mit ihrem Team verbracht hatte, meldete sie sich telefonisch bei Jole von Reding an. Sie wollte die Frau endlich persönlich kennenlernen.

Die kantonale Staatsanwaltschaft belegte im Gebäude der Kriminalpolizei eine ganze Etage.

«Wer so vorgeht, muss eine gewisse Intelligenz voraussetzen.»

Von Reding griff nach einer Wasserkaraffe und füllte zwei Gläser auf.

Valérie liess ihre Blicke durch den grosszügig konzipierten Raum schweifen. Alles hier war mit den edelsten Materialien ausgestattet. Allein der Boden musste ein Vermögen gekostet haben. Geölte Eiche, war ihr Gedanke. Darauf ein Seidenteppich, der etwas exotisch daherkam. Das Muster wirkte konfus – eine Mischung aus indischen und thailändischen Sujets. Das Pult stand wie ein Monolith mittendrin, umgeben von zwei hochlehnigen Sesseln und zwei nicht minder luxuriös designten Stühlen. Die Regale an den Wänden waren aufgeräumt. Auch auf dem Pult herrschte Ordnung. Ein weisser Rosenstrauss zierte den ungewöhnlich breiten Fenstersims. Ansonsten lag der Geruch eines edlen Parfums in der Luft. Versace oder Chanel?, rätselte Valérie.

«Ja, das glaube ich auch.» Valérie griff nach dem Wasserglas. «Ich habe mich mit ‹Tannhäuser› auseinandergesetzt. Die Oper thematisiert den Zwiespalt zwischen heiliger und profaner Liebe …» Sie lächelte. «Ich besuchte die schönsten Opernhäuser der Welt …»

«Und haben dabei Ihren Sohn vernachlässigt?» Von Redings Blicke durchdrangen ihre Augen. Sie fühlten sich wie Speerspitzen an, die bis zur Seele vorstiessen.

Valérie stellte abrupt das Wasserglas ab. «Wer sagt das?»

«Gestern wurde mir eine SMS zugespielt, in der behauptet wird, dass Sie es mit der Erziehung Ihres Sohnes nicht so genau genommen haben.»

«Soll das ein Witz sein? Wo ist das Schreiben jetzt?»

«Im elektronischen Papierkorb. Dort, wo solche Schreiben meines Erachtens hingehören.»

«Sie können mir jeden Bären aufbinden. Den nehme ich Ihnen aber nicht ab.»

«Solche anonymen Schreiben nehme ich in der Regel nicht für bare Münze, zumal sie keiner Relevanz bedürfen. Jemand will Ihnen schaden, Valérie. Allein darum geht es.»

«Sie glauben diesen Humbug?» Valéries Stimme klang nicht mehr sehr gefestigt. Erst noch hatte ihr Anwalt über Colin gesprochen. Aber dass ein Hinweis auf vernachlässigte Mutterpflichten an die Staatsanwältin gelangt war, hatte er in keinem Satz erwähnt. Wahrscheinlich hatte er selbst keine Kenntnis davon. Aber wer könnte ein Interesse daran haben, eine solche SMS zu verschicken?

«Werden Sie den Fall Heinzer neutral angehen können?» Von Reding sah auf die rot lackierten Fingernägel an ihrer linken Hand.

Valérie fasste sich. «Mein Privatleben hat rein gar nichts mit diesem Mord zu tun. Zudem geht es Sie nichts an.»

«Solange es Ihre Arbeit nicht tangiert.» Von Reding verzog keine Miene. «Ich könnte Sie ansonsten von dem Fall abziehen.»

«Ich glaube nicht, dass Sie das allein entscheiden können.»

Valérie zitterte innerlich wie Espenlaub. Wie ein Flash tauchte das Wort Vergangenheit vor ihrem geistigen Auge auf. War sie zurückgekehrt? «Mit welcher Begründung?»

«Ist er ein Problem?»

«Wer?»

«Ihr Sohn.»

«Nein. Ich bin durchwegs in der Lage, das eine vom andern zu trennen.» Valérie kniff ihre Augen zusammen. «Bevor ich hier anfing, hatten Sie sicher Informationen über mich eingeholt. Sie haben sich trotzdem für mich starkgemacht.»

Wenn von Reding lächelte, zogen sich ihre Mundwinkel nach oben, der Rest des Gesichts bewegte sich kaum. «Ich glaube immer noch fest daran, dass Sie die richtige Person sind. Woher haben Sie die Narbe?»

Valérie griff an ihre linke Wange. «Ist das wichtig?»

«Sie könnten sie operieren lassen.»

«Wäre ich deswegen schöner?»

«Jede Frau würde es sich überlegen.»

«Gut möglich. Aber wenn ich meine Lebensqualität davon abhängig machen würde, meine äusseren Makel zu beseitigen, wäre ich arm dran.»

«Sie glauben, die Narbe gehört zu Ihnen.»

«Im Gegenteil: Ich hasse sie. Erinnert sie mich doch immer daran, zu was Männer fähig sind.»

Knisterndes Schweigen. Von draussen das ratternde Geräusch einer Motorsäge.

«Haben Sie das Täterprofil schon erstellt?»

Valérie nickte, während sie trank.

«Und wie sieht das Ihrer Meinung nach aus?»

«Ich gehe von einem Mann aus.»

«Sind Sie sich dessen so sicher?»

«Sie waren ja auch am Tatort. Haben Sie die Leiche gesehen?»

Jole von Reding wandte ihr Gesicht zum Fenster. «Schrecklich das alles.»

«Nur ein Mann ist zu solch einer Metzelei fähig.»

«Haben Sie schon einen Verdacht?»

«Ich habe eben erst damit angefangen.» Valérie wurde es langsam zu bunt. «Sie persönlich haben mich damit beauftragt, die Ermittlungen zu führen. Dann lassen Sie mich meine Arbeit tun.» Valérie wartete eine Erwiderung erst gar nicht ab. «Er ist zwischen dreissig und fünfzig. Wahrscheinlich beziehungsunfähig. Wenn er trotzdem verheiratet ist, hat er ein grosses Problem in der Ehe. Er bringt die Männer um, nachdem sie mit einer Frau, möglicherweise mit einer Prostituierten, geschlafen haben. Im Moment deutet ziemlich alles darauf hin.»

«Eine gewagte Hypothese. Im Bericht steht, dass Sie eine Verbindung zum Tod des Anwalts Tuzzi nicht ausschliessen.»

Valérie blickte ihr Gegenüber fragend an. «Sie haben den Bericht schon gelesen?»

Von Reding schmunzelte vielsagend. «Darin bin ich schnell.»

«Bei Tuzzi wurden viele Dinge vernachlässigt.»

«Werden Sie konkret.»

«Zum Beispiel wurde der Kriminaltechnische Dienst nicht aufgeboten.»

«Davon weiss ich ehrlich gesagt nichts.»

«Man sah damals keinen Anlass, die Staatsanwaltschaft einzubeziehen.»

«Gehen Sie von zwei Tätern aus?»

«Nein. Die Frau könnte zwar als Lockvogel gedient haben. Doch ich glaube nicht, dass der Mörder eine Komplizin hatte. Er tat es im Alleingang. Zudem bedeuten ihm Frauen gar nichts. Er würde sich nur die Hände an ihnen schmutzig machen. Nein, der Täter verehrt seine Opfer. Er schaut zu ihnen auf, weil sie ihm an Intellekt überlegen sind, und er verabscheut ihre Einstellung zum Leben.»

«Sie gehen also davon aus, dass wir es mit einem Serientäter zu tun haben?»

«Ich frage mich, weshalb Sie nicht auch davon ausgehen.»

Von Reding stiess heftigen Atem aus. «Es ist zu früh für so weitreichende Schlüsse. Der Bericht von Dr. Stieffel kam mir in die Hand ... Man wünscht es sich nicht. Die Tatsache, dass wir es mit einem Serientäter zu tun haben könnten, macht mich nervös. Zuerst der Anwalt, jetzt der Gynäkologe. Beide waren weit über unsere Kantonsgrenze bekannt.» Von Reding streckte ihren Oberkörper.

Valérie kam es vor, als wüchse ihre Grösse ins Unermessliche. Es lag an der Ausstrahlung dieser im Grunde kleinen Frau. Ihre Präsenz war so spürbar wie der Ausläufer eines Tropensturms.

«Wie möchten Sie weiter vorgehen?»

«Ich werde mich beim Escort-Service schlaumachen.»

Von Reding beugte sich über die Tischplatte. «Sie sind eine aussergewöhnliche Frau.»

«Übertreiben Sie mal nicht. Ich tue bloss meinen Job.»

«Wir sind uns sehr ähnlich.» Allmählich wurde von Reding unangenehm, auch zu intim.

«Das allerdings bezweifle ich.» Valérie holte zum Gegenschlag aus. «Was lief da eigentlich zwischen Ihnen und Dr. Heinzer?»

Über von Redings Alabastergesicht huschte ein roter Schatten. Sie hüllte sich in Schweigen.

«Ihr Interesse an ihm schien mir unangemessen gross», stichelte Valérie.

«Habe ich mich je darüber geäussert?»

«Ich kann auch zwischen den Zeilen lesen. Das zeichnet mich als Polizistin aus.»

«Wir waren Freunde.»

Valérie fixierte ihr Gegenüber eindringlicher.

«Ich hatte mal eine Affäre mit ihm», sagte von Reding.

«Woran ist sie gescheitert?»

«An seiner Ehe. Ich bin nicht gern das fünfte Rad am Wagen.» Sie zögerte. «Er hatte dauernd Frauengeschichten.»

«Und so einer war Gynäkologe?»

«Ich verstehe es auch nicht.»

«Sie wissen schon, dass Sie sich mit diesem Geständnis verdächtig machen?»

«Seien Sie nicht albern. Wollen wir uns jetzt gegenseitig Schuld zuweisen? Ich bin genauso unschuldig wie Sie, Frau Lehmann ... oder so schuldig.»

Das genügte. Valérie wusste, dass sie die Staatsanwältin von nun an kompromisslos auf ihrer Seite haben würde.

«Weswegen sind Sie von Zürich hierhergekommen?» Sie gab wohl nie auf. «Wegen Ihrem Mann?»

«Ich würde lügen, wenn ich etwas anderes behauptete.»

«Will er Sie jetzt wirklich fertigmachen?»

«Das sind reichlich viele Fragen, die Sie mir zu meiner Person stellen. Aber ja, es hat etwas dran: Zuerst schlagen sie, dann vernichten sie dich.»

«Sie haben eine ziemliche Wut im Bauch.»

«Sie hilft, meinen Job richtig zu machen. Nur wer am eigenen Leib erfährt, zu was ein Mensch fähig ist, kann in dessen kranke Seele blicken.»

«Seien Sie vorsichtig!»

***

Das Klingeln des Telefons bohrte sich wie eine glühende Nadel in sein Bewusstsein.

Markus Suter hatte die Sitzung mit der Bauherrschaft mit der Begründung verschoben, dass eine Grippe im Anzug sei und er diese auskurieren wolle, bevor er ihr die Pläne für das Einfamilienhaus in Rickenbach unterbreite. Im Grunde genommen machte ihm die Nachricht um den Hinschied seines Freundes Joachim Heinzer zu schaffen. Elvira hatte ihn angerufen und ihm mitgeteilt, dass sie ihren Mann tot in seinem Bett gefunden habe. Unter Schluchzen hatte sie ihm erzählt, dass man ihn ermordet hatte.

Joachim – ein Mordopfer?

«Chef, ich glaube, es ist Ihr Telefon. Sehen Sie das rote Lämpchen?» Der Stift im vierten Lehrjahr warf Suter einen amüsierten Blick zu.

Suter richtete sich auf. Der Schmerz in seinem Kopf wollte nicht nachlassen.

«Markus, alles in Ordnung?» Die Stimme der jungen Architektin, die sich zu seiner Linken am Computer mit einem neuen Zeichenprogramm bemühte, klang da schon harscher.

Suter strich sich die Haare aus dem Gesicht. Mit seinen Gedanken war er überhaupt nicht bei der Sache.

Er griff nach dem Telefonhörer und meldete sich.

«Herr Suter, da ist wer von der Polizei im Geschäft. Ihre Frau macht gerade Kaffeepause in der Sportbar. Könnten Sie mal eben runterkommen?»

Suter atmete tief durch. Er hatte so etwas geahnt. «Bin gleich unten.» Er legte den Hörer zurück auf die Station. Die Blicke seiner Mitarbeiter ignorierte er.

«Gibt's Probleme?», fragte die Architektin.

«Nichts, was mit unserem Büro zu tun hat.» Suter zog sich die Jacke über, steckte sich ein Tic Tac in den Mund und wollte den Raum verlassen. Auf der Schwelle blieb er stehen und sah zurück. Unter anderen Umständen hätte er alles mit Wohlgefallen angesehen. In den letzten Jahren hatte er es geschafft, das Architekturbüro zu den renommiertesten im Ort Schwyz zu etablieren. Insgesamt elf Ingenieure, Architekten und Hochbauzeichner und zwei Lehrlinge arbeiteten bei ihm. Erst noch hatte er die neuesten Computer angeschafft. Ein einziges Zeichenpult erinnerte an die gute alte Zeit, als man die Striche und Linien noch von Hand hatte führen müssen. Heute wurde zu fast hundert Prozent am Rechner gearbeitet. Suter war sogar Mitbegründer einer modernen Software gewesen, die es den Architekten ermöglichte, mit wenig Aufwand einen Raum dreidimensional zu zeichnen.

Suter zog die Tür hinter sich zu. Er war ein angesehener Schwyzer. Er hatte es zu etwas gebracht und gehörte heute zu den wichtigsten Arbeitgebern im Ort.

Das sollte auch in Zukunft so bleiben.

Kaum war Joachim Heinzer tot, stand die Polizei in seinem Haus. Als hätten sie eine Verbindung zu ihm gefunden. Er konnte es sich zwar nicht vorstellen, wie sie auf ihn gekommen waren. Vielleicht ging es um seine Frau oder – am Ende um etwas völlig Banales. Aber es war ihm nicht wohl. Suter stieg die Treppe runter ins Parterre.

Elfie Schwegler, die Aushilfe, hatte die Tür zum Dekorationsladen bereits weit geöffnet. Der Geruch nach Lack und Farbe streifte seine Nase. Erst noch hatte seine Frau Gabi die Wände neu streichen lassen und dem Interieur mit modernen Möbeln, Stoffen und Wohnaccessoires einen neuzeitlicheren Anstrich verliehen. Jetzt erstrahlte alles in einem gedämpften Licht. Suter lief den beiden Polizisten geradewegs in die Arme.

Nur einer von ihnen trug Uniform, der andere Jeans und Lederjacke und hatte einen asiatischen Einschlag.

«Louis Camenzind», stellte sich der Mann in Zivil vor. «Sind Sie Markus Suter?»

Er nickte. Allein die Präsenz der beiden Ordnungshüter machte ihn nervös.

«Wir müssen Ihnen ein paar Fragen stellen.»

«Worum geht es?» Suter war selten im Geschäft seiner Frau anzutreffen. Das hier war ihr Fachgebiet. Aus dem kleinen Deko-Geschäft war in den letzten Jahren ein florierendes Unternehmen geworden. Angesprochen wurden hier mehrheitlich Frauen. Gabi Suter hatte damals eine Marktlücke entdeckt: Möbel und Accessoires in Verbindung mit sinnlichen Düften und Geschenkartikeln. In der Zwischenzeit hatte man sie mehrfach kopiert.

«Wir ermitteln in einem Tötungsdelikt. In diesem Zusammenhang sind wir auf Ihren Namen gestossen.»

Suter fuhr zusammen. «In was für einem Zusammenhang?» Er verspürte ein erstes inneres Beben.

«Am Tatort wurde diese Quittung hier gefunden.» Der uniformierte Polizist legte ein entsprechendes Dokument auf den Verkaufstresen, hinter dem Elfie Schwegler das Gespräch der Männer unter grösster Anspannung mitverfolgte.

«Kennen Sie diese Quittung?»

Suter griff danach. «Ja, die wurde hier ausgestellt. So wie es aussieht, hat meine Frau den Artikel verkauft.» Er wandte sich an Elfie Schwegler. «Oder waren Sie das?»

«Nein. Ich bin nur freitags und samstags im Geschäft.»

«Meine Frau hat offenbar den Verkauf abgewickelt», bestätigte Suter.

«Ein Boxspringbett mit Inhalt?»

«Ja, wie es aussieht ...» Suter fuhr sich mit der Hand über die Stirn. Die Hitze im Geschäft machte ihm zu schaffen. «Könnten Sie mal ein Fenster öffnen?» Er wandte sich erneut an Elfie Schwegler.

Louis stellte sich ihr in den Weg. «Das kann warten.» Und an Suter gewandt: «Das heisst, der Kunde hat bar bezahlt? Ist das üblich bei Betten?»

«Das kann durchwegs vorkommen.»

«Der Kunde ist jetzt tot.»

Suter stützte sich am Tresen ab. Elfie Schwegler setzte sich auf ein Sofa, das mit einer Aktionstafel beschriftet war: dreissig Prozent Rabatt bei einem Kauf bis Ende Mai. Die Sprache verloren hatten beide.

«Kennen Sie einen Arzt namens Joachim Heinzer?», fragte Louis.

Suter schluckte. Er wusste nicht, ob er mit der Wahrheit herausrücken wollte. Blamagen und Probleme konnte er sich gerade jetzt nicht erlauben. «Er war Kunde von uns», wich er aus.

Sie würden früher oder später erfahren, wie er zu Heinzer gestanden hatte. Es machte keinen Sinn, die Beziehung zu ihm zu vertuschen. «Er war ein guter Freund», fügte er deshalb hinzu.

«Haben Sie von seinem Hinschied bereits erfahren?»

«Seine Frau rief mich gestern an.»

«Das Bett wurde am Mittwoch von ihm gekauft. Wissen Sie, ob er es gleich mitgenommen hat? Oder haben Sie es ihm geliefert?»

«Das weiss ich nicht. Ich müsste meine Frau fragen. Ich war wahrscheinlich oben in meinem Büro, als sie das Geschäft mit ihm abwickelte.» Suter versuchte, einen möglichst ruhigen Eindruck auf die Polizisten zu machen, was ihm nicht ganz gelang.

«Sie haben ihn nicht gesehen? Und Ihre Frau hat Ihnen auch nicht erzählt, welch gutes Geschäft sie an diesem Tag gemacht hat?»

Wenn der wüsste, wie wenig sie miteinander zu reden hatten.

«Nein.»

«Wie gut kannten Sie Joachim Heinzer?»

Suter fing sich ein wenig auf. «Wir waren zusammen aufgewachsen. Wir besuchten zusammen die Primar- und Sekundarschule und danach das Kollegium. Nach bestandener Matura verbrachten wir gemeinsam ein Jahr in den Staaten. Danach studierte Joachim an der Medizinischen Fakultät in Zürich, ich an der Eidgenössischen Technischen Hochschule Architektur. Unsere Wege trennten sich … Als Joachim heiratete, beauftragte er mein Büro mit dem Bau seiner Villa. Dadurch kamen wir uns wieder näher.»

«Bis heute?»

«Ja.»

Die automatische Tür ging auf, und ein Luftzug streifte Suter. Er atmete erleichtert auf. «Gabi, gut, dass du da bist. Die Herren sind von der Polizei. Du weisst, wegen Joe … Er war doch am Mittwoch bei dir im Laden und hat ein Bett gekauft …» Suter tänzelte um seine Frau herum.

«Ja, ich habe mich noch gewundert.» Suters Frau war eine drahtige, nicht mehr ganz taufrische Frau mit Herrenhaarschnitt und Brille. Sie trug blaue Leinenhosen und ein Hemd. Darauf, dass sie sich manchmal wie ein Kerl kleidete, hatte Suter keinen Einfluss mehr. Von erotischen Gefühlen ihr gegenüber war er weit entfernt. Gabi war für ihn eine Arbeitskollegin, mehr nicht. Das Einzige, was die beiden noch verband, war ihre Leidenschaft für Haus und Heim.

«Ich meine, die Heinzers haben erst noch ein neues Schlafzimmer bestellt», ergänzte Gabi Suter.

Louis machte Notizen. «Wissen Sie, wohin das Bett gebracht wurde?»

«Joe war mit einem Kleinlieferwagen hier. So kannte ich ihn ja gar nicht. Mein Spediteur und er verfrachteten das Bett in den Wagen. Wohin Joe es brachte, weiss ich nicht. Aber es kam mir etwas seltsam vor. Ich habe ihn noch nie Schwerarbeit verrichten sehen … also ich meine, er delegierte ansonsten solche Dinge … Zudem hatte er zu der Zeit sicher in der Praxis zu tun. Wie gesagt, sonderbar, sonderbar …»

«Haben Sie sich zufällig die Nummer des Wagens notiert?»
Gabi Suter wechselte hilflos Blicke mit ihrem Mann. «Ich hatte keinen Grund. Aber ich erinnere mich, dass es ein weisser Laster von der Marke Subaru war. Er war auf der Seite leicht beschädigt.»

***

Die Rubiswilstrasse lag nicht ganz im Dunkeln. Fahles Licht reflektierte in den Fenstern. Hinter zugezogenen Vorhängen flimmerte das Neon der Fernsehgeräte. Doch die Gegend wirkte unheimlich. Vielleicht kam es Valérie nur so vor. Seit sie das Büro der Staatsanwältin in Biberbrugg verlassen hatte, beschlich sie das ungute Gefühl, verfolgt zu werden. Bewusst hatte sie das Auto erst kurz vor Schwyz wahrgenommen. Die Distanz war zu gross gewesen, als dass sie seine Marke hätte erkennen können. Erst bei der Abzweigung in ihr Wohnquartier hatte sie es aus den Augen verloren. Sie war dann ins Dorfzentrum zurückgefahren. Sie hatte dort ihren Wagen im Parkhaus beim Hauptplatz abgestellt und war zu Fuss nach Hause gegangen, um nach dem langen Arbeitstag noch etwas Luft schnappen zu können.

Spielten ihre Nerven verrückt? Die letzten beiden Tage hatte Valérie unter einer grossen Belastung gestanden. Obwohl sie sich das selten zugestand, konnte sie die Anzeichen dafür nicht ignorieren. Die Geister waren zurück.

Von Reding hatte recht gehabt. Ihr Nochehemann wollte sie fertigmachen. Er war schon immer mit System vorgegangen. Ansonsten hätte er den Job bei Polarpol International nicht bekommen. Er war ein Alphatier, intelligent und skrupellos. Wenn er dies in seiner Arbeit unter Beweis stellte, bedeutete das für die Firma einen Gewinn. Im privaten Bereich ein Desaster. Valérie hatte von seinen Machtspielchen genug gehabt. Nur beim Anblick seiner Visage stiess es ihr sauer auf. Dieses breite Grinsen, wenn er sie partout nicht ernst nehmen wollte. Seine herablassende Art ihr gegenüber, die mit den Jahren zugenommen hatte. Am Anfang ihrer Ehe hatte sie seine Arroganz nicht beachtet, seine widerlichen Äusserungen ihr gegenüber zwar als unerzogen empfunden, aber niemals als einen persönlichen Angriff. Die Endorphine der Verliebtheit hatten sein wahres Gesicht verschleiert. Wie grausam war das Erwachen gewesen. Damals, als ihr bewusst geworden war, dass seine langen Abende nichts mit Überzeit zu tun hatten. Willy hatte schon immer Vorlieben für junge Frauen gehabt. Valérie selbst war ein Beispiel dafür gewesen. Ihretwegen hatte er seine damalige Frau verlassen.

Sie hatte an seine Liebesschwüre geglaubt oder an die Freude, als er seinen Sohn in den Armen hielt. Genau diese Erinnerungen hatten dagegengehalten, sich schon früher von ihrem Mann zu trennen.

Valérie suchte in der Handtasche nach ihrem Schlüssel, als sie unmittelbar in ihrer Nähe ein Geräusch vernahm. Angespannt drehte sie sich um.

Die Nacht verhinderte den Kontrast zwischen der Dunkelheit und dem schwarzen Schatten, der reglos stehen blieb. Ein Fremder? Ein Verrückter? Jemand, der ihr Angst einjagen wollte.

Unrealistischer hätte ihr die Gestalt vor ihr nicht erscheinen mögen. Ein Mann? Eine Frau?

Ein Wesen aus ihrer Vergangenheit?

Wenn er sie wenigstens angesprochen oder berührt hätte, wäre es ihr leichter gefallen, auf ihn zu reagieren. Der Fremde sagte nichts. Er war wie ein Schatten ihrer selbst. Eine Figur in schwarzem Anorak mit Kapuze, in der sie anstelle des Gesichts eine unheimliche Fläche ausmachte. Weder Augen, Nase noch Mund waren zu erkennen. Das Bild, das er bot, erinnerte sie an den Mann ohne Gesicht in ihren Alpträumen. An die endlosen Nächte, in denen die Figur plötzlich aus dem Nichts auftauchte.

«Aktiviere deine positiven Kräfte», hatte Katja ihr geraten. «Lasse es nicht zu, dass die Schattenseite deiner Seele dich verschlingt. Wir alle haben sie in uns. Sie soll aber dort bleiben, wo sie hingehört. Im Schatten.»

Vielleicht war es ja falsch, das Böse zu verdrängen. Sie musste ihm genauso viel Platz einräumen wie dem Guten. Keine Seele war so stark, das Böse in ihren Fesseln zu halten. Irgendwann brach es aus und gelangte an die Oberfläche.

Mit zitternden Händen wandte sich Valérie erneut der Tür zu und steckte den Schlüssel ins Schloss. Sie hielt die Luft an.

Erst im Hausflur atmete sie aus. Sie hastete über die Treppe ins Hochparterre, wo sie wohnte. Sie schloss auch hier auf, stürzte ins Entrée, schlug die Tür hinter sich zu und drehte den Schlüssel um.

Wer war der Fremde gewesen?

Der Täter?

Ein Gesandter von Willy Lehmann?

Das personifizierte Böse, das sich an ihren Urängsten zu schaffen machte?

Valérie ging in die Küche. Von dort aus hatte sie freien Blick auf die Strasse unter ihr. Der Fremde war verschwunden. Valérie glaubte sich von einem Trugbild getäuscht.

VIER

Sie fand die Adresse in der Luzerner Altstadt unterhalb des alten Suva-Gebäudes. Die barocke Kuppel stach in einen wolkenlosen Himmel. Das Haus verbarg sich hinter einer Mauer, wo Moossporen und Gestrüpp wie Tentakel aus den Ritzen wucherten. Ein von Unkraut überwachsener Weg führte zu einer Tür, an deren linker Seite sieben Namensschilder angebracht waren. «WOP» stand ganz zuoberst. Die Tür war unverschlossen, das Treppenhaus dahinter milderte den ersten negativen Eindruck. Es gab sogar einen Lift.

Roten Samt und schweres Parfum hatte sie erwartet. Ein steriles Büro mit einem weissen Tresen, der von einer Wand zur andern reichte, präsentierte sich stattdessen Valérie, als sie den Fuss in die Begleitagentur «Women of Privacy» setzte. Sie liess sich ihre Enttäuschung nicht anmerken. Offenbar wurden die Geschäfte hier hauptsächlich übers Internet abgewickelt. Den Kunden hatte es nicht zu interessieren, dass die Agentur, für deren Mitgliedschaft er viel bezahlte, nicht in einem Palast untergebracht war.

Zwei junge Damen sassen vor eleganten Laptops und drahtlosen Telefonen mit Freisprechanlage und sahen gleichzeitig auf. Blond, engelsgleich mit schön geschnittenen Gesichtern. Valérie berührte ihre linke Gesichtshälfte. Sie fühlte sich plötzlich nackt in Anwesenheit dieser Elfen. Sie hatte ganz vergessen, dass eine neue Generation von Frauen heranwuchs, die viel Zeit und Geld investierte, um ihrem Schönheitswahn zu frönen. Zudem erlaubte es die heutige Mode, mit wenig Budget eine gute Falle zu machen.

«Guten Tag. Was können wir für Sie tun?» Es war die ältere der beiden Göttinnen, die sie ansprach. Jedoch auch nicht älter als fünfundzwanzig, mit einem strahlenden Lächeln, das angeboren zu sein schien. Denn so viel Sympathie konnte man sich nicht antrainieren.

Valérie zeigte ihre Dienstmarke und nannte ihren Namen.

Die Angesprochene verlor augenblicklich ihr Sonntagsgesicht. «Polizei?» Sie suchte hilflos den Blickkontakt zu ihrer Kollegin.

«Keine Angst. Ich tue Ihnen nichts. Ich möchte ein paar Auskünfte.» Valérie stellte sich vor den Tresen und befingerte das Namensschild vor ihr, das die Identität der Frau preisgab. «Danielle … hübscher Name.»

In Danielles Augen machte sich ein unstetes Flattern bemerkbar. «Die Chefin ist aber nicht da. Wir haben keine Kompetenz, in ihrer Abwesenheit Details über die Firma zu verraten.»

«Das klingt aber sehr geheimnisvoll.» Valérie setzte ihr mildestes Lächeln auf und las das zweite Schild: Cindy. Valérie bemerkte plötzlich, wie Danielle ihr ungeniert auf die Narbe glotzte, und sie hätte ihr am liebsten in ihr makelloses Puppengesicht geschlagen. Sie hasste es. Es konfrontierte sie gnadenlos mit ihrer eigenen Vergänglichkeit. Nur deswegen schaffte sie es nicht, sich zurückzuhalten. «Das war die Tat eines Ungeheuers von der Art, wie Sie sie in Ihrer Agentur bedienen. Fürchten Sie sich nie, dass Ihnen dasselbe widerfahren könnte?»

«Wir tun unseren Job wie Sie auch», kam es vom andern Ende des Tresens zurück.

«Und für unsere Kundschaft legen wir die Hand ins Feuer.»

«Dann hoffe ich doch sehr, dass Sie sie sich nicht verbrennen. Apropos Kundschaft: Ich brauche Namen.»

«So einfach ist das nicht», sagte Danielle.

Valérie ignorierte es. «Ist Ihnen Paolo Tuzzi bekannt? Oder Dr. Joachim Heinzer?»

«Ich weiss nicht.»

«Suchen Sie doch mal auf Ihrem Rechner. Oder soll ich es für Sie tun?»

«Sie geben wohl nie auf», beschwerte sich Danielle.

«Da haben Sie recht. Vielleicht lassen Sie sich erweichen, wenn ich Ihnen sage, dass Ihre Arbeitgeberin zwei Männer bedient hat, die jetzt tot sind.»

Danielles Hals bewegte sich reflexartig.

«Na mach schon», ermutigte Cindy sie. «Wir müssen es Leandra ja nicht sagen.»

«Ist das Ihre Chefin?», fragte Valérie.

Danielle bejahte. «Wie, sagten Sie, lauten die Namen?»

«Paolo Tuzzi und Joachim Heinzer. Und wie heisst Leandra mit Nachnamen?»

«Eisenbauer.» Die junge Frau tippte die Namen ins System. «Tut mir leid, beide Namen sind uns nicht bekannt. Vielleicht haben sie in einer anderen Agentur gebucht.»

Valérie machte Notizen. «Ich habe aber Ihre Karte. ‹Women of Privacy›. Wie privat eigentlich?»

«Hören Sie, kommen Sie am Montag wieder. Dann ist unsere Chefin da … ich weiss wirklich nicht, ob ich das darf.»

Valérie stiess Luft aus. «Sehen Sie denn, woher Ihre Kundschaft stammt? Gibt es Adressen in Schwyz?»

«Okay! Überzeugen Sie sich selbst.» Danielle drehte verärgert den Bildschirm, dass Valérie daraufsehen konnte. «Ich will nichts damit zu tun haben.»

Lange las sie und scrollte die Liste mit dem Cursor nach unten. Die erscheinenden Namen sagten ihr nichts. «Kann es sein, dass die Kundschaft unter einem Pseudonym bucht?»

«Das ist nicht möglich», sagte Danielle. «Unsere Kunden zahlen im Voraus mittels Kreditkarte. Vor dem Treffen mit der Angebeteten werden zudem die Ausweise verlangt. Wir sind zwar sehr diskret. Aber die Sicherheit unserer Frauen geht vor. Das hat bei unserer Chefin oberste Priorität.»

«Ihre Chefin kommt also am Montag zurück.» Valérie wandte sich an beide Frauen.

«Bereits morgen Abend ist sie wieder da. Sie ist mit einem unserer Klienten auf einem verlängerten Wochenende.»

«Wie reizend.» Valérie fuhr sich mit der rechten Hand durch ihr Haar. «Ich bräuchte noch Ihre Personalausweise bitte, Identitätskarte, Pass … Führerausweis, was Sie gerade dabeihaben.»

«Wozu denn das?» Cindy tat entsetzt.

«Eine rein vorsorgliche Massnahme.»

Die Frauen legten die Studentenausweise widerwillig auf den Tresen, und Valérie freute sich insgeheim über die Gutgläubigkeit der beiden.

«Studentinnen sind Sie?» Valérie überflog die Namen und checkte das Alter. «Daniela Halter und Sandra Mayer … Danke, das war's.» Sie schob die Ausweise in die Nähe der Laptops. «Ach, eines möchte ich noch erfahren, bevor Sie mich los sind: Wie alt sind denn die Frauen, die für den Begleitservice arbeiten?»

Danielle setzte ein entwaffnendes Lächeln auf. «Zwischen achtzehn und fünfundsiebzig.» Und als müsste sie sich dafür rechtfertigen, fügte sie an: «Bei den Treffen geht es nicht immer um Sex. Es gibt auch Männer, die wollen bloss eine Begleitung, und andere, die sich gern an die Schultern einer reifen Dame anlehnen.»

Valérie schürzte ihre Lippen. «Falls sie nicht an Gerontophilie leiden …»

Keinen Schritt weiter, dachte Valérie.

Sie verliess die Agentur und liess zwei perplexe Frauen zurück. Sollten die von ihr denken, was sie wollten. Auf dem Flur griff sie nach ihrem iPhone und stellte Louis' Nummer ein.

«Camenzind», klang es unwirsch.

«Hier Valérie, falls du meine Nummer noch nicht kennst. Wie weit seid ihr?»

«Nicht viel weiter. Wir haben noch einmal mit dem Jungen gesprochen, den Fabia am Donnerstagmorgen befragt hatte. Auch die restlichen Halbwüchsigen von der Partynacht. Auch in nüchternem Zustand konnten sie sich nicht an Auffälligkeiten erinnern. Du weisst ja, wie die heutige Jugend ist … selbstgefällig und egoistisch. Zudem ist der Vater zurückgekehrt. Aber er konnte uns auch nicht weiterhelfen. In dieser Strasse kennen die Nachbarn einander kaum.»

«Das allerdings kann ich mir nicht vorstellen. In Schwyz kennt doch jeder jeden.»

«Meinst du, die verheimlichen uns alle etwas?» Ein kurzes, heftiges Kichern drang an ihr Ohr.

Valérie ging nicht darauf ein. «Ist der Bericht von der Rechtsmedizin schon eingetroffen?»

«Ich dachte, der komme nicht vor heute Abend.»

«Es hätte ja sein können.»

«Wie lief es bei dir?»

«Fehlanzeige. Der Escort-Service hatte weder mit Tuzzi noch

mit Heinzer etwas zu tun. Überprüft mal die anderen Begleitagenturen. In Schwyz soll es anscheinend auch einen geben. Bis heute Abend will ich sämtliche Anbieter im Raum Zentralschweiz und Umgebung durchgecheckt haben, egal, wen ihr dafür einsetzt, egal, wie lange ihr daran arbeitet.»

Louis zögerte. Valérie hörte sein hektisches Atmen durch das Telefon.

«Ist noch etwas?»

«Fast hätte ich es vergessen: Wir haben die Garage gefunden, bei der Heinzer den Kleinlaster gemietet hatte.»

«Und?»

«Wir haben den Wagen konfisziert. Er steht jetzt bei unseren Kollegen bei der Kriminaltechnik in Schindellegi.»

«Beweismaterial?»

«Sie checken die Strecke, die Heinzer gefahren war. Wir hoffen, damit den Radius zu berechnen, in dem sich Heinzer am letzten Mittwoch bewegt hat. Vielleicht finden wir auf diesem Weg die Adresse, wo das Bett steht.»

«Habt ihr Frau Heinzer noch einmal befragt? Weiss sie etwas von dem Bett?»

«Alles schon geschehen. Aber sie kann sich auch keinen Reim darauf machen. Wenn du mich fragst, ticken die alle nicht richtig.»

«Ich frage dich aber nicht.»

***

Familie Betschart wohnte an der St. Martinsstrasse, inmitten eines Villenquartiers. Ihr Anwesen war ein Landhaus mit einem weitläufigen Umschwung. Ein gepflegter Garten war mit einer mannshohen Buchsbaumhecke eingezäunt. Valérie kam sie wie eine Festung vor. Sie vergewisserte sich, dass kein Hund sich ihr näherte. Denn die Erfahrung lehrte sie, dass solche Häuser in der Regel von blutrünstigen Bestien bewacht wurden. Ihre Befürchtungen blieben unbegründet. Auch fand sich nirgends ein Schild mit einer Warnung vor Hunden.

Über der Eingangstür fiel ihr eine Kamera auf. Ob die noch

funktionstüchtig war, bezweifelte sie allerdings. Es blinkte nirgends ein rotes Lämpchen.

Valérie läutete.

Es dauerte eine Weile, bis eine kleine, magere Frau mittleren Alters in einem gepflegten Hosenanzug öffnete.

Valérie hielt ihr die Polizeimarke hin. Sie stellte sich mit ihrem Namen vor. «Sind Sie Frau Betschart?»

«Ja, die bin ich.»

Valérie zeigte auf die Kamera. «Funktioniert die?»

«Sie hat den Geist schon vor Jahren aufgegeben. Aber sie hängt dort mehr zur Abschreckung.» Sie musterte ihr Gegenüber. «Ist etwas passiert?»

«Keine Sorge. Ich brauche ein paar Auskünfte. Ist Ihr Mann da?»

Frau Betschart öffnete die Tür ganz. «Kommen Sie. Er ist noch in seinem Zimmer.» Sie sah Valérie misstrauisch an. «Was wollen Sie von meinem Mann?»

«Das würde ich ihm gerne selber sagen.»

Frau Betschart ging voraus in ein Wohnzimmer, in dem man ein halbes Fussballfeld hätte unterbringen können, wenn es nicht so schrecklich überladen gewesen wäre. «Bitte sehr.» Sie zeigte auf ein ländliches Sofa, welches mit diversen Häkeldecken verziert war.

Valérie blieb stehen. «Ich hätte allerdings auch eine Frage an Sie, Frau Betschart.»

Die magere Frau blieb wie eine Säule reglos stehen. Ihre Augen weiteten sich. «Bitte sehr, wenn ich Ihnen helfen kann.»

«Kann es sein, dass Sie Frau Tuzzi kennen?»

«Wir … wir sind Bekannte.»

Valérie griff nach der Notiz, die ihr Monique Tuzzi überreicht hatte. «Waren Sie am 28. März im Stadttheater?»

«Hm, ja … war ich. Wir schauten uns ‹Ariadne auf Naxos› an.»

«Danke, das war's.»

Frau Betschart verschwand in den oberen Stock.

Valérie hatte viel Zeit, die etwas sonderbare Einrichtung des Salons ins Visier zu nehmen. Dort hatte man versucht, den hintersten und letzten Platz mit unterschiedlichen Möbeln auszustatten. Das Sofa passte nicht zu den Sesseln, die Sessel nicht zu den Vorhängen. Die Wände sah man ob der vielen Gemälde nicht mehr wirklich. Valérie erkannte Anker, Picasso und Gauguin, ein stilistisch gewagtes Unterfangen. In jeder Nische gab es Nippes und Statuen. Selbst die Übertöpfe, aus denen abwechselnd exotische und einheimische Pflanzen wuchsen, folgten keiner Stilrichtung. Hier wurde schamlos gezeigt, was man hatte. Hier lebte man das Missverhältnis zwischen Kitsch und Ästhetik aus.

Von oben hörte sie es rumoren. Frau Betscharts Stimme, die sonore einer männlichen Person. Wenig später vernahm sie das Geräusch einer Toilettenspülung, das Klappern von Badarmaturen, dann die Dusche. Dass das Haus schon älter war, bezeugten die dünnen Wände.

Frau Betschart kehrte zurück. «Mein Mann kommt gleich. Es ist halt spät geworden gestern. Sie wissen sicher, wie das ist, wenn man im Regierungsrat amtiert. Sitzungen, nichts als Sitzungen.»

Valérie schenkte ihr ein Lächeln. Nach Unterhaltung war ihr im Moment überhaupt nicht zumute, auch wenn ihr Gegenüber versuchte, höflich zu sein.

«Jetzt soll ja endlich der Frühling kommen.» Frau Betschart hatte ihre Arme verschränkt. «Es wird auch langsam Zeit. Es wird bestimmt wieder sehr heiss. Wir kennen das ja aus anderen Jahren. Es gibt keine richtigen Übergangszeiten mehr.» Als sie Valéries Desinteresse bemerkte, räusperte sie sich. «Na, ich werde mich mal wieder in der Küche zu schaffen machen. Ich sollte noch das Silberbesteck reinigen. Es läuft immer an.» Mit einer verlegenen Geste wandte sie sich ab.

Der Handlauf zitterte, als Martin Betschart über die Treppe herunterkam. Sein Alter war schwer zu schätzen. Wahrscheinlich näher an sechzig als an fünfzig. Seine Erscheinung wirkte imposant. Valérie wunderte sich nicht, dass er in die Regierung gewählt worden war. Solche Charismen brauchte der Kanton. Einerseits der väterliche Freund, andererseits der Macher, der wusste, wo Gott hockte. Und dass Betschart den Allmächtigen im Rücken hatte, erkannte Valérie an den Kreuzen, die ihr schon beim Eintreten aufgefallen waren.

Sein Händedruck war warm, fast zärtlich, was Valérie in Anbetracht seines Körperumfangs irritierte.

Betschart rief seiner Frau nach: «Marteli, sei so gut und mache uns einen Kaffee. Sie nehmen doch auch einen.» Er sah Valérie wieder an.

«Danke, ich hatte meinen schon.» Sie warf Marta einen einvernehmlichen Blick zu. Sie wird unterdrückt, ging es ihr durch den Kopf, und wenn sie die magere Gestalt betrachtete, erhärtete dies ihre Ahnung. Das vermochten weder die gepflegte Erscheinung noch das tadellos frisierte Haar zu verstecken.

«Also, kommen wir zum Thema. Aber machen wir es kurz. Heute Nachmittag muss ich noch zur Fraktionssitzung ins Rathaus.» Betschart rückte einen Sessel im Wohnzimmer zurecht und forderte Valérie auf, sich ihm gegenüberzusetzen. «Ich nehme an, dass Sie ja nicht unbedingt zum Kaffeetrinken hier sind.» Er lachte so laut, dass Valérie erschrocken zusammenfuhr.

Erkannte sie eine erste Unsicherheit? Polizei im Haus war fast nie mit Angenehmem zu verbinden. Sie störte den gewohnten Alltagstramp der Familie. Dass der Herr des Hauses um diese Zeit noch im Bett gewesen war, kam ihr sehr ungewöhnlich vor. Er hatte sich beeilt. Das Hemd hing ihm über den Hosenbund. «Wir ermitteln in einem Mordfall.»

«In einem?» Betschart schluckte leer.

«Wissen Sie etwas, das ich nicht weiss?» Angriff. «Oder muss ich davon ausgehen, dass Sie sich Ihre eigenen Interpretationen bereits zurechtgelegt haben?» Sie registrierte seine nervösen Wimpernschläge.

«Nein, ehrlich gesagt fällt mir ein Stein vom Herz. Ich dachte, wir hätten es mit einem Doppelmord zu tun. Ich meine … einer ist natürlich einer zu viel …» Er räusperte sich. «Wie sind Sie übrigens auf mich gekommen?»

«Ich bin Polizistin.» Valérie legte ihr Diktiergerät auf den Tisch, ohne auf Betscharts vorherige Feststellung einzugehen. «Irgendwo müssen wir ja beginnen.» Sie schaltete das Gerät ein. «Ich werde unser Gespräch aufzeichnen», sagte sie mit einer Selbstverständlichkeit, die keinen Widerspruch duldete. «Und ich werde mir zusätzlich Notizen machen. Manchmal ist mein

Verstand schneller als das Aufnahmegerät.» Sie unterdrückte ein Lachen, als sie Betscharts Gesichtsausdruck sah.

«Ach ja, der detektivische Spürsinn. Sie hatten sicher mal eine Detektei und haben dann zur Polizei gewechselt.» Er wollte offenbar lustig sein.

«Ich habe das Lizenziat in Rechtswissenschaften und den Rang eines Oberleutnants.»

«Tut mir leid», sagte er. «Was bin ich nur für ein Holzklotz.»

Valérie hätte ihm gern recht gegeben. «Ich lasse meine Erfolge für mich sprechen.»

Wieder lachte er, dass die Balken zitterten.

Sein Imponiergehabe ging ihr langsam auf den Geist.

Betschart deutete auf ihre Schramme. «Wer hat Ihnen das angetan?»

«Ein Schwein.» Valérie verzog keine Miene. «Aber *ich* stelle hier die Fragen.»

Betschart räusperte sich. «Natürlich. Schiessen Sie los.» Er rutschte auf dem Sessel hin und her.

«Wann haben Sie Joachim Heinzer das letzte Mal gesehen?»

«Vor drei ... nein, warten Sie, vor acht Tagen. Wir treffen uns jeweils im ‹Ochsen› zur wöchentlichen Besprechung.»

Valérie zweifelte an der Richtigkeit seiner Antwort. Da war dieser Versprecher gewesen, der sie aufhorchen liess. «Sie und Heinzer?»

«Nein, wir sind insgesamt zwanzig Mitglieder.»

«Von Ihrer Partei?»

Betschart zögerte. «Nicht nur ...»

Valérie hielt mit dem Schreiben inne. «Nicht nur?»

Betschart wollte nicht so recht rausrücken. «Ist das hier ein Verhör?»

«Hätte ich denn Grund, Sie zu verhören?»

Betschart schob seinen Bauch nach vorn und legte die Arme gekreuzt darüber. «Entschuldigen Sie die Frage. Sie tun ja nur Ihre Pflicht.»

Valérie sah auf seine Hosenbeine, die heraufgerutscht waren. Betschart trug gemusterte Socken. Die Waden waren weiss und haarlos. «Wir haben mit unseren Ermittlungen eben erst begonnen. Nehmen Sie es nicht persönlich.» Sie machte eine nachhaltige Pause. «Wie gut kannten Sie Heinzer?»

Es klopfte zaghaft an der Tür. Marta trat mit einer Kaffeetasse ins Wohnzimmer. Sie stellte sie auf den Tisch. Sie hatte ihren Anzug abgelegt und ein Kleid angezogen. Was wollte sie damit bezwecken? Oder ging es darum, die Aufmerksamkeit auf sich zu ziehen? Die Antwort blieb Betschart im Hals stecken, bis seine Frau den Raum verlassen hatte. Er wartete sogar so lange, bis sie die Tür hinter sich zugezogen hatte und er sicher war, dass sie ausser Hörweite war.

«Wie gesagt, wir waren Parteifreunde.»

«Sie wiederholen sich.»

«Ich gehöre dem Tennis Club Schwyz an. Heinzer war auch Passivmitglied.»

«Und?»

«Was, und?»

«Ihnen liegt noch etwas auf der Zunge.»

Betschart warf immer wieder Blicke zur Tür.

«Ihre Frau ist nicht da.» Valérie genoss Betscharts Unsicherheit. «Sie können mir Ihr kleines Geheimnis anvertrauen.»

Betschart knetete seine Wurstfinger. «Hören Sie, es genügt, wenn mich die Tagesgeschäfte in der Politik fordern. Als christlich Denkender habe ich mich vor drei Jahren in die Schwyzer Regierung wählen lassen. Ich stehe dem Departement des Innern vor. Ich politisiere aus Überzeugung und im Rahmen meiner Möglichkeiten. Es ist nicht immer leicht, den Wünschen und Bedürfnissen der Bevölkerung gerecht zu werden. Die topografische Vielfalt des Kantons und die unterschiedlichen Mentalitäten setzen den Spagat zwischen den reichen Gemeinden am Zürichsee und den einfachen Dörfern in den Bergregionen voraus.»

«Was wollen Sie damit andeuten?»

«Dass ich ein loyaler Mensch bin. Und ich habe absolut kein Interesse, in etwas hineingezogen zu werden, das meiner politischen Laufbahn schaden könnte. Sie verstehen sicher, was ich damit sagen will.»

«Dass Sie mich über Ihre politischen Ambitionen aufklären, war nicht mein Ziel», frotzelte Valérie. «Sie müssen sich auch für nichts rechtfertigen. Ich möchte lediglich ein paar Auskünfte über Heinzer. Hatte er ein Verhältnis mit einer andern Frau?»

Betschart schob seine dicke Unterlippe vor. «Nun ja, wenn Sie mich so fragen: Heinzer hat ab und zu die Dienste einer Prostituierten in Anspruch genommen.»

«Das hat er Ihnen anvertraut?» Valérie konnte sich ein Schmunzeln nicht verkneifen. «Männer behalten das für sich, ausser man trifft sich per Zufall im Saunaclub. Dann sollte man zumindest seinen Freunden reinen Wein einschenken. Haben Sie gemeinsam einen Saunaclub besucht?»

Betschart tat empört. Sein Doppelkinn schwabbelte wie Pudding. «Jetzt gehen Sie entschieden zu weit.»

«Ich suche einen Mörder, Herr Regierungsrat. Sie können sich gar nicht vorstellen, wie weit ich dabei gehen werde, um ihn zu fassen.»

«Sie haben mir versprochen, mich und meine Position nicht mit Füssen zu treten.»

«Ich habe gar nichts versprochen. Wenn Sie sich von mir angegriffen fühlen, ist das nicht mein Problem.»

«Möchten Sie nicht doch einen Kaffee?», fragte er, nachdem er seinen noch nicht angerührt hatte.

Valérie sah ihm an, dass er darum ringen musste, sich nicht zu vergessen. «Nein, aber vielleicht einen Schnaps für Sie, damit er Ihnen die Zunge löst.»

Betschart überlegte. Die Ader zwischen seinen Augenbrauen trat blauviolett hervor.

Valérie registrierte dies mit wachsender Belustigung. Der Herr Regierungsrat fühlte sich von ihr in die Enge getrieben. «Im Laufe der Ermittlungen wurde bekannt, dass sich die Mitglieder des Tennis Clubs eine Reise zum Panamakanal geleistet haben.» Valérie fixierte ihr Gegenüber mit zusammengekniffenen Augen.

«Wer hat Ihnen denn diesen Schwachsinn erzählt?»

Sie wollte die Quelle nicht preisgeben.

«Wir waren nie am Panamakanal. Da müssen Sie etwas missverstanden haben. Was hätten wir am Panamakanal suchen sollen? Gold etwa?»

Valérie überging ihre Niederlage. «Als gute Freunde haben Sie sicher auch gemeinsam Sachen unternommen. Familienausflüge zum Beispiel, Bierabende, Dorftheater ... Schwyz bietet ja so einiges.» Es war an der Zeit, dass sie die Katze aus dem Sack liess. «Heinzer traf sich also mit Gespielinnen des leichten Gewerbes.»

«Ach.» Betschart griff nun nach der Kaffeetasse. «Bleiben wir realistisch.» Er warf wiederum einen Blick zur Tür. «Unter uns gesagt», er dämpfte seine Stimme, «Sie glauben doch auch nicht an Monogamie. Der Mann hat nun mal Bedürfnisse, die ihm eine einzige Frau nicht stillen kann. Was ist schon dabei? Solange es die Familie nicht tangiert ...»

«Sie verkennen mich. Ich bin nicht hier, um Ihnen eine Predigt über Moral zu halten. Als christlich Denkender ...», sie malte Gänsefüsschen in die Luft, «... wissen Sie bestimmt selbst, wo die Grenzen liegen. Es interessiert mich auch nicht, wie Sie darüber denken. Ich habe Ihnen eine Frage gestellt. Ich möchte darauf eine klare Antwort: Mit wem hat sich Heinzer getroffen?»

«Joachim war verheiratet.»

«Das sind sie meistens alle.» Valérie strahlte Betschart an. Sie genoss es, den korpulenten Mann zu verunsichern. Es würde nicht mehr lange dauern, bis er mit dem Geheimnis herausrückte.

Betschart jedoch blieb hart. Ein Fels in der Brandung, an dem Valéries Worte wie Gischtkronen abplätscherten. Er wusste mehr, als er zugab, war sie sich sicher. Wenn er sich dazu äusserte, würde er wohl selbst in Teufels Küche geraten.

«Sie würden mir einiges erleichtern», startete Valérie einen letzten Versuch. «Es existieren noch andere Mitglieder in Ihrem Verein. Die Erfahrung zeigt, dass es immer welche gibt, die weich werden. Also, Herr Betschart: Was ist Sache?»

Sie sah ihm an, dass er mit sich selbst rang. Trotz des feisten Doppelkinns konnte sie den Puls an seinem Hals schlagen sehen. Sie ging taktisch vor. «Na dann. Wenn Sie mir nichts dazu zu sagen haben, werde ich Sie in Ruhe lassen. Aber ich kann nicht versprechen, dass ich Ihren Namen aus den Ermittlungen heraushalten kann.»

«Warten Sie.» Betschart deutete auf das Diktiergerät. «Ich muss Ihnen etwas erklären. Aber zeichnen Sie das nicht auf.»

FÜNF

Louis blickte auf die Armbanduhr. Bald halb eins. Es war an der Zeit, das Mittagessen einzunehmen. Er warf die Arbeit, an der er gerade schrieb, ins Ablagefach auf seinem Pult, erhob sich und zog sich die Jacke an. Ein Blick in den Spiegel, den er in seinem Aktenschrank angebracht hatte, bestätigte ihm seine Attraktivität. Dass er ein selbstverliebter Mittdreissiger war, warf er sich täglich selbst vor. Unverheiratet, ohne Beziehung. Ob es von ihm Kinder gab, wusste er nicht genau. Aber auf seine Ebenbilder wäre er stolz gewesen. Er hatte ein Studium abgebrochen, hatte spät eine Lehre in der IT-Branche absolviert, sie mit Müh und Not abgeschlossen und war danach in die Polizeischule eingetreten. Drei Jahre hatte er im uniformierten Dienst Schichten geschoben, genauso lange verschiedene Kurse besucht – mit Unterbrüchen, notabene. Nach weiteren drei Jahren war er dort angekommen, wo er schon immer hinwollte. Während dieser Zeit hatte er endlich Stärke und Beständigkeit bewiesen. Dass er nicht weiterkam, lag an seinem abgebrochenen Studium. Dass er stagnierte, regte ihn am meisten auf. Dass eine wie Valérie ihm den Rang ablief, ging nicht in seinen Schädel.

Auf dem Korridor traf er auf Henry Vischer.

«Tag, Louis.»

Louis kannte ihn nicht sehr gut. Man sah sich in den Mittagspausen, an den Rapporten, wenn es darum ging, die Meinung des Psychologen einzuholen. Zum aktuellen Fall hatte Vischer sich noch nicht konkret geäussert. Er hatte sich im Wesentlichen um die Hinterbliebene des letzten Opfers gekümmert. Er arbeitete nur zur Hälfte bei der Kripo. Die andern fünfzig Prozent lehrte er am Kollegium.

Louis zögerte. Über den neuen Fall konnten sie auch am Nachmittag noch sprechen. Aber eines interessierte ihn. «Sag mal, Henry, hattest du schon mal mit Valérie Lehmann zu tun?»

«Das ist die Neue, oder?» Vischer strich sich mit der Rechten über seinen blanken Schädel. «Ich weiss, ihre blosse Anwesenheit provoziert. Aber sie ist gewiss gut.»

«Das wollte ich nicht hören.»

«Hast du dich in sie verknallt?»

«Ich bitte dich.»

Vischer lachte.

«Was weisst du über sie?»

«Was sollte ich schon wissen?»

«Ach hör auf! Letzthin bekamst du richtige Glotzaugen. Was hast du über sie herausgefunden? Ich kenne dich doch. Du lässt nichts anbrennen.» Louis schmunzelte.

«Da täuschst du dich», sagte Vischer.

Louis hatte in der letzten Nacht kaum geschlafen. Dabei war es nicht bloss der Mord am Gynäkologen Heinzer gewesen, der seine Gedanken nicht zur Ruhe brachte. Seine neue Kollegin trug wesentlich dazu bei. Valérie machte ihn zur Schnecke. Wusste der Teufel, was dieser Frau in den letzten Jahren widerfahren war, dass sie sich dermassen überheblich benahm. Er hatte es nicht verstanden, als Staatsanwältin von Reding sie zur Wahl vorgeschlagen hatte und sie daraufhin den freien Posten in Beschlag nahm. Was wusste man denn von ihr? Was war der Grund gewesen, dass sie ihren gut bezahlten Job bei der Zürcher Kriminalpolizei aufgegeben hatte und in die Provinz gezogen war?

Er hatte sich ans Pult gesetzt und den Computer aufgestartet. Im elektronischen Telefonbuch hatte er ihren Namen eingegeben. Er hatte zwei Einträge in der Westschweiz und einen im Kanton Aargau gefunden. Sie waren aber alle nicht identisch mit der Ermittlerin. Ein Polizeirapport, in dem ihr Name erwähnt war, wäre das Mindeste gewesen, was er erwartet hatte, einen Eintrag in einschlägigen Berichten. Nichts dergleichen. Louis wurde nicht schlau. Valérie Lehmann existierte nicht. Nicht im Internet. Wo andere ihre Seele entblätterten und über die sozialen Netzwerke ihr Intimstes preisgaben, tauchte nirgends eine Valérie Lehmann auf. Das kam Louis äusserst verdächtig vor. Man hatte ihn auch nie über ihre Auszeichnungen informiert, falls sie denn welche hatte. Wer sich dermassen mit Geheimnissen umgab, hatte zwangsläufig etwas zu verbergen.

Sonderbar fand er auch ihre Reaktion auf seine Avancen. Noch kaum ein Frauenzimmer hatte sich seinem Charme widersetzt.

Das Ristorante «Da Massimo», wo sich die Polizisten jeweils zum Mittagessen trafen, war fast bis auf den letzten Platz besetzt.

«Lust auf Hackbraten und Kartoffelstock?» Vischer stellte sich in die Reihe bei der Speisenausgabe.

Louis holte sich einen leeren Teller und Besteck und drückte sich an zwei Polizistinnen vorbei in Vischers Nähe. Dieser nahm gerade eine Portion des Tagesmenüs entgegen.

«Wenn ich nicht so verdammt Hunger hätte, würde ich darauf verzichten.» Louis schnupperte über Vischers Teller. «Dass die es nicht fertigbringen, einen polizeitauglichen Speiseplan aufzustellen. Wir brauchen Eiweisse, verdammt. Eiweisse. Was soll ich mit zermatschten Kartoffeln und einem degenerierten Hamburger? Kannst du es mir sagen?»

Vischer lachte leise. «Die haben doch hervorragende Pizza hier.»

«Ich habe das Angebot schon durch.»

«Du brauchst wohl etwas anderes», schmunzelte Vischer.

«Genau, du bringst es auf den Punkt. Ich werde sie mir schnappen …»

«Freu dich nicht zu früh.»

«Warum? Hast du sie etwa mit deinem psychologischen Tiefblick durchschaut? Steht sie auf Frauen? Würde mich nicht wundern. Ich sah sie neulich, als sie unsere Staatsanwältin besuchte. Jetzt ist mir alles klar. Wir haben zwei Lesben in unseren Reihen.»

«Sieh dich einfach vor. Beziehungen innerhalb unseres Polizeicorps sind ein absolutes Tabu.»

Louis griff nach dem Teller, den ihm die Bedienung über den Tresen reichte. «Vielleicht hast du recht. Ich sollte mich vielleicht doch mit Kartoffelmatsch vollstopfen. Die guten Zeiten für uns Männer sind vorbei. Die Frauen sind heute für sich selbst da. Uns Männer lassen sie aussen vor.»

***

Valérie drückte die Stopptaste.

«Ich werde Ihre Aussage nicht aufnehmen, wohl aber notieren. Was wollten Sie mir sagen, Herr Betschart?»

Betschart machte den Anschein, als würde er tief Luft holen. Sein Oberkörper plusterte sich auf. Die Hemdknöpfe drohten aus den Knopflöchern zu spicken. «Joachim traf sich ab und zu mit einer jungen Frau. Das müssen Sie aber nicht laut hinausposaunen.»

«Hat diese junge Dame einen Namen?»

«Asadeh.»

«Asadeh? Und wie weiter?»

«Ich kenne nur ihren Vornamen. Joachim hat gesagt, es sei aber nichts Ernstes.» Und als Valérie nichts erwiderte, sagte er: «Das muss man verstehen.»

«Ich verstehe das durchwegs.» Valérie erhob sich. Ihr Sarkasmus hielt sich in Grenzen. Vor einiger Zeit hatte sie ihren Mann schon verstehen müssen, als er sie zum wiederholten Mal mit einer Jüngeren betrog.

«Was war eigentlich mit Paolo Tuzzi?», fragte Betschart.

«Ein Herzinfarkt. Aber das wissen Sie sicher.» Sie drehte sich nach ihm um. «Ach, das wollte ich Sie noch fragen: Hatte Tuzzi auch eine Frauenbekanntschaft?»

Betschart kratzte sich am Doppelkinn.

«Hatte er?», fragte Valérie.

«Ja!»

***

Der Autopsiebericht war noch immer nicht eingetroffen. In ihrem Büro angekommen, griff Valérie zum Telefon und stellte die Verbindung zum Institut für Rechtsmedizin, dem IRM, in Zürich her. Sie verlangte nach Res Stieffel.

Er freute sich über ihren Anruf und liess es sie auch wissen. Valérie allerdings hatte kein Gehör dafür.

«Seit dem Mord an Joachim Heinzer sind drei Tage vergangen. Es erstaunt mich ein wenig, dass wir in diesem Zusammenhang noch keinen Bericht erhalten haben.»

«Wir mussten den Bericht von der Forensik noch abwarten. Heute ging alles zusammen raus.»

«Wann denn?»

«Vor einer Stunde. Der Kurier müsste bald bei Ihnen eintreffen.»

«Sie hätten ihn mir auch mailen können.» Valérie hatte etwas gegen komplizierte Arbeitsvorgänge, wenn sie einfacher zu bewerkstelligen waren.

«Ich habe ihn gemailt.»

«An wen denn?»

«Wie üblich an den Kripochef Fischbacher.»

Valérie hatte ganz vergessen, dass sie nicht mehr die gleichen Befugnisse besass wie an ihrem letzten Wirkungsort. Sie schluckte den Ärger hinunter. «Gut, dann werde ich ihn sicher demnächst bekommen. Aber Sie können mir vorab ja schon mal ein paar Einzelheiten verraten.»

«Eigentlich dürfte ich das nicht. Ich muss den vorgegebenen Weg gehen.»

«Jetzt machen Sie schon. Bis ich den Chef erreiche, verstreicht wertvolle Zeit.»

Valérie hörte Stieffel durchs Telefon sich räuspern. «Nur wenn Sie mir versprechen, mit mir dinieren zu gehen.»

«Ich lasse mich nicht bestechen.» Valérie ahnte, dass Stieffel es ernst meinte. Sie schätzte ihn so ein, dass er nichts umsonst herausrückte und es verstand, seinen eigenen Vorteil zu nutzen. Er vergab sich, im Gegensatz zu ihr, nichts. Und sie wollte unbedingt das Resultat erfahren. Sie fasste sich ein Herz. «Ein Mittagessen, einverstanden.»

Stieffel liess ein lautes Ausatmen vernehmen. «Immerhin.»

«Konnte die DNA aus der Probe schon isoliert werden?»

«Das war die Aufgabe von Clemens Hollinger von der Forensik.» Valérie hörte Stieffel lachen. «Aber warten Sie, ich kann Sie mit ihm verbinden.»

Er hatte sie hereingelegt. Und sie hatte sich von ihm hereinlegen lassen. Das ärgerte sie noch mehr.

Valérie wartete und lauschte der Musik, die aus dem Telefonhörer erklang. Irgendetwas Kubanisches.

«Clemens Hollinger am Apparat.» Er hatte eine tiefe Stimme.

Valérie nannte ihren Namen und brachte ihr Anliegen noch einmal vor. «Ich würde gern erfahren, ob Sie die DNA im Fall Heinzer schon bestimmen konnten.»

«Der Bericht ist vor einer Stunde weg. Es gab allerdings Verzögerungen beim PCR. Das ist die Methode, bei der Erbmasse in vitro vervielfacht wird …»

«Ich weiss, ich weiss. Das Resultat zählt», lächelte Valérie. «Sagen Sie mir einfach, was Sache ist.»

Hollinger räusperte sich. «Nach dem Ausschlussverfahren der DNA der Eheleute Heinzer haben wir eine Fremd-DNA herauskristallisieren können. Der Abgleich in der Datenbank hat uns auf eine Übereinstimmung geführt …»

«Was sagen Sie da?» Valérie war ganz aufgeregt. «Der Täter ist bereits aktenkundig?»

«Es ist eine Frau. Im Zusammenhang mit einem Autounfall mit tödlichem Ausgang im Winter 2009 gab es ein Verfahren. Sie musste eine Speichelprobe abgeben, das volle Programm. Sie hatte damals ein Kind angefahren, das auf dem Weg ins Spital seinen inneren Verletzungen erlag. Das ist das, was mir vorliegt.»

«Und wer ist sie?»

«Sie heisst Astrid Rast. Damals wohnte sie in Baar. Wo sie heute lebt, ist mir nicht bekannt.»

Valérie notierte. «Astrid Rast, sagen Sie. Ist sie verheiratet?»

«Das geht nicht aus den Akten hervor.»

«Gibt es in diesem Zusammenhang sonst noch eine Übereinstimmung?»

Hollinger liess eine Pause verstreichen. Valérie hörte ihn schwer atmen.

«Wollten Sie mir noch etwas sagen?»

«Wir haben noch eine weitere Konformität.»

«Die wäre?»

«Es ist etwas kompliziert. Die Haare, die am letzten Tatort gefunden wurden, tauchten in der Vergangenheit schon einmal auf.»

«Ich kann mir ungefähr vorstellen, wo die Kompliziertheit liegt.» Valérie spürte einen Adrenalinstoss in ihrem Körper. «Die letzte Probe ist nicht ganz lupenrein zur Forensik gelangt … nicht wahr?»

«Man hat sie uns ehrlich gesagt erst vor drei Tagen zukommen lassen.»

«Und Sie können mir nicht sagen, von wem.»

«Nein, das kann ich nicht. Ich hoffe, Sie verstehen das. Aber ich bin mir sicher, dass sich auch das bald klären wird …»

Valérie befürchtete, dass bei der Kripo etwas nicht ganz koscher zu- und herging. Sie hatte auch schon einen Verdacht, wollte sich aber dazu nicht äussern. «Es ist im Moment nicht relevant», sagte sie nur.

«Die DNA von Astrid Rast wurde sowohl bei Heinzer als auch bei einem Paolo Tuzzi sichergestellt. Sie ist identisch.»

Genau das war das fehlende Glied gewesen. Jetzt stand es fest: Tuzzi und Heinzer hatten mit derselben Frau verkehrt, bevor sie umkamen. Offen blieb die Frage, wer Asadeh war.

«Die Blutspur am Messer können wir eindeutig der DNA des Mordopfers zuweisen. Die Fingerabdrücke am Knauf stimmen mit einer einzigen Person überein – mit Astrid Rast. Das Sonderbare daran ist die Richtung, wie sie das Messer gehalten hat.»

«Was meinen Sie?»

«Sie hat den Knauf wie eine Gabel in die Hand genommen. Geht man nämlich von der Wucht des tödlichen Einstichs aus, müssten die Fingerabdrücke anders liegen …»

«Was ist Ihr Fazit?»

«Da Astrid Rasts Abdrücke ein wenig verwischt sind, gehe ich davon aus, dass jemand mit Handschuhen das Messer anfasste. Dass Frau Rast versuchte, den Griff zu reinigen, ist eher undenkbar.»

Valérie bedankte sich. Sie brach die Verbindung ab.

***

«Mindestens fünf Kreuze habe ich gezählt», eröffnete Valérie die Teamsitzung. Sie stand beim Flipchart und betrachtete die Fotos des Tatorts. «Aber das sechste Gebot scheint unseren Regierungsrat nicht sonderlich zu tangieren. Ehebruch ist in seinen Augen wohl ein Kavaliersdelikt, aber sicher keine Sünde.»

Valérie wusste, dass sie diese Bemerkung niemals hätte anbringen dürfen. Neutral bleiben war oberstes Gebot bei der Polizei. Aber sie konnte nicht anders.

Zwei Dutzend Augenpaare sahen sie fragend an.

«Ich bin kein Moralapostel», entschärfte Valérie ihr Gesagtes. Sie hielt inne. «Widmen wir uns unserem Fall.»

«Die Werte der heilen Familie sind eine Illusion.» Fabia kaute ausgiebig ihren Kaugummi. Das aktiviere ihre Gehirnzellen, hatte sie neulich gesagt, und fördere das analytische Denken.

Valérie erteilte ihr deswegen keinen Rüffel und sah grosszügig über das unanständige Geschmatze ihrer Kollegin hinweg. Sie würde es für eine spätere Gelegenheit aufschieben. Auf ein Gespräch unter Frauen. Dazu brauchte sie kein Publikum. Sie heftete zwischen die beiden Toten ein Kärtchen mit dem Namen Astrid Rast. «Nebst dem Tennis Club und der CVP haben wir eine weitere Verbindung zwischen Heinzer und Tuzzi.»

«Du gehst also noch immer davon aus, dass auch Tuzzi Opfer unseres Täters ist?» Louis lag auf seinem Stuhl, um sein Schlafmanko zu demonstrieren. Valérie fand sein Getue deplatziert.

«Ich würde es nicht behaupten, wenn wir nicht die CD und die blonden Haare gefunden hätten.» Valérie sah über die Köpfe der Anwesenden hinweg. «Ist der Bericht aus der Forensik schon eingetroffen?»

Fabia legte Dokumente auf den Tisch. «Hier ist er. Fischbacher hat ihn mir kurz zuvor in die Hände gedrückt.»

«Ah, das ist ja wunderbar.» Valérie tat so, als wüsste sie von nichts. Sie öffnete ein Klarsichtmäppchen und entnahm ihm das erste A4-Blatt. Sie überflog den Text. «Schau her, eine hundertprozentige Übereinstimmung. Bei Tuzzi und Heinzer. Im Klartext heisst das, dass beide Herren vor ihrem Tod mit ein und derselben Frau verkehrt haben. Astrid Rast, sechsundzwanzig Jahre alt. Wir müssen diese Frau finden. Ein anderer Name kam da noch ins Spiel: Asadeh, die angeblich mit Heinzer eine Liaison eingegangen war. Von ihr allerdings fehlt entsprechende DNA. Was könnte das bedeuten?» Valérie sah in die Runde.

«Dass es sich bei Astrid und Asadeh um ein und dieselbe Frau handelt», sagte Fabia.

«Ein Künstlername», mutmasste Louis. «Ein Name, der ihre wahre Identität verschleiert. Asadeh klingt erotischer als Astrid.»

«Dass es *eine* Person ist, davon gehe auch ich nach dem Stand der Dinge aus.» Valérie fuhr fort: «Wie sieht es mit den Begleitservices aus? Gibt es da Neuigkeiten?»

«Negativ», antwortete Louis. «Weder in Schwyz noch in den angrenzenden Orten waren die Namen der Männer aufgetaucht.»

«Das kann nur heissen, dass die gesuchte Astrid alias Asadeh auf eigene Rechnung angeschafft hat. Bitte klärt in Baar ab, ob eine Astrid Rast dort lebt oder lebte oder wo sie allenfalls hingezogen ist. Vielleicht ist sie heute verheiratet und trägt den Namen ihres Mannes.» Valérie wandte sich an Louis. «Im schlimmsten Fall müssen wir eine Fahndung herausgeben. Mit allem, was wir über die Fremde wissen. Fabia, du besuchst noch einmal die beiden Witwen Tuzzi und Heinzer. Vielleicht haben sie die Frau schon gesehen und können eine Beschreibung liefern. Du nimmst am besten gleich unseren Kollegen von der Fahndung mit. Vielleicht kann er vor Ort eine Phantomzeichnung anfertigen.»

«Geschätzte Frau Kollegin», grinste Louis. Er genoss es offensichtlich, Valérie zu blamieren. «Die Schwyzer Polizei hat dazu eine Software. Die Picassos sind passé.»

Unterdrücktes Gelächter.

«Sorry, wenn ich mich falsch ausgedrückt habe. Hauptsache, wir erlangen erste Erfolge.» Valérie schloss die Akte.

Valérie schloss die Augen.

Verdammt! Dieser Louis! Sie wusste wirklich nicht, was sie von ihm halten sollte. Musste sie ihn zur Rede stellen? Es konnte nicht sein, dass er sie immer wieder vor den Kollegen blossstellte. Was erwartete er von ihr? Sie dachte an die ersten Tage in Biberbrugg. Er hatte sich sehr um sie bemüht, war Galan gewesen und hatte ihr sukzessive alle Räumlichkeiten gezeigt. Er war mit ihr bis hinunter ins Archiv und in den Gefängnistrakt gestiegen. Er hatte ihr jede Frage beantwortet.

Sie streckte ihren Körper durch, spürte die Spannung in sich. Es kam ihr vor, als würde sich jede Faser ihrer Muskeln auf einen Sprung vorbereiten.

«Louis, für dich habe ich noch einen Auftrag. Vielleicht musst du eine Nachtschicht schieben …»

Louis fuhr herum. «Das ist nicht dein Ernst. Ich habe mich verabredet.»

«Der Job geht im Moment vor. Ich möchte, dass du heute Abend ins Hotel Ochsen gehst und dich nach den Sitzungsabenden der CVP erkundigst. Ich will wissen, ob die Herren der Gilde dort allein oder in Begleitung auftauchen. Und ob allenfalls jemand weiss, wohin die Parteifreunde nach der Sitzung gehen. Dann möchte ich, dass die morgige Pressekonferenz ebenfalls im Hotel Ochsen stattfindet. Bitte leite die nötigen Schritte dazu ein.»

***

Ihre Wege kreuzten sich zufällig, als sie den Korridor entlangging. Valérie hätte ihn nicht beachtet, wenn er sie nicht mit diesem Basler Dialekt begrüsst hätte. Sie hielt mit ihrem Schritt inne. «Ich weiss, wir müssten uns kennen.»

Ein Eierkopf! Blank, wie poliert. Ein gebräunter Teint. Makellos vielleicht, hätte man sie danach gefragt. Seine dunklen Augen verbargen sich hinter einer Intellektuellenbrille, rund und randlos – ein aus der Mode gekommenes Modell. Trotzdem ein interessantes Gesicht, in das Valérie zwangsläufig blicken musste.

«Henry Vischer. Wir sind uns am letzten Tatort begegnet. Sie haben die Frau des Ermordeten ganz schön in die Mangel genommen.»

«Ach ja, jetzt fällt es mir ein: Sie sassen in der Küche. Angenehm, Valérie Lehmann.» Es erstaunte sie, dass er nicht die Hand zum Gruss reichte. Ihr war es recht. Er hielt sich auf Distanz, und das gefiel ihr.

«Wenn es Sie interessiert: Ich habe mir Notizen beim Tatort gemacht.»

«Ein psychologisches Gutachten?» Valérie krauste die Stirn. Sie hatte nie viel von Psychologen gehalten. Diese Typen kamen ihr immer ein wenig dubios vor. Es lag wohl daran, dass sie wenig gute Erfahrungen mit deren Berufsstand gemacht hatte. Ein Psychologe hatte sie in Bezug auf ihren Sohn beraten. Ihrer Meinung nach völlig falsch. Es fehlte ihnen an gesundem Menschenverstand. Vor allem Kurt Schramm vom Kinderpsychologischen Dienst hatte dies im fünfjährigen Studium nicht gelernt.

Vischer schnippte mit dem Finger. «Nur ein paar Sätze über meine Beobachtungen. Das ist schliesslich mein Beruf.»

«Sie können mir die Notizen ins Büro schicken. Meine Mail-Adresse sollte Ihnen bekannt sein.»

«Ich dachte, vielleicht hätten Sie jetzt Zeit.»

«Tut mir leid, aber ich bin sehr in Eile.» Sie entfernte sich von ihm. Im Davongehen drehte sie sich nach ihm um. «Schlagen Sie mir einen Termin vor.»

***

Valérie zog sich in ihr Büro zurück. Sie setzte sich an ihr Pult und schlug die Aktenmappe auf. Paolo Tuzzi. Sie überflog noch einmal die Zeilen, die sie im Schlaf auswendig kannte. Sie hatte die Akte schon zigmal gelesen. Aber auch diesmal fand sie nichts Neues heraus. Valérie griff nach der zweiten Mappe. Joachim Heinzer. Beide waren angesehene Schwyzer Bürger gewesen. Beide seit fast dreissig Jahren verheiratet. Gestandene Männer mit einer gewissen Vorliebe für junge Frauen.

Falls Astrid Rast verheiratet war, gab es da vielleicht einen eifersüchtigen Ehemann. Oder musste man den Grund für das Töten früher suchen? Hatte es eventuell mit dem Tod des Kindes zu tun? Valérie öffnete das Ripol, die Suchmaschine der Polizei, und gab den Namen des verunfallten Kindes ein. In diesem Zusammenhang fand sie ein paar Namen, die ihr jedoch nichts verrieten. Wahrscheinlich suchte sie zu weit. Der Unfall lag mehr als fünf Jahre zurück. Man hatte Astrid Rast der fahrlässigen Tötung angeklagt, sie aber nur bedingt verurteilt. Sie musste eine hohe Geldstrafe bezahlen. Früher hatte sie sich nichts zuschulden kommen lassen. Der Unfall war durch eine Kette unglücklicher Zufälle geschehen. Nach drei Jahren ohne Fahrausweis hatte sie die Fahrprüfung neu machen müssen. Erst nach dem dritten Anlauf war sie durchgekommen. Valérie lehnte sich zurück.

Hatte Astrid Rast, als sie Heinzer besucht hatte, die Kontrolle verloren? Valérie erinnerte sich an Louis' Bemerkung über Sexpraktiken. Vom Würgen während des Geschlechtsakts war die Rede gewesen. War es möglich, dass es Paare gab, die sich gegenseitig ritzten, um den Höhepunkt erreichen zu können? Oder dass nur einer ritzte und der andere im Angesicht masochistischer Züge es sich gefallen liess?

Wie abartig musste man sein!

Aber warum Wagner?

Und warum bei Heinzer wie bei Tuzzi?

Und warum hatte Heinzer ein Bett gekauft und es gleich mitgenommen? Warum hatte er es sich nicht liefern lassen?

Valérie griff nach dem Telefon. Sie wählte Louis' Nummer. Er nahm noch während des ersten Klingelns ab.

«Ich bin's. Habt ihr schon herausgefunden, wo Heinzer das Bett hingebracht hat? Darüber haben wir vorher nicht gesprochen.»

«Das ist schwieriger, als wir es uns vorgestellt haben. Nachdem die Distanz von der Garage zum Möbelgeschäft abgezogen wurde, bleibt immer noch die Frage, wie viele Kilometer zwischen der Zieladresse und der Garage liegen. Wir suchen die Nadel im Heuhaufen.»

«Das hätte ich dir gleich sagen können. Für solche Aktionen haben wir schlicht keine Zeit.» Sie verabschiedete sich und legte auf, ein wenig enttäuscht, dass ihre Hoffnung im Sand verlaufen war.

Sie beugte sich über den Tisch. Sie spürte eine Kältewelle durch ihren Körper jagen. Ihre Hände begannen plötzlich unkontrolliert zu zittern.

«Nicht jetzt! Nicht jetzt!» Verzweifelt klammerte sie sich an die Tischkante, versuchte ihrem Schüttelfrost Meister zu werden.

Lange hatte sie Ruhe davor gehabt. Keine Aussetzer mehr. Keine Visionen. Auch ohne Medikamente.

Es schien, als käme es zurück, als würde sich die Seele wieder nach aussen stülpen. Das dunkle, bösartige Tier, das sich vor Jahren ihrer bemächtigt hatte. Damals, als sie sich gewiss gewesen war, dass Willy sie mit einer andern Frau betrog. Als sie geahnt hatte, dass es mit Willy vorbei sein würde – ihre wilde Erotik, ihre sexuellen Obsessionen. Er hatte sich eine Jüngere geangelt. Er war ihrer überdrüssig geworden.

Sie erhob sich und trat zum Fenster. Sie riss die Flügel weit auf. Atmete den Wald, der vor ihren Füssen lag.

Dort draussen war etwas. Im Wald, hinter den Baumstämmen, im Schatten des Grüns. Ein Gesicht, ein Körper. Das beklemmende Gefühl, plötzlich von etwas Unbekanntem berührt zu werden. Zart wie Schmetterlingsflügel und so heftig wie ein Paukenschlag.

Nachts sah sie dahinter. Augen, die ihr das Tor in die Dunkelheit öffneten. Und sie ging, Nacht für Nacht, denselben Weg. Und jede Nacht hoffte sie vergebens auf die Auflösung des Rätsels.

Sie hatte gelernt, die schweren Träume zu verdrängen. Mit dem ersten Tageslicht fiel der Vorhang auf der Bühne des nächtlichen Spuks. Jetzt suchte es sie heim, am helllichten Tag.

Es war zurück.

Und es machte ihr Angst.

***

«Er ist wieder da!» Krampfhaft hielt Valérie den Telefonhörer in der Hand.

Vor dem Fenster verabschiedete sich der Tag mit einer Flut von Violett- und Rottönen, die über den Himmel fächerten. Die Mythen thronten wie zwei gigantische schwarze Zipfelmützen über Schwyz.

Auf der andern Seite der Leitung blieb es vorerst ruhig.

«Sag etwas. Ich will deine Stimme hören.» Valéries Betteln klang verzweifelt. «Deine Stimme ist wie Balsam, in den ich meine Verletzlichkeit betten kann. Wenn ich deine Stimme höre, kehrt Kraft in mich zurück. Sag etwas …»

«Grosser Gott, Valérie! Ich dachte, das wäre vorbei. Du wolltest ein neues Leben beginnen. Eine neue Herausforderung … Schwyz … die Innerschweiz. Was soll ich nur sagen?»

«Red weiter, Katja … du tust mir gut. Wir sollten uns öfter sehen.»

«Und du solltest vielleicht öfter mal dein Herz ausschütten.

Ich bin doch für dich da. Aber manchmal habe ich das Gefühl, dass du dich hinter deiner Arbeit verschanzt. Die Taktik der Verdrängung, nenne ich das. Aber denke an deine Gesundheit …»

«Ich bin topfit.»

«Körperlich ja. Du weisst, wie neidisch ich bin. Vielleicht solltest du anstelle des Fitnesscenters einen Therapeuten aufsuchen, der deine Seele wieder in Topform bringt.»

«Aber dafür bist *du* doch da.» Valérie bemerkte die einfallende Nacht. Sie hatte heute früher Feierabend gemacht als vorgesehen. Das Erlebnis in ihrem Büro hatte ihr die letzten Kraftreserven geraubt. Sie wollte nicht glauben, dass der Alptraum sie nun auch untertags heimsuchte. Sie hatte damit gerechnet, dass es mit dem Stellenwechsel vorbei sein würde.

Auf dem Platz vor dem Fenster stellte jemand seinen Wagen ab. Eine Tür ging auf. Jemand stieg aus und lehnte sich sofort an die Karosserie. Valérie wich erschrocken zurück. Sie tastete nach dem Lichtschalter hinter der Küchenkombination. Jetzt stand sie im Dunkeln.

«Bist du noch dran?»

«Warte mal …» Vorsichtig, als befürchtete sie, der Fremde könnte sie im Schatten erkennen, bewegte sie ihren Kopf Richtung Fensterrahmen.

«Da draussen steht er. Er hat mich schon gestern verfolgt.»

«Mach dich nicht verrückt.»

«Er steht genau unter meinem Küchenfenster.»

«Vielleicht wartet er auf seine Freundin.»

«Unmöglich. Er lauert mir auf.»

«Valérie, jetzt mach dir nicht gleich in die Hose. Wie willst du auf die Suche nach bösen Buben gehen, wenn du dermassen verunsichert bist. Hast du deine Pistole nicht bei dir?»

«Doch, aber das ist nicht die Lösung.»

«Du fürchtest dich vor deinen eigenen Gefühlen, nicht wahr?» Katja hatte sie wieder einmal durchschaut.

Valéries Augen hatten sich in der Zwischenzeit an die hereingebrochene Dunkelheit gewöhnt. Fieberhaft suchte sie nach dem Fremden, der wie vom Erdboden verschluckt war. Katjas Feststellung liess sie unkommentiert. «Er ist weg.»

«Mitsamt Auto?»
«Das steht noch da.»
«Muss ich mir Sorgen machen?»
«Komm zu mir!»
«Sei realistisch. Ich muss morgen raus.»
«Ich vermisse dich.» Valérie zögerte. «Okay, ich gehe jetzt schlafen. Morgen ist wieder ein harter Tag.»
«Du arbeitest auch am Sonntag?»
«Das tust du doch auch.»
«Morgen habe ich Notfalldienst. Aber du …»
«Ich habe einen verzwickten Fall. Ich kann nicht anders. *Bacio*, ich liebe dich.» Valérie fuhr mit dem Finger über den Touchscreen an ihrem iPhone.

Vielleicht bilde ich mir das wirklich nur ein, dachte sie, als sie sich auf den Weg ins Badezimmer machte. Sie zog sich aus, setzte den CD-Player in Betrieb und stellte sich unter die Dusche.

Richard Wagner!

Wer hatte die CDs eingelegt? Tuzzi war kein Musikliebhaber. Seine Frau hatte dies bestätigt. Bei Heinzer setzte sie ein Fragezeichen. Seine Frau hatte ihr keine Auskunft geben können. Seine Frau war nicht wirklich greifbar.

«Tannhäuser»!

Warum eine romantische Oper? Wo liess sich hier eine Metapher zu einer solch grausamen Tat finden, wie sie an Heinzer verübt worden war?

Valérie liess den Wasserstrahl über Kopf und Körper rinnen.

Vor einigen Jahren hatte sie die Oper in Bayreuth erlebt und war erschlagen gewesen. Die Bühne mit dem Venusberg. Die Grotte mit den badenden Nyaden. Die Ouvertüre – als hätte sie erst gestern ihre Sinne umjubelt.

Sie sah die Gestalten, die sich fast hüllenlos auf der Bühne bewegten. Rote und schwarze Farbstreifen wie Spinnweben. Greifende Hände, verschlungene Beine, entfesselte Frauen- und Männerkörper. Paare, die sich fanden und mischten. Dazwischen wallende rote Tücher, als hätten sie zum Unterbinden der Lüsternheit gedient.

Naht euch dem Strande!
Naht euch dem Lande,
wo in den Armen
glühender Liebe
selig Erbarmen
still' eure Triebe!

«Tannhäuser», der von den sinnlichen Genüssen zu viel bekam. Valérie erinnerte sich, wie ihre Finger sich in die Armlehne gekrallt hatten, um nicht anderswohin zu gelangen, wie erregt sie gewesen war. Wie heftig ihr Herz geschlagen hatte, dass sie befürchten musste, ihre Sitznachbarn würden es hören.

«Tannhäuser»!

Suchte sie zu weit?

Was wäre, wenn es ein Angriff auf ihre Person war? Von jemandem, der ihre Vorlieben kannte?

Willy Lehmann zum Beispiel?

Er war der Einzige, der in Frage kam. Er war derjenige, der sie in ihren intimsten Momenten der Leidenschaft erlebt hatte. Wagners Musik und ihre ungezügelte Erotik. Höhepunkte in c-Moll. Akustische Dramatik im Moment der Selbstauflösung.

Valérie warf den Kopf in den Nacken. Das Wasser plätscherte über ihr Gesicht wie ein heftiger Tropenschauer, während sie ihren Mund aufriss. Die Augen hielt sie geschlossen. Aus dem CD-Player erklang Mona Somms Stimme: «Geliebter, komm! Sieh dort die Grotte …!»

Valérie atmete tief durch. Es hatte nicht lange gedauert, bis sie auf dem Gipfel der Lust angekommen war. Sie stellte das Wasser ab, griff nach einem Handtuch und tupfte sich dürftig damit ab. Den letzten Rest Feuchtigkeit liess sie auf ihrer Haut trocknen.

Sie kehrte zurück in die Küche, wollte sich vergewissern, dass das Auto noch immer auf dem Platz vor dem Haus stand. Es war verschwunden. Es beruhigte sie etwas. Vielleicht hatte der Fremde tatsächlich auf jemanden gewartet.

Sie ging ins Büro, machte Licht und setzte sich ans Pult. Sie startete den Computer auf. Später stellte sie die Verbindung zu ihrem Rechner in Biberbrugg her. Vielleicht hatte sie etwas übersehen.

Sie öffnete die Dokumente des Mordopfers.

Was hatte sie übersehen?

Handelte es sich am Ende um ein Delikt im Umkreis der Flüchtlingshilfe? Der Asylsuchenden?

Vielleicht gab es auch hier eine Verbindung zu Tuzzi.

Valérie klickte auf den Ordner des Anwalts. Gestorben war er am 28. März, circa um vierundzwanzig Uhr. Herzinfarkt während des Koitus? Sie hatte immer gedacht, das sei eine Mär.

Valérie wählte auf ihrem iPhone Louis' Nummer. Erst nach mehrmaligem Läuten nahm er den Anruf entgegen. Der Geräuschpegel im Hintergrund liess den Verdacht zu, dass Louis nicht allein war.

«Wo steckst du?»

«Hatte ich nicht einen Auftrag von dir?», kam es unwirsch zurück. «Ich bin im ‹Ochsen› und muss mir das Gelabere von zwei Betrunkenen an der Bar anhören. Ich habe mir den Samstagabend anders vorgestellt.»

«Ich weiss, dein Date. Kannst es ja auf morgen Abend verschieben.»

«Dann wird es zu spät sein. Du weisst ja selbst, wie ungeduldig die Frauen sind.»

«Ich will es überhört haben, wenn das eine Anspielung auf meine Person war.»

«Stimmt, ich verallgemeinere ungern.»

Valérie liess ein paar Sekunden verstreichen, in denen sie schwieg.

«Wir müssen uns die letzten Fälle von Paolo Tuzzi näher ansehen», sagte sie dann. «Ich vermute, da könnte noch so einiges ans Licht kommen. Vor allem müssen wir herausfinden, ob Tuzzi allenfalls ein Mandat von Heinzer angenommen hat. Ich habe das Gefühl, dass da wer gewaltig aufräumen will.»

Louis lachte auf. «Mit Gefühlen ist der Fall nicht lösbar. Und heute können wir sowieso nichts mehr bewirken. Ich sehe zu, dass ich hier bald rauskomme. Bis anhin hat sich nichts getan. Und den Ochsenwirt habe ich noch nicht zu Gesicht bekommen. Falls mir jemand Auskunft über die Sitzungen der CVPler geben kann, ist das sicher Johannes Schelbert. Wir sehen uns morgen.»

Hätte er sie gefragt, ob sie noch auf einen Schlummertrunk vorbeikommen wolle, hätte sie Ja gesagt. Louis aber verabschiedete sich.

Valérie griff nach ihrem Notizblock und fasste ihre Gedanken zusammen. Dabei bemächtigte sie sich ihres Clustersystems, das sie jeweils anwandte, wenn sie am Ende ihres Lateins angekommen war. Sie schrieb alle Namen, die im Zusammenhang mit dem Mord an Heinzer standen, auf. Unter die Namen setzte sie Adjektive, die ihrer Meinung nach Charakter und Eigenschaften beschrieben. Sie kreiste diese Wörter ein und hoffte auf eine Eingebung. Diese wollte sich aber nicht einstellen.

Nichts unversucht lassen, um das Motiv zu finden.

Valérie lehnte sich zurück.

28. März!

Sie liess ihre letzten Tage in Zürich Revue passieren. Sie hatte mit Katja ihren Stellenwechsel gefeiert. Katja war die Einzige gewesen, die über ihren Umzug von Zürich nach Schwyz informiert war.

Colin!

Sie hatte es auch Colin erzählt. Aber ihr Sohn wusste nur gerade, dass seine Mutter das Domizil, nicht aber die Arbeitsstelle gewechselt hatte.

Willys Eltern vielleicht, weil Colin es ihnen erzählt hatte. Willy dürfte nichts unversucht gelassen haben, um alles über die Schritte seiner Frau in Erfahrung zu bringen.

Jetzt bin ich übergeschnappt. Ich suche einen Mörder, der mit mir nichts zu tun hat.

Absolut nichts!

SECHS

Ein mässiger Wind trug den Klang der Glocken über den Hauptplatz. Vor der Pfarrkirche Sankt Martin hatten sich Männer und Frauen versammelt. Schön herausgeputzt im sonntäglichen Gewand. Die Treppe und den Eingang zur Kirche schmückten Blumengirlanden und rote Herzen.

Valérie war von der Rubiswilstrasse zu Fuss unterwegs gewesen. Die Büroarbeit und die seitenlangen Rapporte setzten ihr sehr zu. Sie brauchte Luft. Sie brauchte Bewegung. Jetzt stand sie etwas unschlüssig vor dem Hotel Ochsen in der Nähe des Kreisels. Sie sah den vielen Leuten nach, die sich Richtung Gotteshaus bewegten. Der Zufall wollte es, dass Martin Betschart in dem Moment aus dem Restaurant trat, als Valérie hineinwollte. Er füllte beinahe die gesamte Türöffnung aus. Seine Frau Marta hatte bei ihm den Arm untergeschoben. An seiner Seite wirkte sie noch dünner. Sie sahen aus wie ein immer noch verliebtes Ehepaar und vermittelten ein etwas anderes Bild als das, was Valérie am Vortag gesehen hatte. Über beide Gesichter breitete sich Glücksseligkeit aus.

«Frau Lehmann, was für ein Tag heute. Sind Sie auch auf dem Weg zur Kirche?»

«Ich habe es nicht so mit der Dreifaltigkeit», lächelte Valérie und musterte Marta, die ein hellgelbes Bouclé-Kostüm trug. Den Emblemen auf den Knöpfen zu urteilen nach, handelte es sich um Haute Couture. Die Tasche, die sie über dem Arm trug, schien von demselben Modelabel zu stammen. Alles passte perfekt zusammen.

«Wir kommen gerade vom Frühstück», frohlockte Betschart. «Das sollten Sie auch einmal ausprobieren. Zudem gibt's hier die besten Älpler Magronen weit und breit.»

Valérie fiel auf, wie sehr Betschart sich um einen lockeren Small Talk bemühte. Keine Frage nach Heinzer. Kein Interesse an den Ermittlungen. Valérie war es recht so. Aber es verwunderte sie. Offenbar wollte Betschart unangenehme Fragen von seinem Marteli verhindern.

Betschart schob den Arm seiner Frau von sich. «Heute ist Muttertag. Wir haben Marteli gefeiert. Sie ist eine hervorragende Mutter.» Er stiess mit dem Ellenbogen in ihre Seite. «Leider ohne unsere Söhne. Sie studieren an der Harvard-Universität in Boston. Haben Sie auch Kinder?»

Valérie spürte den leisen Schmerz in ihrer Brust. «Einen Sohn.»

Betschart lächelte. «Einzelkinder sind schwierige Kinder.» Er sah auf seine Frau. «Gell, Marteli. Wir müssen jetzt. Der Pfarrer wartet nicht. Na dann, noch einen schönen Sonntag.»

Valérie sah dem ungleichen Paar nach. Wenig später war es umzingelt von zahlreichen andern Katholiken, die den Weg Richtung Kirche eingeschlagen hatten. Unwillkürlich hangelte sie nach ihrem iPhone. Ein Blick darauf. Keine SMS. Kein Smiley, kein Herzchen. Colin hatte vergessen, dass er eine Mutter hatte.

Zurück blieben ein flaues Gefühl der Hilflosigkeit und die Erinnerung an die Kinderjahre. Geschenke in Form von Bastelarbeiten. Das erste Briefchen, kaum hatte Colin schreiben können. Er hatte seine Mutter verehrt. Sie war in seinen Augen die beste gewesen. Die liebste sowieso.

War all das vorbei?

Valérie traf Fabia Ulrich auf dem unteren Absatz der Treppe an, die ins obere Stockwerk führte. Sie hielt einen Strauss Margeriten in der Hand.

«Kontrolle, würden Sie bitte so freundlich sein und Ihren Ausweis zeigen?» Fabia schmunzelte. «Guten Morgen, Valérie. Ich dachte, du würdest uns im Stich lassen. Louis ist ziemlich durch den Wind. Der Saal ist voll. Die Presseheinis standen schon vor einer Stunde vor der Tür. Der Fall dürfte für Furore sorgen … Übrigens, mein Mann sitzt im Restaurant.»

«Du bist verheiratet?» Valérie bedauerte, wie wenig sie über ihre Mitarbeiter wusste.

«Unser Töchterchen ist jetzt sieben Monate alt.» Über Fabias Gesicht huschte ein Lächeln. «Und die Blumen sind von meinem Mann … zum Muttertag.»

Valérie war es noch nie so aufgefallen wie jetzt, dass die eher burschikose Fabia auch eine fragile mütterliche Seite besass. Sie hatte eine Tochter, sie hatte einen Mann – ihre kleine heile Familie. Und wenn sie von der Arbeit zurückkam, war da jemand. Valérie hätte neidisch werden können.

«Mein Mann ist Hausmann», beantwortete Fabia die unausgesprochene Frage, als hätte sie Gedanken lesen können. «Das hat sich so ergeben. Wenn Michael wieder einen Job hat, werde ich hier wohl kürzertreten müssen. Wäre ja auch normal, wenn die Mutter beim Kind ist …»

Eine solche Äusserung von Fabia war sich Valérie nicht gewohnt. Normalerweise liess ihre Kollegin deftige Witze vom Stapel.

Valérie sah auf die Uhr. So viel fremdes Glück ertrug sie im Moment einfach nicht. «Es ist gleich zehn. Können wir?»

Sie gingen nach oben. Die Tür in den grossen Saal stand offen. Aus dem Innern drang ein Stimmengewirr. Es roch nach Kaffee. Während Fabia sich in eine der vordersten Reihen setzte, nahm Valérie ganz hinten Platz. Louis sass an einem der Tische, die man für die Konferenz aufgestellt hatte, mit Blick gegen das Publikum. Ihm zur Seite der Pressesprecher, der Technische Leiter und Fischbacher, der Kripochef.

Was hatte der hier zu suchen? Und warum hatte er das mit ihr im Vornherein nicht abgesprochen? Valérie stiess Luft aus. Das konnte ja heiter werden. Fischbacher hatte sich bis anhin nicht bemüht, mit ihr persönlich Kontakt aufzunehmen. Sie hatte ihm lediglich die Tagesrapporte übermittelt. Er hatte sie nie nur andeutungsweise kommentiert. Sie war davon ausgegangen, dass er gar nicht im Lande war oder anderweitig viel um die Ohren hatte. Dass er heute anwesend war, kam ihr suspekt vor. Und unheimlich. Sie fragte sich, ob er ihren Entscheid, die Leitung der Pressekonferenz Louis zu überlassen, nicht goutierte.

Louis sah auf die Uhr und begann mit seinen Ausführungen. Wider Fabias Aussage tat er dies erstaunlich ruhig, und Valérie sah sich in ihrem Entscheid bestätigt, ihrem Kollegen das Mandat übergeben zu haben. Während er den Grund des Zusammentreffens erörterte, hatte Valérie genügend Zeit, die Journalisten von hinten zu betrachten. Von der Zentralschweiz waren so ziemlich alle Medien vertreten. Auf den deponierten Rucksäcken und

Kamerataschen las sie Namen wie «Bote der Urschweiz», «Neue Luzerner Zeitung», «Luzerner Rundschau». Auch Vertreter von «Tele 1» sowie «Radio Pilatus» waren anwesend. Auf den Pulten lagen Mikrofone mit entsprechendem Logo. Valérie erkannte auch eine Redaktorin der «Neuen Zürcher Zeitung», die sie vor ein paar Jahren kennengelernt hatte. Weiter vorne die Leute vom Leutschenbach.

Heinzers gewaltsamer Tod hatte das nationale Interesse geweckt. Die Berichterstattung würde gewiss mehrere Spalten in den Zeitungen einnehmen. Valérie kannte die Bereitschaft der Journalisten, ihre eigenen Interpretationen zum Besten zu geben. Die Quellen dazu waren oft unterschiedlich. Es war schon vorgekommen, dass Fälle mit Hilfe der Medien gelöst werden konnten. Ob es auch diesmal funktionieren würde, bezweifelte Valérie allerdings. Die Indizien waren einfach noch zu dürftig.

Nach Louis' Informationen stellte sich Fischbacher für Red' und Antwort zur Verfügung. Einführend lobte er die Arbeit der Schwyzer Polizei. Valéries Namen nannte er mit keinem Wort.

Er würde dafür sicher einen Grund haben, oder er tat ihr dadurch seinen Unmut über ihren Entscheid kund. Andererseits war es ihr recht, dass sie in den Medien nicht hochgeschaukelt wurde. So konnte sie ihre Arbeit mit der Sorgfalt erledigen, die erforderlich war. Im Kreuzfeuer der Presse zu stehen hatte noch nie zu befriedigenden Ergebnissen geführt. Valérie wusste, wie nahe sich Ratio und Emotionalität manchmal standen. Wenn die Ermittlungen in einem Tötungsdelikt nicht vorankamen, war immer die Polizei schuld. Hinter die Kulissen sah der Bürger nicht und konnte darum auch nicht ermessen, welche Hebel in Bewegung gesetzt werden mussten, um einen Fall aufzuklären.

«Hat Heinzers Tod mit dem erst kürzlich verstorbenen Anwalt Tuzzi etwas zu tun?»

Valérie schrak aus ihren Gedanken. Der Redaktor vor ihr hatte diese Frage in den Raum geworfen. Offenbar hatte er eine Verbindung zwischen den beiden Toten hergestellt.

«Bislang ist die Beweislage erst dürftig», hörte Valérie Fischbacher sagen.

«Ist es wahr, dass die Ermittlungen ins Milieu führen?»

Woher hatte er denn diese Information? Valérie wartete gespannt auf Fischbachers Ausführungen.

«Die Frage kann ich Ihnen leider nicht beantworten.»

Das hätte sie auch gewundert.

Jemand fragte nach einem religiösen Motiv, das Louis schnell dementierte. Aber Valérie sah bereits die Vermutungen in diese Richtung in den Medien. Die Erfahrung zeigte, dass jedes Wort, das einmal ausgesprochen worden war, später in irgendeiner Weise verwertet wurde.

Valérie erhob sich, duckte sich und schlich zur Tür. Erst draussen kam sie wieder zu Atem. Sie ging ins untere Geschoss und dort direkt ins Restaurant, in dem es zu der Zeit ruhig war. Sie hielt Ausschau nach einem jungen Mann mit Kinderwagen, konnte aber niemanden entdecken. Sie setzte sich an die Bar und bestellte einen Latte macchiato.

Die Serviceangestellte räumte gebrauchte Gläser in die Waschmaschine ein. Valérie sah ihr geistesabwesend zu. «Ist Ihr Chef da?»

«Herr Schelbert?»

«Ja, den meinte ich.»

Die Frau liess die Gläser stehen und legte ein Tuch auf den Tresen. «Ich werde ihn rufen.» Sie verschwand in einen Raum, aus dem man das Klappern von Pfannen vernahm. Valérie vermutete dort die Küche.

Als die Serviceangestellte zurückkam, begleitete sie ein hagerer Mann, der die besten Jahre hinter sich hatte. Er sah abgemagert aus. Seine Augen schienen gross im kantigen Gesicht.

«Sie haben mich gesucht?» Er streckte die Hand zum Gruss aus. «Johannes Schelbert. Freunde nennen mich Hansi.»

«Ich glaube, ich kenne Sie. Kann es sein, dass ich Sie schon im Fernseher gesehen habe?» Valérie zeigte ihm die Dienstmarke.

«Das war mein Zwillingsbruder.» Schelbert hob den Blick zur Raumdecke. «Er starb vor einem Jahr. Gott hab ihn selig.» Er schloss einen Moment lang ehrfürchtig die Augen. «Das Fernsehen war lange Zeit sein Arbeitgeber. Er moderierte die Folkloresendungen. Aber da dürften Sie noch sehr jung gewesen sein.»

Valérie schenkte ihm ein einvernehmliches Lächeln. «Können wir uns unter vier Augen sprechen?»

«Ich hoffe, es ist nichts Schlimmes.» Schelbert wies ihr den Weg in einen separaten Saal. «Es hat mich schon gewundert, dass die Polizei ihre Pressekonferenz ausgerechnet in diesem Hotel abhalten wollte.»

«Ich kann Ihnen versichern, das hat seinen Grund.»

«Ach so … ich verstehe. Das Hotel liegt zentral, das wird es wohl sein.» Schelbert setzte sich an einen runden Schiefertisch, auf dem ein Aschenbecher stand, mit einem Schild und der Beschriftung «Stamm».

«Dürfen Ihre Gäste rauchen?» Valérie zeigte auf den Aschenbecher.

«Nein, nein, ein Überbleibsel aus der Zeit, in der der Gast noch Gast sein durfte. Mit jedem neuen Gesetz, das ihn in seine Schranken weist, verliert die Gastronomie an Boden. Vielleicht wird bald auch der Alkohol verboten … das wäre dann der Todesstoss.»

Valérie blieb stehen. «Dass die CVP ihre wöchentlichen Sitzungen hier abhält, dürfte Ihnen bekannt sein.»

«Was soll das?» Schelbert wurde grantig. «Als Pächter weiss ich doch, wer bei uns verkehrt.»

«Umso besser. Dann können Sie mir bestimmt auch sagen, mit wem sich die Männer und Frauen nach der Sitzung getroffen haben.»

«Frauen sind nie dabei», korrigierte Schelbert. «Und nicht alle sind von der CVP. Das heisst, die Sitzungen der Christlichdemokraten werden unter Verschluss in der Bauernstube abgehalten. Danach trifft man sich am Stammtisch. Da stossen auch welche von der SVP und von den Freisinnigen dazu. Politisiert wird dann meistens nicht mehr. Man trifft sich als Mensch. Die Herren jassen bei mir.» Schelbert verzog seinen Mund zu einer Grimasse. «Das können Sie sich als Zürcherin wohl nicht vorstellen. Aber wir leben hier noch echte Tradition.»

«Die Tradition des Jassens?» Valérie verkniff sich ein Lachen. «Die gibt es nicht nur in Schwyz. Wie kommen Sie übrigens darauf, dass ich von Zürich komme?»

«Die Zürcher rieche ich hundert Meter gegen den Wind.» Er grinste. «Ihr Dialekt.»

Valérie blieb unbeeindruckt. «Führen Sie eine Gästeliste?»

«Das verwundert mich, dass Sie mich das fragen. Aber ja, ich führe tatsächlich eine.»

«Darf ich die mal einsehen?»

«Das geht unter Datenschutz. Bevor ich mit dieser herausrücke, müsste ich einen Wisch vom Gericht haben.»

«Den kann ich morgen liefern.»

«Dann warte ich bis morgen.» Schelbert erhob sich und strich sich die Hose glatt.

***

«Frau von Reding. Sie haben mich gesucht?» Valérie hatte sich in ihren Wagen gesetzt, der noch immer im Parkhaus Hofmatt stand, und auf dem Display ihres iPhones die Nummer der Staatsanwältin entdeckt.

«Das habe ich allerdings.» Jole von Reding hörte sich erbost an. «Warum haben nicht Sie die Pressekonferenz geleitet?»

«Fischbacher war ja da.»

«Und Sie kamen sich wohl überflüssig vor?»

«Das ist ein Missverständnis.» Sie vermied es, zu erläutern, dass sie des Arbeitsklimas wegen Louis den Vorrang gegeben hatte. Eigenmächtig, was ihr erst jetzt bewusst wurde. Sie schluckte ein paarmal leer. «Im Übrigen sollte ich von Ihnen eine richterliche Bescheinigung bekommen, damit mir Johannes Schelbert eine Namensliste herausgibt.» Valérie berichtete vom Gespräch mit dem Ochsenwirt und dass er darauf gepocht hatte.

«Dieser alte Narr!» Von Reding mässigte ihre Stimme.

«Ich nehme an, Sie kennen ihn.»

«Lassen Sie mich mit ihm sprechen. Morgen werden Sie Ihre Liste haben.» Von Reding zögerte. «Was versprechen Sie sich davon?»

«Der ‹Ochsen› ist Treffpunkt der Schwyzer Politiker. Wenn ich weiss, wer sich alles in diesen Kreisen aufhält, könnte ich endlich vorwärtsmachen. Jeder Tag, an dem unsere Ermittlungen stagnieren, ist ein verlorener Tag. Meine Befürchtung, dass der Täter erneut zuschlägt, ist begründet.»

«Machen Sie sich nicht verrückt, Frau Lehmann.» Von Reding räusperte sich. «Wie wäre es mit einem Apéro heute Abend bei mir?» Offenbar wollte sie sich für ihre vorgängige Attacke entschuldigen.

Valérie sah auf die Zufahrt des Parkhauses. Ein Auto stand vor der Schranke, doch sie ging nicht auf.

«Gern ein andermal, Frau von Reding. Ich habe morgen um neun einen Termin mit meinem Anwalt. Da sollte ich mich noch vorbereiten.»

Von Reding bedauerte es. «Ich mag Sie, Frau Lehmann.» Sie verabschiedete sich.

Warum geht die Barriere nicht auf?, wunderte sich Valérie. Sie wollte schon aussteigen, als sie erstarrte.

Es war derselbe Wagen, der am vorigen Abend vor ihrem Haus gestanden hatte.

***

Allmählich füllte sich die Gaststätte des «Ochsen», wie jeden Sonntag, wenn die Kirche ihre Schäfchen entlassen hatte. Einige Besucher der heiligen Messe hatten bereits am Morgen für das Mittagessen reserviert. Andere einen Platz an der Bar.

Auch Martin Betschart kehrte zurück, diesmal ohne seine Frau. Auf dem Weg ins Arkadenzimmer traf er auf Markus Suter. «Gut, dass wir uns heute treffen. Wir sollten reden.»

Suter schlug Betschart kameradschaftlich auf die Schultern. «Hast du kalte Füsse bekommen?»

«Wie sich das alles entwickelt, bereitet mir grosse Sorgen, das gebe ich zu. Aber es geht nicht allein um mich.»

«Werden alle hier sein?»

«Ja, ich habe alle aufgeboten.»

Nach und nach trafen die Kollegen ein, die Betschart hierherbestellt hatte. Im kleinen Saal war für sie aufgetischt. Achtzehn Männer setzten sich um den langen rechteckigen Tisch, der mit einem weissen Damasttuch gedeckt war. Eine Serviceangestellte fragte nach Getränken. Sie brachte Brot, Butter und mehrere Platten mit Aufschnitt, Trockenfleisch und Käse. Suter bestellte drei Flaschen Barolo.

Es kam selten vor, dass sich die Männer an einem Sonntag hier trafen. In der Regel fanden ihre Treffen unter der Woche statt. Aber aus aktuellem Anlass hatte Betschart die Vereinsmitglieder zum Brunch eingeladen.

«Wir werden selbstverständlich wieder einen Kranz spenden», sagte Betschart, der sich ans Ende des Tisches gestellt hatte. «Es ist das Minimum, was wir für unseren lieben Verstorbenen tun können. Furchtbar das alles ... Aber wir dürfen uns deswegen nicht aus der Ruhe bringen lassen. Unser Leben wird weitergehen. Wir müssen umso mehr zueinanderstehen, einer für alle, alle für einen.»

«Einer für alle, alle für einen», echote es im Saal.

Hans Bürgler, der das Amt des Aktuars innehatte, meldete sich zu Wort. «Joe ist einem Verbrechen zum Opfer gefallen, und dann sollten wir weitermachen wie bis anhin, als wäre nichts geschehen?»

Ein Murmeln und Raunen machte die Runde.

«Die Schwyzer Polizei lässt sicher nichts unversucht, den Fall zu lösen», sagte Betschart.

«Genau das ist der springende Punkt», intervenierte Suter und griff nach einem Mocken Muotathaler Urwaldschinken. «Die Polizei war vorgestern bei mir und hat unangenehme Fragen gestellt.»

«Zwei Tote innerhalb von fünf Wochen. Da stimmt doch etwas nicht», sagte Bürgler.

Betschart hätte ihn gern in die Schranken verwiesen, so wie er es sich gewohnt war, wenn man ihm zu nahe trat. Er mochte es nicht, von einem Aktuar gepiesackt zu werden. Dieser Bürgler war der Einzige, der nicht so recht in den Club passen wollte. Doch er hatte sich als ausgezeichneter Protokollführer herausgestellt.

«Wenn jemand etwas weiss», sagte Betschart nur und liess seinen Blick wieder in die Runde schweifen, «sollte er jetzt damit herausrücken.»

Die Herren am Tisch schwiegen bedrückt. Sie bewegten sich im Alter zwischen fünfzig und siebzig. Sie stammten – mit Ausnahme des Aktuars – aus den Oberschichten und sassen zum Teil auch in Stiftungsräten. Einige unter ihnen hatten das grosse Glück gehabt, ihre Firmen in einer Zeit gegründet zu haben, als die Wirtschaft im Aufschwung war. Heute lebten sie ganz gut davon.

«Was gedenkst du jetzt zu tun?», fragte Suter, der sich von der Fleischplatte weiter bediente. Niemand hatte eine Antwort auf Betscharts Frage gehabt.

«Wir werden nicht darum herumkommen, Personenschutz anzufordern.»

«Warum Personenschutz?», fragte einer der Anwesenden, der bis anhin schweigend der Unterhaltung gelauscht hatte. «Ist mir da etwas entgangen?»

Betschart ignorierte die Frage. Dass ihm die Situation zusetzte, sah man am Schweiss, der ungehindert von der Stirn Richtung Augenlid tropfte. Der Versuch, ihn mit einem Taschentuch zu bändigen, misslang.

«Ist das nicht übertrieben?», fragte Suter mit vollem Mund.

«Ich habe keine Lust, am Morgen mit aufgeschlitztem Hals zu erwachen», sagte nun auch Ernst Arnold.

«Wie bitte? Wie kommst du darauf, dass bei Heinzer der Hals aufgeschlitzt wurde?»

«Hast du das Boulevardblatt nicht gelesen? ‹Basic Instinct drei› war die Überschrift.»

«Und ich dachte, es handle sich um eine weitere Folge mit Sharon Stone», foppte Bürgler.

«Ich verstehe nicht, weshalb du darüber Witze machen kannst», konterte Betschart. «Wir werden bedroht.»

«Wer wird bedroht?» Reichmuth am andern Ende des Tisches hob das Rotweinglas.

«Zwei unserer Mitglieder sind tot», sagte Suter. «Reicht das nicht?»

«Was hat das mit uns zu tun?» Reichmuth gab nicht auf. Er prostete Betschart zu. «Machen wir uns nicht verrückt. Wir haben ein gutes Gewissen, nicht wahr, Martin?»

Betschart nickte, während er sich weiterhin den Schweiss von der Stirn wischte. «Wir sind reinen Gewissens. Klar doch. Was innerhalb unseres Clubs geschieht, geht niemanden etwas an, habe ich recht?» Betschart verschaffte sich mit einem lauten Räuspern Gehör. «Das ist doch auch deine Meinung, Markus.»

Suter schniefte. «Wir sollten einfach vorsichtiger sein.»

«Wem sagst du das?» Betschart trank sein Weinglas leer. «Und bitte, meine Freunde, wir können das Berufliche vom Privaten trennen.»

«Können wir», erklang es fast unisono. «Alle für einen, einer für alle!»

***

Valérie hatte im Auto gewartet, bis der Fremde im Wagen vor der Schranke den Rückwärtsgang eingelegt hatte und zurück zur Bahnhofstrasse gefahren war. Erst das Hupen eines wartenden Automobilisten hatte den Unbekannten zur Umkehr gezwungen.

Endlich beruhigte sie sich. Doch anstatt, wie vorgehabt, zum SSB zu fahren, verliess sie ihren Roadster. Ihre Knie fühlten sich wie Pudding an. Sie durchquerte die Einstellhalle, passierte die Schranke und atmete erst draussen erleichtert auf, als die sonntägliche Völkerwanderung sie umschloss. Von dem dunklen Auto war nichts mehr zu sehen.

Valérie beeilte sich, um ins Hotel Ochsen zu gelangen. Sie hoffte, dort Louis und Fabia zu treffen, mit denen sie die nächste Teamsitzung besprechen wollte. Ein Blick auf die Uhr: Es war jetzt kurz nach Mittag. Wenn sie Glück hatte, würde sie ihre Kollegen beim Essen antreffen.

Die Wirtsstube war brechend voll. Familien feierten ihre Mütter und Grossmütter. Kinder sagten Verse auf und spielten Blockflöte. Weder von Louis noch von Fabia war etwas zu sehen. Allerdings erkannte Valérie den Kripochef. Er sass allein an einem Zweiertisch und trank Kaffee.

Sie ging ohne zu zögern auf ihn zu. Irgendwann musste sie die Konfrontation mit ihm suchen.

«Guten Tag, Herr Fischbacher.» Sie zog den zweiten Stuhl unter dem Tisch hervor. «Darf ich mich zu Ihnen setzen?»

«Valérie, schön, dass wir uns treffen. Sagen wir einander doch *Du*, wie das bei uns üblich ist. Ich bin Dominik. Bitte, sei so gut.»

Valérie musterte ihn, als sie sich setzte. Er war einer jener Männer, die es auch in der Schweizer Armee zu Rang und Ehren gebracht hatten. Sie hatte seine Vita gelesen – ein abendfüllendes Unterfangen, worauf sie mit grossem Respekt reagiert hatte. Er war verheiratet und hatte vier erwachsene Kinder. Er hatte studiert, in Strafrecht abgeschlossen und, im Gegensatz zu Valérie, die Anwaltsprüfung gemacht. Mehrere Jahre hatte er in Anwaltskanzleien in Luzern, Bern und Lausanne gearbeitet, bevor er zur Polizei kam und dort verschiedene Lehr- und Führungskurse absolvierte. Auch im Militär hatte er es bis zum Major gebracht. Ihr gegenüber sass ein Intellektueller mit der Physiognomie eines Rambos. Kurz geschorene Haare und Stiernacken. Seine feingliedrigen Hände hätten keinen grösseren Kontrast dazu bilden können. Der erste Mann seit Langem, dem Valérie gefühlsmässig zu vertrauen imstande war. Sie konnte es sich nicht erklären. Aber es dünkte sie, als sässe ihr Ebenbild in der männlichen Ausführung vis-à-vis.

Trotzdem war Vorsicht geboten. Hinter seiner Nonchalance vermutete sie Rätselhaftes. Seine Augen hatten etwas Lauerndes in sich.

«Du hast dich in den letzten zwei Tagen ziemlich rargemacht», begann sie ein Gespräch.

«Das heisst nicht, dass ich die Entwicklung der Ereignisse nicht beobachtet habe. Im Moment bin ich mit Schreibkram so ziemlich zugedröhnt. Zudem konnten wir letzte Woche den Fall Hubacher abschliessen. Vielleicht hast du es am Rande mitbekommen.»

Er wollte offensichtlich testen, ob sie ihre Hausaufgaben gemacht hatte.

«Ja, der Name sagt mir etwas.»

«Er muss sich für eine Reihe massiver Wirtschaftsdelikte verantworten. Fünf Jahre bedingt und eine Geldstrafe von zweihunderttausend Franken plus die Gerichtskosten. Wir können einen

Erfolg verbuchen.» Fischbacher sah Valérie ernst an. «Bei dir bin ich mir absolut sicher, dass die Ermittlungen vorwärtsgehen.»

Valérie seufzte. «Zurzeit stagnieren sie allerdings.»

«Deine Rapporte bezeugen das Gegenteil. Du fährst auf verschiedenen Schienen. Wie bist du darauf gekommen, dass Heinzers Tod mit dem letzthin verstorbenen Anwalt Tuzzi etwas zu tun haben könnte? Das war absolut neu für uns alle ... aber du wirst deine Gründe haben.»

Valérie sah Fischbacher überrascht an. Sie ging davon aus, dass er alle ihre Rapporte eingehend studiert hatte. «Mittlerweile steht fest, dass die fremden Haare an beiden Tatorten dieselben sind. Ich habe aber nicht verstanden, weshalb man bei Tuzzi nicht sofort den technischen Apparat zum Zuge hat kommen lassen. Ich weiss, das gelangte offenbar nicht auf deine Etage. Es blieb ja auch vor der Staatsanwältin geheim. Hätte man damals die Arbeit nicht vernachlässigt ...» Sie stockte, weil eine Frau sich ihrem Tisch näherte.

Die Serviceangestellte nahm Valéries Bestellung auf.

Fischbacher stierte in seine halb leere Kaffeetasse. «Du gehst von einem Serientäter aus?»

«Unter Vorbehalt. Das Profil könnte darauf hindeuten. Was mich verunsichert, sind die beiden CDs, die der Täter am Tatort zurückgelassen hat. Stücke aus einer Oper, die die Liebe thematisiert. Wie kommt er ausgerechnet auf ‹Tannhäuser›? Ich kann mir nicht vorstellen, dass er den schöngeistigen Dingen des Lebens zugetan ist, nachdem ich seine Vorgehensweise gesehen habe. Entweder ist er geistesgestört mit Hang zur multiplen Persönlichkeitsstörung, oder er orientiert sich an jemandem ...» Valérie brach ab. Ihre Kehle brannte plötzlich.

Fischbacher hatte es bemerkt. «Ist dir nicht gut?»

Valérie versuchte den Kloss in ihrem Hals hinunterzuwürgen. Nachdem die Bedienung das bestellte Mineralwasser an den Tisch gebracht hatte, griff Valérie nach dem Glas und trank es in gierigen Schlucken aus.

«Ich hatte es ehrlich gesagt noch nie mit einem solch abgefahrenen Fall zu tun», sagte sie. «Es ist mir auch noch nie passiert, dass ich mich auf kein richtiges Motiv festlegen kann. Es gibt weder

Gründe noch genügend Material, das uns zu einem Täter führt. Er ist irgendwo da draussen, vielleicht mitten unter uns, und wird wieder zuschlagen. Und wir können es nicht verhindern.»

«Glaubst du, er hat es auf die Mitglieder der CVP abgesehen?»

«Das kann ich mir nicht vorstellen. Die Tat ist meines Erachtens nicht politisch motiviert. Da geht es um etwas anderes. Um etwas Zwischenmenschliches. Um Frustrationen. Um Rache.»

«Wie sieht es mit Zeugen aus? Gemäss Rapport sind die erst dürftig.»

«Wir suchen eine Frau namens Astrid Rast. Es wird bereits nach ihr gefahndet. Morgen wird eine entsprechende Anzeige in den nationalen Medien erscheinen. Ich erhoffe mir auf diesem Weg einen ersten Fortschritt.» Valérie sah auf ihre Armbanduhr. «Um drei habe ich zur Teamsitzung geladen. Ich sollte jetzt gehen.»

«Sei vorsichtig», gab Fischbacher ihr mit auf den Weg.

«Ich werde mir Mühe geben.» *Seien Sie vorsichtig.* Das hatte ihr schon einmal jemand gesagt.

***

Valérie knallte das Boulevardblatt auf ihr Pult. Per Zufall hatte sie die Zeitung am Kiosk gesehen. Der Fronttitel war ihr ins Auge gestochen. Diese marktschreierischen roten Lettern.

«Muss ich davon ausgehen, dass wir ein Leck in unserer Abteilung haben?»

Die ganze Truppe hatte sich im Sitzungszimmer eingefunden. Auf Valéries Frage wusste niemand eine Antwort.

«War nicht von Anfang an klar, dass wir die Informationen bis heute zurückhalten?»

«Die Zeitungsfritzen haben es im Blut, an solche zu gelangen», sagte endlich Fabia. «Das heisst aber nicht, dass sie es von uns haben. Es könnte ja sein, dass die Frau des Ermordeten geredet hat.»

«Dass der Boulevard auch immer wieder solche Titel zum Besten geben muss. Welch abartiger Vergleich. Wie verletzlich.» Valérie hatte den Bericht gelesen. «Über die genauen Hintergründe der Tat ist zum Glück nur oberflächlich spekuliert worden. Es hätte mich auch gewundert. Dieser Zeitung hat es schon immer an Tiefgang gemangelt. Die Redaktoren verstehen es zwar, die Leser zu schockieren, sofern das bei der heutigen abgebrühten Gesellschaft noch möglich ist, aber die Auseinandersetzung mit dem Geschehen fehlt weitgehend. Es geht ihnen nur um Effekthascherei. Um die Superlative in der Wortwahl.» Valérie stiess Luft aus. «Somit hätten wir das Thema auch vom Tisch.»

Sie bemerkte erst jetzt, wie sprachlos die Polizisten alle waren. Sie warfen einander Blicke zu, als würden sie Valéries Verstand anzweifeln.

«Sorry, wenn ich mich enerviert habe.» Sie lächelte verzerrt. «Ich will heute mit euch das weitere Vorgehen besprechen. Leider kommen wir nicht darum herum, die genauen Umstände der beiden Tötungsdelikte noch einmal genau zu eruieren. Ich möchte, dass ihr die Berichte dazu noch einmal lest und euch euer eigenes Bild macht.» Sie forderte die Ermittler unter ihnen auf, ein eigenes Täterprofil für den Vergleich zu erstellen. «Forscht weiter nach möglichen Zeugen, checkt noch einmal die familiären Hintergründe der Getöteten. Wir können mit ziemlicher Sicherheit davon ausgehen, dass auch Tuzzi Opfer unseres Gesuchten ist. Dass er einen Herzinfarkt hatte … *das* ist der Zufall.» Sie atmete tief. «Wie weit seid ihr mit Astrid Rast? Gibt es da schon Fortschritte?»

«Bislang konnte sie nicht gefunden werden», äusserte sich Louis. «Die Fahndung läuft.»

«Gut, wir sehen uns morgen. Ich teile euch noch mit, wann.» Valérie griff nach der Zeitung. «Wenn ich mehr Zeit hätte, würde ich mich mit dem Chefredaktor selbst in Verbindung setzen.»

Gestikulierend verliess sie den Raum.

SIEBEN

«Colin, mein Liebling. Wie geht es dir?»

«Geht so.»

«Du, ich muss meinen heutigen Besuch in der Schule verschieben. Ich habe einen ziemlich verworrenen Fall zu lösen.»

«Ist schon okay.»

«Können wir uns vielleicht am Mittag sehen?»

«Weiss nicht.»

Sie meinte, an eine Wand zu sprechen. Colin war kein Kind der grossen Worte, aber so wortkarg hatte sie ihn noch nie erlebt.

«Kommst du mit den Grosseltern klar?»

«Ja.»

Wenn Valérie mit jemandem Geduld übte, war es mit ihrem Sohn. Doch heute versetzte sein Desinteresse ihr einen Stich in die Brust. Was redete man mit einem Kind, das man kaum mehr sah, weil etwas zwischen ihnen zu stehen schien, das ein normales Gespräch verhinderte?

Kurt Schramm vom Kinderpsychologischen Dienst hatte ihr geraten, nichts zu forcieren, und gesagt, dass es falsch wäre, sein Kind unter Druck zu setzen. Lieben heisse Loslassen. Sie hatte ihm geglaubt und sich in der Defensive gehalten.

Valérie hatte losgelassen, aber nicht aus Liebe, sondern aus Hass auf ihren Mann. Dass ihr gemeinsamer Sohn Mittel zum Zweck sein würde, hatte sie lange Zeit verdrängt. In der Zeit, die gegen sie schaffte. Willy hatte ihre Strategie dazu verwendet, seinen eigenen Weg einzuschlagen, der ihn näher an Colin brachte, egal, mit welchen Mitteln. Er war derjenige gewesen, der so tat, als würde er seinen Sohn verstehen. Der im Hintergrund die Fäden zog und Colin dorthin brachte, wo es schwierig sein würde, ihn jemals wieder herauszuholen – zu seinen Eltern. Schramm hatte dem zugestimmt, ohne Willys wahre Beweggründe zu durchschauen. In Schramms Augen war Valérie unfähig, ihren Mutterpflichten nachzugehen. Ihr Job war keine gute Voraussetzung zur Obhut für ihren Sohn. Auf dieser Gegebenheit baute

Willy das Konstrukt seiner Vernichtung auf. Er wollte ihr den Sohn ganz entfremden.

«Wir könnten uns auch zum Nachtessen treffen», startete Valérie einen weiteren Versuch, Colin aus der Reserve zu locken.

«Grosi macht heute Käseauflauf.»

Endlich ein ganzer Satz. Valérie hätte vor Glück schreien können.

«Und wenn ich anrufe und dem Grosi erkläre, dass wir uns heute sehen wollen …»

«Ich aber nicht.»

Das Freizeichen klang wie Hammerschläge in ihrem Ohr.

Valérie kämpfte gegen ihre Tränen an. Sie sass vor dem Lenkrad, unfähig, den Motor zu starten. Unfähig, überhaupt einen klaren Gedanken zu fassen. Um neun, hatte sie mit Ziegler abgemacht. Sie sollte also nach Zürich fahren. Kam dazu, dass sie sich kaum vorbereitet hatte. Wie immer würde sie beim Anwalt sitzen und emotionsgeladen ihren Standpunkt verteidigen. Diesen musste sie nicht aufschreiben. Dieser sass tief in ihrer Seele.

Sie war Colins leibliche Mutter. *Sie* war in seinen ersten Lebensjahren für ihn da gewesen. *Sie* hatte den Spagat zwischen Beruf und Muttersein gemeistert. Immer war sie es gewesen, die um das Seelenwohl ihres Kindes besorgt gewesen war, oft unter enormen Belastungen. Willy war das egal gewesen. Erst als sie die Trennung von ihm in die Tat umgesetzt hatte, wurde Colin für ihn interessant.

Valérie fuhr sich mit der Hand über die Augen und zog Rotz hoch. Es war der falsche Zeitpunkt, um Schwäche zu zeigen.

***

Das Gebäude, in dem die Anwaltskanzlei eingemietet war, lag an der Bahnlinie Zürich-Enge. Wenn die Züge im Zehnminutentakt vorbeischossen, vibrierten die Scheiben. Das nahmen die Bewohner sicher gern in Kauf, denn die Aussicht auf den Zürichsee entschädigte sie für diesen Makel, dachte Valérie.

Sie hatte ihren Wagen in der Blauen Zone geparkt. Nun befand sie sich im Foyer, wo eine Sekretärin sie in Empfang genommen hatte. Sie musste sich noch etwas gedulden.

Als ob sie Zeit zum Vergeuden hätte. Sie hätte niemals hier sein dürfen. Wenn es nur um Willy gegangen wäre, hätte sie den Termin mit Ziegler fallen lassen. Im letzten Moment hatte sie wirklich daran gedacht. Aber es ging um ihren Sohn Colin und darum, ihm eine sichere Zukunft zu gewährleisten. Bei Willy würde er die nie haben. Sobald Willy das alleinige Sorgerecht erlangt hätte, würde er Colin in ein Internat stecken. Einem Pubertierenden waren Willys Eltern nicht gewachsen. Das hatten sie schon früher durchblicken lassen, wenn sie ihren Enkel zwei Wochen beaufsichtigen mussten, als Willy mit ihr in die Karibik geflogen war.

Margrit und Hans Lehmann waren über achtzig, kaum mehr imstande zu gehen. Den Führerausweis hatten sie schon vor Jahren abgegeben. Margrit ging jetzt mit einem Rollator auf die Strasse. Hans zog es vor, in der Wohnung vor dem Fernseher zu hocken. Vielleicht schickten sie Colin zum Einkaufen, wenn sie selber es nicht schafften. Es waren keine Zustände.

Vorübergehend, hatte es geheissen. Einen Monat, höchstens zwei. Daraus war mittlerweile mehr als ein halbes Jahr geworden. Sechs Monate, in denen Valérie ihren Sohn nicht gesehen hatte. Sie hatte immer nachgegeben, den Wünschen des Kinderpsychologen entsprochen. Dem Jungen zuliebe. Ihre Rechte waren mit Füssen getreten worden. Es würde weitergehen wie bis anhin. Sie hatte sich nie gross Gedanken darüber gemacht, dass es auch ihr Verschulden war. Aber manchmal befiel sie das ungute Gefühl, dass sie mehr für ihr Kind hätte kämpfen müssen.

«Sie sehen ja schrecklich aus!» Peter Ziegler war noch nie diplomatisch gewesen. Seine Gestalt wirkte imposant unter dem Türrahmen, den er in der Höhe fast ausfüllte. «Kommen Sie in mein Büro.»

Er liess Valérie den Vorrang. Sie setzte sich auf einen der Besucherstühle. Ziegler nahm ihr gegenüber auf dem Drehstuhl Platz. Er schlug einen dicken Ordner auf.

So viel Papierkram für nichts. Valérie nahm ein Kännchen Kaffee, das auf dem Tisch stand, dankend an. Sie goss den Kaffee in die Tasse und warf zwei Stück Zucker hinterher.

«Ihr Mann will Zeit schinden», begann Ziegler. «Er merzt die Fristen bis zum Schluss aus. So wie es aussieht, schafft die Zeit im Moment für ihn. Es war ein grober Fehler, dem zuzustimmen, dass Colin bei Ihren Schwiegereltern untergebracht wird.»

Valérie rührte den Kaffee um. «Ich hatte keine Alternativen. Einen Familienplatz lehnte der Kinderpsychologische Dienst kategorisch ab. Ich habe Schramm gegoogelt. Er ist allgemein bekannt dafür, dass er ohne gesunden Menschenverstand arbeitet. Nur getraut sich niemand, sich zur Wehr zu setzen. Daran, wie die Behörde entscheidet, gibt es absolut nichts zu rütteln.»

«Es wird schwierig werden.»

«Aber warum denn? Lehmanns sind zu alt, um ihren Enkel zu erziehen. Und Willy neigt zu Gewalt.» Valérie musste sich zusammenreissen, um nicht laut zu werden. Sie war noch nicht lange Zieglers Mandantin. Nachdem sie mit dem letzten Anwalt im Streit auseinandergegangen war, war Ziegler ihr empfohlen worden. Sie hatte jedoch nach der zweiten Sitzung bereits das Gefühl gehabt, nicht die richtige Wahl getroffen zu haben.

«Genau da ist der springende Punkt. Aussage gegen Aussage. Es gibt keine Zeugen, dass er Sie verprügelt hat.»

Valérie griff an ihre Narbe. «Ist die nicht Zeugnis genug?»

«Sie wissen, dass er es abgestritten hat. Er habe in Notwehr gehandelt. Sie können froh sein, dass er keine Anklage gegen Sie erhoben hat.»

«Sie sind mein Anwalt. Warum zweifeln Sie an meiner Aussage?»

«Ich glaube Ihnen. Aber es geht nicht darum, was ich *glaube*. Wir müssen das Gericht überzeugen.»

«Dann überzeugen Sie es!»

«Sie hätten ihn damals, als er Sie geschlagen hatte, anklagen sollen. Warum haben Sie es nicht getan?»

«Wie oft wollen Sie mich das noch fragen?» Valérie trank einen Schluck Kaffee. Damals hatte sie nur an Colin gedacht und davon abgesehen, ihren Mann zu verzeigen. Er hatte sie oft verprügelt, wenn er gerade Lust danach verspürte. Manchmal waren die Grenzen zwischen dem Akt sexueller Erregung und der Gewalt ihr gegenüber ineinander verflossen. Er hatte ein cholerisches Temperament. Er hatte es genossen, sie zu quälen. «Lügen Sie halt irgendetwas zusammen, aber verhindern Sie, dass man Colin unter Willys Obhut gibt. Colin braucht mich. Willy hat früher kaum Zeit für ihn gehabt. Warum sollte sich diese Situation plötzlich geändert haben?»

«Hat Colin sich je konkret dazu geäussert?»

«Warum sollte er? Er leidet unter einem Loyalitätskonflikt. Willy wendet jede freie Minute auf, um Colin gegen mich aufzuhetzen. Das hat er schon zu der Zeit eingefädelt, als unsere Ehe auf wackligen Beinen stand. Zuerst schrieb ich es Colins Pubertät zu. Aber seine Aufmüpfigkeit mir gegenüber ist Willys Verdienst.»

Als sie den Finanzchef einer Holding kennengelernt hatte, war sie knapp zwanzig gewesen. Willy Lehmann hatte ihr imponiert. Vierzig, erfolgreich, weltgewandt. Er sah gut aus. Er brauchte keinen Monat, um sie – die junge Jurastudentin – um seinen kleinen Finger zu wickeln. Der Altersunterschied hatte Valérie nie gestört. Im Gegenteil: Mit Gleichaltrigen konnte sie nichts anfangen. Willy hatte die Erfahrung mitgebracht, die ihr fehlte. Vor allem die sexuelle. Fünf Jahre später heirateten sie. Im Alter von neunundzwanzig bekam sie ihr einziges Kind. Sie vereinbarten, dass sie sich die Hausarbeit und die Kinderziehung teilten. Willy hielt es ein halbes Jahr lang aus, dann konnte sich Valérie nicht mehr auf ihn verlassen. Es war mehrmals vorgekommen, dass Willy Colin allein zu Hause liess. Er hatte die Stelle gewechselt und keine Zeit für Familienkram, wie er es nannte. Valérie hatte daraufhin eine Nanny für Colin engagiert. Es war unmöglich für sie gewesen, ihren Job von einem auf den andern Tag aufzugeben. Sie hatte damals bei der Streife gearbeitet, wollte sich später weiterbilden, um ihr Ziel zu verfolgen, das sie sich gesetzt hatte. Wenigstens hatte sie Glück mit der Nanny gehabt, einer verwitweten Frau, die sich des Kindes annahm.

«Wie sieht es eigentlich in Ihrem Beruf aus? Arbeiten Sie noch immer hundert Prozent?» Ziegler schrieb, während er fragte.

Valérie hätte gern gesagt, dass sie im Moment einen zweihundertprozentigen Job hatte. «Ich bin flexibel. Wenn ich Colin zu mir nehme, könnte ich meine Arbeitszeit so einteilen, dass ich zu Hause bin, wenn er von der Schule kommt. Zudem könnte er das Gymnasium am Kollegium Schwyz besuchen.»

«Ihr Sohn hat aber Mühe im Unterricht.» Ziegler lehnte sich zurück. Auf seinem fein geschnittenen Gesicht zeichnete sich Bedauern ab.

Valérie schlug mit der rechten Hand auf den Tisch. «Mein Sohn hat nie schulische Probleme gehabt, als ich noch bei ihm war. Die haben sich erst im Nachhinein eingestellt. Er kommt mit der Situation nicht zurecht. Zudem sind seine Grosseltern nicht fähig, ihm bei den Hausaufgaben zu helfen, wie ich das immer getan habe. Von Willy kann man in dieser Hinsicht gar nichts erwarten.»

Ziegler machte wieder Notizen, schwieg jedoch.

«Ich bin mir sicher, dass er bei mir die nötige Ruhe bekommt, damit er sich verbessert. Ich will meinen Sohn zurück!»

«Wir dürfen nichts forcieren.»

«Nein, natürlich nicht. Immer schön ruhig bleiben. Die Entscheidungen der Behörde akzeptieren, während mein Kind sich immer weiter von mir entfernt.» Valérie erhob sich. «Wissen Sie was? Machen Sie doch, was Sie wollen. Ich werde andere Wege finden, um Colin zu mir zu holen.»

«Ich werde eine Schrift aufsetzen und sie Ihnen zukommen lassen», sagte Ziegler emotionslos. Er sah sie forsch an. «Wollen Sie die Scheidung noch immer?»

«Was soll diese Frage? Das wissen Sie doch.»

«Vielleicht wäre es besser, damit noch zu warten.»

Valérie presste die Lippen aufeinander. Sie holte tief Luft. «Was ist der Grund?»

«Sie hätten die besseren Chancen, Ihren Sohn zu sich zu nehmen.»

Valérie schob den Stuhl unter den Tisch. «Nein, es hat sich nichts an meinem Entscheid geändert. Ich gehe davon aus, dass Sie die Scheidungsklage bereits aufgesetzt haben.» Sie nahm ihre Tasche zur Hand. «Warum habe ich das sonderbare Gefühl, dass Sie nicht hundertprozentig hinter mir stehen?»

«Das ist wirklich sehr sonderbar», sagte Ziegler wenig beeindruckt. «Ich werde Sie wieder kontaktieren.»

Valérie verliess das Büro. Auf dem Weg zum Ausgang überlegte sie sich, dass sie mit Ziegler wieder nicht die richtige Wahl getroffen hatte. Sie würde sich noch einmal nach einem anderen Anwalt umsehen müssen, nach einem, der ihre Anliegen würdig vertrat und ihr nicht dauernd das Gefühl gab, sie mache alles falsch.

Sie hätte den Besuch in der Kanzlei auch sein lassen können. Sie war auf keinen grünen Zweig gekommen. Manchmal befiel sie der Verdacht, dass Ziegler mit Willy unter derselben Decke steckte. Sie kannten sich von früher. Aber Ziegler war nicht gut auf ihn zu sprechen gewesen. Zudem hatte Katja ihr den Anwalt empfohlen, nachdem Valérie mit seinem Vorgänger nicht zufrieden gewesen war. Das war jetzt ein Jahr her.

Erst draussen beim Parkplatz hielt sie inne. Sie beugte sich über das Autodach und hätte am liebsten geschrien. In was für einer Welt lebte sie, in der man Kinder von den Müttern trennte? Sie war nicht alkoholsüchtig, nahm keine Drogen, hatte einen einwandfreien Leumund. Welche Kriterien musste sie erfüllen, damit sie ihren Sohn zu sich nehmen konnte?

Willy, nur Willy konnte Einfluss darauf nehmen. Er, der CEO von Polarpol. Einer der führenden Köpfe eines internationalen Konzerns. Gern gesehen, gern eingeladen. Wortgewandt und charismatisch. Einer, der wusste, wie man den Gegner manipulierte. Der gewissenlos über Leichen ging, sobald er noch mehr Gewinn witterte. Weil Gewinn und die daraus resultierende Bonusausschüttung ihn antrieben. Ihn noch skrupelloser machten. Ein hervorragendes Vorbild für Colin. Valérie spürte, wie ihre Kräfte schwanden.

Gegen Willy Lehmann hatte sie nicht die geringste Chance. Er würde sie weiter quälen.

***

Auf dem Weg zurück nach Biberbrugg machte Valérie einen Umweg über Luzern. Auch wenn sie selbst weit davon entfernt war, Überraschungsmomente zu mögen, konfrontierte sie andere gern damit. Zudem war sie mit negativer Energie so aufgeladen, dass sie etwas brauchte, um sich abzureagieren. Kurz vor dem Mittag traf sie bei WOP ein. Sie ging die vier Stockwerke zu Fuss. Sie musste sich bewegen, den angestauten Zorn auspusten. Oben läutete sie. Unaufgefordert trat sie ein und hätte beinahe eine Dulcinea mit karottenroten Haaren umgerannt. Ein opulenter Parfumgeruch stieg ihr in die Nase.

«Hoppla, warum denn so eilig? Brennt's?» Die Dame hatte Humor.

Valérie zeigte ihre Dienstmarke. «Ich war am Samstag schon hier. Ihre Mitarbeiterinnen teilten mir mit, dass Sie heute da seien, was ja offensichtlich der Fall ist. Leandra Eisenbauer, nehme ich an.»

«Sie sind goldrichtig in der Annahme.» Wenn Leandra lachte, wackelte ihr ganzer Oberkörper. Das Doppelkinn warf Falten, die sich auf den mächtigen Brüsten fortsetzten. Ein Leberfleck in der Grösse einer Rosine zierte den Ausschnitt. Ansonsten gehörte die Inhaberin des Escort-Service zur älteren Generation. Valérie schätzte sie auf fast siebzig, auch wenn sie auf extrem jung machte. Sie trug ein ärmelloses Shirt. Ihre Oberarme flatterten wie Flügel im Wind, wenn sie sich bewegte. Der kurze Jupe verdeckte kaum ihre faltigen Knie. Sie hielt es nicht für nötig, Strümpfe zu tragen. Valérie bemerkte eine stark hervortretende Vene. Schamgefühl und Respekt gingen der Dame offensichtlich gegen den Strich. Sie zeigte, was sie hatte, egal, wie ihre Umwelt darauf reagierte.

«Wie ich gehört habe, ermitteln Sie in einem Mordfall?» Leandras Gesicht drückte weder Erstaunen noch Fragen aus. Das lag daran, dass sie ihre Haut mit Make-up und Puder zubetoniert hatte. Ihre Augen hatte sie so stark geschminkt, dass es ihr das Aussehen einer Eule verlieh. Rot waren ihre Lippen, verästelt in den Fältchen rund um den Mund.

«Leider hat man mir nicht genügend Auskunft geben können», tastete Valérie sich vorsichtig heran, darauf bedacht, die heute abwesenden Studentinnen nicht zu denunzieren. Sie hatte sich wider Erwarten im Griff und schlug milde Töne an.

«Kommen Sie, setzen wir uns doch hinter den Tisch, und Sie sagen mir, was für Informationen Sie brauchen. Heute ist sowieso nicht viel los.»

Mit dieser Offenheit hatte Valérie zuletzt gerechnet.

«Wen suchen Sie denn konkret?»

«Paolo Tuzzi und Joachim Heinzer aus Schwyz.»

«Ach, aus Schwyz ...» Leandra amüsierte sich.

«Was wollen Sie damit sagen?»

«Die haben's faustdick hinter den Ohren, die Schwyzer. Haben Sie gewusst, dass die Bauern an den Samstagabenden mit dem Traktor in die Stadt fahren, um ihre Angebeteten zu treffen?» Leandras Brüste hüpften auf und ab. «Über die Seebrücke veranstalten sie manchmal Rennen ... wer zuerst ...»

Valérie unterdrückte ein Lachen. «Sagen Ihnen die Namen etwas?»

Leandra gab die Namen auf ihrem Rechner ein. «Nein. Wie kommen Sie überhaupt darauf, die Herren könnten unsere Kunden sein?»

«Ich bin bei den Ermittlungen auf Ihre Adresse gestossen.» Valérie legte die Visitenkarte auf den Tisch. «Übrigens *waren* sie Kunden. Sie sind jetzt tot.»

Leandra drückte ihr Bedauern aus, aber viel Zeit verwendete sie nicht darauf. «Warten Sie mal: Es gäbe da noch eine Möglichkeit. Wir veranstalten auch Partys. Es gibt da immer welche in Schwyz. Die Mädchen werden im Bagage gebucht, zu fünft oder zu sechst ... oder noch mehr.»

«Und das fällt auch unter Begleitservice?» Valérie liess Leandra nicht aus den Augen. «Im Handelsregister ist WOP als GmbH eingetragen, als Vermittlung von Personen für Repräsentationszwecke. Dass Sie auch Partys veranstalten, ist nirgends erwähnt.»

«Sehen Sie, das sind Zusatzangebote. Es geht in erster Linie um den Dienst am Kunden. Der Kunde ist König, auch wenn seine Wünsche die Norm oft überschreiten.» Leandra suchte nun fieberhaft nach Adressen. «Die Zeiten sind schwieriger geworden. Da muss man sich etwas einfallen lassen, dass am Abend die Kasse stimmt ...»

Valérie sah ihr an, dass sie vom Thema ablenken wollte.

«... Ach, hier haben wir etwas ...»

Valérie sah auf den Bildschirm.

«Sehen Sie, da gibt es tatsächlich einen Verein mit Namen ‹Panthers Club›. Er ist in Schwyz stationiert. Der befindet sich in der Herrengasse. Hier ist die Nummer.» Über Leandras maskenhaftes Gesicht huschte ein wohlwollendes Lächeln. «Vielleicht suchen Sie ja diesen … Die Namen der Mitglieder sind uns allerdings nicht bekannt. Der Club bürgt mit einer jährlichen Zahlung von zehn Riesen. Im Gegenzug dazu dürfen keine Fragen gestellt werden.»

«Wie gewährleisten Sie den Schutz Ihrer Frauen?»

«Tja, wie soll ich sagen: Der jährliche Beitrag ist Garantie genug. Bis anhin hatten wir keine Probleme.»

«Ich bräuchte die Namen der Frauen, die dort gebucht werden.»

Leandra zeigte eine erste Unsicherheit. «Hören Sie, ich habe Ihnen schon einen ziemlich grossen Einblick in mein Geschäft gewährt. Wenn Sie jetzt auch noch die Namen der Mädchen wollen, geht das entschieden zu weit. Wenn das auskommt, kann ich den Laden hier gleich schliessen.»

«Sie haben nichts zu befürchten, wenn alles mit rechten Dingen zugeht.»

Widerwillig suchte Leandra die Namen der betreffenden Frauen, kopierte sie in ein neues Dokument und druckte dieses aus.

Valérie nahm die Namensliste entgegen. Sie überflog sie. «Ist Ihnen der Name Astrid Rast bekannt?»

«Nein.»

«Oder kennen Sie eine Frau mit Namen Asadeh?»

«Asadeh, sagten Sie? Nein, nie gehört. Klingt nach Morgenland.»

«Freiheit.»

«Bitte?»

«Asadeh bedeutet Freiheit und ist persischer Herkunft.»

«Sie befassen sich mit Namen?»

«Nein. Was geht denn in dem Club so ab?»

Leandra schüttelte irritiert den Kopf. «Maskenbälle, Swingersex, Fetisch-Veranstaltungen … harmlose allerdings. Die Männer sind ja über fünfzig …»

«Was nichts heisst. Schweinehunde gibt's in jeder Alterskategorie.»

Leandra lachte. «Solange diese Männer ihre Vorlieben auf diesem Weg ausleben, ist nichts dagegen einzuwenden, oder? Schlimmer wäre es, wenn sie dabei Frauen vergewaltigen oder ihre Opfer auf der Strasse suchen würden.»

«Das ist Ansichtssache … das mit dem nichts dagegen einwenden.»

«Männer ticken nun mal anders als wir Frauen. Sie denken in Schubladen, im Gegensatz zu uns, die alles immer ganzheitlich sehen. Frauen können sich nicht vorstellen, dass die Männer Liebe und Sex voneinander trennen können. Auf der einen Seite ist das Herz, auf der andern ihr Geschlechtsteil. Nicht miteinander verkoppelt. Sie sind durchwegs in der Lage, eine Frau zu lieben und mit der andern Sex zu haben. Für sie ist das kein Treuebruch. Wir Frauen können das auch, aber nur so lange, bis wir uns in den Seitensprung verlieben. Wenn Frauen fremdgehen, geschieht das zum reinen Selbstzweck. Wir wollen spüren, ob wir noch begehrenswert sind. Das kann vor allem den älteren Frauen zu einem enormen Jungbrunnen verhelfen.» Leandra schmunzelte. «Bei den Männern ist es die Triebhaftigkeit. Der Verstand schaltet sich von selbst aus. Da geht es nur um Befriedigung.»

«Spricht da jetzt etwa eine Psychologin?»

«Die Erfahrung, meine Liebe, nur die Erfahrung.»

Valérie tat sich schwer. Sie steckte die Adresse ein und bedankte sich für die Informationen. «Das ist wirklich nett, dass Sie sich gegenüber der Polizei so kulant gezeigt haben.»

«Keine Ursache. Ich habe nur meine Pflicht erfüllt.»

Valérie verabschiedete sich.

Kaum war sie draussen, griff Leandra Eisenbauer zum Telefon und begann zu tippen.

***

Valérie parkte bei der Kreuzung Steinerstrasse und Schlagstrasse und schritt die Herrengasse Richtung Hauptplatz. Die frische Luft tat ihr gut. Sie kam an einer Primarschule, dem Hoch- und Tiefbau- sowie dem Betreibungsamt, der Sparkasse, der Buchhandlung Tau und diversen Geschäften vorbei.

Valérie war bisher nicht aufgefallen, dass es hier auch einige Herrenhäuser gab, die hinter dichten Thujahecken oder Steinmauern gegen die Strasse abgeschottet im Schatten alter Baumbestände standen. Hinter schmiedeeisernen Toren und Zäunen vermutete sie Parkanlagen, denn die Hausdächer schienen ihr weit entfernt. Sie ging an einer Kirche vorbei. Sie erkannte das Kapuzinerkloster, weiter vorne den Weltladen. Dort, wo die Kronengasse einmündete, kehrte Valérie um. Sie hatte die Hausnummer übersehen. Etwas zügiger schritt sie zurück. Die Hausnummern waren nur schwer zu erkennen. Irgendwo hinter mannshohen Büschen und Mauern musste die gesuchte Nummer sein, verborgen in der Anonymität. Valérie blieb stehen.

Sie verliess die Hauptstrasse und gelangte über einen schmalen Weg zu einem Tor. Sie wollte schon eine Türfalle drücken, als das Tor wie von Geisterhand geführt aufging. Valérie schritt über eine mit Kieselsteinen bedeckte Allee, auf deren Seiten sich Pappeln im Wind beugten. Sie näherte sich einer Treppe, die sich beidseitig zu einem erhöhten Eingang schwang.

Das Haus erinnerte sie an eine längst vergessene Zeit. Es erstrahlte in neuem Glanz. Vermutlich war es erst kürzlich restauriert worden. Die weisse Fassade glänzte im Sonnenlicht. Das Haus hatte vier Stockwerke, auf der Walmdachetage vier imposante Erker.

Valérie stieg die Treppe hoch und gelangte zur Tür. Sie betätigte einen schweren Messingklopfer. Vergeblich hatte sie nach einer Klingel und dem Namensschild gesucht.

Es dauerte nicht lange, bis eine hagere Frau öffnete. Ihre Haare waren zu einem Dutt gebunden und so streng nach hinten gekämmt, dass ihre Gesichtszüge wie gemeisselt schienen. Ihr unifarbenes Kleid trug sie weit über die Knie.

Valérie zeigte ihre Polizeimarke und stellte sich mit Namen vor.

Die Frau öffnete die Tür ganz. «Bitte, treten Sie ein. Sie werden bereits erwartet.»

Valérie zögerte. Niemand hatte von ihrem Vorhaben Kenntnis. Sie hätte es zwar ihren Kollegen melden müssen, hatte es jedoch versäumt. Nur Leandra Eisenbauer konnte die Herrschaften benachrichtigt haben. Es fühlte sich nicht gut an. Ob sie unter der gleichen Decke steckte? Valérie verwarf ihre Vorurteile. Sie war hier, weil sie erfahren wollte, wer in diesem Haus wohnte oder ob eine Firma darin eingemietet war.

Sie gelangte in ein grosszügig konzipiertes Entrée. Von der Decke hing ein schwerer Lüster, dessen kristallene Tropfen bei jedem Luftzug klimperten. Auf einer breiten Treppe, die sich auf halber Höhe verzweigte und in zwei Richtungen führte, lag ein dunkelblauer Teppich. In der Nähe des Geländers standen sich zwei Gipsstatuen gegenüber: Aphrodite und Eros.

In der Mitte auf einem Podest zierte ein Brunnen die Wand. Das Plätschern war das einzige Geräusch in dem sonst stillen Haus.

Die Frau mit dem Dutt ging linksseitig die Treppe hoch und sah immer wieder zurück, um sich zu vergewissern, ob Valérie hinter ihr herkam. Sie passierten ein mit schweren Draperien verziertes Bogentor.

«Bitte sehr. Nehmen Sie Platz. Es wird gleich jemand kommen. Kann ich Ihnen in der Zwischenzeit etwas anbieten? Einen Kaffee, einen Tee vielleicht? Ein Glas Wasser?»

Die Frau war ja richtig nett.

«Nein danke.» Valérie fand sich in einem exquisiten Salon wieder. Sie schritt über einen dunklen Marmorboden mit wenigen hellen Einsprengseln. Ein rechteckiger Glastisch und mit Stoff bezogene Lehnstühle dominierten den Raum. Darüber hing, wie schon hinter dem Eingang, ein Kronleuchter. An der Wand befand sich ein Sideboard, darauf eine Amphore mit einem biblischen Motiv, über die sich ein Riss zog. Überall standen Vasen, üppig gefüllt mit lachsfarbenen Rosen. Valérie setzte sich auf das Sofa in der Nähe eines der Fenster, durch das man hinunter in den Park sah, aufs Tor und dahinter die Herrengasse.

Die Kissen fühlten sich weich und üppig an und rochen dezent nach Rose.

Valérie verabscheute Rätsel. Der Einrichtung und dem Geruch zu urteilen nach, wohnte hier eine Frau. Eine Frau mit Stil, den sie der Frau, die sie hierhin gebracht hatte, nicht zutraute. Diese war vielleicht die Gouvernante oder die Hausverwalterin oder eine Köchin. So richtig zuordnen konnte man sie nicht.

Ein Geräusch liess Valérie aufhorchen. Sie sah Richtung Bogen, durch den sie gekommen war. Eine kleine Frau stand dort, eingehüllt in einen weissen Frotteemantel. Ihre Haare hatte sie unter einem Turban versteckt.

Trotz der ungewöhnlichen Bekleidung erkannte Valérie sie sofort. «Frau von Reding!»

«Nennen Sie mich Jole.» Die Staatsanwältin setzte ein entwaffnendes Lächeln auf. Ihr Gesicht war ungeschminkt. Sie sah aus wie ein Mädchen und hatte dieses unverkennbar starke Charisma.

Valérie erhob sich. «Was tun *Sie* denn hier?»

«Wie es scheint, machen Sie Ihren Job perfekt.»

«Wie meinen Sie das?»

«Ich wohne hier.»

Zum ersten Mal verstand Valérie die Bedeutung des Filz. Das, was ihr hier geboten wurde, und das, was sie über die Noblesse betuchter Schwyzer erfahren hatte, war genauso schwer voneinander zu trennen. Eine ungeordnete, nicht fassbare Begebenheit.

Sie sah kaum einen Unterschied zum textilen Filz. «Ist das wirklich Ihr Haus?»

«Ja, seit dem Tod meiner Eltern. Da ich ihr einziger Nachkomme bin, habe ich es geerbt. Das heisst, wahrscheinlich auch davor gerettet, dass es abgerissen wird. Für die Renovation habe ich sehr viel Geld hingeblättert. Aber es hat sich gelohnt. Finden Sie nicht auch?»

Valérie konnte ihre Bewunderung kaum im Zügel halten. «Sie belegen das ganze Haus?» Sie fragte sich, ob Leandra Eisenbauer sie zum Narren gehalten hatte. Sie war an der falschen Adresse gelandet.

Von Reding musterte Valérie amüsiert. «Nein, nein. Das Parterre ist vermietet. Und unter dem Dach habe ich ein paar Gästezimmer. Die sind jedoch selten besetzt. Ich liebe es aber, durch diese Zimmer zu lustwandeln und mir bewusst zu werden, dass das alles mir gehört. Für etwas muss man schliesslich arbeiten.»

«Und wer wohnt im Erdgeschoss?»

«Wohnen wäre übertrieben. Es steht für besondere Anlässe zur Verfügung.»

Doch die richtige Adresse!

«Sind diese besonderen Anlässe zufällig Sexorgien?»

Von Reding lächelte. «Die Frau schweigt …»

«… und geniesst», ergänzte Valérie. «Wollten Sie das sagen?»

Von Redings Lächeln verstärkte sich.

«Sie verschweigen mir etwas. Es ist an der Zeit, mich endlich aufzuklären. Spannen Sie mich nicht auf die Folter! Sie wissen doch über weit mehr Bescheid, als Sie mir gegenüber plausibel machen wollen. Heisst der Mieter zufällig Panthers Club?»

«Das wollte ich damit sagen, dass Sie Ihren Job präzise machen.»

«Jetzt erklären Sie mir, weshalb Sie mich nicht darüber orientiert haben.»

Von Reding setzte sich an den Glastisch. «Ich bin mir bis heute nicht sicher, ob unser Fall mit diesem Club zu tun hat. Es ist für mich sehr schwierig, zumal ich … ja Sie wissen schon … mit Heinzer eine Affäre hatte. Als Nächstes wollen Sie von mir einen Durchsuchungsbeschluss für die Räumlichkeiten im Parterre. Das brächte mich in Verlegenheit.»

«Genau das wäre mein nächster Schritt gewesen.» Valérie blieb stehen. «Heinzer war also auch in diesem Club … in diesem Panthers Club.»

«Früher oder später hätten Sie es herausgefunden.»

«Und Tuzzi?»

«Auch Tuzzi.» Von Reding schlug das eine Bein über das andere. Der Frotteemantel rutschte über ihre Schenkel. Sie waren wohlgeformt, sehnig und trainiert. «Hören Sie, Valérie. Wenn Fischbacher davon erfährt, wird er mir die Hölle heissmachen.»

Valérie presste ihre Lippen aufeinander. Es war, als hätte sie soeben einen flüchtigen Blick auf eine verborgene Seite von Redings geworfen. «Nicht, wenn Sie reinen Gewissens sind. Sie haben doch ein reines Gewissen?»

«Natürlich habe ich das. Aber wenn Sie in meinem Haus ermitteln, liegt es nahe, dass ich da auch mit hineingezogen werde. Also bitte, wecken Sie keine schlafenden Hunde.»

«Sie gehören auch zum Panthers Club?»

«Nein. Gemäss Statuten dürfen ausschliesslich Männer Mitglied sein.»

«Aber Sie pflegen Kontakt zu ihnen.»

«Wenn's die Umstände zulassen.»

«Wie soll ich das verstehen?»

«Es gibt da gewisse Veranstaltungen. Die darf ich manchmal besuchen.»

«Sexpartys?»

«Sie sind verdammt hart, Valérie.» Von Reding schlug die Beine andersherum. «Es geht hier um etwas ganz anderes. Was in diesem Haus geschieht, hat viel mit Ästhetik zu tun. Sinnlichkeit, Musik, Tanz, gute Gespräche …»

«Tanz?»

«Nicht den Tanz, den Sie meinen.» Von Reding setzte ein süffisantes Lächeln auf. «Kein Rock'n' Roll.»

«Ballett?», fragte Valérie.

«Oh, ich sehe, ich verkenne Sie. Sie veranstalten Kammerkonzerte, Kammerballett …»

«Ich kenne nur Kammerorchester.»

«In die Richtung.» Von Reding lächelte wieder. «Man kann es durchwegs damit vergleichen.»

«Und dazu werden ein paar Frauen des Escort-Service WOP aufgeboten.»

«Unter anderem.»

«Wann findet die nächste Veranstaltung statt?»

Von Reding setzte sich gerade auf. «Sie wollen aber nicht sagen, dass Sie einer beiwohnen wollen?»

«Ich suche einen Mörder. Dazu ist mir jedes Mittel recht.» Valérie sah ihr Gegenüber eindringlich an.

«Dann suchen Sie am falschen Ort.»

«Wann also?»

Von Reding überlegte. Ihre listigen Augen wurden ganz schmal. «Wir könnten gemeinsam hingehen.»

«Das wäre mir recht.» Valérie malte sich bereits aus, wie der Besuch mit von Reding ausfallen würde. Vielleicht musste sie auf Jole von Reding genauso ein Auge werfen. Sie wusste wirklich nicht, was sie von ihrer Zuwendung halten sollte. Wollte sie sie für sich vereinnahmen? Damit sie den Mund hielt?

«Kommen Sie am nächsten Donnerstagabend hierher. Ich werde Sie dann instruieren ... die ganze Angelegenheit bedarf zudem einer gewissen Vorbereitung.»

Valérie kaute auf ihrer Unterlippe. Es konnte nicht sein, dass sie von Reding falsch eingeschätzt hatte. Die Frau hatte ihr von Anfang an einen integeren Eindruck gemacht. Dass sie gewisse Vorlieben hatte, war kein Verbrechen. Wahrscheinlich würde sie ihr ihre Geheimnisse anvertrauen, wenn sie danach fragte.

Vielleicht waren sie sich doch ähnlicher als gedacht.

«Noch etwas, bevor ich gehe: Haben Sie mit Johannes Schelbert sprechen können?»

«Er hat mir die Liste ausgehändigt. Sie liegt auf meinem Pult in Biberbrugg ...»

«Seien Sie so gut und faxen Sie mir das Dokument in mein Büro.»

***

Fabia hatte das Fax bereits auf ihr Pult gelegt. Valérie fand es zusammen mit der üblichen Post am späten Nachmittag, als sie auf dem SSB eintraf.

Es war ein schöner Tag. Valérie öffnete das Fenster und sah hinaus auf die Wiese, die in ein sattes Grün getaucht war. Graublau zog die Biber eine Furche. Das Blätterwerk der Bäume war in den letzten Tagen dichter geworden. Zurückgeblieben war ein beklemmendes Gefühl, ob sich ihre Attacke wiederholen würde. Inmitten des heiterhellen Tages. Aus dem Wald vernahm sie nur das Vogelgezwitscher. Und vom Himmel her das monotone Motorengeräusch eines Linienjets.

Valérie setzte sich an ihr Pult und legte die Namensliste vor sich hin. Sie verstand nicht, weshalb Schelbert ein solches Geheimnis daraus gemacht hatte. Ein Wichtigtuer, ging es ihr durch den Kopf. Sie las Namen wie Arnold, Betschart, Christen, Dobler. Hinter jedem war der Vorname und die Privatadresse notiert sowie die Parteizugehörigkeit. Als wäre dies von enormer Wichtigkeit gewesen. Bei den meisten stand «CVP». Daneben war ein Stern getippt, und in Klammern stand «Bauernstube». Valérie las daraus, dass Reichmuth und Arnold, die der SVP angehörten, sich mit den andern Männern nur zum Jassen trafen. Insgesamt waren es zwanzig Männer. Zwei davon waren mit Kreuzen versehen: Heinzer Joachim und Tuzzi Paolo. Der Ochsenwirt hatte genau Buch geführt. Einen Namen für diese Männergruppe konnte Valérie allerdings nirgends finden.

Lag sie mit ihren Vermutungen falsch?

Weiter unten waren die Tage vermerkt, an denen sich die Männer im «Ochsen» getroffen hatten. Valérie fiel auf, dass die vorletzte Sitzung am Mittwochabend, bevor Heinzer starb, stattgefunden hatte. Die letzte Sitzung war am Muttertag eingetragen.

Ob es da einen Zusammenhang gab?

Am frühen Abend erinnerte Valérie ihre Leute zum täglichen Briefing im Sitzungszimmer.

Wie nicht anders zu erwarten war, liess sich Fischbacher entschuldigen. Blieb er dem Meeting absichtlich fern?

Louis sass schon an einem der Tische, vor sich einen ganzen Stapel A4-Blätter. Valérie nahm es mit Genugtuung zur Kenntnis. Fabia dagegen hatte nicht viel zu berichten. Das Zahnen ihrer Tochter hatte sie gezwungen, nach Hause zu fahren, weil ihr Mann überfordert war. Den halben Nachmittag hatte sie damit verbracht, ihr Kind zu beruhigen.

Als sich alle eingefunden hatten, begann Valérie mit ihren Ausführungen. Sie stellte sich vor das Flipchart, berichtete über das Treffen mit Leandra Eisenbauer und erwähnte die Liste ihrer Arbeitnehmerinnen. Sie legte auch die Kopie von Johannes Schelberts Namensliste auf den Tisch. Sie schrieb die Namen der Jasser auf das Flipchart und zog Verbindungslinien zu den Opfern. Doch über alles setzte sie ein grosses Fragezeichen.

«Ich würde gern morgen früh mit den ersten Befragungen beginnen. Sämtliche Herren, deren Namen auf der Liste stehen, werden im Halbstundentakt vorgeladen. Das heisst, dass ihr die Herren noch heute kontaktieren müsst.» Valérie tippte auf die Liste von WOP. «Die Frauen werde ich mir selbst vorknöpfen.»

Sie wandte sich an Louis. «Du hast auch schon einiges zusammengetragen, wie ich sehe.»

«Es sieht nach mehr aus, als es ist.» Louis streckte seinen Rücken durch. Gleich überragte er um einen halben Kopf Fabia, die neben ihm sass. «Wir haben Asadeh gefunden.»

«Ach, so schnell? Und was ist mit Astrid Rast?»

«Alles der Reihe nach.» Louis genoss es, in den Mittelpunkt zu rücken. «Die Fahndungsmeldung in den Medien hat gefruchtet. Die Dame ist von allein an den Hauptposten Schwyz gelangt. Sie heisst mit richtigem Namen Astrid Ackermann, geborene Rast, und wohnt jetzt in Arth.»

Valérie überwand sich, Louis für seine Arbeit zu loben.

«Wie ich gesagt habe, die Dame arbeitet unter einem Pseudonym.»

«Und wo ist sie jetzt?»

«Nachdem man ihre Personalien aufgenommen hatte, wurde sie nach Hause geschickt.»

«Warum denn das? Sie ist unsere Hauptverdächtige.» Valérie strich sich nervös über die Narbe. «Jetzt haben wir einen ersten Erfolg zu verzeichnen ... und ihr lasst sie einfach laufen? Holt sie her!»

«Sie hat bereits ein Aufgebot. Morgen um sieben im Befragungszimmer auf der Kapo Schwyz. Ich habe das bereits in die Wege geleitet. Es liegt ihr sehr daran, dass es nicht an die grosse Glocke gehängt wird.»

Valérie beruhigte sich ein wenig. «Ich werde sie morgen befragen. Und du, Fabia, wirst dabei sein.» Sie zögerte. «Da ist noch etwas. Weiss jemand unter euch etwas über einen Verein namens Panthers Club?»

«Einen Lions Club gibt es», sagte Fabia. «Aber Panthers Club höre ich heute zum ersten Mal.»

«Hört sich geheimnisvoll an.» Louis blickte in die Runde. «Vielleicht ein Geheimbund. Panthers Club klingt nach geschmeidiger Katze auf weichen Pfoten.»

«Lass den Scherz», sagte Valérie. «WOP hat die Männer von diesem Club bedient ...»

«Siehst du, habe ich doch gleich gesagt. Es geht um Katzen ...»

Valérie warf Louis einen zornigen Blick zu. «Aber die Namen der Mitglieder sind nirgends vermerkt. Ich möchte, dass ihr auch in diese Richtung recherchiert. Ich muss wissen, wer hinter dem Club steckt. Im Internet habe ich nichts gefunden.»

Fabia steckte sich einen Kaugummi in den Mund. «Vielleicht ist es ein fingierter Club oder ein Synonym für einen bereits bestehenden», sagte sie schmatzend.

«Haltet die Ohren offen», sagte Valérie. «Und ich fresse einen Besen, wenn unsere beiden Toten nichts damit zu tun haben.»

ACHT

Trotz eines Grossaufgebots hatten die Polizisten nicht alle Männer erreicht, deren Namen auf der Liste standen. Erfolg hatten sie lediglich bei der Hälfte. Die andern waren entweder nicht zu Hause gewesen oder hatten sich von ihren Frauen verleugnen lassen. Bereits um sieben in der Früh traf Jakob Reichmuth auf dem Polizeiposten Schwyz ein. Louis führte ihn in ein Vernehmungszimmer.

«Bitte setzen Sie sich.»

Reichmuth blieb stehen. «Das, was ich zu sagen habe, beansprucht keine Zeit.»

«Ich muss Ihre Aussage protokollieren.»

«Was für eine Aussage? Ich habe keine Aussage gemacht.» Reichmuth liess ein Rülpsen hinter vorgehaltener Hand vernehmen. «Und in welchem Zusammenhang, wenn ich fragen darf?»

«Es geht lediglich um ein Überprüfen von Alibis.» Louis verschwieg ihm, dass die Polizei in erster Linie die Chronologie der Ereignisse an Heinzers Todestag eruieren wollte.

«Dann bin ich aber gespannt.» Reichmuth kratzte sich verlegen hinter dem Ohr. Sein schütteres Haar hatte er über den Schädel gekämmt. Graue, stechende Augen verbargen sich halbwegs hinter nicht sehr sauberen Brillengläsern. Er trug einen Schnurrbart, der seitlich über die Mundwinkel reichte und an einen Seehund erinnerte. «Es ist etwas sonderbar, wenn die Polizei auf unbescholtene Bürger zurückgreift, wenn sie nicht weiterkommt. Macht das einen jetzt verdächtig, wenn man mit dem Toten befreundet war?»

Louis musterte Reichmuth, der sich trotz Einwänden auf dem Stuhl niedergelassen hatte. Er positionierte das Mikrofon und stellte das Aufnahmegerät ein.

Es gab zwei Arten von Menschen, mit denen er zu tun hatte. Die einen beantworteten die Fragen kooperativ und ohne grosses Brimborium. Sie waren anständig, fast ein wenig ehrfürchtig und bereit, der Polizei im Rahmen ihrer Möglichkeiten zu helfen.

Dann gab es die andern, die Unangenehmen, die – kaum sassen sie im Vernehmungszimmer – auf ihre Rechte pochten. Solche, die sich einen Deut darum scherten, wenn es um Zeugenaussagen und Alibiüberprüfungen ging. Sie nutzten die Gelegenheit, ihre Person durch ihr unflätiges Benehmen in den Fokus zu rücken.

Jakob Reichmuth gehörte zur zweiten Sorte. Ein Grobschlächtiger mit gewöhnungsbedürftigen Manieren. Sein Alter, das jenseits der sechzig lag, entmündigte ihn noch lange nicht von einem gewissen Anstand.

«Befragung im Fall Joachim Heinzer», sprach Louis auf Band. «Heute ist Dienstag, der 13. Mai. Zeit: sieben Uhr siebzehn. Anwesend sind Jakob Reichmuth und Polizeileutnant Louis Camenzind.»

«Am 13. Mai ist der Weltuntergang … wir leben nicht mehr lang, wir leben nicht mehr lang …» Über Reichmuths Gesicht breitete sich Fröhlichkeit aus.

Louis schüttelte unmerklich den Kopf. Er fragte sich, ob Reichmuth vom Vorabend noch einen intus oder bereits nach dem Aufstehen zur Flasche gegriffen hatte. Der säuerliche Geruch, der von ihm ausging, erhärtete seinen Verdacht, dass er mit dem Alkohol einen lockeren Umgang pflegte. «Sprechen Sie nur, wenn ich Sie darum bitte.»

«… keiner weiss, in welchem Jahr, und das ist wunderbar.»

«Jetzt reicht es!» Louis drückte die Aus-Taste, blieb aber erstaunlich ruhig. «Sie entscheiden, wann Sie hier wieder draussen sind. Wir müssen die Übung wiederholen.» Er spulte das Band zurück. «Heute ist Dienstag …» Reichmuth zuckte zusammen und schien auf einmal nüchtern.

«Bitte teilen Sie mir mit, was Sie beruflich machen.»

«Ich bin Metzger und bekannt dafür, dass ich mit den Muotathaler Biobauern zusammenarbeite.» Reichmuth schlug sich mit der rechten Hand aufs Knie. «Da staunen Sie, was? Ich wäre eigentlich pensioniert, aber ich liebe meine Arbeit. Mein Fleisch stammt von glücklichen Tieren. Keine Antibiotika, keine Stresshormone infolge falscher Tierhaltung. Der Mensch ist, was er isst.»

Louis winkte ab. «Danke. In welchem Verhältnis standen Sie zu Joachim Heinzer?»

«Wir waren Kollegen. Jasskollegen.»

«Uns liegt der Bericht vor, dass Sie sich an Heinzers Todestag im Restaurant Ochsen aufgehalten haben. Was taten Sie dort?»

«Jassen.» Reichmuth verzog seinen Schnauz. «Wir treffen uns regelmässig zum Jassen.»

«Hat die SVP, der Sie angehören, auch einen Stamm im ‹Ochsen›?»

«Nein. Die SVPler treffen sich jeweils in der ‹Sonne›.»

«Wie kommt es, dass Sie sich im Kreise Ihrer Widersacher treffen?»

«Ich sehe das nicht so eng. Wir sind vor allem Freunde. Wir gehen unseren Hobbys nach. Politisiert wird dort nie.»

«Was sind das für Hobbys?»

«Ich wiederhole mich nicht gern.» Reichmuth räusperte sich. «Aber wenn Sie's unbedingt noch einmal hören wollen: Wir jassen, vor allem den Differenzler. Kennen Sie den?»

«Nein. Aber bitte verschonen Sie mich mit den Regeln.» Louis überlegte sich, wie er den Alten aus der Reserve locken konnte. «Sie gehören einem Club an.»

«Wer sagt das?» Über Reichmuths Gesicht zog ein erster dunkler Schatten.

«Sie gehören aber nicht derselben Partei an … Sie lassen die Politik aussen vor. Was für Ziele verfolgen Sie im Club?» Er vermied es, dessen Namen auszusprechen.

«Es gibt keine spezifischen Ziele. Wir sind ein Freizeitclub, in dem sich jedes Mitglied ungestört mit seinen Hobbys beschäftigen kann. Nebst dem Jassen teilen wir zum Beispiel die Freude an Oldtimern oder veranstalten Kochabende. Und Golfen steht bei uns hoch im Kurs.»

«Und Tennis?»

«Nein, nicht aktiv. Wir unterstützen vor allem den Nachwuchssport finanziell.»

«Auch Frauen?»

«Jugendliche. Es gibt dort auch Mädchen.»

«Erinnern Sie sich an den 7. Mai?»

«Das war vor einer Woche.» Reichmuth kratzte sich erneut.

«Was haben Sie an diesem Mittwochabend gemacht?»

«Ich traf mich mit meinen Freunden im ‹Ochsen›, sagte ich doch.»

«Von wann bis wann genau?»

«Von fünf bis acht.»

«Und Sie haben während der ganzen Zeit gejasst?»

Reichmuth nickte. Seine Augenlider waren gesenkt.

«Würden Sie das bitte laut sagen?»

«Ja! Herrgott sakra. Wir haben gejasst, und ich habe verloren. Aber das lag an Suter. Der war überhaupt nicht bei der Sache. Dauernd hat er mich abgelenkt.»

«Wir haben hier eine schriftliche Bestätigung, dass Sie an diesem Abend tatsächlich im ‹Ochsen› gejasst haben», wiederholte Louis.

«Sagte ich doch.»

«Sie möchten nicht wissen, von wem?»

«Von Hansi, nehme ich an. Natürlich Hansi, der legt über jeden seiner Gäste Fichen an. Der führt auch Buch darüber, wer wann was konsumiert hat. Anhand dieser Einträge fallen die Weihnachtsgeschenke, die er am 24. Dezember jedem seiner Stammgäste überreicht, mal grosszügig, mal mickrig aus.»

«Können wir bitte beim Thema bleiben?» Louis sah ihn vorwurfsvoll an. «Erinnern Sie sich, ob Joachim Heinzer das Wirtshaus zur selben Zeit verlassen hat wie Sie?»

Reichmuth schwieg.

«Gingen Sie noch an einen andern Ort?»

Reichmuth rutschte nervös auf dem Stuhl hin und her. «Das kann ich Ihnen nicht sagen. Ich auf jeden Fall ging nach Hause. Ich habe eine Frau und fünf Kinder. Ich bin ein Familienmensch.»

Louis war sich nicht schlüssig, was Reichmuth mit dieser Aussage bezwecken wollte. «Aber Ihre Freunde müssen doch miteinander diskutiert haben, wie sie den weiteren Abend verbringen wollten», mutmasste Louis.

«Joe ging, glaube ich, auch nach Hause.»

«Allein?»

«Allein!»

«Hat er etwas darüber verlauten lassen, dass er sich zu Hause mit jemandem trifft?»

«Das kann ich mir beim besten Willen nicht vorstellen.» Reichmuth blieb konstant ernst. «Ich meine, Joe war auch nicht mehr der Jüngste … und er hat eine Frau und eine Tochter.»

Louis unterliess es, auf diese Bemerkung einzugehen.

«Kennen Sie eine Astrid Ackermann?»

«Astrid Ackermann? Nein, nie gehört.»

«Asadeh?»

«Asa … was? Nein, kenne ich auch nicht.»

«Hatte Heinzer nebst seiner Ehefrau noch andere Frauen?»

«Das kann ich nicht sagen.» Reichmuth wirkte je länger desto nervöser.

«Wir werden es so oder so herausfinden. Also, Herr Reichmuth. Machen Sie es mir nicht schwer: Hatte Joachim Heinzer eine Beziehung zu einer andern Frau?»

«Nein. Er hatte keine Beziehung.»

«Aber andere Frauen …»

Reichmuth schwieg.

«Geht es in Ihrem Männerclub auch um Frauen?»

Reichmuth fuhr auf. «Ich verweigere die Antwort.»

«Kann es sein, dass Sie Mitglied des Panthers Club sind?»

«Werde ich jetzt beschuldigt?»

«Beantworten Sie mir die Frage mit Ja oder Nein. Sind Sie Mitglied des Panthers Club?»

«Das war ein Fehler.»

«Wie meinen Sie das?»

Reichmuth stiess hörbar Luft aus. «Es war ein Fehler, dass ich Mitglied dieses Clubs wurde.»

***

Jemand klopfte an die Tür. Valérie fuhr herum.

«Störe ich?» Es war Fabia.

«Nein, komm herein.»

«Frau Ackermann ist jetzt da.» Fabia wiegte theatralisch den Kopf. Ihre braunen Haare, die sie heute offen trug, schwangen mit. «Ist eine Knacknuss …» Fabia fing an zu kichern und konnte sich kaum noch davon erholen.

«Was ist?»

«Sie lispelt …»

«Wer lispelt?»

«Ja wer denn? Astrid Ackermann. Sie wartet jetzt im Vernehmungszimmer.»

Valérie schlug die Ordner zu. Ein Blick auf den Bildschirm ihres Laptops. Im Outlook hatte sich eine Mail angemeldet. Absender: Henry Vischer. Das konnte warten.

Langes, phosphorgebleichtes Haar, blaue, fast kunstvoll geschminkte Augen und volle, sinnliche Lippen: So also sah Heinzers Muse aus. Valérie schätzte sie mehr als halb so alt wie der Ermordete. Was die Frauen in den letzten vierzig Jahren in Sachen Emanzipation fertiggebracht hatten, versank in Grund und Boden bei Astrids Anblick. Sie kam Valérie wie eine Puppe vor. Oder viel mehr wie ein Instrument, auf dem man beliebig spielen konnte. Die Töne, die sie von sich gab, erhärteten ihren Verdacht, dass sie es hier nicht mit der Hellsten zu tun hatte.

Sie lehnte am Fenster. Ihre Beine waren unverschämt lang und steckten in Leggings aus Lederimitat, die bereits in den achtziger Jahren eine Zumutung gewesen waren. In ihren hochhackigen Stiefeletten wirkte sie billig.

«Bitte setzen Sie sich.» Valérie verzog keine Miene. Sie liess sich Astrid gegenüber nieder, derweil Fabia in sicherer Distanz stehen blieb. Auf ihrem Gesicht zeichnete sich noch immer ein Grinsen ab.

Valérie montierte das Aufnahmegerät und sprach das Datum, die Uhrzeit und den Grund der Befragung auf Band.

«Wie heissen Sie?»

«Aftrid Ackermann-Raft.»

Valérie räusperte sich. Hatte sie richtig gehört? Sie vermied es, Fabia anzusehen.

«Wohnhaft in …»

«An der Tafelstatt in Arth. Unser Haus hat keine Nummer. Es ist das letzte Haus am Ende der Strasse.»

Valérie musste sich anstrengen, um die Frau zu verstehen. «Wann sind Sie geboren?»

«Am 9. September …» Sie nannte die Jahreszahl.

«Sie sind also sechsundzwanzig.»

«Ich bin Jungfrau.»

Valérie sah erstaunt auf.

«Ich meine, im Sternzeichen …» Astrid grinste dümmlich.

«Zivilstand?»

«Wie bitte?»

«Sind Sie verheiratet?»

«Ja, mit Ronald Ackermann. Er ist Maschinenbauer und arbeitet in Zug.»

«In Zug? Und Sie? Was arbeiten Sie?»

«Ich bin Hausfrau.»

«Kinder?»

«Nein … noch nicht.»

Valérie verzog ihren Mund. «Wie kommt es, dass Sie … Nein, lassen Sie mich die Frage anders formulieren: In welchem Verhältnis standen Sie zu Joachim Heinzer und Paolo Tuzzi?»

«Warum Heinzer *und* Tuzzi?»

«Genau so, wie ich gefragt habe.»

«Ich …» Astrid sah sich nach Fabia um, als könnte die jüngere der beiden Frauen ihr aus der Patsche helfen. Diese stand mit hochrotem Gesicht neben dem Fenster. «Ich habe sie ab und zu besucht.»

«Rein freundschaftlich?»

Astrid hob die Schultern.

«Sagen Sie mir einfach, was Sie wissen.»

«Ja, aber Sie müssen mir versprechen, dass mein Mann nichts davon erfährt. Er ist sehr eifersüchtig.»

«Das ist ja schon mal ein Ansatz.» Valérie blieb konstant ruhig. «Haben Sie mit den beiden Männern gegen Bezahlung geschlafen?»

Astrids Blicke waren gesenkt. «Paolo Tuzzi hat mich bezahlt, ja. Bei Joachim war es etwas anderes. Ich habe ihn geliebt.»

«Ach, geliebt?»

Diesen alten Sack?

Valérie machte Notizen. «Haben Sie auf eigene Rechnung gearbeitet, oder waren Sie angestellt?»

Astrid fuhr herum. «Wie meinen Sie das?»

«Gingen Sie für einen Zuhälter anschaffen?»

«Nein! Niemals!»

«Sie sagen, Sie hätten Joachim Heinzer geliebt. Warum gingen Sie dann auch mit Paolo Tuzzi ins Bett?»

Astrid errötete. «Paolo kannte ich schon länger.»

«Wann und wo haben Sie ihn kennengelernt?»

«Das war vor etwa neun Monaten. Ich traf ihn an einer Bar in Zug.»

«Und dann gingen Sie einfach so mit ihm?»

«Ich ... ich ... Er hatte ein Zimmer in einem Hotel gemietet, weil er dort zu tun hatte. Ich ging mit ihm auf sein Zimmer ... dann habe ich ...»

«Sie haben ihn oral befriedigt ...»

«Wie bitte?»

«Sie haben ihm einen geblasen.»

Fabia unterdrückte ein Kichern. Die Situation war auch zu komisch.

«Ja, habe ich. Er hat mich auch dafür bezahlt.» Astrid neigte ihren Kopf und starrte die Tischplatte an. «Mein Mann und ich haben ein Haus gebaut. Es reicht nirgends. Ich musste mir etwas einfallen lassen. Es ift daf einpfige, waf ich gut kann ...»

Valérie sah Fabia an, die ihre tränenden Augen verdrehte.

«Wann haben Sie Paolo Tuzzi zum letzten Mal gesehen?»

«Ich ... warten Sie mal. Das war an einem Samstag Ende März. Er hatte mich angerufen und mich ungefähr um halb elf zu sich nach Hause bestellt.»

«War seine Frau da noch anwesend?»

«Ich weiss nicht ... nein.»

«War sonst noch jemand da?»

Astrid verzog ihren Schmollmund zu einem Lächeln. «Ich war allein mit Paolo.»

«Wann haben Sie Tuzzi verlassen?»

«Ich weiss nicht genau ... vielleicht um Mitternacht, vielleicht auch später.»

«Wir wissen, dass er mit Handschellen ans Bett gefesselt war, als man ihn fand. Haben Sie ihn so zurückgelassen?»

«Nein. Ich habe die Handschellen geöffnet. Er musste sie nur noch vom Handgelenk lösen. Das war so abgemacht.»

«Als Sie ihn verliessen, erfreute sich Tuzzi noch bester Gesundheit?»

«Ja.»

«Keine Anzeichen dafür, dass es ihm schlecht ging?»

«Nein.»

«Schlossen Sie die Tür ab, als Sie das Haus verliessen?»

«Ich ... ja, aber sicher. Die Tür konnte nur von innen ohne Schlüssel geöffnet werden. Ich zog die Tür zu, als ich ging. Sie schnappte ins Schloss.»

Valérie schrieb Stichworte auf. Sie musste Astrid glauben, denn für Lügengeschichten war sie schlicht zu blöd.

«Wie war das eigentlich mit Heinzer? Wie lernten Sie ihn kennen?» Valérie wandte sich wieder an die junge Frau.

«Auch in einer Bar. In Luzern. Es war Liebe auf den ersten Blick.»

«Sie wollten mit ihm zusammenziehen?»

«Wie kommen Sie darauf?»

«Er hat an seinem Todestag ein Boxspringbett gekauft. Wussten Sie davon?»

Astrids Schultern kippten nach vorn. «Nein, darüber hat er nicht gesprochen. An seinem Todestag, sagten Sie? Er hat mir nichts gesagt.»

«Waren Sie in der Nacht vom 7. auf den 8. Mai bei Joachim Heinzer?»

«Das war am letzten Mittwoch? ... Ja, ich war bei ihm.»

«Waren Sie allein mit ihm?»

«Ja, warum fragen Sie?»

«Kann es sein, dass Heinzer noch andere Eisen im Feuer hatte?»

«Was für Eisen?»

«Hatte er noch andere Frauen?»

«Nein, ganz bestimmt nicht ...» Astrid klang nicht mehr sehr überzeugt.

«Okay. Was wollten Sie uns mitteilen?»

«Ich weiss nicht …»

«Sie haben sich doch bei der Polizei gemeldet.»

«Ach das … ja, ich habe in der Zeitung gelesen, dass am Tatort eine CD gefunden wurde. Ich habe aber keine Musik abgespielt. Das müssen Sie mir glauben.»

Valérie schluckte leer. «Und wie war das bei Tuzzi?»

«Der hasste Musik.»

«Haben Sie Heinzer den Hals eingeritzt?»

«Er mochte das. Er … er kam erst, wenn er Schmerz verspürte. Ich war aber sehr vorsichtig. Ich meine, mein Mann hat da auch so seine Vorlieben … also, ich meine, früher hatte er …» Astrids Blicke hielten Valéries Blicken stand. «Ich habe Erfahrung damit.»

«Womit haben Sie ihm den Hals geritzt?»

«Mit einem Küchenmesser.»

«Wo ist das Messer jetzt?»

«Ich habe es dort gelassen. Es gehörte Joe … Er wollte, dass ich damit …»

«Kann es sein, dass Sie einen der Schnitte zu tief gesetzt haben?»

«Wie meinen Sie das?»

«Haben Sie Heinzer umgebracht?»

«Nein! Nein!»

Valérie ging davon aus, dass Astrid die Wahrheit sagte. Ihre Reaktionen waren nicht gespielt.

«Ist noch jemand im Zimmer gewesen, als Sie Heinzer bedienten?»

«Ich habe ihn nicht bedient. Ich habe ihn geliebt.»

«War jemand im Zimmer oder nicht?»

«Nein, nur ich und Joe.»

«Haben Sie beim Verlassen der Villa jemanden angetroffen?»

«Nein!»

«Wann haben Sie Heinzer in dieser Nacht verlassen?»

«Um halb eins, glaube ich.»

«Das Opfer war gefesselt, als wir es fanden. Warum hatten Sie Heinzer nicht befreit, bevor Sie gingen?»

«Er wollte es so. Ich habe ihm den Schlüssel dagelassen. Er hätte sich ohne Weiteres selbst befreien können.»

«Wie denn das?» Valéries Miene bewegte sich noch immer nicht, obwohl ihr Inneres bebte.

«Die eine Handschelle war geöffnet. Er brauchte sie nur abzustreifen, um an die andere zu gelangen.»

«Wer waren Sie, wenn Sie die Männer besuchten?»

«Was meinen Sie?»

«Astrid oder Asadeh?»

«Asadeh.»

Valérie drückte den Aus-Knopf. «Okay, das war's für heute. Sie können gehen. Im Nebenzimmer wartet Franz Schuler vom Kriminaltechnischen Dienst auf Sie. Frau Ulrich wird Sie zu ihm begleiten. Danach halten Sie sich zu unserer Verfügung.» Sie erhob sich und gab Fabia ein Zeichen. Valérie verharrte still, bis die beiden Frauen das Büro verlassen hatten.

Grosser Gott! War das eine mühsame Befragung gewesen.

Valérie griff nach dem Telefon. Sie wählte Schulers Handynummer.

«Schuler!», drang es kurz angebunden aus der Muschel.

«Lehmann am Apparat. Hat man am Tatort an der Obermattstrasse einen Schlüssel zum Öffnen von Handschellen gefunden?»

«Nein! Aber ...»

«Ich weiss, steht alles im Protokoll.» Und sie hatte es selbst unterschrieben. «Astrid Ackermann wird gleich bei dir sein.»

«Ich habe alles vorbereitet. Hollinger hat mir vor einer halben Stunde seine Instruktionen durchgegeben.»

Valérie brach die Verbindung ab.

Sie blieb im Vernehmungszimmer sitzen. Sie zwang sich geradezu, dortzubleiben. Sie verabscheute enge Räume. Es gab ein einziges kleines Fenster, durch dessen Milchglasscheiben Tageslicht drang. Das Neonlicht über dem Tisch leuchtete jeden Winkel aus. Valérie wollte das Gespräch mit Astrid gleich vor Ort auf ihren Laptop schreiben. Sie spulte das Gerät mit der Aufzeichnung zum Anfang zurück, stülpte sich Kopfhörer über und begann mit dem Eintippen. Ihre Notizen hatte sie griffbereit in der Nähe.

Jetzt stand es fest: Astrid Ackermann war die Frau, die an beiden Tatorten gewesen war. Beide Männer hatten sie hereingelassen. Als sie ging, hatte sie sowohl bei Tuzzi als auch bei Heinzer die Eingangstür hinter sich zugezogen. Entweder hatte Astrid gelogen, oder der Täter war durch den Keller ins Haus gedrungen oder war schon drin gewesen. Die Techniker hatten allerdings bei Heinzer keine Spuren gefunden, die darauf hindeuteten, dass jemand in die Wohnung eingebrochen war.

Valérie konzentrierte sich auf Astrids Stimme. Diese blieb konstant in gleicher Lautstärke, mit der einzigen Ausnahme, wenn sie etwas nicht verstanden hatte.

War es möglich, dass diese junge Frau dermassen abgebrüht war? Valérie glaubte es nicht. Die Fragen wurden nie zu schnell und nie zu hastig beantwortet. Trotzdem blieb ein Rest Unsicherheit zurück.

Valérie unterbrach das Tippen und legte den Kopfhörer ab. Sie suchte ihr iPhone, fand es in der Aussentasche ihrer Jacke und zog es heraus. Sie stellte Henry Vischers Nummer ein, die sie nach ihrer letzten Begegnung gespeichert hatte. Er meldete sich erst nach dem fünften Klingelton.

«Valérie Lehmann am Apparat. Störe ich?»

«Überhaupt nicht. Schön, Sie zu hören.»

«Ich rufe Sie nicht zum Vergnügen an», sagte sie mit der Feinfühligkeit eines Eisklotzes.

Dass sie den Psychologen damit vor den Kopf stiess, fiel ihr erst jetzt auf. Denn eine Weile hörte sie gar nichts mehr. «Sind Sie noch dran?»

«Ja, bin ich», kam es knapp zurück. «Was also kann ich für Sie tun?»

«Ich brauche Ihren Rat. Ich habe heute unsere Hauptverdächtige im Fall Heinzer vernommen. Ich komme einfach nicht weiter. Es ergibt sich kein klares Bild. Alles, was sie mir gesagt hat, scheint die Wahrheit zu sein …»

«Aber Sie zweifeln, ob sie tatsächlich die Wahrheit gesagt hat …»

«Ehrlich gesagt, ja. Es gibt keine Einbruchspuren. Entweder ist die Frau die Täterin, oder die Opfer haben nach ihrem Weggehen noch einmal die Tür geöffnet, um den Mörder hereinzulassen. Aber da geht bei mir die Rechnung nicht auf. Die Verdächtige sagte aus, dass sie bis um halb eins bei Heinzer gewesen sei. Und der Todeszeitpunkt bei Heinzer liegt zwischen elf und zwei Uhr morgens. Ausserdem haben wir am Tatort eine einzige Fremd-DNA gefunden. Demzufolge müsste sich der Täter steril angezogen haben. Oder aber Astrid Ackermann ist die Mörderin.»

Vischer räusperte sich. «Und was wollen Sie von mir?»

«Ich möchte, dass Sie sich die Gesprächsaufzeichnung zwischen mir und Astrid Ackermann anhören.»

«Wann soll ich bei Ihnen sein?»

«Ich werde um halb vier nach Biberbrugg zurückkehren. Wollen wir uns um halb fünf in meinem Büro treffen?»

«Heute geht leider nicht. Ich habe noch Termine, die ich nicht verschieben kann. Wie wäre es mit morgen?»

Valérie rieb sich die Augen. Sie hätte es wissen müssen. Vischer hatte nicht auf sie gewartet. Sie hatte es nicht für nötig befunden, auf seine letzte E-Mail zu reagieren. Jetzt erhielt sie seine Retourkutsche. Sie hätte gern vorwärtsgemacht. «Gut», erwiderte sie etwas pikiert, «morgen Vormittag um acht.»

***

Nach dem Schreiben ihres Protokolls, für das sie den Rest des Vormittags aufgewendet hatte, war Valérie reif für eine Abwechslung. Seit Tagen hatte sie sich kaum noch bewegt. Die passende Gelegenheit, jetzt eine Stunde im Trainingscenter in der Strehlgasse zu trainieren. Sie hatte dort gleich nach dem Umzug ein Jahresabonnement bezogen. Das ermöglichte ihr einen Besuch, wann immer sie Lust darauf hatte. Oder Zeit.

Beides hatte sie nicht.

Eine Viertelstunde Crosstrainer zum Aufwärmen, den Rest Gewichte stemmen und Übungen für die Bauchmuskulatur. So sah ihr Programm aus. Aber Lust war etwas anders. Es ging ihr vielmehr darum, körperliche Kräfte zu mobilisieren, denn diese wirkten sich positiv auf ihre Psyche aus. Beim Training konnte sie abschalten und ihre Sorgen vergessen. Dann gehörte sie sich selbst. Mit dem Kopfhörer im Ohr und Wagner vom iPhone schwitzte sie jeweils während einer Stunde den inneren Schweinehund aus.

Das Center lag in einem grauen Gebäude in unmittelbarer Nähe des Mythen Forums. Dahinter die Mythen mit der Imposanz zweier Felspyramiden, die den Ort zu ihren Füssen zu bewachen schienen. Valérie stellte ihren Roadster in die Tiefgarage. Sie holte die Tasche aus dem Kofferraum, schloss ab und wollte sich auf den Weg zum Eingang machen, als es ihr in alle Glieder fuhr. Bei der Ausfahrt stand der dunkle Wagen, der sie schon mehrmals verfolgt hatte. Den Fahrer sah sie nicht. Die Scheiben waren getönt. Aber sie spürte die Anwesenheit dieses Verrückten.

Hätte er ihr nach dem Training aufgelauert, wäre sie auf den Unbekannten zugegangen und hätte ihn gezwungen, sich zu erkennen zu geben. Im Moment fühlte sie sich wie ein feiges Landei. Ihre Knie zitterten. Sie war nicht fähig, sich von der Stelle zu rühren. Hätte er gerade jetzt aufs Gaspedal gedrückt, es wäre ihm gelungen, sie zu überfahren. Denn die Distanz betrug keine zehn Meter.

Merk dir die Nummer!

Die Nummernschilder fehlten. Zumindest an der Front.

Vor ihr lauerte Gefahr, die sie nicht einzuschätzen vermochte. Hinter ihr stand ihr Roadster, abgeschlossen und nicht auf die Schnelle erreichbar. Den Schlüssel hatte sie in der Trainingstasche verschwinden lassen. Er lag jetzt irgendwo zwischen ihren Gymnastikhosen, den Turnschuhen und dem Frotteetuch. Es würde zu lange dauern, nach ihm zu suchen. Weit und breit kein Mensch. Niemand, der ihr sagte: «Wach auf. Du träumst bloss.» Sie stiess mit der Fingerspitze in den Oberschenkel, um sich zu vergewissern, dass es kein Traum war. Sie getraute sich nicht, sich zu bewegen. Ihre Glock lag im Handschuhfach. Sie hatte nicht damit gerechnet, auf dem Weg zwischen ihrem Wagen und dem Trainingscenter von ihr Gebrauch machen zu müssen. Der Unbekannte startete den Motor. Der Wagen brummte im Leerlauf, unterbrochen nur durch das Betätigen des Gaspedals. Es hörte sich wie eine Drohung an.

War es ein taktisches Einschüchtern?

Valérie fragte sich, woher der Unbekannte wusste, dass sie den Mittag im Fitnesscenter verbringen wollte. Hatte er sie von der

Bahnhofstrasse bis hierher verfolgt? Sie konnte sich keinen Reim darauf machen, wer ihr dermassen zusetzen wollte.

Ausser Willy.

Aber dieser hätte es sich gewiss tausend Mal überlegt, etwas in die Richtung gegen sie zu unternehmen. Sollte es nämlich auskommen, dass er dahintersteckte, hätte er sich das Sorgerecht für Colin ein für alle Mal abschminken können.

Es musste etwas mit ihrem Fall zu tun haben.

Jemand wollte wahrscheinlich verhindern, dass sie weiter an dem Fall arbeitete. Jemand, der genau wusste, wo sie mit ihren Ermittlungen stand. Valérie ging alle Namen durch, die ihr im Zusammenhang mit dem Mord in den Sinn kamen. Es waren nicht viele.

Oder doch?

Sie trat einigen auf die Füsse, wenn sie es genau nahm. Da war einerseits der Begleitservice, andererseits der Stamm im «Ochsen». Undurchsichtig waren sie alle. Sie erinnerte sich an das Gespräch mit Martin Betschart. Sie hatte ihn nach dem Besuch in seinem Heim gegoogelt. Er hatte sogar ein Profil auf verschiedenen Internetplattformen, wo er sich immer ins beste Licht rückte. Er war ein Mensch, der in verschiedenen Institutionen eine Rolle spielte. Bevor er Regierungsrat wurde, war er Präsident der lokalen CVP gewesen. Er war auch im Vorstand einer Stiftung, die sich für Menschen mit Behinderung einsetzte. Er wusste, wie er den Goodwill der Bevölkerung gewann. Aber da war auch eine unbekannte Seite. Und genau diese hatte Valérie noch nicht geknackt.

Hatte der Regierungsrat persönlich jemanden mobilisiert, um sie einzuschüchtern?

Der Wagen zeichnete sich schwarz gegen das Rechteck der Ausfahrt ab. Der Motor brummte in gleichbleibender Monotonie. Valérie versuchte, sich die Form des Wagens einzuprägen. Es war kein gängiges Modell. Zudem liefen die heutigen Motoren ruhiger. Es erinnerte sie an einen Ford Mustang aus den siebziger Jahren. Sie kannte solche Wagen aus ihrer Jugend. Es konnte auch ein Opel sein, ein Mercedes. Damals hatte es weniger unterschiedliche Designs gegeben.

Einfach weitergehen, als wäre nichts geschehen. Die Flucht nach vorn, wie es das kleine Kind macht, das auf die Gefahr zugeht, statt sich von ihr abzuwenden. Wenn sie stehen blieb, bedeutete es Schwäche. Sie war nicht schwach. Sie hatte gelernt zu kämpfen.

Und sie würde weiterkämpfen. Um ihren Sohn.

Ein Ruck ging durch ihren Körper. Er fühlte sich wie ein Stromstoss an. Ihre Gedanken waren bei Colin. Sie würde ihn zurückerobern. Sie war sich noch nie so sicher gewesen. Sie blies Luft aus, streckte ihren Körper. Die Beine bewegten sich von alleine. Sie schritt auf den Wagen zu.

Noch fünf Meter von ihm entfernt.

Noch vier.

Sie hörte, wie der Unbekannte hinter dem Lenkrad einen Gang einschaltete.

Noch drei Meter.

Wenn er im ersten Gang startete, würde er sie mit geringer Geschwindigkeit überrollen können. Dann hatte sie hoffentlich immer noch Zeit, sich auf die Seite zu werfen.

Noch zwei Meter.

Unsinnigerweise dachte sie in dem Moment an ihren Audi TT, der in vier Komma sechs Sekunden von null auf hundert beschleunigte.

Noch ein Meter.

Der Wagen brach aus. Die Reifen quietschten. Er fuhr zurück.

Valérie rannte auf die Strasse. Sie sah dem Auto nach. Ein schwarzer Ford war es. Eindeutig ein Mustang. Auf dem Kennzeichen erkannte sie das Schwyzer Wappen und die ersten beiden Ziffern sechs und neun.

Ausser Atem kehrte Valérie zu ihrem Wagen zurück. An ein entspanntes Training war jetzt nicht mehr zu denken.

***

«Begleitservice WOP. Mein Name ist Leandra Eisenbauer. Was kann ich für Sie tun?»

«Bin ich richtig bei ‹Women of Privacy›?»

«Ja, Sie sind goldrichtig hier. Ich nehme an, Sie interessieren sich für unsere Dienstleistungen.»

«Ich rufe aus einem anderen Grund an.»

«Ach ja? Sagen Sie mir, wer Sie sind?»

«Das tut hier nichts zur Sache. Ich will nur wissen, ob die Polizei bei euch war.»

«Warum hätte sie denn bei uns sein sollen?»

«War sie oder war sie nicht?»

«Hm ... ja, die Polizei war hier.»

«Wer von der Polizei?»

«Hm ... eine Frau Lehmann. Aber was hat das mit Ihnen zu tun?»

«Was wollte sie?»

«Das ... das darf ich Ihnen nicht sagen.»

«So ein Blödsinn! Was wollte sie? Los, sag schon!»

«Wir sind noch immer per Sie.»

«Sag schon, du Schlampe!»

«Sie ... sie hat sich nach ein paar Namen erkundigt. Aber ich konnte ihr keine Auskunft geben. Die gewünschten Namen führen wir nicht in unserer Kartei.»

«Sind die Namen Tuzzi und Heinzer gefallen?»

«Hm ... ja. Sagen Sie bitte, was Sie von mir wollen.»

«Ich gebe dir den guten Rat: Halt dein Maul! Ansonsten könnte dein schmieriges Geschäft Schwierigkeiten bekommen.»

«Soll das eine Drohung sein? Ich lasse mich doch nicht erpressen.»

«Das entscheidest du.»

***

Valérie fuhr zuerst kreuz und quer durch Schwyz. Sie musste sich beruhigen. Dies gelang ihr oft nur beim Autofahren. Es war ein schöner Tag. Der Himmel spannte sich wolkenlos über den Kantonshauptort. Noch kannte sie kaum eine Strasse. Sie waren auch zu verwinkelt. Einbahnstrassen, schmale Strassen, in denen die Autos kaum kreuzen konnten, verschwiegene Gassen mit Durchfahrtsrecht – sie kam sich wie in einem Labyrinth vor. Hinter jeder Ecke tauchten neue Bilder und Eindrücke auf. Bereits zum wiederholten Mal war sie auf dem Hauptplatz vorbeigekommen. Der prachtvolle Dorfplatz mit den Pflastersteinen, umsäumt von der dominierenden Pfarrkirche, dem Rathaus und den Herrenhäusern. Hier galt der Rechtsvortritt. Bei den Einheimischen schien das einigermassen gut zu funktionieren. Vor ihr blieb ein Neuenburger mitten auf dem Platz stehen. Ein Hupkonzert fand seinen Anfang und endete damit, dass jemand ein Fenster runterliess und den Automobilisten beschimpfte. «Hesch nu nie öppis vo Rächtsvortritt ghört, du Idiot! Rächts isch det, wo de Tume links isch.»

Valérie fuhr weiter. Nach der Kirche mündete sie in die Schulgasse ein und folgte ihr bis zur Rickenbachstrasse. Weiter oben gelangte sie zur Kollegiumstrasse.

Unverkennbar die Kuppel der neobarocken Kollegiumskirche. Zur linken und rechten Seite wurde sie von den Gebäuden des Gymnasiums flankiert. Valérie stellte die Nummer zur Hauptzentrale der Polizei ein. Ein Kollege, den sie nur vom Sehen kannte, meldete sich. Sie wünschte, mit dem Fahndungsdienst verbunden zu werden.

«Worum geht es? Kann ich dir helfen?»

«Ich brauche eine Auskunft über einen schwarzen Ford Mustang. Baujahr könnte zwischen 1970 und 1980 sein. Schwyzer Nummer mit den Ziffern sechs und neun … den Rest kenne ich nicht.»

«Nicht gerade viel.»

«Es wird wohl kaum viele Schwyzer geben, die mit einer solch alten Karre fahren.»

«Dann kennst du die Schwyzer nicht. Du würdest staunen, wie viele an solch alten Karren hängen. Aber ja, ich werde es der Fahndung melden. Ist dir sonst noch etwas aufgefallen, das wichtig sein könnte?»

«Der Wagen hatte nicht nur auf der Seite, sondern auch auf der Front getönte Scheiben.»

«Aber diese sind verboten.»

«Richtig, das dachte ich auch. Die Scheiben waren aber getönt, ansonsten hätte ich ja gesehen, wer im Wagen sass.» Valérie verabschiedete sich und drückte die Aus-Taste. Inzwischen war sie auf den Theodosiusweg gelangt. Von hier aus fuhr sie irgendwann im Kreis herum. Sie gelangte auf den Parkplatz beim Gymnasium. Die Aussicht war überwältigend. Der Blick reichte bis hinunter nach Brunnen. Weiter vorne glaubte sie, im Dunst einen Teil des Vierwaldstättersees zu erkennen.

Später fuhr sie einen Hang hinauf. Linksseitig mündete sie in die Obermattstrasse ein. Sie nahm sich vor, noch einmal mit Elvira Heinzer zu sprechen. Sie fuhr auf die Einfahrt zu und parkte vor einem Springbrunnen, den sie bei ihrem letzten Besuch übersehen hatte.

Das Haus lag still wie neulich. Valérie stieg aus. Das Quartier schien zu schlafen. Sie näherte sich dem Eingang und drückte die Klingel. Es gab einen scharfen Ton, der sie an eine Sirene erinnerte. Valérie vernahm das Geräusch eines sich drehenden Schlüssels. Die Tür ging auf. Elvira Heinzer stand vor ihr wie aus einer Frucht gepellt. «Sie?» Ihr Erstaunen war echt.

«Tut mir leid, wenn ich Sie nochmals störe. Ich hoffe, Sie lassen mich eintreten. Ich würde allzu gern noch einmal Ihr Haus inspizieren. Ich möchte verstehen, was der Täter gedacht hat, als er in Ihr Eigentum eindrang. Haben Sie in der Zwischenzeit herausgefunden, ob etwas gestohlen wurde?»

«Warum gestohlen?» Elvira machte Valérie Platz. «Ich … ach das … nein, nein. Es ist nichts verschwunden. Wahrscheinlich ging es nur um meinen Mann. Man wollte ihn offensichtlich liquidieren.»

Elviras Wortwahl verwunderte sie. «Unsere Techniker haben keine Einbruchspuren gefunden.» Valérie folgte der Witwe in die Küche. «Ihr Mann muss seinen Mörder gekannt, ihn zumindest ins Haus gelassen haben. Fällt Ihnen dazu etwas ein?»

«Ich wollte mir gerade einen Tee machen. Mögen Sie auch?» Elvira sah sie erwartungsvoll an.

«Das beantwortet meine Frage nicht … aber ja, bitte, ich trinke einen Tee mit Ihnen.»

Elvira machte sich am Herd zu schaffen. Sie entnahm einer Dose zwei Teebeutel, legte sie in einen Krug und goss heisses Wasser dazu. «Ich denke die ganze Zeit darüber nach. Ich weiss es wirklich nicht. Vielleicht hat er dieser Frau einen Schlüssel ausgehändigt.»

Valérie bemerkte, wie Elviras Hände zitterten. Sie leerte Wasser daneben.

«Ich hätte es wissen müssen, dass Joachim Geheimnisse vor mir hatte. Ich hätte es wissen müssen. Da waren so kleine Andeutungen … aber im Nachhinein ist man immer klüger.» Elvira tischte Tassen und Unterteller auf.

«Sagt Ihnen der Name Panthers Club etwas?»

Wenn Elvira jetzt erschrak, konnte sie das mit einem Lächeln überspielen. «Natürlich sagt er mir etwas. Das ist ein Freizeitclub, allerdings den Männern vorbehalten. Warum fragen Sie?»

«Kann es sein, dass Ihr Mann dort Mitglied war?»

«Es kann nicht nur sein, es ist sogar eine Tatsache. Er und noch ein paar Herren mit ähnlichen Freizeitbeschäftigungen haben sich regelmässig getroffen. Ich glaube, im ‹Ochsen› war's.»

«In der Herrengasse», korrigierte Valérie, obwohl sie sich nicht ganz sicher war. «Sie trafen sich in der Herrengasse. Und nicht zum Jassen, das kann ich Ihnen versichern.»

«Was reden Sie da?» Elvira vergass den Teekrug. «Wollen Sie das Andenken meines Mannes in den Schmutz ziehen?»

Valérie wurde hellhörig. «Haben Sie denn Kenntnis davon, was in der Herrengasse vor sich geht? Es klingt ja, als wüssten Sie Bescheid.»

Elvira setzte sich. «Sie wissen, wie das ist, wenn man in einem Dorf wie Schwyz lebt. Da werden Gerüchte in die Welt gesetzt. Es wird gemunkelt, und Lügen werden verbreitet. Aber das ist nur wegen des Futterneids. Mein Mann hat es zu viel gebracht. Er war ein angesehener Schwyzer Bürger. Da werden halt Geschichten erfunden.»

«Was waren das denn für Geschichten?»

«Ja, dass mein Mann fremdgeht …» Elvira stockte.

«Wann haben Sie davon erfahren?»

«Als ich zum ersten Mal von diesem Club hörte.»

«Wann genau war das?»

«Vor etwa fünf Monaten.»

«Wer hat Ihnen davon erzählt?»

«Meine Coiffeuse.»

«Könnten Sie mir den Namen und die Adresse dieser Dame mitteilten?»

«Wozu denn?»

«Ich überprüfe gern die Dinge.»

Elvira schmollte. «Sie glauben mir nicht? Es kann auch sein, dass ich ein paar Wortfetzen davon bei der Coiffeuse mitbekommen habe. Vielleicht hat sie mich ja nicht direkt angesprochen … Was soll das? Ich weiss es einfach.»

«Hat das in Ihnen irgendwelche negativen Gefühle ausgelöst?»

«Ich habe meinen Mann geliebt. Und er liebte mich. Reicht das? Alles andere sah ich sowieso nur als Gerücht an … habe ich Ihnen das nicht erklärt?»

«Gut, ich will Sie nicht länger quälen. Ich würde aber sehr gern noch einmal ins Schlafzimmer gehen.»

«Das können Sie ruhig tun. Aber bitte erschrecken Sie nicht. Ich habe das Zimmer komplett neu eingerichtet. Der Teppich wurde rausgerissen, die Wände gestrichen. Ich möchte nicht mehr an diesen schrecklichen Morgen erinnert werden. Ich hoffe, Sie verstehen das.»

«Durchwegs.» Valérie schenkte ihr ein Lächeln. «Ich an Ihrer Stelle hätte gleich gehandelt.»

Im Schlafzimmer roch es nach frischer Farbe. Der schwarze Baldachin war weg, das Bett ersetzt worden. Valérie erkannte den Raum nicht wieder. Sie wandte sich an Elvira, die ihr in die obere Etage gefolgt war. «Können Sie das Haus behalten?»

«Vorläufig schon. Joachim hat gut für mich vorgesorgt. Von der Witwenrente allein würde ich nicht mehr hier wohnen können.»

«Könnten Sie mir Ihre Versicherung angeben?»

«Ach ja, Sie wollen das überprüfen. Ich habe meine Karte unten.»

«Haben Sie eine Idee, wer Ihren Mann umgebracht haben könnte?»

«Nein. Ich kenne niemanden, der ihm so schlecht gesinnt gewesen wäre … ich meine, wer so etwas tut, ist doch krank.»

Valérie schwieg. Sie versuchte, die verhängnisvolle Nacht

zu rekonstruieren. Heinzer war zwischen halb elf und elf hier eingetroffen. Seine Frau war nicht da gewesen, aber aller Wahrscheinlichkeit nach hatte Astrid Ackermann auf ihn gewartet. Sie hatte aber bestritten, jemals einen Schlüssel vom Haus besessen zu haben. Also war sie zusammen mit Heinzer ins Haus gelangt. Gemäss ihrer Aussage hatte sie ihn um halb eins in der Früh verlassen. Da war er zwar gefesselt und leicht verletzt gewesen, aber noch lebendig. Astrid hatte zudem ausgesagt, dass sie Heinzer in den Handschellen hatte liegen lassen. Entweder hatte sich Heinzer selbst befreit, hatte seinen Mörder hereingelassen, dieser hatte ihn erneut gefesselt und in der Folge umgebracht oder … Sie kam auf keine plausible Erklärung.

Entweder machte Valérie einen Überlegungsfehler, oder der Täter war bereits im Haus gewesen, als Astrid und Heinzer ihre Sexspielchen praktizierten. War es möglich, dass Heinzer jemandem bewusst erlaubt hatte, ihnen dabei zuzusehen? Und waren diesem Jemand im Nachhinein die Sicherungen durchgebrannt?

«Sie denken nach.» Elvira holte Valérie in die Wirklichkeit zurück. «Ich sehe es Ihnen an. Aber es tut mir leid, dass ich Ihnen da nicht weiterhelfen kann. Ich habe alles gesagt, was ich weiss. Ich bin selbst Opfer meiner Gutgläubigkeit.»

«Danke für Ihr kooperatives Verhalten.» Valérie ging zurück ins Erdgeschoss. «Ich nehme an, Ihr Mann wird demnächst fürs Begräbnis freigegeben. Haben Sie jemanden, der Ihnen hilft?»

«Ich habe schon ziemlich alles erledigt, was es zu erledigen gab.» Elvira Heinzer öffnete eine Schublade im Flur und entnahm ihr den Versicherungsausweis. «Hier, bevor ich es vergesse.»

«Was geschieht mit der Arztpraxis?»

«Die Ärztevereinigung, der mein Mann angehörte, hat das in die Hand genommen.»

«Und die Patientinnen?» Valérie stellte fest, dass sie die ausser Acht gelassen hatte. Sie würde sich also noch einmal um einen richterlichen Beschluss bemühen müssen.

«Die Patienten werden wohl weitergereicht.» Elvira kniff ihre Lippen aufeinander. «Ich erinnere mich, dass Sie Einsicht in die Patientenakten nehmen wollten. Ist das noch aktuell?»

Warum denn auf einmal so zuvorkommend?

«Ja», sagte Valérie. «Ich wäre froh, wenn Sie mir zumindest die Namen und Adressen der Patientinnen mitteilen könnten.»

***

Die Strecke Schwyz–Sattel war Valérie zwei Tage nach ihrem Umzug mit dem Velo gefahren. Ein regelmässiger, steter Aufstieg war es. Auf dem Sattel angekommen, hatte sie das Rad bei der Talstation Sattel-Hochstuckli untergestellt und war mit der drehbaren Gondelbahn auf das Hochstuckli geschwebt. Der Kanton Schwyz gefiel ihr landschaftlich immer besser. Das lag auch daran, dass sie hier von der städtischen Hektik Abstand gewinnen konnte. Eine tolle Zeit stand ihr bevor, der Sommer, den sie so sehr mochte. Vielleicht war bis zum Sommer alles überstanden, und sie könnte mit Colin eine Velotour machen.

Colin! Beim Gedanken an ihn zog sich ihr Herzmuskel krampfhaft zusammen. Noch war ihr Herz nicht gebrochen. Aber es war nahe daran; sie spürte es.

Sollte Willy sich gegen sie durchsetzen, würde sie ihn eigenhändig zur Strecke bringen.

Bis nach Rothenthurm kam sie gut voran.

Die Pfarrkirche Sankt Antonius dominierte das Dorf. Ihr Dach wurde von farbigen Inschriften geziert – «Nomina Sacra Jesus» auf der einen, auf der andern Seite der Fürspruch «St. Antonius bitt' für uns». Wieder der Gedanke an Colin. Vielleicht sollte sie mit Antonius Kontakt aufnehmen. Unter anderem galt er auch als Schutzheiliger der Frauen und Kinder.

Ausserhalb der Fünfzigerzone drückte Valérie aufs Gaspedal. Ihre ganze Wut entfesselte sich über ihren rechten Fuss. Sie raste mit hundert Stundenkilometern über die Altmattstrasse, passierte die drei Altmattdörfer, ohne die Geschwindigkeit zu drosseln. Sie scherte sich weder um Radarkontrollen noch um ihre uniformierten Kollegen, die heute allerdings nicht auf der Strecke positioniert waren.

Sie war die Polizei. Sie hatte einen Auftrag.

Kurz vor Biberbrugg stand sie infolge eines Unfalls kurz im Stau. Ein ländliches Vehikel war mit einem Kleintransporter kollidiert. Ein Aufmarsch an Polizisten, Sanitätern und Gaffern versperrte die eine Hälfte der Strasse.

Valérie passierte die Unfallstelle. Sie winkte einem Kollegen vom SSB zu und warf verstohlene Blicke auf den Blechschaden. Der Mann mit dem Traktor, offensichtlich ein Bauer aus der Gegend, hatte den Vortritt missachtet, oder die Bremsung hatte versagt. Der Kleinlaster war in sein rechtes Vorderrad geprallt.

Keine Verletzten. Valérie stiess erleichtert Luft aus.

***

Zwei Streifenwagen standen mitten auf dem Platz, als Valérie mit ihrem Roadster auf dem Areal des SSB einbog. Sie fuhr in ein freies Parkfeld, stellte den Motor ab und stieg aus.

«Und? Zufrieden mit dem Audi?»

Valérie erkannte einen Kollegen, der sich lässig an die beschriftete Tür eines Dienstwagens lehnte. Ein zweiter Mann sass drinnen und rauchte unter dem geöffneten Fenster. Beide blickten wohlwollend auf Valérie. Sie wollte jetzt nicht über Autos diskutieren. Aber sie wusste, dass die Männer sich provoziert fühlten, sobald sie mit ihrem Cabriolet erschien. Auf der Strasse wurde sie nicht selten ausgebremst oder von jungen Schnöseln auf der Überholspur belästigt. Meistens reagierte sie nicht darauf, belächelte nur solches Gebaren. Sie musste nur aufs Gaspedal drücken, um die Typen auf der Strecke zu lassen. Sie hatte erst einmal gegen einen Porsche Carrera verloren. Seither liess sie sich nicht mehr einschüchtern. Es gab keinen Grund, Rennen zu veranstalten, ausser sie geriet in Rage, wenn es um ihre Befindlichkeiten ging.

«Er fährt», lächelte Valérie und sah in ein verdutztes Gesicht.

«Ist ja bald schon wieder Cabrio-Wetter.»

Valérie nickte ihm zu. Sie hatte kein Bedürfnis, darüber zu reden.

Sie überquerte den Platz und sah die Fassaden hoch. Sie hatte sich noch lange nicht an den grauen Betonklotz des SSB gewöhnt. Als Valérie auf den Eingang zuschritt, bemerkte sie einmal mehr diese Nüchternheit des Gebäudes. In den Fensterfronten spiegelte sich die Umgebung, Schönwetterwolken, die sich am Himmel wie riesige Fabeltiere verzettelten.

Drinnen sah es genauso puristisch aus. Graue Treppen, nüchterne Korridore, farblose Türen. Alles wirkte depressiv.

In ihrem Büro angekommen, sah sie stehend die Post durch. Louis hatte ihr das Befragungsprotokoll des Morgens geschickt. Valérie überflog es. Insgesamt acht Männer. Bei den Befragungen war nichts Wesentliches herausgekommen, ansonsten hätte Louis dies gesondert vermerkt. Valérie setzte sich. Ihr schwindelte. Sie wurde sich bewusst, dass sie die Frauen des Begleitservices noch nicht befragt hatte. Ihr fehlte einfach die Zeit. Vielleicht hätte sie es delegieren sollen. Andererseits war sie scharf darauf, sich jede einzelne Beteiligte persönlich vorzuknöpfen. Sie würde es auf den nächsten Tag verschieben müssen.

Sie schritt zum Fenster und öffnete die Flügel. Der Alptraum von letzthin hatte sich in den grünen Tann zurückgezogen. Dass er dort draussen noch lauern könnte, verdrängte sie. Sie würde sich dem Übermächtigen stellen müssen, um endlich zur Ruhe zu kommen. Letztendlich ging es auch um ihre Gesundheit, um die Zukunft bei der Polizei. Wenn Fischbacher davon erfuhr, würde sie den Job quittieren müssen. Irgendwann wäre sie nicht mehr in der Lage, sich selbst zu überlisten. Und noch weniger ihren Vorgesetzten.

Später verliess sie ihr Büro, um am Automaten einen Kaffee zu holen. Auf dem Flur begegnete ihr Fabia. Gleich nahm sie sie in Beschlag. «Eines verstehe ich nicht ganz. Warum hast du die Ackermann laufen lassen? Erst noch war sie die Hauptverdächtige, und jetzt setzt du sie auf freien Fuss.»

«Ich habe so meine Vorbehalte, was das betrifft.» Valérie schritt zügig weiter.

Fabia bemühte sich, mit ihr Schritt zu halten. «Warum lädst du ihren Mann nicht vor?»

«Alles der Reihe nach. Ich bin mir über Astrid noch nicht ganz im Klaren. Sie könnte uns vielleicht zum Mörder führen.»

«Lässt du sie überwachen?»

«Was denkst du denn?»

«Das heisst, ja?»

«Sie wird rund um die Uhr überwacht. Ich weiss zwar nicht, ob sich das mit unserem Budget vereinbaren lässt.» Valérie schenkte ihrer Kollegin ein Lächeln. «Aber Fischbacher hat mir da freie Hand gewährt. Wir werden ja sehen.»

«Du sorgst sehr für Furore in unserer Abteilung.»

«Im Positiven oder Negativen?»

«Wie man's nimmt.»

«Ihr hattet ja auch noch nie einen solch verworrenen Fall.»

«Wie weiter?»

«Wir haben es zwar noch nicht zur Sprache gebracht, aber ich möchte, dass du Astrid Ackermann zu Hause besuchst. Morgen Vormittag wäre der passende Moment. Ich möchte erfahren, wie sie lebt. Ob ich ihr vertrauen kann. Wie ihre Nachbarn mit ihr klarkommen. Ob man über sie Bescheid weiss.»

«Ist das künstliche Arbeitsbeschaffung?»

«Nein, eine spontane Entscheidung.»

«Aber dann hätte ich sie gleich nach Hause begleiten können.»

«Ich will nicht, dass sie sich auf deinen Besuch vorbereiten kann.»

«Aber das wäre doch genauso spontan gewesen.» Fabia zog unverständlich die Augenbrauen hoch. «Und was soll ich ihr als Begründung sagen?»

«Ich glaube nicht, dass du auf den Mund gefallen bist.»

NEUN

«Guten Tag, Herr Vischer.»

Der Psychologe wartete bereits vor ihrer Tür. «Guten Tag, sagen wir doch *Du* zueinander und nennen uns beim Vornamen …» Vischer schenkte ihr ein Lächeln.

«… wie es hier so üblich ist», sagte Valérie wenig begeistert. «Ich habe mich noch nicht richtig daran gewöhnt.» Sie schloss die Tür zu ihrem Büro auf. In den letzten Tagen hatte sie diese immer abgeschlossen, nachdem Louis Akten von ihr entwendet hatte. Sie ging zum Fenster, riss es auf und streckte ihre Nase in die Luft. «Was für ein wunderschöner Morgen.» Sie wandte sich ihrem Besucher zu. «Bitte … such dir einen Stuhl aus.»

Henry Vischer erinnerte sie im weitesten Sinne an Vin Diesel ohne Bizeps. Aber er hatte genauso dunkle Augen und unverschämt lange Wimpern. Heute trug er keine Brille. Valérie stand in Augenhöhe mit ihm und nahm sich Zeit, ihr Studium von letzthin, was seine Gesichtszüge betraf, fortzusetzen. Er sah ganz ordentlich aus. Ebenmässig und sympathisch, was sie sich, allerdings ungern, zugestehen musste. Ob er auch seines Berufes würdig war, musste er zuerst beweisen. Psychologe allein genügte für sie nicht. Zudem brachte sie nichts Positives mit ihnen in Verbindung.

«Etwas zu trinken? Ich kann dir Wasser anbieten.» Sie öffnete eine Schranktür und holte eine Flasche Mineral und zwei Gläser daraus hervor. «Magst du es in Zimmertemperatur? Sorry, aber ich besitze hier noch keinen Kühlschrank. Das wird eine meiner nächsten Investitionen sein, sollte ich hier tatsächlich Wurzeln schlagen.»

Henry setzte ein entwaffnendes Lächeln auf, erwiderte aber nichts darauf. Er stellte seine mitgebrachte Aktentasche auf den Tisch, öffnete deren Verschluss und zog eine Klarsichtmappe daraus hervor. «Ich dachte, dass ich meine Notizen vom Tatort gleich mitbringe. Es könnte ja sein, dass du sie noch nicht gelesen hast.»

Valérie hob ihre Augenbrauen. «Sagen wir mal so, ich habe den Bericht überflogen. Aber ich musste in den letzten Tagen Prioritäten setzen.»

«Du stehst ziemlich unter Druck.»

«Hast du hellseherische Fähigkeiten?» Valérie hob die Hand. «Nein, lass mich raten: Ihr Seelenklempner seht es uns ja immer an. Nichts bleibt euch verborgen. Vielleicht deutest du meine Verfassung aus der Art, wie ich mich bewege, mich hinsetze, meine Haare aus dem Gesicht streiche.»

«Das hat durchwegs etwas dran.» Henry breitete die Dokumente auseinander, ohne Valérie anzusehen. «Aber ich bin wegen anderer Gründen hier. Vielleicht sollten wir zuerst deine Fragen beantworten. Es geht um eine Zeugin?»

«Eigentlich um unsere Hauptverdächtige. Wir haben den Bericht aus der Forensik und ein entsprechendes Gerichtsgutachten. Somit ist bewiesen, dass nicht nur die Haare, die bei beiden Opfern sichergestellt wurden, mit der DNA von Astrid Ackermann übereinstimmen, sondern auch Speichel.»

«Aber wenn ich es richtig verstanden habe, streitet Frau Ackermann nicht ab, dass sie an beiden Tatorten gewesen ist.»

«Das nicht. Aber sie behauptet auch, dass Tuzzi und Heinzer noch gelebt hätten, als sie sie verliess. Der Mörder muss unmittelbar nach ihrem Weggehen in die Häuser gelangt sein. Er hat an beiden Tatorten eine CD deponiert, den Mord begangen und dann das Weite gesucht. Wobei …» Valérie krauste ihre Stirn. «Wobei der Täter bei Tuzzi nicht hatte Hand anlegen müssen. Der Bedauernswerte ist vorher gestorben. Herzinfarkt infolge einer übermässigen Aufregung. Es sieht aber danach aus, als hätte der Täter über Tuzzis Schwachstelle Bescheid gewusst.»

«Du willst den Mörder im Bekanntenkreis des Opfers suchen?»

Valérie installierte das Aufnahmegerät, drückte die Ein-Taste und schraubte die Lautstärke hoch. «Hier, hör selbst. Ich muss zuerst hundertprozentig sicher sein, dass Astrid Ackermann die Wahrheit gesagt hat.»

«Du stellst hohe Ansprüche an mich.»

Valérie stoppte. «Ich habe gehört, wie gut du in der Beurteilung von Stimmen bist.»

Henry schüttelte den Kopf. «Ich kann nicht zaubern. Eigentlich wäre es mir leichter gefallen, wenn ich der Anhörung hätte beiwohnen können.»

«Lass dir Zeit. Ich werde dich allein lassen, wenn du es wünschst. Ich muss mich noch für die heutige Teamsitzung vorbereiten. Ich kann das auch in einem unserer Vernehmungszimmer tun.»

«Was ist mit dem letzten Tatort?»

«Ach …» Valérie fuhr sich mit der linken Hand über die Stirn. «Das können wir nach dem Rapport ansehen.»

***

Bei schönem Wetter erinnerte das Dorf an einen Ferienort am See. Verträumt lag Arth an diesem Vormittag da. Zwischen den steilen Flanken der Rigi und den zerschundenen Hängen des Rossbergs, wo man noch immer die Wunden des Felssturzes erkennen konnte, der vor über zweihundert Jahren fast eine ganze Ortschaft unter sich begraben hatte.

Das Haus unterschied sich von den anderen Häusern. Thronten einige Gebäude wie futuristische Schuhkartons in der Landschaft, zeichnete sich das Haus am Ende der Strasse durch sein Schrägdach und die Sprossenfenster aus. Zudem verfügte es nur über ein Erdgeschoss und ein abgeschrägtes Dachgeschoss. Eine Garage gab es nicht, dafür einen Carport ein paar Meter daneben.

Fabia parkte vor dem leeren Unterstand. Der Weg zum Haus führte an einem Garten vorbei, wo Blumen und erste Gemüsesetzlinge den Eindruck erweckten, dass hier ein exakter Gärtner am Werk gewesen war. Auf der Tür war ein künstliches Rosengesteck angebracht. «Willkommen» stand auf einem Holzschild. Fabia drückte den Klingelknopf. Sie musste zweimal läuten, bis die Tür geöffnet wurde und ein Mann sich vor ihr aufbaute. Astrids Gatte, vermutete sie. Sie hatte nicht damit gerechnet, ihn hier anzutreffen. Sie wich zurück. Auf ihrem Gesicht zeichnete sich Erstaunen ab. «Ich, ehm … mein Name ist Fabia Ulrich.» Sie zückte ihre Dienstmarke, liess sie aber schnell wieder in der Jackentasche verschwinden. «Und Sie sind?», fragte sie, als wäre die Frage angebracht gewesen.

«Ronald Ackermann. Ich wohne hier.» Er verschränkte die Arme, nahm eine Abwehrhaltung ein. «Von der Polizei sind Sie?»

Kein Mann mit grossem Selbstbewusstsein, ging es Fabia durch den Kopf. «Ich würde gern Ihre Frau sprechen», sagte sie.

«Sie ist aber nicht da.»

«Nicht da? Aber sie wird sicher bald zurückkommen, nehme ich an. Wissen Sie, wo sie ist?»

«Wahrscheinlich beim Einkaufen. Ich bin auch erst zurückgekommen. Ich … fühlte mich nicht gut … vielleicht ist eine Grippe im Anzug.»

Warum sagte er das? «Darf ich reinkommen und solange auf sie warten?»

«Worum geht es denn?» Ackermann blockierte den Eingang. Er machte keine Anstalten, Fabia in die Wohnung zu lassen.

Der Mann kam ihr unheimlich vor. Sie war plötzlich froh, vor und nicht hinter der Tür zu stehen.

Was hatte Valérie ihr eingebrockt? Sie befand sich in einer Zwickmühle. Sollte sie einfach drauflosfragen?

«Sie wissen sicher, wann Ihre Frau zurückkommt?» Sie wandte sich um, sah zurück auf die Strasse. Der von Valérie aufgebotene Beobachtungsposten war nirgends zu sehen. Die Polizisten mussten Astrid gefolgt sein. Es hätte ihr vorher auffallen müssen. Wie blöd von ihr. Sie hätte im Wagen warten können, bis Astrid nach Hause kam. Stattdessen stand sie da und wusste nicht, was sagen. Dass sie allein war, machte die Situation nur noch schlimmer. Ein Kollege hätte sie begleiten müssen.

«Was wollen Sie von meiner Frau?»

Fabia war verunsichert. Wo war Ackermanns Wagen? Was wusste Ackermann? Was durfte sie ihm auf keinen Fall sagen? «Sie ist da in eine unschöne Sache hineingeraten. Wir hoffen natürlich, dass sie nichts damit zu tun hat.»

«Aha, ich verstehe», kam es kleinlaut zurück. «Sie sind wegen des Vorfalls vor fünf Jahren hier. Hören Sie, das war ein Unfall. Warum lassen Sie uns nicht einfach in Ruhe?»

«Sie missverstehen mich. Es geht nicht um den Unfall.»

«Aha … Worum dann?»

Wenn sie so weitermachte wie bis anhin und Valérie von

ihrem unprofessionellen Vorgehen erfuhr, konnte es sie Kopf und Kragen kosten. Keine ungerechtfertigten Alleingänge, hiess es. Doch sie war schon zu weit gegangen. Es gab kein Zurück.

«Können Sie uns bezeugen, dass Ihre Frau in der letzten Mittwochnacht –»

«Sie war da.»

«Moment, Sie haben mich ja noch gar nicht aussprechen lassen.» Fabia griff instinktiv an ihre rechte Seite. Erschrocken stellte sie fest, dass sie keine Pistole trug. Sie hatte sie vergessen. Sie lag in ihrem Büro im abgeschlossenen Korpus. Etwas fehlte. Eine gewisse Sicherheit, wenn sie das Metall auf ihren Fingern spürte. Es durfte nicht sein, dass sie sich in Gefahr begab. Für nichts. Sie verabscheute Valérie, sie verabscheute sich selbst. Es war falsch, was sie tat. Sie hätte zumindest ihren eigenen Denkapparat aktivieren sollen. Kein unüberlegter Schritt. Sie kam sich wie eine Anfängerin vor.

Ackermanns Gesichtsausdruck hatte sich verändert. Tiefe Furchen gruben sich in seine Stirn. Seine Mundwinkel zuckten. «Wir sahen gemeinsam eine DVD.»

«Sie sahen eine DVD?»

Keine Fragen mehr! Obwohl Fabia spürte, dass ihre Präsenz hier nicht gut enden würde, kam der nächste Satz wie von allein über ihre Lippen. Ihr Mundwerk war manchmal einfach schneller als ihre Gedanken, die Neugier stärker als der gesunde Menschenverstand. Sie hatte von ihrem Chef deswegen schon oft einen Rüffel bekommen. Zuerst überlegen, dann reden. «War Ihre Frau an diesem Abend tatsächlich da?» Sie wusste es besser. Sie hatten Astrids Aussage.

Wer deckte wen?

Keine Fragen mehr!

«Ja. Wir sahen uns einen Film mit Richard Gere an.» Ackermann räusperte sich. «Ich hatte extra meinen Bowlingabend abgesagt, um bei meiner Frau zu bleiben.»

«Mögen Sie sich denn erinnern, um welchen Film es sich gehandelt hat?»

«Gewiss. Es ging um eine Frau, die ihren Mann mit einem Jüngeren betrügt …» Seine Augen waren starr auf sie gerichtet.

Es schien, als hätte er sich diese Antwort zurechtgelegt. Oder wollte er ihr damit noch etwas anderes sagen? Sie schätzte ihn jedoch nicht so ein, dass er ihr eine verschlüsselte Botschaft übermitteln wollte.

«‹Unfaithful›», sagte sie.

Ackermann nickte. «Sie kennen den Film? Ein im Grunde trauriger Film, nicht wahr? Aber eine Geschichte, wie das Leben sie schreibt. Edward liebt seine Frau über alles. Sie leben glücklich mit ihrem Sohn in einem noblen Vorort von New York. Bis zu diesem verhängnisvollen Sturm in den Strassen von Soho. Connie landet bei einem jungen Chauvinisten und verfällt seinem Charme … Dann geht alles kaputt. Ihr Glück zerbricht wie ein Glashaus. Es zerbricht immer, wenn einer der Ehepartner das Vertrauen des andern missbraucht.»

Fabia war es nicht mehr wohl in ihrer Haut. «Ja, beim Lebenskünstler Paul. Ich sehe Olivier Martinez gern.»

«Genau um den geht es. Er wird am Schluss umgebracht … mit einer Schneekugel.»

Fabia erinnerte sich gut an die Szene. Sie hatte geweint, als Richard Gere ihn von hinten niederschlug. Sie hatte Gere gehasst, obwohl sie ihn eigentlich mochte. Aber in diesem Film hatte sie ihn gehasst. In der Nacht, nachdem sie den Film mit ihrem Mann angesehen hatte, war sie schwanger geworden. Dass ihre Tochter den Namen Olivia bekam, war kein Zufall.

Ackermann fuhr sich mit seiner Rechten über den Mund. «Und wissen Sie was? Ich hätte es genau gleich getan. Ich hätte den Geliebten meiner Frau auch umgebracht.»

Fabia spürte, wie die Angst nach ihr griff. Womöglich stand ein Psychopath vor ihr.

«Gingen Sie danach noch weg?» Astrid war gemäss ihrer Aussage erst um ungefähr dreiundzwanzig Uhr bei Heinzer gewesen.

«Nein. Der Film endete um kurz vor halb zwölf. Wir gingen beide zu Bett. Bis etwa um halb zwei haben wir noch diskutiert.»

«Diskutiert? Mitten in der Nacht?»

«Über dies und das.»

Fabia griff nach ihrem Notizheft und dem neongrünen Schreibstift. Das Gespräch nahm plötzlich Dimensionen an, mit denen sie nicht gerechnet hatte. Zudem musste sie sich an etwas festhalten, auch wenn es nur der kleine Schreibblock war. «Wir werden das überprüfen», sagte sie leicht irritiert. Irgendetwas an Ackermann gefiel ihr nicht. Da waren das unstete Flackern in seinen Augen und diese vehemente Abwehr in der Körperhaltung.

Er versuchte gerade, sein eigenes Alibi zu beschaffen. Es gab nur einen Grund: Er war an besagtem Abend selbst nicht zu Hause gewesen.

Sie schätzte ihn jedoch nicht als skrupellosen Killer ein. Falls er der gesuchte Täter war, hatte er im Affekt gehandelt, genauso wie Richard Gere. Aber er würde es wieder tun. Sie konnte es riechen, es in seiner Art, wie er dastand, sehen. Unter seiner Oberfläche brodelte es. Seine Wut würde ausbrechen wie ein Vulkan und Gift und Galle spucken. Sie kannte solche Menschen. Sie hatte schon oft mit ihnen zu tun gehabt. Als Beobachterin in einem Verhör.

Ihr Leben war in Gefahr.

Sollte sie ihn gleich mitnehmen? Allein? Würde sie ihn überwältigen können, falls er sich wehrte?

Sie hatte keine Befugnis. Aber wenn sie es nicht tat, würde er vielleicht abhauen.

David gegen Goliath. Und sie hatte keine Pistole.

Wieder ein Blick zur Strasse. Das Quartier schien zu schlummern und mit ihm seine Bewohner. Die Stille erdrückte Fabia. Nur ein monotones Rauschen aus der Richtung, in der die Autobahn lag, schwang in der Luft. Vogelgezwitscher weit weg.

Plötzlich packte Ackermann ihren Arm. Er zog sie in den Flur. Dieser Angriff war so schnell erfolgt, dass sie keine Zeit hatte, sich zur Wehr zu setzen. Völlig überrumpelt prallte sie an die Wand. Ein stechender Schmerz fuhr in ihre Schultern. Ackermann schloss die Haustür ab.

Fabia war gefangen.

Ruhig Blut, war ihr erster klarer Gedanke. Sie roch die Ausdünstungen des Mannes, der zu ihr zurückkehrte. Er überragte sie um Kopflänge. Doch diesmal berührte er sie nicht. Er hatte wohl selbst bemerkt, dass das nicht die Lösung war. Seine

Stimme klang beherrscht, als er ihr sagte, sie solle in die Küche gehen.

Fabia gehorchte ihm wie ein zahmes Hündchen. Sie hatte gelernt, dass man Verrückten keinen Widerstand leisten sollte, wenn die Umstände es nicht zuliessen. Sie setzte sich auf einen Schemel, Ackermann ihr gegenüber. Auf dem Tisch lag eine Zeitung. Fabia sah den Bericht über den Mord an Heinzer. Das konnte kein Zufall sein.

Ackermann starrte auf seine Hände, die er gefaltet hielt. Fabia hatte kaum Zeit, die Küche anzusehen. Eine auf alt gemachte Kochstelle mit verschiedenen gusseisernen Pfannen über dem Herd, ein Geschirrschrank mit Vitrine. Daneben ein Fenster. Kein direkter Ausgang in den Garten, kein Fluchtweg. Eine Wanduhr fiel ihr auf, die klassische Bahnhofsuhr.

Ackermann folgte ihrem Blick. «Die Uhr haben Astrid und ich auf einem Bahnhof entwendet, damals, als wir verliebt und verrückt waren. Die Uhr soll uns an die Zeit unseres Kennenlernens erinnern.» Er hielt eine Weile inne. «Vor drei Jahren zog ich mit meiner Frau in dieses Haus ein. Dank des tiefen Hypothekarzinses und meines Ersparten konnten wir uns dieses Eigenheim leisten. Die Altersvorsorge ist zwar dahin, aber was weiss man schon, was kommt … Astrid hat sich das Haus gewünscht. Ich kann ihr nie einen Wunsch abschlagen. Ich selbst habe mir immer Kinder gewünscht. Bis heute sind sie ausgeblieben …»

Fabia wagte einen ersten Vorstoss. Sie sah auf den Mann, der auf dem Stuhl eingesunken war. Von der Forschheit seines Angriffs war nichts mehr geblieben. «Aber Ihre Frau ist noch jung. Das hat sicher noch Zeit.»

«Was wissen Sie denn», kam es leise zurück. «Ich habe einen guten Job. Ich verdiene nicht schlecht. Trotzdem kann ich mit meinem Lohn nicht alle Flausen meiner Frau befriedigen. Monatlich bleibt kaum mehr etwas übrig. Sie sagen es: Astrid ist jung. Sie ist verspielt und hat ein Anrecht auf ein aufregendes Leben. Schöne Kleider, tolle Schuhe. Sie liebt Taschen über alles. Sie geht gern aus. Sie …» Hier brach Ackermanns Stimme. «In den letzten Monaten ist mir bewusst geworden, dass ich ihr das Wasser nicht reichen kann. In ihren Augen bin ich ein Versager.»

Fabia überlegte. Jetzt nur nichts Falsches sagen. Vor ihr sass ein labiler, ein unberechenbarer Mann. Und wenn er sie ansah, lief es ihr kalt über den Rücken. In seinem Blick lauerte etwas abgründig Tiefes. Ein Funke, der sich zu einem Brand entfachen würde, sollte er durch eine falsche Bemerkung entzündet werden.

Fabia schwieg. Jedes weitere Wort von ihr wäre ihr Untergang gewesen. Sie spürte es.

«Verstehen Sie das? Sie ist schön. Sie kann jeden haben. Jeden, der Geld hat, um ihr die Wünsche zu erfüllen … alles zu erfüllen, zu was ich nicht in der Lage bin … Ich habe dieses Haus unterschätzt. Es lässt mir keinen Spielraum mehr.» Plötzlich krachte seine rechte Hand auf die Tischplatte. «Sie betrügt mich! Meine Frau betrügt mich. Können Sie sich vorstellen, wie ich mich fühle?»

Fabia zuckte zusammen. Sie versuchte, Ackermann zu beruhigen. Mit Gesten des Verständnisses, mit Worten wie: «Das tut mir sehr leid. Das muss für Sie sehr schwierig sein.» Im Stillen dachte sie, dass sie vor einem möglichen Mörder sass. Das Täterprofil passte. In seiner Ehe stimmte es nicht mehr. Seine Frau hinterging ihn mit reichen Männern. Er selbst kam sich klein und kraftlos vor. Er hatte kein Alibi für die Tatzeit. Der Film mit Olivier Martinez war da sehr fadenscheinig. Ein Vergleich vielleicht, um ihr zu sagen, worum es ging.

Sie durfte nicht fragen, nicht nach den Bowlingfreunden, mit denen er verkehrte, nicht nach seinem Arbeitgeber.

Wo steckte Astrid?

Bei einem neuen Freier, während ihr Mann hier durchdrehte und eine Polizistin bedrohte?

Fabia blieb wie angeklebt auf dem Schemel sitzen, während sie fieberhaft über eine Fluchtmöglichkeit nachdachte. Wenn sie den Kopf drehte, sah sie aus dem Küchenfenster auf das Dach des Carports. Sie betete, dass jemand kommen möge, der Briefträger zum Beispiel, dass Astrid nach Hause zurückkehrte, dass Ackermann einen Moment abgelenkt wurde.

Die Minuten verstrichen ins Endlose. Der grosse Zeiger auf der Bahnhofsuhr ruckelte vorwärts. Laut und unaufhaltsam vorwärts.

Sie musste etwas unternehmen. Jetzt gleich. Sie spürte ihren Herzschlag bis zum Hals.

«Was gedenken Sie zu tun?»

Das war der Funke, den sie nicht hatte entzünden wollen. Trotzdem loderte er auf. Ackermann schoss vom Stuhl hoch. In seinen Augen entdeckte sie etwas Diabolisches. Automatisch schob sie ihren Schemel nach hinten. Sprungbereit war sie, um sich vor einem allfälligen Angriff zu schützen. Der Täter hatte ein Küchenmesser gehabt. Fabia entdeckte neben dem Herd eine Vorrichtung mit Küchenmessern. Ackermann stand gleich daneben. Sie hatte keine Chance, ihm zu entkommen. Sie hatte ihn falsch eingeschätzt. Sie hatte die Situation verkannt. Am liebsten hätte sie geschrien. Sie dachte an ihr Töchterchen, und Tränen schossen in ihre Augen.

Ackermann war irritiert. Vielleicht Fabias Glück, denn er schien plötzlich zur Vernunft zu kommen. Sie sah ihn schwer schlucken, seine hilflose Geste, als er langsam auf die Küchentür zuschritt, sie öffnete und in den Flur blickte.

Von draussen vernahm Fabia Stimmen. Das Geräusch eines Schlüssels im Schloss. Kurz darauf tauchte Astrid im Entrée auf. Sie erschien ihr wie ein Engel. Astrid stellte Einkaufstaschen auf den Boden. Fabias Anwesenheit verwunderte sie.

«Frau Kommissarin», sagte sie, dessen ungeachtet, dass sie damit verriet, Fabia zu kennen.

«Ihr seid euch bekannt», war Ackermanns Reaktion.

«Wir kennen uns vom Dorf», wand sich Astrid aus der misslichen Lage.

Dass sie, ohne rot zu werden, log, war ihr neu. Fabia nutzte die Gelegenheit, um in den Flur zu gelangen, auf die offen stehende Eingangstür zu. Auf einmal zögerte sie. Wenn sie jetzt ging, war Astrid in Gefahr. In Ackermann hatte sich etwas angestaut, das rausmusste. Fabia sah hinaus auf die Strasse. Sie erkannte den Wagen des zivilen Einsatzes. Valérie hatte mit der Überwachung Ernst gemacht. Fabia atmete auf. Sie würde Hilfe bei den Männern holen. Sie eilte über den Weg zum Carport. Sie winkte von Weitem dem Einsatzteam zu. Das Fenster auf der Fahrerseite wurde heruntergelassen. Fabia erkannte Ferdinand Horath, einen Kollegen.

«Was zum Kuckuck suchst du denn hier?»

«Frag nicht. Steig aus. Es ist Gefahr in Verzug.» Fabia deutete auf Ackermanns Haus. «Der Typ ist gefährlich. Er griff mich an.» Sie erzählte im Schnelldurchlauf, wie sie in diese brenzlige Situation geraten war.

Horath, ein Muotathaler Hüne mit grimmigen Gesichtszügen, stieg aus, nachdem er Fabia eine Rüge erteilt hatte. «Das war grob fahrlässig», endete er wütend.

Allein sein Auftritt flösste Angst ein. Sein Kollege schien das pure Gegenteil. Gemeinsam und mit der Glock im Anschlag näherten sie sich dem Haus. Die ganze Aktion sah furchteinflössender aus, als sie in Wirklichkeit war. Denn unter der Tür stand schon Ackermann mit erhobenen Händen.

Damit hatte Fabia allerdings nicht gerechnet.

Horath steckte die Waffe ins Holster zurück. «Herr Ackermann, ich muss Sie vorläufig festnehmen aufgrund tätlichen Angriffs auf meine Kollegin. Alles, was Sie sagen, kann vor Gericht gegen Sie verwendet werden. Sie können Ihren eigenen Anwalt kontaktieren, oder wir werden Ihnen einen Pflichtverteidiger stellen.»

Ackermann liess sich widerstandslos abführen. Unter der Tür blieb Astrid stehen. Sie sah Fabia aus wässrigen Augen an. Ohnmacht und Verzweiflung waren in ihrem Blick zu sehen.

***

«Bist du denn von allen guten Geistern verlassen?» Valérie hatte Fabia in ihr Büro zitiert. «Was hast du an der Polizeischule gelernt? Die Situation abschätzen, bevor man reagiert. Und bitte keinen Alleingang. Mensch, Fabia, das hätte ins Auge gehen können.»

Fabia sass eingeschüchtert am Pult, blass wie ein Laken.

«Was hast du dir dabei gedacht? Du hast eine Familie, verdammt.» Valérie attackierte sie verbal. Sie wusste, dass es ihr Verschulden war, Fabia in diese gefährliche Lage gebracht zu haben. Aber niemals hätte sie ihr diesen unüberlegten Schritt zugetraut. Sie hätte reagieren und den Rückzug antreten sollen. Wollte sie ihr etwas beweisen? «Du kannst von Glück reden, dass die Kollegen dich aus dieser Situation gerettet haben.»

Fabia hielt ihrem Blick stand. «Immerhin habe ich Schlimmeres vermieden. Ackermann wäre nicht gefasst worden, wenn ich ihn nicht angetroffen hätte. Mir ist bewusst, was ich getan habe. Aber ich war nun mal da. Und Ackermann war da, nicht Astrid …»

«Ich weiss um meinen Fehler. Niemand hat damit rechnen können, dass Ackermann an diesem Vormittag zu Hause sein würde. Zumindest hat er sich widerstandslos abführen lassen, nachdem die Kollegen eingetroffen sind.» Valérie sah besorgt auf ihre Kollegin. «Wo war eigentlich deine Waffe?»

Fabia kniff den Mund zusammen.

«Sag nicht, dass du sie vergessen hast. Hast du sie gar nicht auf dir getragen?»

Fabia schüttelte wortlos den Kopf.

«Und was sagst du zu deiner Verteidigung?»

«Es war dumm von mir.»

«Mehr als das!» Valérie schnaubte wütend. «Ich muss diesen Zwischenfall melden, das ist dir hoffentlich klar.»

«Ja, ich werde wohl die Konsequenzen tragen müssen», gab Fabia ihr kleinlaut zurück.

Valérie beruhigte sich etwas. «Ich werde selbst die Verantwortung übernehmen. Ich möchte dich im Team behalten, Fabia. Du machst deinen Job gut. Es steckt noch viel Potenzial in dir. Aber versprich mir, dass das eine einmalige Angelegenheit gewesen ist. Immerhin sind wir in unserem Fall einen Schritt weitergekommen. Ronald Ackermann wird noch heute Nachmittag oder morgen früh verhört.» Valérie fuhr ihrer Kollegin über die Schulter. «Tut's noch weh?»

«Nicht der Rede wert.» Fabia erhob sich. «Danke.» Sie blieb stehen. «Für den Job hier bist du überqualifiziert, nicht wahr?»

«Wie kommst du denn da drauf?»

Fabia zuckte mit den Achseln. «Hm … einfach so.»

Valérie lächelte. «Vielleicht erzähle ich es dir einmal, was mich bewogen hat, von der Stadt aufs Land zu ziehen.» Sie sah auf die

Armbanduhr. «In einer halben Stunde ist Teamsitzung. Wir sehen uns dort.»

Fabia verliess das Büro. Valérie stellte die Nummer des Fahndungsdienstes ein. Sie hatte den gestrigen Vorfall nicht vergessen. Der Wagen war ihr seither nicht mehr aufgefallen. Aber sie wiegte sich deswegen noch lange nicht in Sicherheit.

«Hier ist Valérie Lehmann. Ich erkundigte mich gestern um eine Überprüfung einer Zulassung auf einen Ford Mustang. Das Nummernschild ist von Schwyz mit den ersten beiden Ziffern sechs und neun von insgesamt fünf. Habt ihr da schon etwas?»

«Leider nein. Wir haben sämtliche Möglichkeiten geprüft. Die übereinstimmenden Ziffern sind nur auf neuere Wagen zugelassen, verteilt auf den ganzen Kanton. Keine Oldtimer also. Sie müssen sich getäuscht haben.»

Sie hatte sich nicht getäuscht. Neunundsechzig war es gewesen. Sie hatte sich eine Eselsbrücke ausgedacht. Sie war sich absolut sicher.

«Danke für die Abklärung.» Sie verabschiedete sich und hängte auf.

***

Sie hatten sich alle mit Kaffee und Mineral eingedeckt. Fischbacher hatte Kuchen mitgebracht, infolge schlechten Gewissens, schätzte Valérie. Er hatte sich in den letzten Tagen kaum gezeigt. Aber das lag daran, dass er noch andere Fälle in Arbeit hatte. Zudem hatte er durchblicken lassen, dass er Valérie vollumfänglich vertraute. Sie allerdings vermutete andere Gründe. Letztendlich ging es um die Brisanz des Falles, an dem Jole von Reding näher dran war als der Kripochef. Valérie hatte weder Einsicht in die Diskussionen in den oberen Etagen noch Einfluss darauf. Aber dass Fischbacher und die Staatsanwältin das Heu nicht auf der gleichen Bühne hatten, musste man nicht extra betonen. Was zwischen den beiden lief, würde sie sicher auch noch herausfinden.

Valérie setzte sich ans Tischende. Vor ihr lagen verschiedene Ordner. Der Fall hatte an Dimension zugelegt. Das bezeugte nicht allein der Papierstapel. Das Team hatte tolle Arbeit geleistet. Jedem Verdachtsmoment war nachgegangen worden. Jeder mögliche Zeuge hatte vorstellig werden müssen. Mittlerweile waren sämtliche Mitglieder des Panthers Club befragt.

«Was wissen wir über den Panthers Club?»

«Ein reiner Männerclub», beantwortete Louis die Frage. «Er hat aber gar nichts mit Politik zu tun. Es ist Zufall, dass die meisten Mitglieder der CVP angehören, fünf der FDP und zwei der SVP. Parteilos ist einzig ihr Aktuar Hans Bürgler. Es geht um Freizeitbeschäftigungen, Kochkurse und Golfspielen. Wobei es beim Golfen noch einige Anfänger gibt, die noch nicht einmal die Platzreife haben. Joachim Heinzer sei der Einzige gewesen, der ein Handicap unter fünfundzwanzig hatte. Wenn ihr mich fragt, das ist ein aus dem Nichts gestampfter Herrenclub, dessen Mitglieder sich nicht erfüllte Jugendträume verwirklichen. Zudem besitzen einige von ihnen Oldtimer. Sie veranstalten jeweils Fahrten über die Schweizer Alpenpässe … typische Sonntagsfahrer.»

«Lasst die Buben auf die Bäume klettern, wenn sie klein sind. Das verhindert die Peinlichkeit, sich als Erwachsener wie ein Kind zu benehmen.» Diese Feststellung kam von einer jungen Polizistin, die Valérie hier noch nie beachtet hatte.

Ein Raunen ging durch den Raum.

«Zudem sprachen wir mit dem Personal Trainer von Frau Heinzer», fuhr Louis unbeeindruckt fort. «Es gibt ihn wirklich. Er instruiert die Witwe zweimal die Woche privat. Von einem Liebhaber kann aber keine Rede sein. Er ist nämlich schwul. Aber es gibt da noch eine Tochter …»

«Was!» Valérie fiel aus allen Wolken. «Elvira Heinzer hat sie nie erwähnt.»

«Sie heisst Cornelia, ist fünfzehn Jahre alt und besucht in Zug die *International School.* Laut einer Nachbarin sei sie ausquartiert worden, weil sie mit dem Vater Probleme hatte. Zur Tatzeit war sie mit Sicherheit nicht in Schwyz. Wir haben das überprüft. Aber jetzt kommt's …» Louis legte eine Pause ein. «Ihr Vater brachte ihr am Mittwoch, 7. Mai, das Boxspringbett vorbei, das er bei Suters Frau gekauft hatte.»

«Ein Boxspringbett für ein solch junges Gör?» Valérie verzog ihren Mund zu einer Schnute. «Und warum diese Geheimniskrämerei?»

«Tja, reich und verwöhnt», sagte Louis. «Somit wäre das mit dem Bett auch geklärt.»

«Ob das geklärt ist, bin ich mir nicht so sicher», sagte Valérie. «Das Bett könnte auch ein Geschenk gewesen sein, weil Heinzer gegenüber seiner Tochter ein schlechtes Gewissen hatte. Hat man in die Richtung schon ermittelt?»

«Ja», triumphierte Louis. «Natürlich haben wir das abgeklärt. Keine sexuellen Übergriffe vonseiten des Vaters. Und stell dir vor, es wäre so gewesen und es wäre ausgekommen, Heinzer hätte seine Approbation verloren. Cornelia sei einfach ein schwieriges Kind, liess ich mir sagen.»

«Das überrascht mich nicht … bei diesem Vater.» Valérie hielt inne. «Was ist mit der Patientenkartei?»

«Was Heinzers Patientinnen betrifft, sind wir mit einem Drittel der Liste durch. Scheinen alle einen einwandfreien Leumund zu haben. Glückliche Mütter eben …»

«Wie steht es um allfällige Asylsuchende? Elvira Heinzer hat da so Andeutungen gemacht.»

«Nichts Auffälliges. Wir hatten Kontakt mit dem kantonalen Amt für Migration. Es gab einige wenige Frauen, die bei Heinzer in Behandlung waren.»

«Gut, fahrt dort fort.» Valérie wusste nicht, ob sie enttäuscht oder zufrieden sein sollte. Seit Heinzers gewaltsamem Tod waren sieben Tage vergangen. Sie hatten zwei Verdächtige mit halbseidenen Alibis, aber keine wirklichen Motive. Mussten sie den Fokus auf diesen Panthers Club richten?

«Weiss jemand von euch Näheres über Veranstaltungen in der Herrengasse? Haben die Herren des Panthers Club sich dahin gehend geäussert? Bis anhin liegen uns lediglich die Aussagen der Geschäftsführerin von WOP vor. Ihre Frauen werden dort regelmässig gebucht. Sicher ist, dass der Panthers Club aus insgesamt zwanzig Mitgliedern bestanden hat und dass es meines Erachtens kein Zufall mehr sein kann, dass nacheinander zwei Männer zu Tode gekommen sind.»

Louis verschaffte sich Gehör. «Wir haben hier eine etwas sonderbare Aussage von einem Jakob Reichmuth. Er sagte aus, dass es ein grosser Fehler gewesen sei, Mitglied dieses Clubs geworden zu sein.»

«Was hältst du davon? Sollen wir ihn im Auge behalten?»

«Er ist Mitglied der Schweizerischen Volkspartei, verheiratet, fünf Kinder, ein Familienmensch, wie er betonte. Von der Physiognomie her zu urteilen, ein bodenständiger Schwyzer Bürger, dem gesellschaftliche Werte und ein gesundes familiäres Umfeld enorm wichtig sind.»

«Dieser Panthers Club ist vielleicht das pure Gegenteil von dem, was er anstrebt», mischte sich Fabia ins Gespräch.

Valérie hatte den Zwischenfall des Vormittags noch nicht publik gemacht. «Auf jeden Fall ist es ein sehr undurchsichtiger Club. Golfen, Kochen und dergleichen dienen vielleicht als Deckmäntelchen für ganz andere Interessen. Es geht um diesen Escort-Service. Es geht um Frauen, wahrscheinlich um ziemlich obskure Neigungen. Ein reiner Männerclub ... das ist hochexplosiv.»

«Nenne es beim Namen», sagte Louis lapidar. «Es geht dort um Sex und Erotik.»

«Und in diesem Zusammenhang um Hass und Neid», sagte Fabia. «Um leidenschaftliche Gefühle auf jeden Fall.»

«Um Voyeurismus», mutmasste Valérie, die sich an das Gespräch mit von Reding erinnerte.

«Hat man eigentlich schon in die Richtung ermittelt?» Fischbacher, der bis anhin still am Tisch gesessen hatte, schoss mit dieser Frage den Vogel ab.

Valérie spürte eine Hitzewelle durch ihren Körper jagen. Jetzt wusste sie, weshalb sie den Kripochef manchmal als bedrohlich empfand. Er konfrontierte sie zur falschen Zeit mit den falschen Fragen.

Alle Augen waren auf sie gerichtet. Es war ihr fast etwas peinlich. Sie hatte die Frauen des Begleitservices noch nicht befragt. Sie wollte es auf den Donnerstagabend verschieben. Auf die geplante Vorstellung in von Redings Haus. Sie musste sich zuerst ein Bild davon machen, was dort tatsächlich ablief und worum es an diesen geheimen Veranstaltungen ging. Zudem wollte sie der Staatsanwältin nicht in den Rücken fallen.

Sah man ihr ihre Unsicherheit an?

«Die Befragungen sind auf morgen Abend geplant.» Das war die Wahrheit.

«Und warum erst morgen Abend? Hat das nicht Priorität?»

Valérie hatte damit gerechnet, dass es Fischbacher mit dieser Antwort nicht auf sich beruhen liess. Sie konterte, dass man mit Ackermann einen potenziellen Verdächtigen habe. Gern hätte sie noch angefügt, dass Fischbacher ihr uneingeschränktes Vertrauen ausgesprochen hatte. Sie wusste auch, weshalb. Immerhin hatte sie in Zürich die Ermittlungsabteilung Gewaltkriminalität geleitet. Sie hielt sich gerade noch rechtzeitig zurück.

Fischbacher begann in seinem Heft zu schreiben.

Valérie sammelte sich wieder. «Wurde in Ackermanns Haus eigentlich etwas gefunden, das für uns relevant ist?»

«Nichts Verdächtiges», vermeldete Schuler. «Und den Film, von dem er gesprochen hat, schaute er sich tatsächlich an. Wir fanden die entsprechende Scheibe im DVD-Player.»

«Wie verlief die Aktion mit Astrid Ackermann? Gibt es da neue Erkenntnisse?»

«Ich habe ihr ein Gummimesser in die Hand gedrückt und sie gebeten, mir genau zu beschreiben, wie sie das Messer während des Liebesspiels gehalten habe.» Schuler setzte ein verzerrtes Schmunzeln auf. «Sie hielt das Messer so, als würde sie eine Gabel halten. Mit dieser Handbewegung ist es nicht möglich, ein Messer in einen Körper zu rammen.»

«Also kann sie nicht die Täterin sein», folgerte Valérie.

«Beinahe unmöglich.»

Valérie wandte sich an Henry Vischer. «Was ist eigentlich bei der Stimme von Astrid Ackermann herausgekommen? Konntest du sie auf den Wahrheitsgehalt testen?»

Henry bestätigte das, was Valérie bereits ahnte: Astrid hatte die Wahrheit gesagt. «Ihre Stimme zu analysieren war zwar ein etwas schwieriges Unterfangen. Hätte ich mich bloss auf die Wörter konzentriert, wäre es mir schwergefallen.»

Valérie sah ihn verdutzt an, überlegte, dann lachte sie. «Ich weiss, was du meinst.»

Sie brachte die Sitzung zum Abschluss. «Gut, dann wären wir

so weit. Bis Freitagmorgen möchte ich möglichst alle Pendenzen von der Liste gestrichen haben. Falls etwas nicht klar ist, bitte keine falsche Scheu. Ich bin Tag und Nacht zu erreichen.» Das war zwar geblufft, zeigte aber Wirkung. Die Polizisten klopften unisono mit den Fingerknöcheln auf die Tischplatte und bekundeten Zustimmung.

ZEHN

Louis hatte während zwei Stunden Ronald Ackermann verhört. Als Valérie ihn anrief, liess er ihn gerade von zwei Kollegen in eine Zelle im Gefängnistrakt zurückbringen.

«Bist du mit der Vernehmung schon durch?», fragte sie, was Louis mit einem zischenden Laut quittierte.

«Ich habe gestern bis spät gearbeitet und das Protokoll bereits ins Reine getippt. Können wir das am nächsten Rapport erläutern?»

«Ungern. Ich möchte erfahren, wo wir stehen. Bis anhin können wir keinen Erfolg verzeichnen. Fischbacher ist schon ganz ungeduldig.»

«Er lässt dich auch einiges machen.» Louis räusperte sich. «Bist du Anwärterin für einen höheren Posten?»

«Nein, wer behauptet das?»

«Ach, war nur so ein lautes Denken. Seit du in unserer Abteilung arbeitest, lässt sich der Chef kaum mehr blicken.»

Valérie ging nicht darauf ein. «Was gibt's Neues?»

Louis schloss die Augen. Manchmal ging ihm Valérie ganz schön auf den Keks. «Ackermann bleibt weiterhin in U-Haft, bis geklärt ist, wo er sich am Abend des 7. Mai, also während der Tatzeit, aufhielt. Er dementierte seine erste Aussage, dass er den Abend mit seiner Frau vor dem Fernseher verbracht habe. Er gab zu, von der Untreue seiner Frau gewusst zu haben. An besagtem Abend sei er ihr nachgefahren.» Louis schlug das Vernehmungsprotokoll auf. «Ich zitiere, was Ackermann dazu gesagt hat: ‹Ich hatte nicht den Mut, sie darauf anzusprechen. Es gab einen kleinen Funken Hoffnung, dass ich mich irrte. Aber ich wollte es genau wissen. Ich sagte den Bowlingabend in Morschach ab. Ich fuhr zwar kurz weg, kehrte aber wieder nach Arth zurück. Ich wartete in der Nähe unseres Hauses. Kurz vor zweiundzwanzig Uhr kam Astrid aus dem Haus. Sie hatte sich schön zurechtgemacht. Sie trug ein Minikleid und High Heels. Sie ging zu Fuss zur Busstation an der Zugerstrasse. Sie bestieg den Bus. Ich fuhr ihm nach bis zum Bahnhof Goldau. Astrid verliess dort den Bus und löste am Automaten ein Billett. Um fünf vor halb elf bestieg sie den Zug nach Schwyz. Nachdem ich das Auto verlassen hatte, stieg ich ebenfalls ein. Astrid hatte mich nicht bemerkt. Zum Glück kam auf dem Weg nach Schwyz kein Kondukteur vorbei. Ich hatte ja kein Billett. In Seewen-Schwyz stieg Astrid aus. Sie hielt nach einem Taxi Ausschau. Ich tat es ihr gleich. Wir fuhren ihr hinterher an die Obermattstrasse. Ich stieg zwei Häuser vor Astrids Zieladresse aus. Im Schatten eines Abfallcontainers wartete ich.›» Louis legte eine Pause ein. «Bis dahin konnte er sich klar ausdrücken», fuhr er fort. «Was danach kam, brachte ihn immer wieder aus der Fassung. Ackermann wartete also bis um dreiundzwanzig Uhr. Ein Mercedes sei zugefahren. Ich zitiere: ‹Ein Mann stieg aus. Ob der Dunkelheit konnte ich sein Gesicht nicht sehen. Auf der Höhe des Hauseingangs schritt meine Frau auf ihn zu. Sie küssten sich, taten so, als würden sie sich schon lange kennen. Jetzt hatte ich Gewissheit.› Ende des Zitats.»

«Mehr hast du nicht aus ihm herausgebracht?», wunderte sich Valérie.

«Danach kamen nur noch Wortfetzen. Das Erlebte wiederzugeben hat ihn sehr angestrengt. Ich musste ihm immer wieder auf die Sprünge helfen. Nachdem die beiden im Haus verschwunden seien, habe er sich nach einem Fenster umgesehen. Ich zitiere: ‹Aber die Rollläden waren heruntergelassen. Ich hatte keinen Einblick ins Haus.› Ende des Zitats. Es sei etwa Viertel nach elf gewesen, als er zu Fuss zurück zum Bahnhof ging. Er habe auf den letzten Zug gewartet und sei nach Goldau zurückgefahren, wo sein Wagen stand. Er sei nicht gleich nach Hause gefahren, sondern habe sich im ‹Artherhof› vollaufen lassen, bevor der Wirt ihn rausschmiss. Danach sei er zu Fuss in die Tafelstatt zurückgekehrt.»

«Das Bild passt nicht.»

«Den Gedanken hatte ich auch schon. Nach dem Angriff auf Fabia schätze ich ihn als Choleriker ein.»

«Stell dir vor, du würdest wissen, dass deine Angetraute soeben mit einem fremden Mann in dessen Haus verschwunden ist, würdest du nicht alles unternehmen, um in dieses Haus zu gelangen? Ackermann aber geht zurück und betrinkt sich?»

«Vielleicht der einzige Ausweg», mutmasste Louis.

«Habt ihr den Taxichauffeur schon ausfindig machen können?»

«Bis anhin noch nicht. Aber der Wirt des ‹Artherhofs› konnte uns Ackermanns Besuch um Mitternacht bestätigen. Sie hätten schon schliessen wollen, als der ungebetene Gast an die Tür gepoltert habe. Der Wirt beteuerte, eine Ausnahme gemacht zu haben. In der Regel schliesse er um vierundzwanzig Uhr. Für die Stunde davor hat Ackermann allerdings kein Alibi. Wir suchen jetzt den Taxichauffeur, der ihn an der Obermattstrasse abgesetzt hat.»

«Ist dem Wirt etwas Aussergewöhnliches am Gast aufgefallen? Eine blutverschmierte Bekleidung?»

«Nichts dergleichen.» Louis räusperte sich. «Vielleicht hat er tatsächlich nur in sein Elend gesoffen.»

«Trotzdem können wir ihn für den Mord an Heinzer nicht ganz ausschliessen. Hat er nach einem Anwalt verlangt?»

«Nein. Er machte mir eher den Eindruck, dass es ihm völlig egal ist, was mit ihm geschieht. Wenn du meine Meinung wissen möchtest, das ist ein armer Hund.»

***

«Sie haben sich ja richtig schön herausgeputzt.» Jole von Reding stand gleich selbst unter der Tür, nachdem Valérie ihren Besuch mit dem Messingklopfer angemeldet hatte. «Es ist ungewohnt, Sie in einem Kleid zu sehen. Das sollten Sie öfter anziehen. Es steht Ihnen ausgezeichnet.»

«In meinem Job ist das nur von Nachteil.» Valérie drückte ihrer Gastgeberin einen Strauss gelboranger Türkenbundlilien in die Hand. «Ich glaube, Sie mögen Blumen.»

«Solange es keine Nelken sind. Die erinnern mich immer an Friedhofsblumen.» Von Redings Nase streifte die Blütenblätter. «Gehen Sie schon mal voraus in den Salon. Ich werde nur eben schnell eine Vase besorgen.»

Seit ihrem letzten Besuch hatte sich einiges verändert. Anstelle der lachsfarbenen Rosen waren jetzt weisse aufgestellt. Der Tisch war mit einem weissen Tuch vornehm gedeckt. In einer rechteckigen Kristallschale brach das Licht des gedimmten Lüsters. Der Salon war in einen warmen Goldton getaucht. Aus einer unsichtbaren Musikanlage erklang leise «Confession» von Blue Stone, was Valérie allerdings verwunderte. Die Staatsanwältin schien einen besonderen Musikgeschmack zu haben.

Von Reding kam zurück. Die Blumen stellte sie in die Nähe des Fensters, ohne noch einmal auf sie einzugehen. Sie war eine Liebhaberin von Rosen. Valérie hätte es wissen müssen. Sie hatte aber nicht mit leeren Händen dastehen wollen, und Rosen hatte sie keine gefunden. Vielleicht hätte sie Pralinen kaufen sollen. Aber so, wie sie von Reding einschätzte, ass sie nichts Süsses. Auf ihrem Körper war kein Gramm Fett zu sehen.

«Sind Sie eigentlich mit dem berühmten Schwyzer Alois von Reding verwandt?»

Die Staatsanwältin lachte verhalten. «Haben Sie unsere Geschichtsbücher gelesen, bevor Sie nach Schwyz gezogen sind?»

«Er hat immerhin eine militärische Karriere eingeschlagen.»

«Ach, daher weht der Wind. Ist das eine subtile Anspielung auf meinen Arbeitsstil?» Von Reding schien sich sichtlich zu amüsieren. «Er diente bis 1794 in den Schwyzer Regimenten im Dienst Spaniens. Nach seiner Rückkehr wurde er Landeshauptmann des Kantons Schwyz.»

«Alois von Reding wurde zum Befehlshaber des Heers der Kantone Uri, Schwyz und Unterwalden ernannt, als die französischen Truppen nach dem Errichten der Helvetischen Republik im April 1798 gegen die widerspenstigen Innerschweizer anrückten.»

«Chapeau, meine Liebe. So viel geschichtliches Wissen hätte ich Ihnen gar nicht zugetraut.»

Valérie ereiferte sich. «In den Gefechten, unter anderem in Morgarten, siegte von Reding, musste aber infolge schwerer Verluste in eine Kapitulation einwilligen. Durch seine Siege wurde von Reding in den konservativen und föderalistisch gesinnten Kreisen der Schweiz bekannt und deshalb im Oktober 1801 nach einem Staatsstreich der Föderalisten zum ersten Landamman der Helvetischen Republik ausgerufen.»

Von Reding blieb nur ein Kopfschütteln. «Wollen Sie Eindruck schinden?» Sie bedachte Valérie mit einem herzlichen Lachen. «Soviel ich weiss, wurde er irgendwann wieder gestürzt, worauf er den Stecklikrieg gegen die Republik eröffnete.»

«Stecklikrieg?» Über Valéries Gesicht huschte ein Lächeln.

«Aufgrund fehlender Waffen verwendeten die Aufständischen bäuerlicher Herkunft Knüppel, also zu gut Schweizerdeutsch Stecken.» Von Reding machte eine nachhaltige Pause. «Aber jetzt sagen Sie mir, wer ist Ihre Quelle?»

«Die Suchmaschine. Ich wollte in Erfahrung bringen, mit wem ich es zu tun habe.» Valérie sah von Reding eindringlich an. «Sind Sie nun verwandt mit ihm oder nicht?»

«Weit aussen. Wirklich weit aussen. Vielleicht müsste ich mal unseren Stammbaum studieren. Aber dazu fehlt mir die Zeit. So, und nun gehen wir zum erquicklichen Teil des heutigen Abends über.» Von Reding erhob sich, ging Richtung Küche, die durch eine reliefbestückte Tür vom Salon abgetrennt war, und hantierte dort mit hell klingenden Gegenständen. Wenig später kehrte sie zurück. In der einen Hand hielt sie zwei Gläser Champagner und in der andern Honigmelonen in einer Schale. «Ganz offiziell möchte ich mit Ihnen anstossen. Da Sie letzthin meiner Aufforderung zum Du nicht nachgekommen sind, versuche ich es heute mit Bestechung. Ich gehe davon aus, Sie mögen Moët Chandon. Bitte sehr, nenne mich Jole.»

«Valérie, zum Wohl.» Sie liess den Champagner auf ihrer Zunge prickeln. Der erste Schluck war wie eine Verheissung. Sie schob eine mit Pfeffer gewürzte Melone nach. Der Geschmack überraschte sie. «Danke, Jole ... du hast übrigens einen ungewöhnlichen Namen.»

«Im Gegensatz zu meinem Nachnamen weiss ich zu hundert Prozent, woher mein Vorname kommt. Meine Mutter war gebürtige Puschlaverin. Alle dachten, sie bekäme einen Jungen. Als es ein Mädchen wurde, hatten sie keinen Namen parat. Im Garten blühten zu der Zeit Veilchen. So nannten sie mich Iolanthe, wie es im Pass steht. Jole ist die Abkürzung und ...»

«… passt auch besser zu dir», frotzelte Valérie. «Geheimnisumwölkt wie die Frau, die den Namen trägt.» Sie zögerte. «Nun aber zum heutigen Abend. Du weisst, dass ich nicht zum Vergnügen hier bin.»

«Sagen wir es mal so: Du kannst die Arbeit mit dem Vergnügen verbinden. Ich bin mir sicher, es wird dir gefallen. Mir war es zwar immer suspekt, woher die in die Jahre gekommene männliche Schwyzer Obrigkeit solch ausgefallene Ideen hat. Seit ich einmal im Monat Gast sein darf, habe ich meine negative Meinung jedoch revidiert. Es sind sehr sinnliche Anlässe – auch dank der Frauen.»

«Die Frauen vom WOP?» Valérie nippte am Champagnerglas, trank in kleinen Schlucken.

«Ich gehe davon aus. Sie müssen Ballettunterricht genommen haben. Sie beherrschen den Körper, dass es eine Freude ist.» Von Reding geriet ins Schwärmen. «Einige unter ihnen haben wahre Begabungen. An ihnen sind Schauspielerinnen verloren gegangen.»

«Wann beginnt denn der ganze Spuk?» Valérie hatte gemischte Gefühle. Von Redings Anwesenheit war ihr nicht geheuer. Die Frau hatte etwas an sich, was sich nicht greifen liess. Ihre Euphorie erschien Valérie suspekt.

«Wie schon erwähnt müssen wir uns dafür vorbereiten. Es gibt gewisse Regeln, wenn man als Aussenstehende in den Palast der Sinne eintreten will.»

«Das klingt sehr geheimnisvoll.» Valérie grinste. «Palast der Sinne. Und die alten Säcke geilen sich an jungen Frauen auf.»

«Vergiss deine Vorurteile.» Von Reding strich ihr über die Hand. «Die alten Säcke werden nur als Zuschauer dort sein.»

«Sagte ich es doch: Voyeure.»

«Sei nicht so gnadenlos.»

«Das liegt am Champagner. Alkohol macht mich zynisch oder müde.»

«Du hast ja noch nicht einmal ausgetrunken.»

«Es braucht nicht viel.»

«Können wir?» Von Reding zog sie sanft mit sich in den Flur. «Ich habe ein Zimmer für dich hergerichtet. Du kannst dich dort umziehen.»

«Aber …» Valérie liess sich widerstandslos über die Treppe führen.

«Ich besitze ein paar exquisite Kostüme und Masken. Auch in deiner Grösse müsste etwas zu finden sein.»

Valérie drehte sich auf dem Absatz um. «Ich hasse Fasnacht und alles, was damit zusammenhängt.»

Von Reding liess ein helles Lachen vernehmen. «Lass dich einfach überraschen … und, mit Fasnacht hat es nicht im Geringsten etwas zu tun.»

Sie gelangten in den Dachstock. Ein langer Korridor, von dem beidseitig je vier Türen weggingen, lag vor ihnen. Am Ende des Ganges drang Tageslicht durch ein mit Sprossen versehenes Fenster in den ansonsten düsteren Raum. Ein dezenter Rosenduft lag in der Luft.

Von Reding öffnete die erste Tür und liess Valérie eintreten. Gleich war sie von einem angenehmen Licht umgeben. Das Zimmer wirkte nicht so finster wie der Korridor, eher schummrig, was der gelbe Seidenvorhang vor dem einzigen Fenster noch verstärkte. Valérie erkannte den Erker, den sie schon von aussen bewundert hatte. Ein Bett stand an der Wand, kunstvoll drapiert mit auserlesenen Stoffen in warmen Erdtönen. Die Wand gegenüber war bemalt. Das Bild stellte einen Teil des Waldes dar. Ein mit Moos bedeckter Waldboden, niedrige Sträucher. Bäume, deren Kronen man nur erahnte. Ein schlanker Baumstamm vom unteren Bildrand bis zur Mitte, darüber ein Blätterdach. Dahinter eine Lichtung, in der schwaches Licht brach. Das Ganze vermittelte etwas Sakrales, Mystisches. Und je nachdem, wie man es betrachtete, öffneten sich geheimnisvolle Perspektiven.

Dünkte es Valérie nur, oder wurde das Licht heller? Es war ihr, als fielen Sonnenstrahlen in die Lichtung.

«Du glaubst, deine Sinne werden getäuscht», flüsterte von Reding, als dürfte sie die Stimmung nicht stören. «In Wirklichkeit wird es hell.»

«Das ist grosses Theater», fand Valérie und liess das Wandbild auf sich wirken. «Irgendwo habe ich diese Szenerie schon einmal gesehen.» Trotz heftigen Überlegens kam sie vorerst auf kein

Resultat. Doch dann fiel es ihr ein. Es war der Wald, den sie in ihren Träumen sah, die Lichtung, das undurchdringliche Gewirk von Sträuchern auf dem Boden. Valérie wich ein paar Schritte zurück. Es hätte sie nicht gewundert, wenn sie die Geister darin entdeckt hätte, die sie nachts heimsuchten.

Tief durchatmen. Jole sollte nicht merken, was in ihr vorging.

Von Reding öffnete einen Schrank. Valérie sah sich augenblicklich einer Flut von Seidentaft ausgesetzt. Sie griff in den leicht brettigen Stoff, und es schauderte sie. Sie hörte das Rascheln, wenn ihre Hände hineinfuhren. «Gut, das wird ein Abenteuer», versuchte sie zu scherzen. In Wahrheit war sie angespannt, kaum mehr fähig, die Wirklichkeit von der Vision zu trennen. «Dann werde ich mich mal ans Umziehen machen … Wann, hast du gesagt, soll ich unten sein?»

«Du hast Zeit. Die Show beginnt um acht.»

***

«Du wirst es nicht glauben, wo ich mich gerade aufhalte, Katja.»

«Du wirst es mir sicher gleich sagen.»

«In der Herrengasse in Schwyz. Nicht nur das. Ich habe ein Zimmer in einem echten Patrizierhaus. Nebenan liegt ein Badezimmer mit einer frei stehenden Badewanne. Und stell dir vor, das alles während meiner laufenden Ermittlungen.» Valérie seufzte. «Um acht bin ich zu einer Veranstaltung eingeladen, mit Musik und Ballett. Soll sehr sinnlich sein.»

«Das könnte gefährlich werden. Ich kenne dich doch. Hast du nicht Angst, die Kontrolle zu verlieren?»

«Die Staatsanwältin ist hier. Sie ist ein Kontrollfreak. Sie wird mich nicht aus den Augen lassen. Das beruhigt mich ein wenig. Was mich aber aus der Fassung bringt, ist das Waldbild in meinem Zimmer. Es ähnelt dem Wald in meinen Träumen. Ich weiss nicht, was ich davon halten soll. Es kommt mir wie eine Vision vor. Ein Fingerzeig von oben …»

«Pass einfach auf dich auf.»

«Ich werde mir Mühe geben. Ich suche noch immer einen Mörder.»

«Sagte ich doch, deswegen … Ist er eigentlich zurückgekehrt neulich?»

«Der Fremde hat mich einmal fast überfahren. Jetzt suche ich nach einem dunklen Ford Mustang aus den siebziger Jahren.»

«Ein Ford Mustang?»

«Ich erinnere mich an Vaters Kumpel. Der hatte mal so eine ähnliche Karre. Sie stand noch lange in der Garage, als sie den Geist schon aufgegeben hatte.» Valérie stiess Atem aus. «Ich werde mich melden, wenn ich das hier überstanden habe. Umarmung.»

***

Das Herrenhaus barg einige Zimmer und Säle, die man von aussen nicht einmal erahnte. Im Erdgeschoss befand sich ein komplett eingerichteter Theatersaal, der rund siebzig Leuten Platz bot. Mit rotem Samt überzogene Sitze waren im Halbkreis aufgestellt. Einige Gäste hatten sich schon eingefunden, alle maskiert und in barocken Kostümen. Darunter glaubte Valérie den Regierungsrat zu erkennen. Seine feiste Statur war nicht zu übersehen. Die Maske auf seinem Gesicht war ein geradezu lächerliches Requisit. Die andere Hälfte des Saals wurde durch einen schwer fallenden Vorhang verdeckt. Es gab sogar erhöhte Logenplätze, die sich hinter übertrieben verschnörkelten Säulen und Draperien beinahe verbargen. Valérie fand nicht heraus, ob sich dort oben jemand aufhielt. Manchmal hörte sie jedoch ein Lachen aus dieser Richtung. Rot und Gold dominierten. Die dunklen Kronleuchter über den Sitzreihen erzeugten etwas Abgründiges, ebenso die Spiegel in den ebenholzschwarzen Rahmen. Allein die Farbwahl der einzelnen Dekorationselemente liess den Schluss zu, dass es in diesem Saal um weit mehr ging als nur um Theater. Valérie konnte sich nicht vorstellen, dass sich die Leute aus purer Freude am Kostümieren hier eingefunden hatten. Es war, als läge der Reiz des Verbotenen in den schmalen Durchlässen, zwischen den auf Tuchfühlung gehenden Menschen, die sich zwar noch geziert zurückhielten. Aus Scham oder Anstand. Es schien, als würden sie darauf warten, durch einen Gongschlag von ihrer Anspannung erlöst zu werden, ihre Kostüme zu zerreissen und ihren Trieben freien Lauf zu lassen. Noch schwelten ihre Körper im raschelnden Stoff, noch pochten sie vor dem endgültigen Ausbruch, der sich wie die Eruption eines Vulkans anfühlen musste.

Valérie hatte sich nach mehrmaligem Umziehen für ein schmales, ärmelloses schwarzes Kleid entschieden, das von der Hüfte an abwärts leicht ausgestellt war und bis zum Boden reichte. Es hatte etwas Anrüchiges an sich, etwas Teuflisches zugleich. Seidentaft und Spitze harmonierten miteinander. Dazu trug sie Handschuhe bis zu den Ellenbögen. Auf ihren hochgesteckten Haaren einen Hut mit Netzbesatz. Die Halbmaske verfremdete sie so sehr, dass sie ob ihrem eigenen Spiegelbild erschrocken war. Selbst ihre Narbe war nicht mehr sichtbar.

Es beruhigte sie, dass niemand sie erkannte. In einer kleinen Handtasche hatte sie ihr iPhone und den Notizblock verstaut. Wenn es der Sache diente, wollte sie den Abend filmisch und stichwortartig festhalten. Sie suchte nach Jole und erkannte sie, als sie ihr zuwinkte. Sie setzten sich zusammen in die Mitte der hintersten Reihe. Mit ihrem grünen Taftrock sah Jole aus wie Scarlett O'Hara, als Mummy ihr aus dem einzig verbliebenen Vorhang ein Kleid genäht hatte. Nebst der Halbmaske hatte sie sich eine Perücke aufgesetzt, wie die Richter in den USA sie trugen. Hätte es für das schlimmste Kostüm eine Nominierung gegeben, Jole hätte sie bekommen.

Wenn sie flüsterte, musste Valérie sich konzentrieren. Sie verstand wenig, ein paar Wortfetzen. Allem Anschein nach ging es um das bevorstehende Ereignis. Bis zum Beginn der Aufführung füllte sich der Theatersaal.

«Lädt der Panthers Club immer so viele auswärtige Gäste ein?»

«Irgendwie müssen sie das Ganze finanzieren. Der Eintritt ist nicht kostenlos. Man muss da ziemlich etwas hinblättern. Aber Speis und Trank nach der Aufführung sind inbegriffen.» Von Reding schenkte ihr ein Lächeln. «Du bist eingeladen.»

Ein Glockenspiel verkündete die volle Stunde.

Der Vorhang glitt zur Seite. Die Stille im Saal war jetzt fast greifbar. Nur das Bauschen des Stoffes und die Gleiter in den Schienen waren zu vernehmen.

Der Blick wurde frei auf eine Kulisse, die an einen Wald erinnerte. Wie das Bild in Valéries Zimmer. Eine Lichtung, in die die Dämmerung fiel. Ein sanfter Goldton, in dem sich Partikel im Wind bewegten – Schmetterlinge oder Mücken im Sonnenlicht, produziert durch eine Lichtmaschine an der Decke. Ganz vorne auf dem Boden dunkelblauer Stoff als Teich, See oder Ozean. Helle Hügel, kaum vor dem Hintergrund zu erkennen, erst noch starr wie Steine und Muscheln am Meeresstrand. Es waren Frauen. Sie trugen fast nichts. Ihre schmalen Arme und Beine waren verschlungen, als warteten sie darauf, von einem unsichtbaren Meister zum Leben erweckt zu werden.

Dieses Bühnenbild!

Es war Valérie nicht fremd. Sie erinnerte sich plötzlich, wo sie es zum ersten Mal gesehen hatte. In Bayreuth war es gewesen, ganz am Anfang ihrer Ehe mit Willy Lehmann. Zum ersten Mal war sie in der Oper gewesen. Damals hatte sie ihre Obsession entdeckt. Ihre Liebe zur klassischen Musik.

Daraus waren Liebesnächte entstanden. Wilde, orgiastische Momente, in denen sie sich selbst verlor. Mit Willy hatte sie experimentiert, mit ihm Grenzen überschritten, die sie danach nie mehr überschritten hatte. Die Sehnsucht danach erfüllte sie noch heute. Das Liebeselixier war zu Gift geworden, die Liebe hatte sich in Hass verwandelt.

Die Musik war geblieben.

Erste Anzeichen von Kribbeln in ihren Fingern.

Aus unsichtbaren Lautsprechern ertönten sphärische Klänge. Violine in ihrer ursprünglichsten Form. Es war, als würden die Virtuosen über die Saiten streicheln, aufseufzen, als berührte der zarte Ton ihre Seele. Fast zeitgleich bewegten sich die hellen Hügel auf der Bühne. Die Steine und Muscheln wurden lebendig. Sie erhoben sich, streckten sich, entfalteten sich zaghaft. Schwäne entstiegen dem Wasser. Filigrane Frauenkörper in der sich steigernden Dramaturgie der Musik.

Valérie atmete tief und schwer. Ihr Herz pochte gegen die Rippen. Das Kribbeln breitete sich über ihre Handflächen aus.

Wie sie tanzten. Anmutig, würdevoll, vielleicht ein Patzer zwischendurch, nur durch das geübte Auge zu erkennen. Schlanke Körper, verlockende Bewegungen. Blosse Haut, die in sich wechselnden Lichttönen silbern, weiss oder rosafarben schimmerte. Blanke Brüste, die der Schwerkraft trotzten. Endlos lange Beine, die aus einem Federnkleid zu wachsen schienen.

Ein Seufzen verbreitete sich im Saal.

Und diese Musik.

Die Melodie schwoll langsam an. Valérie spürte, wie sich ihr Körper verkrampfte. Sie versuchte verzweifelt, sich zu beherrschen. Der unterdrückte Schrei in ihrer Kehle drohte zu entarten, laut zu werden. Laut wie die Musik, die sich dem Höhepunkt näherte, dem Ausbruch der Instrumente. Valérie sah die Saiten zerfleddern, das Einfliessen der Celli, der Oboen und Hörner, den Aufschlag der Pauke. Sie griff nach Joles Arm zu ihrer Linken, krallte sich mit spitzen Fingern in das Fleisch. Sie warf ihren Kopf in ihre Richtung. Glaubte, zu explodieren. Und gleichzeitig in ihrem Wahn unterzugehen.

«Was ist! Was hast du? Valérie, um Gottes willen …»

Valérie erhob sich. Wie von Sinnen, schwankend, ihrer nicht mehr Meister, rannte sie Richtung Ausgang. Raunen hinter ihrem Rücken, Ausrufe des Unverständnisses. Die Leute fühlten sich durch sie gestört. Sie riss die Tür auf, stürzte ins Foyer. Die abschwellenden Klänge der Streichinstrumente verfolgten sie, bis sie die Tür geschlossen hatte. Erst jetzt kam sie ein wenig zur Ruhe. Sie lehnte sich an die kühle Wand. Kalter Schweiss drang aus ihren Poren.

Von Reding fand sie wenig später in einem ergreifenden Zustand. «Was war denn das?»

Valérie zitterte wie Espenlaub. «Du hast es gewusst! Verdammt, Jole, du hast es gewusst. Du hast es schon immer gewusst. Du hast sadistische Züge …» Valérie riss sich erst jetzt die Halbmaske vom Gesicht. Darunter erschienen ihre Augen gross, glasig und fremd.

«Was hätte ich wissen müssen?»

«Dass es da einen Zusammenhang gibt. Der Panthers Club, diese Vorführung, die Musik, das Ballett … es ist ‹Lohengrin› …

die Schwäne, die verzauberten Schwäne, eine andere Interpretation mit den Frauen … nicht ‹Tannhäuser›. Aber beides sind Opern von Richard Wagner. Du hast meinen Bericht über den Tatort gelesen. Darin habe ich die beiden CDs erwähnt. Die beiden Scheiben, die bei den Opfern gefunden wurden. Und jetzt lädst du mich hierher ein. Ich gehe davon aus, absichtlich. Ich soll die eigenen Schlüsse daraus ziehen … so ist es doch.» Valérie sank in sich zusammen.

«Valérie, glaube mir, ich hatte überhaupt keine Absichten. Ich bin völlig vor den Kopf gestossen. Ich weiss nicht, wie ich dir helfen kann.»

Valéries Körper schüttelte sich durch. Sie hielt die Hände vors Gesicht.

Von Reding fasste sie an den Schultern. «Lass mich raten: Du drehst durch, wenn du Wagner hörst. Ist es das? Du gerätst in Ekstase …»

Valérie schluchzte. «Und diese Stimmung dort im Saal, auf der Bühne, die nackten Frauenkörper im Schwanengewand.» Valérie deutete verzweifelt in die Richtung der Tür. «Du hast es gewusst …»

«Hast du das schon einmal mit einem Psychiater besprochen? Du bist ja völlig traumatisiert.»

«Der würde mir nur wieder Medikamente verschreiben. Ich will mich aber nicht mit Chemie vollstopfen. Ich dachte, es gehe von alleine weg … Ich habe die Geister der Vergangenheit verdrängt. Jetzt sind sie zurück, mehr denn je …»

«Erkläre mir, wie sich das äussert», bat von Reding und führte Valérie zu einem Tisch.

«Willst du es wirklich wissen?»

«Ich versuche es zu verstehen. Komm, setz dich hierhin.» Sie schob ihr einen Stuhl unter.

Valérie schniefte. «Ich gerate tatsächlich in Ekstase. Aber ich brauche dazu kein Publikum. Verstehst du? Kein Publikum!»

«Aber das ist doch wunderbar.» Von Reding atmete auf. «Es gibt eine Menge Leute, die nehmen Drogen, um diesen Zustand zu erreichen. Das ist ja fast wie ein Geschenk.»

«Du machst dich über mich lustig.» Valérie sog tief Luft ein.

Allmählich erholte sie sich und versuchte nun, ihre Reaktion zu analysieren. «Manchmal frage ich mich, ob all das mit mir zu tun hat. Seit ich an diesem Fall arbeite, werde ich immer wieder mit meiner Vergangenheit konfrontiert. Ich werde beobachtet. Man verfolgt mich in einem Auto, das ich aus meiner Jugend kenne. Ich treffe auf den Komponisten, für dessen Musik ich sterben würde. Jemand muss davon Wind bekommen haben und will mich fertigmachen. Erinnerst du dich an die SMS, die du danach vernichtet hast? Vielleicht hättest du es nicht tun dürfen. Du hättest dem nachgehen müssen.»

«Warum beziehst du denn alles auf dich? Es könnte doch auch nur Zufall sein. Denk darüber nach.» Von Reding reichte ihr ein Glas Wasser. «Stell dich mal in den Schatten. Versuche, die Ereignisse neutral anzugehen.»

«Du hast recht. Ich habe wahrscheinlich überreagiert.» Valérie spürte wieder Boden unter sich. Sie sah ein, dass sie sich Jole gegenüber nie ganz würde öffnen können. Sie kannte sie zu wenig gut. Ihre anfängliche Vertrautheit war weggepustet wie Sand auf der Hand, wenn der Wind ihn wegbläst. «Aber es kommt einfach so über mich», endete sie mit leiser Stimme.

«Willst du den ersten Akt von ‹Lohengrin› nicht zu Ende sehen?»

«Nein.» Valérie dachte nach. Sollte es nicht um sie gehen, dann hatte sie etwas komplett übersehen. Sie resümierte: «Am Tatort wird Wagners ‹Tannhäuser› hinterlegt. Eine Woche später höre ich Wagners ‹Lohengrin› in der Herrengasse.» Auf einmal stutzte sie. «Moment … Jole, du warst doch schon oft an ihren Vorstellungen. Worum ging es da eigentlich? Gibt es immer irgendwelche Opern oder Ballette?»

«Ja, es ist immer etwas Klassisches dabei. Aber ich kenne mich da nicht so aus. Das musst du mir glauben.»

Valérie bezweifelte es. «In der Nacht, als Heinzer umgebracht wurde, traf sich der Panthers Club auch zu einer Veranstaltung. Das wissen wir von einem Zeugen. Ist es möglich, dass damals das zweite Stück im ersten Akt von ‹Tannhäuser› gespielt wurde?»

«Darüber könnte dir der Präsident des Clubs Auskunft geben.»

«Du meinst Martin Betschart.» Valérie hatte sich wieder ganz im Griff. «Er sitzt dort drin. Ist nicht zu übersehen. Eines verstehe ich nicht. Du hast die ganze Zeit gewusst, dass dieser Club existiert und dass sie Frauen von WOP kommen lassen. Du hast meine Tagesrapporte gelesen und mich mit keiner Silbe darüber aufgeklärt.»

«Doch habe ich.»

«Aber ganz vage. Wegen Befangenheit … Und trotzdem stehst du mir wie eine Ermittlungsrichterin zur Seite. Hast du Angst, dass Fischbacher dich vom Fall entbindet?»

«Das kann er nicht. Wie weit ich in der Sache stecke, wenn man es so benennen will, weisst nur du. Du ermittelst, und ich halte dir den Rücken frei … schon vergessen?»

«Sag mir, dass du nichts damit zu tun hast.»

«Mit Mord?»

«Du weisst, was ich meine. Deckst du jemanden?»

«Nein.»

«Gut, dann sorge dafür, dass ich bei Betschart noch einmal eine Audienz erhalte. Er müsste eigentlich denken, dass er selbst in Gefahr schwebt, nachdem zwei seiner Clubmitglieder getötet wurden.»

«Ich kenne ihn. Er ist sich seiner Sache sehr sicher. Er lebt für seine Ämter.»

«Und für das hier!»

«Gut möglich.»

«Ist er pervers?»

«Diese Frage kann ich dir nicht beantworten. Im Grunde genommen sind wir doch alle pervers. Wir können gar nicht anders als abartig sein. Es geht dabei immer um Macht und Geld. Aber was das antreibt, ist letztendlich die Sexualität. Die pervertierte Sexualität. Wir haben keine gesunde Einstellung mehr zu unseren Sinnesfreuden. Wir sind überreizt von Eindrücken, von Bildern. Für eine befriedigende Sexualität brauchen wir immer mehr Reize … oder glauben es zumindest.»

Valérie wollte sich nicht dazu äussern. «Wie geht es seiner Frau? Ich sah sie letzthin vor der Kirche. Sie machen auf heile Welt. Aber in Wahrheit zermürben sie sich gegenseitig.»

«Sie tun das, was das Stimmvolk von ihnen sehen will. Sie müssen eine Vorbildfunktion haben.»

«Mit dem Panthers Club?» Valérie verzog ihr Gesicht zu einer Grimasse.

«Das weiss zum Glück niemand.»

«Vielleicht ist der Täter in der eigenen Reihe zu finden.»

«Und wir werden ihn aufstöbern. Du musst dich zusammenreissen und den Tanz zu Ende ansehen», schlug von Reding vor. «Wir gehen jetzt wieder in den Theatersaal und setzen uns auf unsere Plätze.»

***

Nicht die ganze Oper. Diese hätte dreieinhalb Stunden gedauert. Valérie hatte die Maske wieder aufgesetzt. Bevor sie sich zu erkennen gäbe, müsste sie ihr Make-up auffrischen. Aber sie dachte nicht daran, ihre Identität zu verraten. Unter der Maske fühlte sie sich sicher.

Sie war froh, dass der Akt bald zu Ende ging. Sie betrachtete die Szene jetzt mit der Nüchternheit der Ermittlerin. Die Schwäne sahen sehr ästhetisch aus. Ein zartes Federnkleid bedeckte ihre blossen Körper. Wenn man genau hinsah, erkannte man das Laienhafte. Ihre Muskeln waren zu wenig gespannt, die Körper nicht durchgestreckt, und von einer perfekten Choreografie hatten sie die gleiche Ahnung wie ein Hase vom Schlittschuhlaufen. Jole verstand wahrscheinlich selbst nicht viel davon. Es war eine Frage der Perspektive, den Tanz als vollkommen zu betrachten.

Von der hintersten Reihe aus hatte Valérie die Gäste vor sich im Visier. Sie fand nicht heraus, was diese gespielte Anonymität bezweckte. Ob sie der Luststeigerung diente? In die Reihen war Bewegung gekommen. Nicht nur die Männer, auch die Frauen wurden zusehends unruhiger. Es war nur nicht klar, ob sie beim Glotzen bleiben würden, sich heimlich befriedigten, nach der Vorstellung ihre Muse noch trafen oder sich untereinander mischten.

Valérie hatte sich wieder unter Kontrolle. Die Frauen auf der

Bühne liessen sie komplett kalt. Die Musik hatte ihre Wirkung auf sie verloren. Ihre Gedanken waren ganz woanders.

Tuzzi und Heinzer waren hier gewesen.

Tuzzi hatte mit Astrid geschlafen. Auch Heinzer war mit ihr im Bett gewesen.

Von den Befragten wussten nur die Mitglieder des Panthers Club, was genau an der Herrengasse geschah. Louis' Befragungen zufolge war einer unter ihnen ein Verfechter der alten Sitte. Vielleicht ein Moralapostel im Sündenpfuhl der Ungläubigen, der seine Mitmenschen befreite oder bestrafte, indem er sie umbrachte.

Valérie kannte den Namen: Jakob Reichmuth. Im Gegensatz zu seinen Kollegen lebte er die christlichen Werte des Abendlandes. Er war unter dem Vorwand falscher Tatsachen zum Club gekommen. Oder aus Nichtwissen. Ein Austritt war für ihn nicht möglich, weil er sich nicht zum Aussenseiter degradieren wollte.

Plötzlich gab es drei Verdächtige. Das Motiv, sofern sie davon ausgehen konnte, war aber bei allen grundlegend anders.

Astrid Ackermann hatte aus Liebe getötet. Vom Spiel zum bitteren Ernst war es nicht weit. Vielleicht war es letztendlich ein Unfall gewesen und alles andere Zufall.

Falls Ronald Ackermann getötet hatte, dann aus Eifersucht, Verzweiflung, Hass. Er hatte Astrid in flagranti ertappt, seine Sicherungen brannten durch, das Messer lag griffbereit.

Oder Jakob Reichmuth hatte sowohl Tuzzi als auch Heinzer getötet. Motiv: göttliche Strafe. Er sah sich als eine Art rechte Hand Gottes.

War er labil? Sie hatte ihn noch nicht persönlich gesprochen. Alles, was sie über ihn wusste, hatte sie von Louis' Bericht. Aber einen krankhaften Fundamentalismus konnte sie sich bei ihm nicht vorstellen.

War sie also wieder bei der Stunde null angelangt?

Sie schrak aus ihren Gedanken, als die Gäste applaudierten. Die Protagonistinnen traten alle noch einmal auf die Bühne. In der Zwischenzeit hatten sie sich umgezogen. Sie trugen jetzt aufreizende Unterwäsche mit barockem Touch. Viel Spitze und Rüschen. Die Signalwirkung war nicht zu übersehen.

Allmählich leerte sich der Theatersaal, das Foyer füllte sich. Es gab Champagner in Hülle und Fülle und von einem Catering aphrodisierende Häppchen aus gebackenen Feigen mit Ziegenkäse über Granatäpfel bis zu dunklem Schokoladenschaum.

Valérie stellte sich an einen der Stehtische und beobachtete das Treiben. Es hatten sich kleine Gruppen gebildet. Ein paar Männer eroberten gleich drei Tische und diskutierten heftig, während sich andere dezent zurückzogen und es sich auf den barocken Sofas bequem machten. Valérie erkannte unter ihnen den Regierungsrat wieder. Ausser Zweifel war er es. Sein Charisma war trotz seiner Maskierung zu spüren. Er setzte sich als Einziger auf einen Sessel mit Goldfüssen. Er blieb nicht lange allein. Gleich war er umringt von drei Schönheiten, die ihn alle auf einmal bezirzten und begrapschten. Betschart genoss es offensichtlich. Er liess es sogar zu, dass man ihm aus der Jacke half. Wenig später verschwand das Quartett hinter dem Bühnenvorhang.

Von Reding hatte wissentlich ihre Hände mit im Spiel. Stellte sich die Frage, ob das unter private Angelegenheiten ging und wo sich privat und beruflich überschnitt. Eigentlich hat man als Staatsanwältin kein Privatleben, überlegte sich Valérie. Sie stand in der Öffentlichkeit und im Fokus der Medien. Ausser sie hatte die Begabung, das Private hinter dicken Mauern zu verstecken.

Hinter den Mauern in der Herrengasse.

Sie kam mit zwei Gläsern Champagner zurück. Sie hatte Maske und Perücke nicht abgelegt. «Die meisten würden mich hier wahrscheinlich kennen», sagte sie, was Valéries Vermutungen gleich im Keim erstickte.

«Du vermietest auch Zimmer?»

«Nein.» Von Redings Augen blitzten durch die Schlitze ihrer Halbmaske. «Ich glaube, du verwechselst da etwas. Ich habe keinen Puff.»

«Betschart wurde gerade hinter die Bühne begleitet, apropos Begleitservice.»

«Ja und? Das geht mich nichts an.»

«Ich habe das ungute Gefühl, dass ich ihn beschützen müsste. Drei Frauen auf einmal … das kann nicht gut gehen. Es könnte sein, dass der Mörder oder in diesem Fall die Mörderin unter den Escort-Frauen zu suchen ist.»

«Niemals!» Von Reding setzte ein geheimnisvolles Lächeln auf. «Niemals ...»

«Kennst du sie persönlich?»

«Wie man's nimmt.»

«Hast du ihre Dienste auch schon einmal beansprucht?» Valérie wusste, dass sie mit dieser Bemerkung fehl am Platz war.

«Ich habe mal mit dem Gedanken gespielt.» Von Reding verdrehte ihre Augen. «... und den Gedanken dann umgesetzt. Ich habe auch so meine Neigungen.»

Valérie wich einen Schritt zurück. Die Affäre mit Heinzer verlor plötzlich ihre Bedeutung. Jole liebte auch Frauen, wenn sie die soeben gehörte Bemerkung richtig verstanden hatte.

Machte sie das nicht auch verdächtig?

Valérie wusste nicht mehr, was sie glauben sollte und was nicht. Sie fühlte sich auf einmal unwohl. Die schwülstige Atmosphäre wurde ihr zu viel. Das Kichern der Anwesenden. Die schweren Gerüche.

Und jetzt das noch: Jole gab sich als Bisexuelle zu erkennen. Sie hätte es wahrscheinlich nie getan, wenn sie nüchtern gewesen wäre. Der Alkohol hatte ihre Zunge gelöst, dem Redefluss freien Lauf gelassen.

Valéries Kleider lagen noch oben im Zimmer unter dem Dach. Sie hatte kein Bedürfnis, noch einmal hochzugehen. Eine latente Furcht schwebte über ihr. Die Furcht vor Jole, die die Gunst der Stunde dafür nutzen könnte, die Erotik zwischen ihnen zu wecken. Nur der Gedanke daran liess Valérie schaudern. Aber wie brachte sie Jole los, die wie eine Klette an ihr hing?

Valérie warf einen Blick auf ihre Armbanduhr. Es war erst elf.

Von Reding hatte ihre Unsicherheit bemerkt. «Du willst schon gehen?»

«Ja, sollte ich. Ich habe morgen wieder einen harten Tag und muss den Kopf beieinanderhaben. Ich hoffe, du verstehst es.»

«Die Nacht ist noch jung. Aber zurückhalten kann ich dich nicht. Soll ich dir ein Taxi rufen?»

«Nicht nötig, mein Wagen steht unten.»

Was hatte Jole vor? Es fiel ihr offenbar leicht, sie einfach gehen zu lassen. Würde sie dann ihren eigenen Lastern frönen können?

«Ich meine wegen des Alkohols. Die Schwyzer Polizei ist omnipräsent, wenn es darum geht, Blaufahrer aus dem Verkehr zu ziehen. Vom Donnerstagabend bis Sonntagabend halten sie im Gebiet um den Dorfplatz Stellung.»

Valérie beugte sich über die kleine Frau im Scarlett-Rock. Sie musste sich überwinden, um sie auf die Maske zu küssen. «Danke für alles.»

ELF

Wie immer war die Einsatzzentrale auf der Kantonspolizei Schwyz mit drei Mann besetzt. Die Nacht war ruhig. Bis jetzt hatte die Patrouille ein einziges Mal ausrücken müssen, aufgrund einer Schlägerei in der Mything-Bar. Daniel Christen sass vor den Monitoren der Kameraüberwachungen. Drei verschiedene Strassenabschnitte und der Mositunnel an der Axenstrasse zeigten ein geringes Verkehrsaufkommen. Christen hielt sich mit Kaffee wach, während seine Kollegen Villiger und Reichlin hinter ihm in ein angeregtes Gespräch über die Champions League vertieft waren.

Um ein Uhr achtundvierzig klingelte das Telefon. «Kantonspolizei Schwyz, Daniel Christen.»

«Ist hier die Polizei?»

Christen musste sich anstrengen, um die eingeschüchtert klingende Frau zu verstehen.

«Sie sind mit dem Notruf der Schwyzer Kantonspolizei verbunden. Was kann ich für Sie tun?»

«Ich glaube … mein Mann … ist …» Die Stimme stockte. «Man hat ihn … umgebracht …»

«Wie ist Ihr Name, und von wo aus rufen Sie an?» Vergeblich suchte Christen auf der Station nach Namen und Adresse der eingehenden Nummer. Die Frau rief von ihrem Mobiltelefon aus an.

«Bitte … kommen Sie sofort. Ich … weiss nicht, was ich … machen soll.»

«Sie müssen mir sagen, wo Sie sind.» Christen wurde ungeduldig. Er deckte die Muschel mit der Hand zu und wandte sich an seine Kollegen hinter ihm. «Könnt ihr mal den Standort ausfindig machen? Die Anruferin will mir nicht sagen, wo sie sich aufhält. Hier ist die Nummer.» Christen hatte sie schnell auf einen Notizblock notiert.

«Hallo?», tönte es zögerlich aus dem Telefon.

«Ja, ich höre Sie. Sie müssen mir sagen, wo Sie sich befinden.»

«Zu Hause … im Schlafzimmer. Mein Mann … es ist so schrecklich …»

«Jetzt beruhigen Sie sich. Wir werden gleich eine Patrouille zu Ihnen schicken. Aber geben Sie mir bitte Ihre Adresse an!» Christen wandte sich erneut an seine Kollegen. «Habt ihr schon etwas?»

«Grossraum Schwyz», kam es zurück.

«Kannst du's nicht eingrenzen?»

«Ganz in unserer Nähe», sagte Reichlin.

«Teilen Sie mir Ihren Namen mit.» Christens Stimme hatte an Resonanz zugelegt.

«Betschart, Frau Betschart …»

«Betschart», wiederholte Christen an Reichlin gewandt. «Sie heisst Betschart.»

«Ja toll, über hundertfünfzig Einträge allein in Schwyz. Geht's nicht genauer?»

«Frau Betschart!» Christen versuchte es aufs Neue. «Wo wohnen Sie? Und wie heisst Ihr Mann?»

«An der St. Martinsstrasse, mein Mann ist tot …»

«Wir werden gleich jemanden vorbeischicken. Bleiben Sie bitte im Haus, bis wir vor Ort sind.» Dann vernahm er nur noch das Freizeichen. Er drehte sich zu Reichlin um. «Weisst du, wo die uniformierte Patrouille sich gerade aufhält?»

Reichlin checkte deren Standort auf seiner Station. «Auf dem Hauptplatz. Soll ich sie mobilisieren?»

«Ja bitte, schick sie in die St. Martinsstrasse …» Er nannte die Nummer.

«In die St. Martinsstrasse? Wohnt dort nicht Regierungsrat Betschart?»

Christen quittierte dies mit einem «Huere Siech!».

***

Das Bett hatte amerikanische Dimensionen. Zwei übereinandergelegte Matratzen und Volants, mindestens vier Kissen und zwei schwere Duvets lagen unter einem Baldachin mit Blumenmuster und mittendrin eine nackte männliche Leiche. Überall waren Blut, Urin und Kot.

Die Techniker hatten sich im Zimmer verteilt, nachdem sie die ersten Spuren gesichert hatten. Dr. Stieffel untersuchte den Leichnam. Valérie stand konsterniert im Raum. Sie war unfähig, einen klaren Gedanken zu fassen. Erst noch hatte sie Martin Betschart beobachtet, wie er mit den drei Frauen des Begleitservices hinter den Vorhang ging. Das letzte Bild von ihm hatte sich ihr eingeprägt. Jetzt lag er hier und rührte sich nicht mehr.

Sie hatte noch nie in ihrem Leben einen so entsetzlich zugerichteten Toten gesehen. Seine Hände waren mit zwei Bändern an den Bettpfosten gebunden. Er sah wie gekreuzigt aus. Am Hals klafften mehrere tiefe Wunden. Das Blut war bereits geronnen, der Körper aufgedunsen und schwammig. Wie er dalag, glich er einem Sumoringer nach einem verlorenen Kampf. Seine Brüste waren zur Seite gerutscht. Im spärlichen Brusthaar klebte Blut, das aus der Halsschlagader gespritzt war. Der Tod entlarvte eine bedauernswerte Seite des Regierungsrats. Aber da war noch etwas anderes, Fremdes, das Valérie irritierte und gleichzeitig abstiess. Sein Gesicht schien entstellt. Das linke Auge glich einem blutigen Krater, wobei aus dem rechten der Augapfel quoll wie eine schlüpfrige gräuliche Kugel, an der Sehnen zu erkennen waren.

«Was geht dir durch den Kopf?» Louis hatte sich neben sie gestellt. «Glaubst du, wir hätten das hier verhindern können?»

«Verdammt, wenn ich das wüsste. Irgendetwas haben wir übersehen.» Valérie glaubte, eine innere, heftige Vibration wahrzunehmen, die sich wie ein Surren anfühlte, als stünde sie unter Starkstrom. Es war nicht das erste Mal, dass ihr Körper dermassen heftig reagierte. Sie atmete tief durch. «Was ist mit seinen Augen?»

Louis stiess Luft aus. «Zwinge mich nicht, dort hinzusehen. Frag Stieffel. Der kann dir darüber Auskunft geben.»

Valérie wandte sich von der Leiche ab. Vielleicht hätte sie es verhindern können, wenn sie ihren Vorsatz in die Tat umgesetzt hätte und Betschart hinter den Vorhang gefolgt wäre. Aber zwischen Wollen und Nichttun lag eine tiefe Kluft. Es hatten noch andere Faktoren mitgespielt. Sie war nicht dort gewesen, um die Mitglieder des Panthers Club in ihrem Schäferstündchen zu stören. Der Kreis der Verdächtigen hatte sich aber Schlag auf Schlag vergrössert. Valérie war sich bewusst, dass sie in dieser

Hinsicht einiges versäumt hatte – unter anderem die Befragung der WOP-Frauen.

Erst jetzt sah sie sich im Schlafzimmer um. Sie konnte es sich schwerlich vorstellen, dass Betschart Freude an diesem verschnörkelten Bett gehabt hatte. Die Zeit schien hier stehen geblieben zu sein. Der Schrank war mit einem Intarsienmuster üppig verziert. Familienfotos in goldfarbenen Holzrahmen bedeckten die Wände. Valérie sah sich die Fotos an. Auf jedem posierte Betschart, allein oder mit seinen Söhnen. Manchmal stand er neben seiner Frau, die ob der Fülle seines Körpers jedoch komplett unterging. Betschart vor dem Bundeshaus in Bern. Betschart vor dem Rathaus in Schwyz. Betschart vor dem «Ochsen». Betschart in einer Gruppe von Männern. «Das nehme ich mit.» Valérie nahm das Bild von der Wand und betrachtete die Gesichter auf dem Foto. Sie erkannte Heinzer und Tuzzi. Die andern Männer waren ihr bis auf einen fremd. Sie hatte ihn gestern in der Herrengasse gesehen. Sie fuhr mit dem Finger über sein Gesicht.

«Das ist Markus Suter, der Architekt.» Louis sah Valérie über die Schultern. Er deutete auf einen kahlen Schädel. «Und der dort ist der pensionierte Bäckermeister Ernst Arnold. Ich erinnere mich an ihn, weil wir als Schüler immer frische Mutschli direkt aus der Backstube abholen durften.»

Valérie reichte ihm den Bilderrahmen. «Sei so gut und notiere alle Namen. Du kennst sie doch, oder?»

Sie wandte sich an den Gerichtsmediziner, der aus dem nebenan liegenden Badezimmer zurückgekehrt war. Sie fragte sich, weshalb er seine Arbeit unterbrochen hatte. Das war ihr schon am letzten Tatort aufgefallen. Sie liess ihm etwas Zeit. Stieffel machte sich gerade daran, mit einer Infrarotlampe den Unterleib des Toten zu inspizieren.

«Wie weit sind Sie?»

«Ah, Frau Oberleutnant.» Er sah auf, taxierte sie mit einem freundlichen Blick und erinnerte sie mit einem Satz daran, dass sie ihm ein Mittagessen versprochen hatte.

Valérie ging nicht darauf ein.

Stieffel nickte mit zusammengekniffenem Mund. Erst dann beantwortete er ihre Frage. «Jegliche Form von Ausscheidungen, wobei die Spermaflecke hier …», er wies auf den Bauch, «der Konsistenz zu urteilen nach, zuerst da waren.»

«Das Opfer hatte also vor seinem gewaltsamen Tod Geschlechtsverkehr?», fragte Valérie.

«Das dürfte allerdings schwierig gewesen sein.»

«Sie meinen wegen der Anatomie?» Valérie beugte sich ein wenig über den fast haarlosen Fleischberg. «Kleinwüchsig, würde ich sagen.»

«So kann man es auch nennen.»

«Also gleiche Vorgehensweise wie bei Heinzer», folgerte sie. «Der Mann lässt sich fesseln. Die Gespielin befriedigt ihn und verduftet. Oder sie befriedigt ihn, während der Täter bereits mit dem Messer darauf wartet, zuzustechen.» Sie zögerte, bevor sie auf die Augen des Opfers deutete. «Was ist da passiert?»

«Die Augen wurden gewaltsam nach innen gedrückt.»

«Mit blossen Händen?»

«Das kann ich erst nach der Legalinspektion hundertprozentig sagen.»

«Das ist neu.» Valérie dachte darüber nach, was ausschlaggebend gewesen sein könnte. Es hatte dem Täter nicht gereicht, sein Opfer aufzuschlitzen. Er hatte ihm das Augenlicht genommen. «Geschah das mit den Augen vor oder nach seinem Tod?» Vor dem Tod hätte ihrer Meinung nach einen Sinn ergeben. Dann nämlich, wenn der Mörder hatte verhindern wollen, dass das Opfer dabei zusah, wie es verstümmelt wurde.

«Sie müssen die Autopsie abwarten. Ich muss den Leichnam zuerst öffnen.»

Warten. Warten. Immer nur warten. Sie hatte die Geduld nicht.

«Hat sich das Opfer gewehrt?»

«Nicht wirklich. Aber das liegt daran, dass seine Hände angebunden waren. Und er dürfte zu schwer gewesen sein, um sich in Rückenlage mit den Beinen zu wehren. Seine Muskulatur ist nur gerade so gut ausgebildet, dass er stehen konnte. Wenn er gewichtsmässig so weitergemacht hätte, wäre er in ein paar Jahren im Rollstuhl gelandet.»

«Dieses Problem hat er nun nicht mehr.»

Stieffel nickte wortlos.

«Dann hat man ihm die Augen vielleicht nach dem Tod eingedrückt», folgerte Valérie. «Was will der Mörder uns damit sagen?»

«Das übertrifft meine Kompetenz.» Stieffel richtete sich auf. «Diese Frage kann Ihnen bestimmt ein Psychologe beantworten.»

Valérie bedankte sich. Sie wandte sich vom Arzt ab und warf einen Blick in die Runde. «Hat man einen CD-Player gefunden?»

«Nein», sagte Louis. «Bis jetzt nicht.»

«Doch.» Einer der Techniker reichte ihr eine Scheibe. «Hier, diese CD lag in seiner Musikanlage.»

Valérie zog sich Vinylhandschuhe an und nahm die CD entgegen. Sie hielt einen bespielten Rohling in der Hand. «Hat jemand zufällig einen Laptop hier?»

«Warum denn? Spielen wir die Scheibe doch gleich in der Stereoanlage ab», sagte Louis, der sich in der Zwischenzeit aufmerksamer umgesehen hatte. «Ich habe die Anlage gesehen. Eine von B & O. Ich müsste drei Monatslöhne hinblättern, um mir eine solche leisten zu können. Es gibt Leute, die können so etwas aus der Portokasse bezahlen.»

«Das nützt einem auch nichts mehr, wenn man tot ist», meinte Fabia, die gerade ins Schlafzimmer kam.

Die Musikanlage hatte ihren Platz neben einer antiken Truhe. Es war ein Chromstahlturm, in den man sechs CDs auf einmal einlegen konnte. Offensichtlich das einzig Moderne in diesem Zimmer. Louis öffnete mittels Knopfdruck eine Glasscheibe. Er schob die CD ein.

Valérie stand daneben. Sie ahnte, was kommen würde. «Lohengrin», vermutete sie, nachdem der letzte Abend dieser Oper gewidmet gewesen war. Vielleicht war das wirklich eine Art Symbol, die der Täter jeweils zurückliess. Eine Warnung an alle andern, die sich den sinnlichen Genüssen hingaben. Letztendlich musste es jemand sein, der sich in Joles Haus aufgehalten hatte. Ein Psychopath, der sich zu verstellen wusste. Vielleicht war er mit den andern Gästen am Stehtisch gestanden und hatte nach den Häppchen und dem Champagner gegriffen, während er sich einen weiteren Mord ausdachte. Vielleicht hatte er es schon vor Beginn der Vorführung auf Betschart abgesehen und die WOP-Frauen dazu ermuntert, ihn zu verführen, damit seine Tat gerechtfertigt war. Sie musste unbedingt mit den Frauen reden.

Louis stellte die Musik an und drehte die Lautstärke auf.

Valérie spürte augenblicklich den Schmerz in ihrer Brust. «Geliebter, sag, wo weilt dein Sinn», sagte sie mit brüchiger Stimme.

«Ja, das frage ich mich auch», meinte Louis trocken.

«‹Tannhäuser›, ein Stück aus dem ersten Akt!» Valérie fröstelte. Es fühlte sich an, als stünde sie auf einer Insel inmitten des Eismeeres, wo eine eiskalte Wassermasse sie umwogte. Ihre Interpretation löste sich in Luft auf.

«Tannhäuser» und nicht «Lohengrin»!

Dass die Morde etwas mit den erotischen Tänzen zu tun hatten, musste sie vorerst verwerfen. Es zielte auf sie ab. Auf sie persönlich. «Was hat das zu bedeuten?» Sie stampfte wie ein trotziges Kind auf den Boden.

«Ist alles in Ordnung?» Louis klang besorgt.

«Entschuldige.» Sie fasste sich wieder. «Das ist unheimlich, abgefahren … das geht nicht mehr mit rechten Dingen zu …» Sie wollte ihre Vermutung nicht preisgeben. Aber sie war sich sicher, dass ihr Leben ebenfalls in Gefahr war. «Ich muss mit der Frau des Toten reden. Wo befindet sich Marta Betschart jetzt?»

«Sie wurde von der Ambulanz abgeholt. Sie hat das nicht verkraftet.»

«Gibt es sonst noch Angehörige ausser den zwei Söhnen? Und wo sind die jetzt?» Valérie redete wie in Trance. Sie hatte keine Ahnung, weshalb sie diese Fragen stellte. Sie machten keinen Sinn mehr. Es ging um sie.

«Die Söhne studieren an der Harvard-Universität in Boston.»

«Verwandte?» Jemand brachte die Schwyzer Obrigkeit um, um sie – Valérie – fertigzumachen. Jemand, der genau darüber Bescheid gewusst hatte, an welchem Tag sie bei der Polizei anfangen würde. Tuzzi war vier Tage davor gestorben.

«Ein Bruder. Er ist emeritierter Mönch vom Kloster Einsiedeln und lebt heute auf der Alp Krummfluh.»

«Und das weisst du so genau?» Es ging um sie.

«Ich bin in Schwyz aufgewachsen und hier zur Schule gegangen.» Louis zögerte. «Mein Vater ist Gersauer. Als er meine Mutter geheiratet hatte, zogen sie hierher.»

Valérie schüttelte sich wie ein nasser Pudel, als würde sie ihre abstrusen Gedanken von sich abwerfen können. Sie musste sich jetzt zusammenreissen. Sie hatte einen weiteren Mord aufzuklären. «Und du hattest nie Probleme?»

«Womit?» Louis sah sie mit gerunzelter Stirn an.

«Mit deiner Hautfarbe?»

«Sie nannten mich immer ‹Tom Yam Gung›. Das ist Thai, und so heisst die thailändische Nationalsuppe.»

Valérie stiess ihn in die Seite. «Wir sollten weitermachen. Wo steckt eigentlich Fischbacher?»

«In Basel. Aber er soll auf dem Weg hierher sein.»

«Valérie? Kann ich dich sprechen?» Die Stimme kam vom Eingang her. Jole von Reding trat ins Zimmer. Sie hatte sich zu ihrem Kleid Pumps angezogen. Trotzdem war sie noch immer einen halben Kopf kleiner als Valérie. Sie streifte sich Vinylhandschuhe ab. «Ich nehme an, man braucht dich nicht unbedingt im Schlafzimmer.»

Valérie reagierte mit Verärgerung. Warum brachte sie das Gefühl nicht los, Jole wolle ihr dauernd dreinreden? «Ja, was ist?», fragte sie spitz. Zudem stand der gestrige Abend noch immer zwischen ihnen. Er hatte zwar besser geendet als begonnen. Aber so viel Nähe vertrug Valérie nicht. «Gehen wir ins Parterre.»

«Warst du bis jetzt auf der Party, so wie du daherkommst?»

«Ja, die Nachricht erreichte mich, als ich mich in meine Wohnung zurückziehen wollte. Ich fand keine Zeit, mich umzuziehen.»

Valérie blieb ernst. «Hast du schon alles gesehen?»

«Ja. Deshalb muss ich mit dir reden.» Mit erhabenem Haupt ging von Reding voraus über die Treppe, auf der ein verblasster Läufer lag. Eine der Arretierungen war gelöst. Von Reding stolperte über die Spitze der Messingstange. Valérie fasste erschrocken nach der Frau. Aber sie griff ins Leere. In letzter Sekunde konnte sich von Reding am Geländer festhalten. Sie klammerte sich mit beiden Händen daran fest und stiess erst jetzt einen Schrei aus.

«Hast du dich verletzt?» Valérie hielt sie an den Schultern fest.

«Ich bin unversehrt. Aber der rechte Schuhabsatz ist im Eimer.»

Valérie musste sich eine Litanei unflätiger Flüche anhören, die sie der Staatsanwältin gar nicht zugetraut hätte. Mit verzerrtem Gesicht humpelte diese die letzten Tritte auf sicheren Boden.

Die Küche wirkte düster, fast bedrückend. Aber das lag an dem dunklen Interieur. Nussbaum oder gebeizte Eiche. Auch hier wirkte alles ziemlich alt und genauso überladen wie das ganze Haus. Über dem Herd hingen Kochutensilien neben gedörrten Stechpalmen. Den Kühlschrank sah man ob der vielen Pins und Kleber nicht mehr wirklich. Es machte den Eindruck, dass die Bewohner sich an Vergangenem festhielten, als die Kinder noch zu Hause gewesen waren und Sticker gesammelt hatten. Ein einziges Mosaik aus Erinnerungen präsentierten diese Mauern, wo selbst der Abdruck schmutziger Patschhändchen nicht beseitigt worden war. Ein Buffet mit Vitrine, in dem mit Blumenmotiven bemaltes Geschirr und Gläser standen. Defekte Einzelstücke, ein Sammelsurium an Gegenständen, die Familiengeschichten verbargen. Der Fenstersims war mit Blumentrögen vollgestopft. Petersilie, Koriander und Rosmarin wuchsen daraus. Valérie zog zwei Stühle unter dem schweren Tisch hervor und schob einen der Staatsanwältin rüber.

Von Reding setzte sich zuerst. «Warum hat man Betschart eigentlich nicht unter Polizeischutz gestellt?» Sie zog ihren rechten Pumps aus und begutachtete den Absatz.

«Es gab keinen Grund.»

«Hat er sich nie dahin gehend geäussert, dass er bedroht wurde?»

«Nein. Zudem haben wir das gestern durchdiskutiert. Erinnerst du dich nicht mehr?»

Von Reding schüttelte den Kopf. «Die Situation bringt mich ganz durcheinander.»

«Das letzte Mal, als ich ihn sah, machte er auf mich einen … wie soll ich sagen … einen sehr selbstsicheren Eindruck und dass er alles im Griff hätte. Von einer Angst habe ich nichts gemerkt.»

«Es kann kein Zufall mehr sein, dass es um die CVP geht.»

«Das sind gewagte Äusserungen.» Valérie unterdrückte das beklemmende Gefühl, das sich wie ein hässliches Ungeziefer in ihrem Körper einnisten wollte. «Nach dem gestrigen Abend gehe ich davon aus, dass es eher um die Mitglieder des Panthers Club geht.»

Von Reding trennte den rechten Absatz ganz von ihrem Schuh. «Vielleicht hätte ich doch die flachen Latschen anziehen sollen.» Sie lächelte steif. «Hast du wenigstens herausgefunden, was die CVP so treibt?»

«Wie meinst du das? Ich bin erst einen Monat hier. Es wäre vermessen, hätte ich mich in dieser Zeit um die Schwyzer Politik gekümmert.»

«Ich weiss, dass sie sich in Sachen Energiepolitik in einem ziemlichen Dilemma befindet. Offenbar wollen sie die Hauseigentümer bei der Installation von Photovoltaikanlagen nicht mehr unterstützen. Zu aufwendig die ganze Angelegenheit, zu teuer. Schwyz befindet sich in einer Finanzkrise. Dem will die CVP entgegenhalten. Ihr Vorschlag für ein Sparpaket, das auch das Bildungswesen tangiert, stösst nicht überall auf Zustimmung … Dann war da noch die Diskussion um die neue Landeshymne. Betschart hat sich dabei ziemlich ins Zeug gelegt.»

«Für oder wider?»

«Dafür. Die SVP ist allerdings strikte dagegen. Sie wollen die alten Werte beibehalten. Dazu gehört auch unsere Landeshymne. Aber es gab Diskussionen darüber, dass die heutige Jugend die Wörter nicht mehr versteht.»

«Aber aufgrund einer neuen Landeshymne bringt man doch niemanden um.» Valérie sah auf Joles kaputten Absatz. «Brauchst du dazu einen Waffenschein?»

«Wozu?» Jole runzelte die Stirn.

«Die Stilettos sind mindestens zehn Zentimeter lang.»

Von Reding schenkte ihr ein Lächeln. «Jeder hat so seine Macken.» Sie richtete sich auf. «In meiner ganzen beruflichen Laufbahn hatte ich noch nie mit so einem grässlichen Fall zu tun. Der Mord an einem Mediziner wirft keine so hohen Wellen.» Sie hielt abrupt inne, dachte wohl darüber nach, was sie soeben gesagt hatte, fuhr dann aber unbeirrt fort: «Doch der Mord an einem Regierungsrat trifft nicht nur die Hinterbliebenen im familiären Umfeld, er trifft einen ganzen Kanton. Betschart war beliebt. Er war für die Schwyzer wie ein Übervater, der warmherzige Knuddelbär auf der einen, der gewissenhafte Vorsteher des Departements des Innern auf der andern Seite. Als er vor zwei Jahren das Amt des Landammanns innehatte, wurde er fast wie ein Heiliger angebetet. Er hatte etwas an sich, das die Leute mögen, etwas Ureigenes. Er stand gern in der Öffentlichkeit, er war der Mann, der Hände berührte und somit auch Herzen …»

Valérie erinnerte sich daran, als Betschart ihr die Hand zum Gruss gereicht hatte. *Ihr* Herz hatte es nicht berührt. «Und irgendwo dazwischen war die abgründige pervertierte Seite, die ihm nun zum Verhängnis wurde», ergänzte Valérie.

«Dass du die Dinge auch immer beim Namen nennen musst.»

Valérie hob die Hände. «Jole!» Sie sah die Staatsanwältin mit ernster Miene an. «Ich muss dich das jetzt fragen: Als ich gestern weg war, hast du Betschart noch einmal gesehen?»

Von Reding fuhr mit der Zunge über ihre Vorderzähne, während sie den abgetrennten Absatz musterte. «Ich hatte gestern zu viel getrunken. Ich kann mich nicht erinnern.»

«Aber du kannst mir sicher eine Liste mit den Namen der Gäste geben.»

«Nein, kann ich nicht. Tut mir leid. Die meisten Gäste waren inkognito vor Ort. Bei den meisten fallen nicht einmal vor dem Nachhausegehen die Masken.»

«Und im schlimmsten Fall schlafen sie unerkannt miteinander, falls es so weit kommt?» Valérie verzog ihren Mund.

«Darin liegt die Faszination.» Von Redings Augen waren starr auf Valérie gerichtet. «Aber das muss ich dir ja nicht sagen.»

Valérie spürte den subtilen Seitenhieb. Sie reagierte jedoch nicht darauf. «Dann müssen wir einen Zeugenaufruf machen.»

«Verdammt, Valérie! Ich glaube, ich habe dir unmissverständlich klargemacht, den Fall mit aller Diplomatie anzugehen.»

«Das wird kaum mehr möglich sein», erwiderte Valérie barsch. «Der Fall hat sich zu einem Politikum entwickelt. Ich bin nicht mehr in der Lage, auf dich Rücksicht zu nehmen. Wir sollten endlich Transparenz schaffen. Im Schlafzimmer liegt ein Mitglied der Kantonsregierung mit durchtrennter Kehle und eingedrückten Augen. Weiss der Teufel, mit welch abartigen Dingen er vor seinem Tod zu tun hatte. Vielleicht hat man ihn deswegen umgebracht.»

Von Reding warf den Absatz erzürnt durch die halbe Küche. Er landete auf dem Herd. «Mit allem Nachdruck: Ich verbiete es dir!» Ihre Stimme wurde laut. «Du würdest damit die Gemeindemitglieder vor den Kopf stossen, wenn sie erfahren, wen sie an die Spitze gewählt haben.»

«Richtig», konterte Valérie ebenso erbost. «Und sie würden sicher staunen, wenn sie plötzlich noch andere aus dem Kantonsparlament entlarven würden. Wenn sie die wahren Menschen entdecken, die hinter den Wahlparolen stehen. Markus Suter zum Beispiel war bis vor einem Jahr in der Verfassungskommission tätig, und Altbäckermeister Arnold war in den Jahren 2002 bis 2004 Landammann. Und heute sind sie Mitglied in diesem dubiosen Club. Nehmen wir an, da ist irgendetwas durchgesickert, und ein paar Moralisten haben davon Wind bekommen, dann stehen noch mehr Mitglieder des Panthers Club auf der Abschussliste.»

Von Reding sah Valérie stirnrunzelnd an. «Du weisst also doch Bescheid über unsere Politiker.»

«Im Rahmen meiner Ermittlungen und was den Panthers Club betrifft … selbstverständlich. Ich habe die Vita der Mitglieder durchgesehen. Einige von ihnen haben eine beachtliche Karriere hinter sich. Sie sassen unter anderem im Schulrat, im Erziehungsrat, in der Verfassungskommission. Waren oder sind noch immer Stiftungsräte und Geschäftsführer … Mit Ausnahme von ein paar wenigen sind alle bereits im Pensionsalter, sozusagen in der dritten Lebensphase, und glauben wohl, sie müssten jetzt etwas nachholen, was sie in ihrem Leben versäumt haben. Es ginge mir am Arsch vorbei, wenn ich nicht gezwungen würde, meine Ermittlungen auf den Club zu richten.»

«Deshalb sollte die Sache weiterhin so vorsichtig wie möglich angegangen werden.» Von Reding hatte sich beruhigt. «Und bitte, Valérie, nur miteinander können wir den Fall lösen.»

Valérie schniefte laut. «Das kann ich dir nicht garantieren.»

***

Drei Tote, dreimal Wagner und noch keine Anhaltspunkte war die nüchterne Bilanz zu Beginn des Rapports am Nachmittag in Biberbrugg, zu dem sich nicht nur der Kripochef, sondern auch die Staatsanwältin eingefunden hatte. Zwischen von Reding und Fischbacher schwelte etwas. Sie wichen einander aus, wo sie konnten. Bemühten sich, einander nicht in die Augen sehen zu müssen. Valérie bemerkte schnell, dass die Aversion vor allem von Jole ausging.

Eine weitere Pressekonferenz war schon zweimal verschoben worden. Bei den Journalisten lagen die Nerven blank. Seit Stunden lauerten sie vor dem SSB und warteten auf Einlass.

«Gedulden Sie sich bitte noch um eine Stunde», tröstete Louis sie und wies eine vorwitzige Journalistin in ihre Schranken.

Valérie hatte sich ans Tischende gesetzt. «Es ist nun offensichtlich, dass es der Täter auf die Mitglieder des Panthers Club abgesehen hat. Wir müssen davon ausgehen, dass es jemanden gibt, der ihre sogenannten Hobbys nicht gutheisst. Wir müssen unsere Recherchen ausdehnen. Wir wissen, dass Astrid Ackermann-Rast die beiden ersten Toten bedient hat. Ob sie auch bei Betschart war, wird zurzeit abgeklärt. Sie ist ja wieder auf freiem Fuss …»

Fischbacher unterbrach sie. «Warum ist Astrid Ackermann wieder frei?»

«Weil …» Valérie holte tief Luft. «Weil das Resultat aus der Forensik sie als Verdächtige ausgeschlossen hat.»

«Trotz der DNA-Abgleiche?»

«Es gibt keinen Anlass, die Frau hierzubehalten», mischte sich von Reding ein.

Fischbacher warf der Staatsanwältin einen vernichtenden Blick zu, schwieg und machte sich Notizen.

«Hingegen können wir», fuhr Valérie fort, «Ronald Ackermann, was den Mord an Betschart betrifft, definitiv von der Liste streichen. Er verbrachte die Nacht in U-Haft. Klar ist jedoch, dass auch Betschart vor seinem Tod mit einer Dame zusammen war. Seine Frau allerdings war es nicht. Zur Tatzeit lag sie in Weggis auf der Massageliege. Das konnte die Masseurin bezeugen, die im Parkhotel in Weggis arbeitet.» Valérie wandte sich an Louis.

«Ich möchte gern, dass sie ihre Aussage noch etwas präzisiert. Würdest du das übernehmen?»

Valérie stützte ihre Ellenbögen auf dem Tisch auf und ihr Kinn auf den Händen ab. «Jole, ich möchte, dass du mir ein Gespräch mit Frau Betschart organisierst. Falls sie noch immer im Spital ist, fahre ich dorthin.»

«Das habe ich bereits in die Wege geleitet.»

Im Anschluss wurden die Aufgabenblöcke neu verteilt. Valérie delegierte die Befragung der WOP-Frauen, mit Ausnahme der drei Begleiterinnen, die mit Betschart auf dem Zimmer gewesen waren. Zwei Polizisten bekamen den Auftrag, noch mal nach dem Taxichauffeur zu suchen, der Ackermann vom Bahnhof Schwyz in die Obermattstrasse gefahren hatte. Man hatte die Suche vorübergehend erfolglos eingestellt.

«Dann lasse ich noch einmal sämtliche Mitglieder des Panthers Club herzitieren», sagte Valérie. «Überprüft ihre Alibis. Checkt die Gäste, die gestern im Herrenhaus zu Besuch waren. Lasst nicht locker, bis ihr den hintersten und letzten Gast identifiziert habt.»

«Wie bitte? Welche Gäste?» Louis enervierte sich. «Habe ich etwas falsch verstanden? Was für ein Herrenhaus?»

Valérie wechselte mit von Reding Blicke. Fischbacher sah sie nicht an. Der Rüffel würde unweigerlich kommen. Doch Fischbacher schrieb und war in seine Gedanken vertieft. Es schien, als hätte er nicht zugehört. Valéries Glück. Sie winkte Louis zu sich, drückte ihm ihren Rapport der letzten Nacht in die Hand und befahl ihm, den zu lesen.

***

Bleifuss. Valérie war mit hundertzwanzig Stundenkilometern in der Achtzigerzone auf der Schwyzerstrasse unterwegs, kurz vor Rothenthurm. Frustration, Wut und Ohnmacht. Sie hatte versagt. Sie hatte auf allen Ebenen versagt. Während sie sich mit sich selbst beschäftigt hatte, hatte es ein weiteres Mordopfer gegeben. Sie hätte es verhindern können. Personenschutz für Betschart, für den gesamten Verbund. Der Täter hatte es auf die betuchten Lebemänner abgesehen, auf die Kunden von WOP, vielleicht auf die Parteimitglieder der CVP. Jole hatte das schon richtig gesehen.

Jole!

Wo war sie eigentlich gewesen, als Betschart starb? Jole, die es verstand, Beruf und Privates rigoros zu trennen. Wenn sie die Bürotür der Kantonalen Staatsanwaltschaft hinter sich zuzog, öffnete sie ganz andere Türen. Sie machte keinen Hehl daraus, dass sie sich gern den sinnlichen Dingen des Lebens zuwandte. Augen, Ohren und Herz stets geöffnet für erotische Abenteuer. Valérie hatte sie schon längst durchschaut. Vielleicht hatte sie sich aufgrund ihrer Anwesenheit zurückgehalten. Aus Angst, Valérie könnte sich überrumpelt fühlen, falls sie ihre Neigungen vor ihren Augen auslebte.

Machte sie sich damit auch verdächtig? Steckten hinter ihrer Grosszügigkeit, ihr Haus zu vermieten, eigene Interessen? Und wie weit durfte sie ihr glauben? War sie wirklich so betrunken gewesen, dass sie ein Blackout hatte?

Auf der Schlagstrasse erhielt Valérie einen Anruf von Leandra Eisenbauer.

«Gott sei Dank erreiche ich Sie. Ich habe gehört, was passiert ist. Einer unserer Kunden ist tot, umgebracht … das ist eine Katastrophe.»

Valérie erinnerte sich an ihren letzten Besuch bei WOP. «Woher haben Sie diese Information? Ich ging davon aus, dass Sie die Mitglieder des Panthers Club nicht mit Namen kennen.»

«Das tut hier nichts zur Sache.» Leandra zögerte. «Ich meine, wenn so etwas Schreckliches geschieht, gibt es keine Diskretion mehr.»

«Es ist bereits Ihr dritter Kunde.»

Leandra ging nicht darauf ein. «Ausgerechnet in der Nacht, als meine Mädchen in der Herrengasse waren. Aber ich versichere Ihnen, dass sie nichts damit zu tun haben. Sie machten ihren Job, das war's.»

Mittlerweile kannte Valérie diesen Job. Die Damen von WOP tanzten als halb nackte Schwanengestalten zur Musik von Richard Wagner. Keine echten Balletteusen, aber gut gebaut und schön zum Anschauen. Keine Einzige von ihnen hatte einen Hängebusen gehabt. Das war Ästhetik gewesen. Perfektion und Anmut. Eine Ohrfeige für alle Frauen, die die besten Jahre hinter sich hatten. «Wir müssen Ihre Dienerinnen aber als Zeuginnen vorladen, das ist Ihnen schon klar.» Valérie nahm den Fuss vom Gaspedal.

«Ja, ja, das weiss ich. Ich hoffe aber, dass das nicht allzu lange dauert. Ich kann mir keine Ausfälle leisten.»

«Das kommt ganz darauf an, wie kooperativ Ihre Frauen sind. Wo sind sie jetzt?»

«In der Agentur.»

«Ich spreche von Ihren Frauen.»

«Sie gehen ihrem Job nach. Einige unter ihnen studieren. Sie finanzieren sich mit dem Lohn von WOP ihr Studium. Nicht jede hat reiche Eltern ... Hören Sie, ich rufe Sie aus einem andern Grund an. Ich hatte letzthin ein merkwürdiges Telefonat. Jemand drohte mir ... ich glaube, das hat alles mit Ihrem Fall zu tun. Die wollten wissen, ob die Polizei bei mir war und ob die Namen Tuzzi und Heinzer gefallen seien.»

Valérie konzentrierte sich auf den Fahrer vor ihr. «Und wer sind *die*?»

«Das ist ja das Problem. Ich konnte beim besten Willen nicht feststellen, ob es sich beim Anrufer um einen Mann oder eine Frau handelte. Zuerst dachte ich, es sei ein Mann mit hoher Stimme, dann aber klang es wie eine Frau, die ein Problem mit der Luftröhre hat. Sie verstehen, was ich meine ... eine Kettenraucherin vielleicht.»

«Warum haben Sie uns das nicht gleich gemeldet?» Blinker raus, einen Gang runter. Valérie setzte zum Überholen an. Einen Gang rauf. Der TT raste linksseitig an einem silbergrauen Volvo vorbei. Kurzer Blick auf den Mann hinter dem Lenkrad. Neunzigjährig, Hut und Zigarre, ein verdrossenes Gesicht. Valéries Wagen schoss wie ein Gokart zurück auf die rechte Fahrbahn.

«Hören Sie, ich hatte einfach Schiss. Ich fürchte um mein Leben und das meiner Girls.»

«Erinnern Sie sich, wann Sie angerufen wurden?» Der Typ hinter ihr sandte Lichthupen. Valérie hätte ihm am liebsten den Stinkefinger gezeigt.

«Das war am letzten Dienstag um die Mittagszeit.»

«Wir werden dem nachgehen.»

«Was bedeutet das?»

«Ihre Telefonnummer haben wir ja. Wir werden den Anrufer zurückverfolgen.»

«Aber er hat mit unterdrückter Nummer angerufen. Die andern Nummern gehen Sie nichts an.»

«Sie werden von uns einen richterlichen Beschluss bekommen.»

«Und wenn er von einem Handy mit Prepaidkarte angerufen hat?» Leandra versuchte sich an einem Strohhalm festzuhalten, um das polizeiliche Prozedere zu vermeiden.

«Das lassen Sie unsere Sorge sein.»

«Ich fordere Personenschutz an.»

«Haben Sie denn Grund, sich zu fürchten?», fragte Valérie.

Sie hörte Leandra schwer atmen. «Eigentlich möchte ich mit den Schwyzern nichts mehr am Hut haben … also, ich meine mit diesen ganz speziellen Schwyzern.»

«Dann teilen Sie es Ihnen mit. Ich kann Ihnen dabei nicht helfen. Das müssen *Sie* tun. Und Personenschutz kann ich Ihnen nicht anbieten.»

«Es fällt mir allerdings schwer, etwas zu sagen, weil dieser Panthers Club mit den Scheinen nur so um sich wirft. Ich säge doch nicht den Ast ab, auf dem ich sitze.»

Valérie erreichte Sattel. Vor ihr hatte sich eine Kolonne gebildet. Ein Traktor auf dem Weg zum Heuschober, und der Fahrer, kaum sechzehn, tyrannisierte die Automobilisten hinter sich. Es war zum Verzweifeln. «Ich verstehe das nicht. Sie lassen sich von den Herren kaufen –»

Leandra fuhr ihr ins Wort. «Der Vorschuss wird immer mit den Buchungen verrechnet. Aber ich meinte eigentlich damit, dass die Männer grosszügige Trinkgelder geben.»

«Hat es Sie nie interessiert, was die Männer mit Ihren Frauen anstellen?»

«Solange meine Mädchen damit einverstanden sind, unternehme ich nichts. Und bis anhin gab es wirklich nie Probleme.»

«Sie werden eine persönliche Vorladung bekommen.» Valérie klemmte das Gespräch ab. Unter ihr öffnete sich das Tal nach Schwyz. Sie konzentrierte sich wieder auf die Strasse. Ihre Überholmanöver waren gewagt. Im Moment vertrug sie die Sonntagsfahrer nicht. Gegen landwirtschaftliche Gefährte hatte sie prinzipiell eine Abneigung.

***

Das Spital liegt etwas ausserhalb von Schwyz an der Waldeggstrasse. Kuhglockengeläute und Vogelgesang – Valérie kam es wie auf einer Alp vor. Der Wind trug Gerüche von Gülle über die Wiesen. Der Löwenzahn war verblüht. Jetzt breiteten dessen flaumige Sporen sich wie eine geschlossene Decke aus. Pusteblumen im Mai und zaghafte Erinnerungen an früher. Ein Flashback in die Kinderjahre in Fully, wo Valérie geboren worden war. Ihre Eltern stammten aus dem Unterwallis, waren einfache Weinbauern gewesen mit einem kleinen Rebberg und etwas Agrikultur. Sie hatten auch Spargel geerntet. Valérie versuchte die Bilder konkreter in ihr Gedächtnis zu rufen. Doch ausser ein paar einzelnen Puzzleteilen kam da nichts. Seit dem Tod ihrer Eltern hatte sie ihren Geburtsort nie mehr besucht.

Der Gebäudekomplex des Kantonsspitals war erst renoviert worden. Die Fassaden waren mit einladenden Farbelementen verziert. Auf einem weitläufigen Vorplatz waren Tische und Stühle hinausgestellt. Patienten sassen im Garten. Jemand schob einen Rollstuhl, in dem ein Mann mit Gipsbein sass. Sulzschneebeinbruch, vermutete Valérie.

Die Temperaturen hatten in den letzten Tagen zugelegt. Man konnte bereits den Vorsommer riechen.

Valérie erkundigte sich beim Empfang nach Marta Betschart. Es erwies sich als nicht sehr einfach, sie zu besuchen. Der behandelnde Arzt wurde herbeizitiert, und Valérie musste ihm versichern, dass sie ihr Gespräch mit Frau Betschart kurz halten würde. Eine Pflegerin begleitete sie auf die Etage.

Der Korridor war in Pastelltönen gehalten. Gelb, Rosa und Hellgrün sollten wohl positiv auf die Patienten wirken.

Marta Betschart lag allein in einem Zimmer. Wer ein Haute-

Couture-Kostüm trägt, kann sich auch ein Einzelzimmer leisten, ging es Valérie durch den Kopf. Marta wirkte blass und kränklich. Die Farbe ihres Gesichts unterschied sich kaum von der Farbe des Lakens. Sie hob leicht den Kopf, schaute mit stechendem Blick in die Richtung der Tür, legte sich dann aber aufseufzend zurück.

«Ich bin's, Valérie Lehmann. Kennen Sie mich noch?»

«Die Polizistin.» Mehr kam da nicht.

«Fühlen Sie sich in der Lage, mir ein paar Fragen zu beantworten?»

«In der Lage schon … aber ich weiss nicht, ob ich will.» Marta warf der Pflegerin einen mitleidheischenden Blick zu.

«Es tut mir sehr leid, was mit Ihrem Mann passiert ist.» Valérie trat näher zum Bett.

Marta lag an einer Infusion. Glukoselösung, war Valéries Gedanke. Die Patientin hinterliess den Eindruck, als wäre sie dehydriert. Valérie kannte das: Die älteren Menschen tranken einfach zu wenig. Und Martas Haut sah aus wie Pergament, dabei war sie höchstens sechzig. «Es tut mir leid.»

Marta wandte ihren Kopf zur Seite. Die Pflegerin taxierte Valérie mit einem abwertenden Blick. Valérie ignorierte die stumme Aufforderung zum Gehen. Sie war da, um einen Mord aufzuklären. Für übertriebene Empathie hatte sie schlicht keine Zeit. Sie wandte sich an Marta.

Diese fuhr sie plötzlich an. «Ich will meinen Mann möglichst bald beerdigen. Meine Söhne kommen morgen aus Boston zurück.»

«Konnten Sie sie denn schon kontaktieren?»

«Das habe ich heute Mittag getan. In Boston war es erst sechs.»

«Ich kann Ihnen aber nicht versprechen, dass wir … Ihr Mann ist zurzeit noch in der Rechtsmedizin.»

«Das ist mir völlig egal», palaverte Marta drauflos. Schock, dachte Valérie. Marta versuchte, das Unfassbare zu verdrängen. «Thomas und Stefan werden für den nächsten Dienstag den Trauergottesdienst vorbereiten. Wenn wir uns von Martin schon nicht richtig verabschieden können, muss es doch möglich sein, ihn in der Kirche zu ehren. Er war ein so guter Mensch, der

Martin …» Marta griff nach dem Triangel über ihrem Bett und zog sich daran auf. Ihr Gesicht wirkte versteinert. «Ich hätte ihn gern im Wohnzimmer aufgebahrt. Drei Tage hatten wir früher Zeit, um einen Toten zu verabschieden. Heute werden sie einem entrissen … Das ist nicht gut. Auch Tote brauchen Zeit, um sich vom Diesseits zu lösen. Ansonsten kommen sie zurück …»

Als Poltergeist vielleicht. Valérie schürzte ihre Lippen und schwieg.

Die Pflegerin mahnte Marta zur Ruhe und sagte an Valérie gewandt: «Sie sehen doch, wie sich die Patientin aufregt. Sie müssen gehen, bitte. Kommen Sie ein andermal wieder, wenn sie in einer besseren Verfassung ist.»

«Sie ist mögliche Zeugin in einem Mordfall», sagte Valérie, dass nur die Pflegerin es hörte. «Lassen Sie mir bitte ein paar Minuten. Ich verspreche Ihnen, mit meinen Fragen aufzuhören, sollte es nicht gehen.» Valérie entnahm ihrer Tasche eine Agenda. «Frau Betschart, wann sind Sie in der Nacht nach Hause gekommen?»

«Es war etwa ein Uhr. Ich war im Parkhotel Weggis zur Massage. Ich kenne dort eine Frau, die mich seit über zehn Jahren regelmässig massiert. Wissen Sie, mein Rücken –»

«Aber das ist reichlich spät», unterbrach Valérie. «Von wann bis wann hatten Sie den Termin?»

«Von neun bis zehn. Anschliessend gehe ich immer noch in die Sauna. Gestern ass ich noch etwas in der Lounge, weil das Restaurant schon geschlossen hatte. Ich nahm ein Taxi und liess mich nach Hause fahren.»

«Barbara Inderbitzin hat dies bestätigt.»

«Frau Inderbitzin.» Marta lächelte. «Sie hatte früher einen eigenen Massagesalon in Schwyz. Aber die Wirtschaftslage hat sie gezwungen, das Geschäft zu verkaufen. Sie hat solch begnadete Hände … Es wäre sehr schade gewesen, hätte sie im Parkhotel keinen Job gefunden. Früher besuchte ich sie in ihrem Salon. Heute fahre ich nach Weggis.»

«Mit dem Taxi. Sie kamen also um ein Uhr in Ihr Haus zurück. Fiel Ihnen etwas auf? Stand die Tür offen?»

«Nein. Ich öffnete sie mit dem Schlüssel. Dann zündete ich die Lampe im Entrée an. Oben war es finster. Ich dachte, dass mein Mann schon schläft. Ich ging hoch und richtete mich im Badezimmer für die Nacht her …»

«Und dann? Machten Sie Licht, als Sie sich ins Bett legen wollten?»

«Ich …» Marta schien zu überlegen. «Ich glaube, ich knipste die Nachttischlampe an. Ja, ich knipste sie an … dann … dann sah ich ihn liegen in all … diesem Blut.» Marta weinte still vor sich hin.

Valérie räumte ihr Zeit ein, sich wieder zu finden.

«Haben Sie denn nichts gerochen, als Sie ins Zimmer gingen?»

«Was denn gerochen?»

«Immerhin lag Ihr Mann in seinen eigenen Ausscheidungen.»

«Möglich, ich weiss es nicht mehr. Ja, kann sein, dass ich es gerochen habe. Aber man gewöhnt sich an schlechte Gerüche … das verstehen Sie doch.»

«Als Sie ihn so liegen sahen, was haben Sie als Nächstes getan?»

«Ich verliess das Schlafzimmer, ging runter in die Küche, wo ich das Handy abgelegt hatte. Ich war völlig von der Rolle. Ich weiss nicht, wie oft ich die Nummer der Polizei verdrückt hatte.»

«Warum riefen Sie nicht über das Festnetz an?»

«Ich habe keine Ahnung. Das muss mir wohl nicht in den Sinn gekommen sein. Ich … es war so furchtbar.» Marta überkam das heulende Elend. Die Tränen schossen aus ihren Augen. Ihr Mund war verzerrt.

«Gehen Sie jetzt, bitte.» Die Pflegerin fasste Valéries Arm. «Sie haben hoffentlich erfahren, was Sie wissen wollten.»

Valérie stiess die Pflegerin sanft von sich. Sie verabscheute solche Gesten. «Ich werde wiederkommen», wandte sie sich an Marta. Das nächste Mal wollte sie jedes Detail ausleuchten, und war es noch so klein.

ZWÖLF

Valérie betrat das Vernehmungszimmer mit einer Tasse Kaffee in der Hand. Die jungen Frauen, die sie nach Biberbrugg bestellt hatte, sassen bereits an einem Tisch. Valérie setzte sich ihnen gegenüber.

In der Grösse konnte Valérie ohne Weiteres mithalten. Das Äussere hingegen war von Jugendlichkeit gezeichnet. Schlanke Statur, blondes oder brünettes langes Haar und ebenmässige Gesichter. Augen, deren Konturen durch Kajal betont waren, Augen, die wahrscheinlich schon mehr an Perversitäten gesehen hatten als Valérie mit ihren dreiundvierzig Jahren.

Es war eine andere Generation, die salopper mit der Sexualität umging, als sie es in diesem Alter getan hatte. Nie im Leben hätte sich Valérie vorstellen können, ihren Körper verschiedenen Männern und Frauen anzubieten und dafür Geld zu verlangen. Sie hatte Schamgefühle gehabt – bis sie Willy kennengelernt hatte. Sie hatte aber ihre Sexualität mit einem einzigen Mann ausgelebt.

Valérie setzte das Aufnahmegerät in Betrieb. «Heute ist Samstag, der 17. Mai.» Sie nannte die Jahreszahl. «Befragung zum Fall Tuzzi, Heinzer und Betschart. Anwesend sind Selina Anderhub, Melinda Gross und Lorena Mascoli. Die Befragung führt Oberleutnant Valérie Lehmann. Es ist jetzt zehn Uhr vier.»

Vor den Frauen standen drei Mikrofone.

Valérie wandte sich an die Frau, die links aussen sass. Sie war die Hübscheste. Ihre blonden Haare trug sie offen mit Mittelscheitel. Mit ihren ausdrucksstarken dunklen Augen und dem Schmollmund hätte sie ein Klon von Brigitte Bardot sein können. «Selina Anderhub. Seit wann arbeiten Sie für die Begleitagentur WOP?»

Selina sah ihre beiden Kolleginnen an. «Seit ungefähr zwei Jahren. Wir sind zusammen zu WOP gekommen. Wir studieren alle ‹Music and Art Performance› an der Hochschule in Luzern.»

«Darauf werde ich noch zurückkommen.» Valérie notierte die

Studienrichtung auf ihrem Block. «Beschreiben Sie bitte, wie so ein Arbeitstag abläuft.»

«Na ja, wir sind quasi abrufbereit. Anhand unseres Studien- und Ferienplans setzt Leandra Eisenbauer uns ein, manchmal auch für den Telefondienst. Die Kunden können uns anhand eines Porträts auf der Website von WOP buchen. Sie müssen nur den Code eingeben, den sie nach der Überweisung des Mitgliederbeitrags erhalten haben.»

«Nach welchen Kriterien?»

«Was?»

«Was kann man dort über Sie erfahren?»

«Na ja, wir ... es steht so einiges über uns drin. Was wir studieren, welche Sprachen wir beherrschen, unsere Hobbys, unsere Zukunftspläne ... die Körpermasse ... alles halt, was man so wissen möchte.» Selina schaute immer wieder zu ihren Kolleginnen hinüber. Diese nickten einvernehmlich.

«WOP ist ja in erster Linie ein Begleitservice. Man bucht Sie, wenn eine weibliche Begleitung gewünscht wird. Wie soll ich das verstehen?» Valérie gab sich bewusst naiv.

«Na ja, es gibt immer wieder Kongresse oder Veranstaltungen, zu denen nicht nur aus der Schweiz, sondern auch vom Ausland Gäste anreisen. Meistens sind das Männer ohne Begleitung. Sie wünschen sich etwas Unterhaltung, oder wir zeigen ihnen die Stadt Luzern oder was halt so anfällt ... sind also auf eine Art auch Reiseführerinnen.»

Früher hatte man zu diesen Frauen Maitressen gesagt. Aber das behielt Valérie für sich. Sie wandte sich an Melinda. «Sie gehen also mit den Männern aus.»

«Manchmal gehen wir auch mit Frauen aus, aber das ist eher selten», erwiderte Melinda, die neben Selina sass. Lange braune Haare, Augen wie Apfelsinenschnitze, hoch angesetzte Wangen. Sie hatte etwas Exotisches an sich. Sie hätte Louis' Schwester sein können.

«Sie gehen mit Ihren Kunden zu Anlässen, Sie gehen mit ihnen essen, an Bars, in Tanzlokale. Damit wäre Ihr Job eigentlich erledigt», provozierte Valérie.

Selina mischte sich ins Gespräch. «Na ja, seien Sie realistisch.»

Valérie warf ihr einen abschätzigen Blick zu. «Das muss ich wohl. Ihr Job zielt letztendlich darauf hin, dass Sie Ihre Kunden ins Hotelzimmer begleiten.»

«Ja», sagte Melinda. «Aber das wird vorher abgemacht. Der Kunde bezahlt dann auch extra.»

«Für einen Blowjob?»

«Müssen wir darüber reden?» Es war Lorena, die die Frage in die Runde warf. Brünett, schwarze Augen, brauner Teint. Typ Latte macchiato.

«Nein, müssen wir nicht.» Valérie entschädigte sie mit einem Lächeln. «Kommen wir zurück auf Ihre Ausbildung.» Sie warf einen Blick auf ihre Notizen. «Sie studieren also ‹Music and Art Perfomance›. Ich gehe davon aus, dass Sie auch Ballett tanzen.»

«Unter anderem», sagte Melinda zögerlich. «Im Vordergrund stehen allerdings die Improvisation, die Komposition, die Interpretation sowie das interdisziplinäre Arbeiten.»

«Interdisziplinär … interessant. Deswegen werden Sie also auch in den Panthers Club nach Schwyz gebucht.»

«Na ja, auch deswegen», sagte Selina. «Ehm … was wollten Sie damit sagen?»

Valérie winkte ab. «Kennen Sie die Mitglieder des Panthers Club mit Namen?»

«Nein!», antworteten alle gleichzeitig.

«Namen sind tabu», sagte Lorena.

Valérie schätzte ihre Intelligenz allerdings nicht so ein, dass sie die Namen nicht kannten. «Wie viele Frauen wurden regelmässig vom Panthers Club gebucht?»

«Das ist unterschiedlich. Mindestens fünf, höchstens zwölf.»

«Und Sie performten, um den englischen Ausdruck zu gebrauchen, einen unterhaltsamen Abend für die betagten Herren.»

Lorena lachte auf. «Wie bitte? So alt sind die nun auch wieder nicht.»

«Ich korrigiere: halb betagt.» Valérie verbiss sich ein Schmunzeln. «Wer traf die Entscheidung über das Thema?»

«Das war der Präsident.»

«Martin Betschart?»

«Wir kennen den Namen nicht.»

«Zufällig war ich am Donnerstag im Herrenhaus und habe Ihren Tanz verfolgt.»

Lorena juckte auf. «Ach, waren Sie das, die bei der Prelude zu ‹Lohengrin› den Saal verliess? Schwarzes Kleid, Hut, Handschuhe? Sah echt scharf aus.» Sie lachte ihre beiden Kolleginnen an. «Habt ihr doch auch mitbekommen, oder?»

«Können wir beim Thema bleiben?» Valérie spürte, wie ihr die Galle langsam hochkam. Was glaubten diese Studentinnen eigentlich, wer sie waren? «Nach der Vorstellung gingen Sie mit dem Präsidenten, nennen wir ihn Martin Betschart, hinter die Bühne. Was wollte er von Ihnen?»

«Das, was er immer von uns wollte, wenn wir in der Herrengasse waren», sagte Melinda. «Wir sollten ihn ein wenig verwöhnen …»

«Sie haben auch mit ihm geschlafen?»

Selina und Melinda sahen sich schweigend und mit hochgezogenen Augenbrauen an.

«Haben Sie mit ihm geschlafen?»

«Nein, das war nicht ganz einfach», sagte Lorena.

«Aber Sie haben ihm einen Blowjob verpasst?»

«Manchmal wollte er das.»

«Und Sie?»

«Wie meinen Sie das?»

«Sie haben sich nicht geekelt?» Valérie liess Lorena nicht aus den Augen. «Ich meine, Sie sind jung, Ihr Kunde war alt.»

«Natürlich hat sie sich geekelt», fuhr Melinda dazwischen. «Aber man darf einfach nichts dabei denken. Oder nur an die Noten, die man dafür bekommt. Hat man das Studium und den Master geschafft, fragt keiner mehr danach, wie man es finanziert hat.»

«Es gibt Stipendien», sagte Valérie. Dann hielt sie sich zurück. «Wie war das am letzten Donnerstag?»

«Er wollte es noch aufsparen», sagte Melinda.

«Was heisst das konkret?»

«Er sagte uns, dass er noch ein Date habe.»

Valérie schrak hoch. «Das hat er gesagt?»

«Ja, das hat er», sagte Selina. «Na ja, hätten wir gewusst, dass dieses Date tödlich endet, hätten wir darauf bestanden, es zu erfahren.»

«Sein Tod berührt Sie aber nicht sonderlich», sagte Valérie.

«Wir hatten einen Schock, als wir davon erfuhren», wehrte sich Melinda.

«Und von wem haben Sie es erfahren?»

«Von Leandra.»

«Mögen Sie sich erinnern, wann Ihr Kunde die Herrengasse verlassen hat?»

«Das war kurz vor Mitternacht», sagte Selina. «Ich weiss es so genau, weil ich auf meine Armbanduhr sah, als er sich von uns verabschiedete.»

«Sie gingen mit ihm zum Ausgang?»

Lorena hob ihren Arm wie in einer Schulstunde. «*Ich* habe ihn zum Ausgang begleitet. Er setzte sich dann in seinen Wagen. Mir war nicht ganz geheuer dabei, weil er ziemlich viel Champagner getrunken hatte.»

«Du hast ihn doch nach Hause begleitet», fuhr Selina dazwischen.

«Was sagen Sie da?» Valérie runzelte die Stirn.

Lorena sah ihre Kollegin mit blitzenden Augen an. «Ich habe ihn *nicht* nach Hause begleitet. Was soll das? Willst du mir etwas in die Schuhe schieben?»

Valérie liess es dabei bewenden. Sie erinnerte sich an Leandras Bemerkungen. «Sie veranstalten nebst den Tänzen auch Sexorgien, ist das richtig?»

«Das ergibt sich aus den Themenabenden», sagte Melinda.

«Na ja, Rom oder so. Dann müssen wir die Cesaren verwöhnen.»

«Und Sie sind dann Cleopatra, nehme ich an.»

«Na ja, in die Richtung.»

Valérie machte wieder ein paar Notizen. Sie wandte sich an Melinda. «Sagt Ihnen der Name Jole von Reding etwas?»

«Natürlich. Die Dame vermietet das Etablissement.»

Etablissement! Das Wort brachte es auf den Punkt.

Valérie brach hier ab. Sie würde nicht mehr aus den Frauen herausholen. Aber gemäss ihren Aussagen konnte sie sich von den Aktivitäten in der Herrengasse zumindest ein Bild machen. Es ging in jedem Fall immer um Sex.

***

Was war in der Zeit zwischen Mitternacht und ein Uhr morgens an diesem verhängnisvollen Freitag geschehen? Hatte Betscharts Gespielin, wie bei Heinzer, vor der Tür gewartet? Und wer war die Frau, deren Haare die Techniker sichergestellt hatten? Astrid?

Der Abgleich war noch nicht eingetroffen. Es war ja auch zu früh. Valérie konnte nicht vor Montag damit rechnen.

Eine Stunde, die so undurchdringlich schien wie ein Dschungel. Eine Stunde konnte sehr lange dauern. Eine Stunde konnte aber auch sehr kurz sein. Es kam immer darauf an, was man in den sechzig Minuten anstellte.

Valérie versuchte, sich ein Bild von Martin Betschart zu machen, ein anderes, als das, das man von ihm kannte. Er hatte um Mitternacht die Herrengasse verlassen, war daraufhin mit dem Wagen nach Hause gefahren. Er musste direkt nach Hause gefahren sein. Es gab keine andere Möglichkeit.

Marta war um ein Uhr heimgekehrt. Sie hatte niemanden gesehen. War zu der Zeit der Mörder noch im Haus gewesen?

Valérie sass in ihrem Wagen. Nach der Befragung der Studentinnen hatte sie das Vernehmungszimmer fast fluchtartig verlassen müssen. Die Luft hätte sie schneiden können, so stickig war sie geworden. Am Ende hatte sie sich unwohl gefühlt.

Nein, diese Geschichten um die Escort-Frauen waren nicht ihr Thema. Es lag ihr überhaupt nicht, in diesen Tümpel der Erotik einzutauchen. Sie hatte es nie verstanden, warum sich Männer und Frauen unter den Augen eines voyeuristischen Publikums wie ein Rudel brünstiger Tiere aufführen konnten. Sexualität war für sie etwas Heiliges, das sie nur mit einem Mann teilen wollte. Mit einem Mann, den sie liebte.

Sie musste an die CD denken, die man auch bei Betschart gefunden hatte. Nur Willy wusste über ihre Obsession Bescheid. Wie hatte sie gelitten, als er sie immer wieder mit jüngeren

Geliebten konfrontierte. Es war nicht einmal die Jugendlichkeit der Frauen gewesen, die sie störte. Aber der Gedanke, dass er mit ihnen all das auch tun würde, was sie miteinander verbunden hatte. Eine ungezügelte Erotik eines Paares, das sich in- und auswendig kannte.

Der schrille Ton ihres iPhones riss sie aus ihren Gedanken. Valérie fuhr mit dem Finger über den Touchscreen.

«Ziegler am Apparat. Störe ich?»

Valérie lehnte sich erschöpft an die Kopfstütze. «Nein, ich habe mir gerade eine Verschnaufpause erlaubt, bevor ich mich dem Tagesbericht widmen muss. Was gibt's?»

«Ich habe ein Treffen zwischen Ihnen und Ihrem Sohn Colin arrangiert.»

Valérie schoss hoch. Sie stiess mit dem Kopf ans Autodach. «Wann?»

«Morgen Sonntag in Luzern. Ich hatte gestern Nachmittag ein langes Telefongespräch mit Kurt Schramm. Ich bat ihn, endlich für Gleichberechtigung zu sorgen. Ich hoffe, das ist auch in Ihrem Sinn.»

«Selbstverständlich. Was soll diese Frage? Es wird auch langsam Zeit, dass in dieser Hinsicht etwas geschieht. Aber es ist verrückt, wenn mein Anwalt einen Termin aushandeln muss, damit ich meinen Sohn sehen kann. Es sind jetzt sechs Monate, fünf Tage und sieben Stunden her, seit ich Colin zum letzten Mal gesehen habe.»

«Sie haben das notiert?»

«Nein, das muss ich nicht aufschreiben. Das ist fest in meinem Kopf drin. Ich frage mich nur, wie weit Willy Colin manipuliert hat. Ich erinnere mich ungern an das letzte Telefongespräch mit Colin. Er redete da schon wie sein Vater.»

«Wenn Sie zu diesem Treffen gehen», mahnte Ziegler, «sollten Sie frei von Vorurteilen sein. Geniessen Sie ein paar Stunden mit Ihrem Sohn.»

«Geniessen auf Kommando, na toll! Was mache ich, wenn Colin mich gar nicht sehen will? Ich kann ihn nicht zwingen.»

«Er wird es wollen», sagte Ziegler. «Kurt Schramm hat es mir versprochen.»

Valérie schloss die Augen. Ein tiefer Seufzer entwich ihrer Brust. Sie wollte schreien. Den Gram ausspucken.

«Übrigens habe ich eine Scheidungsklage aufgesetzt. Sie enthält alles, was wir vor einigen Wochen miteinander besprochen haben», sagte Ziegler. «Vielleicht wollen Sie die gelegentlich lesen.»

«Ich werde Sie anrufen.» Valérie unterdrückte den Tränenfluss. Bevor sie sich mit der Scheidungsklage befasste, musste sie zuerst Ruhe und Ordnung in ihr Leben bringen und vor allem in Erfahrung bringen, ob ihre Chancen, Colin zu sich zu nehmen, durch eine Scheidung kleiner wurden. Im Moment fühlte sie sich wie zwischen Tür und Angel.

«Wir sollten nicht mehr allzu lange warten damit.»

Sie hörte Ziegler durchs Telefon atmen.

«Wo soll ich ihn also treffen?»

«Colin wird morgen Vormittag um elf vor dem Wagenbachbrunnen beim Kunst- und Kongresszentrum in Luzern auf Sie warten.»

«Beim KKL? Er wird doch nicht etwa ins Museum wollen?» Valéries Stimmung schwankte zwischen Lachen und Weinen. «Und wie lange kann ich ihn sehen?»

«Um drei sollte er wieder nach Hause fahren.»

Mit zitternden Händen fuhr sie über das Display des iPhones.

Sie ertrug Zieglers Stimme nicht mehr.

Sie blieb im Wagen sitzen, lehnte ihren Kopf an die Scheibe und schloss die Augen. Es kam ihr alles so unwirklich vor. Im Moment schienen die Probleme nur so auf sie niederzuprasseln.

Später wählte sie eine neue Nummer.

«Katja, wir müssen uns sehen.»

«Ich kann nicht weg. Ich habe Notfalldienst.»

«Wann hast du den nicht?»

«Was bedrückt dich? Du klingst so anders.»

«Du weisst, dass ich nicht darüber reden kann.»

«Geht es also um deinen Fall?»

«Er bringt mich zur Verzweiflung. Irgendetwas geschieht, worauf ich keinen Einfluss nehmen kann. Ich glaube aber immer mehr, dass das Ganze mit mir zu tun hat. … Morgen werde ich Colin sehen.»

«Er kommt zu dir?»

«Schön wäre es. Nein, ich fahre nach Luzern. Er wird dort um elf auf mich warten. Es ist so irreal. Es ist … ach …»

«Bitte weine nicht. Es wird sicher einen Weg geben. Vielleicht solltest du dir professionelle Hilfe holen. Du bist nur noch ein Nervenbündel.»

«Ich habe keine Zeit, um mich bei einem Psychiater auf den Schragen zu legen. Er würde mir nur das bestätigen, was ich selber weiss.»

«Dass es so nicht weitergehen kann.»

«Ich würde jetzt gern deine Hände auf mir spüren. Deine Hände auf mir beruhigen mich.»

«Liebes, es sollte andere Lösungen geben. Ich kann nicht bei dir sein. Ich habe einen Job, der mich fordert.»

«Das weiss ich doch, Katja. Ich habe nur manchmal so komische Ideen. Und nachts fühle ich mich allein. Wenn ich nur jemanden hätte, an den ich mich wieder anlehnen könnte. Wenn wenigstens Colin bei mir wäre.»

«Du kannst deine Bedürfnisse nicht von deinem Kind stillen lassen.»

«Das wollte ich auch nicht damit sagen. Ich vermisse meinen Sohn. Er hat nicht einmal an Muttertag an mich gedacht. Er hätte mir nichts schenken müssen, verstehe mich nicht falsch. Aber eine SMS … ich bin bescheiden geworden, Katja. Aber er hat mir nicht mal eine SMS geschickt. Ich bin mir sicher, Willy hat es ihm verboten. Er behandelt mich, als hätte ich die Pest.»

«Können wir morgen noch einmal telefonieren? Ich muss auf die Station. Einverstanden?»

«Einverstanden. Wenn es dich nicht gäbe, ich wüsste nicht, was machen.»

***

Valérie verschanzte sich später in ihrem Büro. Sie startete den Rechner, setzte das Aufnahmegerät in Betrieb und spulte die

Befragung der drei WOP-Frauen zum Anfang zurück. Es war ein sonderbares Frage-und-Antwort-Spiel gewesen. Nicht sehr professionell, was sie sich zugestehen musste. Was war bloss mit ihr los, dass sie sich dermassen aus der Fassung hatte bringen lassen? Es ging sie nicht im Geringsten etwas an, mit wem sich die Frauen einliessen. Neutral bleiben war etwas vom Wichtigsten bei der Polizei. Sie hatte einen Fall zu klären. Da spielten Emotionen eine untergeordnete Rolle. Was sie persönlich dachte, war nicht wichtig. Die Fakten zählten.

Diese sahen im Moment allerdings schlecht aus.

Valérie entnahm der Schublade einen Bogen Papier und breitete ihn auf dem Pult aus. Mit einem Filzschreiber notierte sie die Namen Tuzzi, Heinzer und Betschart in die Mitte. Weder die CVP noch der Tennis Club mochten von Wichtigkeit sein. Sie hatte sich davon irreführen lassen. Es ging um den Panthers Club. Zwanzig Männer hatten ihn vor ein paar Jahren ins Leben gerufen. Was sie dazu motiviert hatte, war unklar.

Angst vor dem Älterwerden?

Das Gefühl der Zusammengehörigkeit im Angesicht einer krankhaften Triebhaftigkeit?

Da war noch immer Reichmuths Aussage. Er kam sich in dem Club deplatziert vor. Valérie schrieb «Jakob Reichmuth» auf den Bogen. Sie wusste nicht recht, wo sie ihn zuordnen sollte.

Golfen, Kochen, Freude an Oldtimern.

Valérie notierte «Oldtimer». Sie unterstrich das Wort. Wenn sie Oldtimer las, sah sie Karossen vor sich, die in den zwanziger oder dreissiger Jahren des letzten Jahrhunderts auf den Strassen fuhren. Aber bereits ein fünfundzwanzigjähriges Auto zählte man heute zu den Oldtimern. Gehörte der Ford Mustang, der sie verfolgt hatte, auch dazu? Sie hatte ihn seit dem Vorfall im Parkhaus nie mehr gesehen. Sollte sie weitersuchen? Wo genau? In Reichmuths Garten vielleicht?

Valérie schüttelte den Kopf. Sie hatte schon zigmal angefangen. Jeder neue Gedanke war ein Beginn. Und das Ende war nicht in Sicht.

Louis hatte von jedem Mitglied ein Foto gemacht. Das sah ihm ähnlich. Valérie wusste nicht, wie er es ohne richterlichen

Beschluss hatte durchsetzen können, die Männer strammstehen zu lassen. Sie nahm Reichmuths Bild zur Hand. Eine imposante Erscheinung mit Wohlstandsbauch. Sein schütteres Haar bedeckte die hohe Stirn. Er hatte die Haare entweder von links nach rechts oder von rechts nach links über den Schädel gekämmt. Ein freundliches Gesicht, ein paar Lachfalten.

Reichmuth hatte fünf Kinder, war ihnen ein guter Vater. Schon deswegen kam er als Mörder nicht in Frage.

Aber was wusste sie schon, was in den Köpfen ehrbarer Bürger vorging, wenn sie plötzlich durchknallten, die Nerven verloren, die Achtung vor sich selbst? Wenn ihre Seelen Monster produzierten, Racheengel? Mordgedanken?

Ihre Truppe hatte mittlerweile alle Mitglieder befragt. Louis' Rapport lag bei ihr. Sie hatte ihn gelesen. Kein potenzieller Täter. Nicht ein einziges Profil, das darauf hinwies.

Der Mörder war also noch immer auf freiem Fuss und würde bald schon die nächste Tat planen. Was nach Heinzers Tod als vage Hypothese existiert hatte, wurde mit jedem weiteren Mord brutale Realität: Sie standen am Anfang einer Mordserie.

Valérie fiel ein Mitglied auf, das nicht in den Kreis der grauen Eminenzen passen wollte: Hans Bürgler, siebenunddreissig Jahre alt. Ledig. Seiner Aussage zufolge war er bei den Veranstaltungen im Herrenhaus stets dabei. Er arbeitete bei der Sparkasse Schwyz, hatte einen tadellosen Leumund. Valérie sah ihn vor sich im dunkelblauen Anzug und mit Krawatte. Jemand, der nicht mal einer Fliege etwas zuleide tun konnte. Sie schrieb «Hans Bürgler» auf den Bogen. Während sie seinen Namen mit dem Stift umkreiste, entblätterte sich der Mann vor ihrem geistigen Auge. Der Anzug fiel, die Krawatte, das schneeweisse Hemd. Zuletzt stand er vor ihr, schmal und blass, nicht wirklich ein Kerl.

Konnte zu wenig Testosteron dazu führen, dass ein Mann zum Mörder wurde?

Oder wurde er zum Mörder aufgrund seines zu hohen Testosteronspiegels?

Valérie notierte weiter.

Pankraz Dobler zum Beispiel war Lehrer am Kollegium und unterrichtete in Mathematik. Er war auch im Schulrat tätig.

Gross, schlank, aufrecht. Er trug eine Brille und die Haare lang. Ein Künstlertyp, geschieden, ein Sohn. Louis' Randnotiz irritierte sie ein wenig. Es hatte mal eine Anzeige wegen sexuellen Übergriffs an einer Schülerin gegeben. Diese wurde später zurückgezogen. Vielleicht hatte die Schülerin auf diesem Weg bessere Noten erpresst, und man war ihr auf die Schliche gekommen.

Valérie arbeitete bis in den Abend hinein.

Sie schrieb den Tagesrapport, notierte alle Mitglieder des Panthers Club auf den Papierbogen. Sie clusterte, strich durch, ergänzte. Zwischendurch telefonierte sie mit Louis und Fabia, berichtete über den anonymen Anruf bei WOP, bat sie, dem nachzugehen. Den richterlichen Beschluss hatte sie angefordert. Sie faxte ihn an Louis. Sie stellte Fragen, bekam unbefriedigende Antworten. Sie las wiederholt den Bericht über die WOP-Frauen. Aber auch dadurch gelangte sie zu keinen neuen Erkenntnissen.

Draussen war es schon längst dämmrig geworden, als sie auf die Uhr sah. Halb neun. Ihr Magen meldete sich, der Hunger. Wie so oft, wenn sie beim Arbeiten war, hatte sie vergessen zu essen. Sie griff nach der Wasserflasche auf ihrem Pult. Sie war leer.

Und morgen würde sie Colin sehen.

Valérie erhob sich und schritt zum Schrank, auf dessen Innenseite ein Spiegel angebracht war. Sie sah schrecklich aus. Die Narbe trat purpurfarben hervor. Unter ihren Augen lagen Schatten, und die Falte zwischen ihren Brauen hatte sich noch verstärkt. In den letzten Nächten hatte sie wenig geschlafen. Immer wieder hatte sie sich unruhig im Bett gewälzt. Zwischendurch war sie aufgestanden, hatte in der Küche aus dem Fenster gesehen, auf den Vorplatz, der still dalag. Autodächer wie glänzende Käfer im Licht der Strassenlampen.

Kein Fremder mehr.

Seit Heinzers Tod hatte sie nur einmal «Tannhäuser» gehört. Vielleicht sollte sie beginnen, mit der Vergangenheit aufzuräumen. Vorwärtsblicken. An dem, was hinter ihr lag, konnte sie nichts ändern. Sie musste es akzeptieren, es als einen Teil ihres Lebens betrachten, an dem sie gereift war. Doch genau dort lag ihr Problem.

Valérie zog sich den Mantel über. Sie verliess das Büro. Auf dem Flur war es ruhig. Der Mief des erlöschenden Tages hatte sich ausgebreitet. Kaffeedunst, Schweiss, ein Fluidum von Zigarettenrauch. Obwohl es verboten war, auf den Etagen zu rauchen, gab es einige Polizisten, die sich nicht daran hielten.

Valérie ging über die Treppe ins Erdgeschoss. Sie winkte einem Kollegen zu, der Nachtwache hatte. Sie trat auf den grossen Platz vor der Tür. Die kühle Frühlingsluft streifte ihr Gesicht. Gleich fühlte sie sich besser. Die Freude auf Colin setzte sich langsam durch. Sie nahm sich vor, ein Valium zu schlucken. Ein erholsamer, ununterbrochener Schlaf hatte bei ihr noch immer für Wunder gesorgt. Sie ging auf ihren Roadster zu, der einsam auf einem der Parkfelder stand. Sie betätigte die automatische Türöffnung, als ein Geräusch sie zusammenzucken liess.

Sie drehte sich um. Im Kegel einer Leuchte sah sie die Umrisse eines Mannes. Regenmantel und Hut zeichneten sich vor dem Licht ab. Sein Gesicht lag im Schatten.

«Valérie?»

Sie kannte die Stimme und beruhigte sich ein wenig.

«Kann ich dich sprechen?»

«Dominik, und ich dachte, ich sei die Einzige, die Überstunden schiebt.» Ihr Lächeln misslang. «Worum geht es?»

Wenn Fischbacher etwas von ihr wollte, musste es wichtig sein.

«Ich war beinahe den ganzen Tag im Büro», sagte sie wie zur Entschuldigung.

«Ich weiss. Ich wollte dich nicht stören. Aber es gibt da etwas, das ich gern mit dir bereden möchte. Wollen wir nach Schwyz fahren und im ‹Ochsen› einkehren?»

Es war ihr recht. Immerhin würde sie danach keinen so weiten Weg mehr vor sich haben. Aber mit dem Schlafen wurde es nichts. Sie musste sich etwas anderes einfallen lassen, um am nächsten Morgen nicht wie eine Eule auszusehen.

***

In Schwyz schienen an diesem Samstagabend alle draussen zu sein. Die Strassencafés am Rande des Hauptplatzes waren überfüllt. Vor dem Brunnen-Mändl sassen zwei einheimische Musikanten und entlockten ihrer Handharmonika heitere Töne. Die Leute flanierten in ihren neuen Garderoben. Kinder, die schon längst im Bett hätten sein sollen, spielten Fussball.

Das Rathaus war in ein warmes Licht getaucht. Valérie parkte gleich davor. Sie stieg aus und wartete auf Fischbacher, der wenig später eintraf. Er stellte sich neben sie, und gemeinsam schweiften ihre Blicke über die Bilder.

«Der Bau des Rathauses stammt aus dem 17. Jahrhundert», erklärte Fischbacher. «Die Malerei allerdings wurde erst im 19. Jahrhundert angebracht. Sie stellt die Schlacht am Morgarten dar. Wenn du einmal Zeit hast, solltest du den Kantonsratssaal und den Gerichtssaal mit den Kassettendecken ansehen. Da steckt Geschichte drin.» Er nahm Valérie sachte am Arm. «Der Hauptplatz in Schwyz gehört zu den schönsten Plätzen im Land.»

«Deshalb wolltest du unbedingt mit mir da hin, um mir diesen Ort am Abend zu zeigen?» Valérie war nicht nach Lachen zumute, denn sie ahnte, dass etwas Unangenehmes auf sie zukommen würde.

Was hatte Fischbacher vor?

Sie gingen in den «Ochsen». An der Bar fanden sie noch zwei leere Plätze. Fischbacher bestellte ein Weizenbräu, Valérie begnügte sich mit Wasser, was ihr Chef mit einem Lächeln quittierte.

«Also, wo drückt der Schuh?» Valérie verabscheute langes Drumherumreden. Sie kam gern auf den Kern der Dinge. «Oder willst du dich für deine Absenzen entschuldigen?»

Stopp! Sie hatte sich im Ton vergriffen.

«Sorry, das muss der Stress sein. Sicher steckst du auch in der Zwickmühle, was den Fall betrifft.»

«Genau darüber müssen wir reden.» Fischbacher prostete ihr zu. «Meine Präsenz ist nicht immer spürbar. Aber ich verfolge jeden Schritt. Ehrlich gesagt verwunderte es mich ein wenig, als ich über deine letzte Befragung las. Drei Frauen auf einmal … wolltest du Zeit sparen?»

Valérie setzte zum Sprechen an; Fischbacher hob fast drohend die Hand.

«Lass mich zu Ende reden. Ich habe dir einige Freiheiten eingeräumt. Aber dass du Vorgaben in den Wind schiesst, ist doch sehr fraglich. Muss ich davon ausgehen, dass du dich nicht an die Dienstvorschriften hältst?»

Valérie blieb nur ein leeres Schlucken. Mit einer solch massiven Anschuldigung hatte sie zuletzt gerechnet. Gern hätte sie ihm gesagt, dass sie Mühe hatte, ihre Wut unter Kontrolle zu halten, und dass sie deswegen ihren eigenen Weg einschlug. Aber sie schwieg.

«Und was ging da im Herrenhaus vor sich?» Fischbacher fuhr im gleichen Ton fort. «Warum warst du am letzten Donnerstag dort? Infolge verdeckter Ermittlungen?»

Valérie spürte, wie ihre Kinnlade nach unten sank.

«Es war die Staatsanwältin, die dich unbedingt nach Schwyz holen wollte, nicht ich. Obwohl sie das gerne so betont. Ich kenne ihre Beweggründe nicht.»

Diese Bemerkung fühlte sich wie ein Faustschlag in die Eingeweide an.

«Aber du hast mich –»

Wieder hob Fischbacher die Hand. «Ein gutes Arbeitsklima ist mir sehr wichtig. Meine Leute sollen sich wohlfühlen. Aber sie müssen auch kooperieren. Ich verachte Alleingänge.»

«Ich weiss, worauf du anspielst.» Valérie starrte auf ihr Wasserglas. «Das mit Fabia war mein Fehler. Ich hatte die Situation unterschätzt.»

«Genau solche Fehler dürfen nicht geschehen.» Fischbacher trank vom Bier. Er wischte sich den Schaum von den Lippen. «Fabia ist jung. Sie hat wenig Erfahrung. Sie handelt impulsiv. Sie muss noch einiges lernen. Aber ich schätze ihren Teamgeist, was …» Fischbacher fixierte Valérie mit seinen blauen Augen, «… was ich bei dir bemängle. Du machst Rundumschläge, ohne deine Leute zu informieren. Vom Besuch in der Herrengasse wusste niemand. Per Zufall bekam ich davon Wind.»

Jole hatte es gewusst. Doch sie wollte Valérie nicht hineinziehen. Ob Fischbacher ihre Wohnadresse kannte, war nicht sicher.

In ihren Personalien war die Hausnummer nicht eingetragen, wohl aber der Name «Villa Iolanthe». Es hinterliess den Eindruck, als hätte Jole ihre Adresse nicht publik machen wollen. Letztendlich machte sie sich dadurch verdächtig. Oder hatte sie andere Gründe?

Fischbacher riss sie aus ihren Gedanken. «Was ist Sache?»

«Hat sich jemand darüber beklagt?» Valérie gab sich die Antwort gleich selbst. «Ich kann es mir vorstellen ... Louis, nicht wahr? Louis hat sich über mich beschwert.»

«Niemand hat sich beschwert. So etwas fällt mir persönlich auf. Was hattest du in der Herrengasse zu suchen?»

«Ich gebe zu, ich habe ermittelt. Ich war auf der Spur der WOP-Frauen. Ich wollte herausfinden, ob sich dort ein Motiv finden lässt.»

«Valérie!» Wie er ihren Namen sagte. «Ich muss dich das jetzt fragen: Bist du überfordert mit dem Fall?»

«Nein!»

«Gibt es da etwas, das ich wissen müsste?»

Es gab einiges, über das sie gern gesprochen hätte. Fischbacher hätte vielleicht der erste aussenstehende Mensch werden können, dem sie ihre Probleme anvertraute. Aber sie wusste nicht, ob sie damit ein Eigentor schoss. Sie brauchte Unterstützung, das war ihr klar. Andererseits gab es ihr Kopf nicht zu, Hilfe anzufordern. In den letzten Jahren war sie mit einigen kniffligen Fällen betraut gewesen. Abgesehen von einigen wenigen, die aufgrund fehlender Indizien nicht hatten gelöst werden können, war sie erfolgreich gewesen. Ihre scharfe, von Logik geprägte Denkweise, gemischt mit weiblicher Intuition, hatte ihr dazu verholfen.

Mit den Morden an Heinzer und Betschart war sie auf neues Terrain gestossen. Der Druck der Medien war gross. Lastete die Angelegenheit in erster Linie auf Fischbacher? Oder war es sie als leitende Ermittlerin, die das Messer am Hals hatte? Ihr Team war von ihren Schlüssen abhängig, ob sie nun richtig oder falsch waren. Sie trug die Verantwortung. Das war Belastung genug.

«Nein!» Ihre Stimme klang nicht sehr überzeugt.

«Dann wollen wir es dabei bewenden lassen. Ich weiss, dass

es nicht leicht für dich war, nach nur einem Monat ein komplett neues Team zu führen.»

«Ich leite nur die Ermittlungen, das Team führst du.»

Fischbacher schmunzelte. «Das wollte ich von dir hören. Nun zum Erfreulichen …»

Valérie hatte gedacht, da komme nichts mehr. Fischbacher hatte eine eigene Art, sich Gehör zu verschaffen. Sie sah ihn erstaunt an.

«Ich bin zufrieden mit deiner Arbeit.» Fischbacher liess eine kleine Pause verstreichen, in der er Valérie nicht aus den Augen liess. «Wenn wir die paar negativen Vorkommnisse streichen, sehe ich doch, was du leistest. Meines Erachtens suchst du manchmal zu weit. Aber ich kenne deine Gedankengänge nicht.»

«Danke, das war ein schönes Kompliment», sagte Valérie mit einem sarkastischen Unterton. «Trotz meiner akribischen Ermittlung dünkt es mich, wir kommen nicht von der Stelle. Es ist, als müsste ich zuerst die Mentalität der Schwyzer studieren. Ich weiss, ich kann sie nicht mit den Zürchern vergleichen, zumindest nicht die Innerschwyzer.»

«Da gebe ich dir recht», sagte Fischbacher. «Im Innerschwyzer steckt viel Widersprüchliches. Auf der einen Seite möchte er offen sein, auf der andern steht er sich mit seiner konservativen Engstirnigkeit selbst im Weg. Das Ursprüngliche der Schweiz ist bei den meisten noch fest verankert. Das sieht man daran, wie sie an Traditionen festhalten.»

«Du kennst dich wohl gut aus damit. Traditionen pflegen finde ich jedoch etwas Schönes. Lebst du schon lange hier?»

«Im August werden es acht Jahre sein.»

«Und noch nie daran gedacht, wegzuziehen?»

«Weshalb sollte ich? Mit Ausnahme meines Ältesten haben sich meine Kinder ebenfalls in Schwyz niedergelassen.» Fischbacher hatte versöhnlichere Töne angeschlagen. «Wer weiss, vielleicht gewöhnst du dich auch noch an die Urschwyzer.» Er beugte lächelnd seinen Oberkörper nach vorn. «Wollen wir uns eine Flasche Weissen teilen?»

Valérie wich zurück. «Das ist keine so gute Idee. Ich sollte jetzt nach Hause fahren.»

«Morgen ist Sonntag. Da kannst du ausschlafen.» In Fischbachers Stimme klang Enttäuschung mit.

Valérie wollte dies nicht kommentieren. Sie war müde, hatte keine Lust mehr auf ein Weiterführen ihres Gesprächs. Ihre Konzentration gab nach. Zu Small Talk war sie nicht aufgelegt. Zudem wurde ihr der zunehmende Geräuschpegel im «Ochsen» zu viel.

Sie sehnte sich nach ihrem Bett. Sie sah auf die Uhr. Wenigstens noch für ein paar Stunden.

DREIZEHN

Es war der zweite Sonntag in Folge, an dem die Sonne schien und der Himmel sich fast wolkenlos über Schwyz ausdehnte. Die Mythen schienen so nahe; man konnte sie fast greifen.

Valérie war früh aufgestanden, nachdem sie in der Nacht kaum ein Auge zugemacht hatte. Sie war aufgekratzt und nervös gewesen, hatte sich immer wieder Colins Gesicht in Erinnerung gerufen. Ob er sich verändert hatte? Ein halbes Jahr war eine lange Zeit in einem Kinderleben. Er war bestimmt gross geworden, wenn er nach den Eltern kam. Im letzten November hatte er Valérie bis zum Kinn gereicht. Sicher war er gewachsen, männlicher jetzt. Den Stimmbruch hatte sie neulich nicht bemerkt, falls er ihn schon hatte.

Valérie setzte sich in den Wagen. Sie startete den Motor. Unter dem neugierigen Blick einer Nachbarin aus dem zweiten Stock fuhr sie aus dem Quartier hinaus auf die Hauptstrasse. Noch herrschte wenig Verkehr.

Colin war ein hübsches Kind gewesen, mit dunklen Locken und grossen schwarzen Augen, die immer etwas Melancholisches in sich trugen. Wenn er seine Mutter ansah, schmolz sie unter seinem Blick wie zartbittere Schokolade in der Hitze. Er war ein Wunschkind gewesen, die Krönung einer ungewöhnlichen Liebe. Bis zu seinem sechsten Lebensjahr eingebettet in die Geborgenheit der Familie. Die anfängliche Arbeitsteilung der Eltern war an Willy gescheitert. Später hatte er darauf beharrt, die Mutter müsse zu Hause und für ihr Kind da sein, während er nicht nur seinem Job, sondern auch seinen Begehrlichkeiten nachging. Valérie war keine Frau gewesen, die die Ehe aufgrund einer Krise hingeschmissen hätte. Als aber Willy keine Anstalten gemacht hatte, in seinem Leben etwas zu ändern, fiel Valérie in eine Depression. Colin war in der vierten Klasse gewesen, als Valérie Willy mit einer jungen Frau in ihrem Ehebett ertappte. Sie hatte es zuerst als eine Art Spiel betrachtet – Willy hatte immer sonderbare Einfälle gehabt, um ihrer Sexualität einen neuen Kick zu geben, wie er es nannte. Es hatte den Anschein gemacht, als wolle er in Valérie neue, ungeahnte Seiten entdecken.

Für sie aber war es ein Schuss über die Grenzen gewesen. Das Verwerflichste an Geschmacklosigkeit überhaupt. Eine Fremde in ihrem Bett, fast noch ein Mädchen. Valérie hatte zum ersten Mal in ihrem Leben eine kriminelle Energie in sich gespürt. Es hatte ihr Angst gemacht.

Valérie raste mit überhöhter Geschwindigkeit über die Autobahn. Zeitlich lag sie gut drin. Viel zu früh, wie sie feststellte. Sie nahm sich vor, im Restaurant Red im KKL zu frühstücken.

Fünfzehn schöne Jahre waren es gewesen. Tage voller Harmonie und Glückseligkeit. So hatte Valérie es zumindest empfunden.

Und plötzlich war es vorbei gewesen. Hatte es abrupt geendet.

Colin hatte besonders darunter gelitten. Er war schon früher ein sensibles Kind gewesen, mit dem Alter nahm seine Sensibilität noch zu. Er hatte die Differenzen zwischen seinen Eltern gespürt, sie manchmal fast nicht ausgehalten. Das Kind der Liebe war zu einem Spielball zwischen ihr und Willy geworden. Vor allem aber hatte Willy seinen Sohn gegen sie aufgehetzt. Sie hatte die Augen davor verschlossen, hatte nur an das Gute in ihrem Mann geglaubt. Sie hatte genug mit bösen Menschen zu tun gehabt, sie wollte das Schlechte nicht auf ihre Familie projizieren.

Mit hundertzwanzig durch den Tunnel bei der Schönegg. Vor der Engelrüti wurde sie geblitzt. Sie bremste ab, es war zu spät. Sie passte die Geschwindigkeit den Sonntagsfahrern an. Vor Küssnacht verliess sie die Autobahn. Sie fuhr durch das Dorf, später dem Vierwaldstättersee entlang. In Meggen liess sie das Verdeck ihres Wagens runter, genoss die warmen Sonnenstrahlen auf ihrem Gesicht, die Landschaft vor ihr, die sich an diesem Frühlingsmorgen zu entfalten schien.

Sie war viel zu früh auf dem Europaplatz vor dem KKL. Nach dem Frühstück blieb noch gut eine Stunde bis zu Colins Ankunft. Valérie fragte sich, ob sie zum Bahnhof gehen sollte und dort warten. Sicher würde Colin mit dem Zug anreisen. Dann überlegte sie sich, dass sie ihn nicht überrumpeln wollte. Sie spazierte zu den Schiffanlegestellen und bewunderte die weissen

Raddampfer mit den majestätischen Schloten und den riesigen roten Schaufeln.

Wieder Gedanken an Colin.

Wie war er glücklich gewesen, als sie mit ihm während zweier Tage Paris besuchte: den Eiffelturm, Sacré-Cœur, Notre-Dame sowie Versailles und anschliessend zwei Tage den Vergnügungspark im Marne-la-Vallée. Noch nie zuvor hatte sie seine Augen so strahlen sehen. Sie war mit ihm auf die verrücktesten Bahnen gegangen und kleine Ewigkeiten in der Schlange vor den begehrtesten Vorführungen gestanden. Sie hatten zusammen Zuckerwatte verzehrt, von Fett triefende Krapfen.

Valérie ging zurück zum KKL. Der Wagenbachbrunnen sprühte Fontänen. Regenbogenfarben schimmerten im Spiel der Elemente.

Fünf vor elf. Valéries Hände fühlten sich kalt an. Sie war aufgeregt wie nie zuvor. Sie begutachtete ihr Spiegelbild in einem der Fenster des Restaurants. Sie hatte sich Mühe gegeben, einigermassen normal auszusehen. Eine Jeans, eine weisse Bluse, ein Blazer. Dazu halbhohe Stiefel und die dazu passende Umhängetasche. Ihre müden Augen versteckte sie unter einer Retro-Sonnenbrille, die sie erst kürzlich erstanden hatte. Die Narbe hatte sie, so gut es ging, mit Make-up überpinselt. Sie wollte Colin nicht an diese Tragödie erinnern.

Elf Uhr. Von Colin keine Spur.

Valérie fragte sich, ob sie Ziegler richtig verstanden hatte, ob er vielleicht den Sonntag in einer Woche gemeint hatte. Sie bekam plötzlich Zweifel. Sie überlegte sich, den Anwalt zu wechseln. Den letzten Schritt weg von Zürich zu tun.

Auf einmal entdeckte sie Colin. Er lehnte an der Brüstung vor dem künstlichen Wasserbecken. In seinen Händen hielt er ein Smartphone. Er drückte konzentriert darauf herum, ohne den Blick vom Display abzuwenden. Er war ein Jugendlicher wie alle in seinem Alter, die die Welt um sich vergassen, sobald sie dieses technische Gerät besassen.

Valérie fasste sich ein Herz, schritt auf ihn zu. Es war, als ginge sie auf einen Fremden zu. Er war grösser geworden, sein Haar länger. Doch noch immer überwogen die kindlichen Züge, jetzt, wo sie ihn von der Seite betrachtete. Seine Gesichtsform hatte etwas Unharmonisches an sich.

Ihr Sohn. Fremd und doch vertraut. Wie er an der Brüstung lehnte und alles um sich ignorierte. In sich gekehrt, gelangweilt, nicht wirklich hier.

«Colin!»

Er sah kurz auf. Ihm war es genauso peinlich. Auf seiner Höhe angekommen, streckte Valérie die Hand zum Gruss aus, zog sie jedoch schnell wieder zurück. Sie wollte ihn nicht erschrecken. Ihren Wunsch nach Berührung und Umarmung unterdrücken. Trotzdem breitete sie jetzt ihre Arme aus, ging näher zu ihm. Sie zog ihn an sich, vergrub ihr Gesicht in seinen widerspenstigen Haaren.

Da war dieser fremde Geruch, etwas männlich Herbes, das sie nicht kannte. In ihren Erinnerungen roch sie den samtigen Geruch von damals, als er ein Baby gewesen war. Den ersten Flaum auf seinem Kopf, den Speichel an seinem Schnuller.

Als er ihre Berührung erwiderte, hätte sie vor Freude schreien können. Sie liess ihn los. «Colin, schön, dass du da bist. Gut siehst du aus.» Sie musterte ihn von oben bis unten, konnte sich kaum mehr vorstellen, dass sie ihn geboren hatte. Dass er ihr Fleisch und Blut war. Ihr Sohn, hübsch wie eh und je.

Unbemerkt wischte sie sich die Tränen aus dem Gesicht. Colin hatte das Smartphone in seinem Lumber verschwinden lassen. Er hatte ausser dem Grüssen noch nichts gesagt.

«Du bist gross geworden.» Valérie stellte sich neben ihn und streckte ihre Hand über ihre beiden Köpfe aus. «Bald überholst du mich.»

«Ich bin der Klassengrösste», sagte er endlich mit der typischen Verzerrtheit in der Stimme, die den Bruch andeutete. «Ich sitze zuhinterst in der Schule.»

Er schien nicht recht bei der Sache zu sein. Valérie fiel auf, dass er wiederholt Richtung Bahnhof schaute.

«Hast du Hunger?» Sie wäre gern mit ihm irgendwo hineingesessen. Weg von der Strasse, von diesem Platz, auf dem sie wie ausgestellt standen.

«Ich habe keinen Hunger.»

«Wollen wir uns trotzdem in ein Restaurant setzen?»

«Wir können auch draussen bleiben.»

«Also, gehen wir ein wenig.» Sie hängte sich bei ihm ein, was er aber heftig abwehrte. Sie zog den Arm zurück, wusste nicht, wohin damit. Sie packte ihre Tasche und umklammerte sie mit beiden Händen. Ihre ganze Verlegenheit äusserte sich in dieser Geste. «Wie geht es dir in der Schule?»

«Es geht so. Ich bin kein Superheld, wenn du das meinst.»

«Für mich bist du einer.» Sie stiess ihn kameradschaftlich in die Seite, ein Verlegenheitsstups. Sie wusste nicht, wie sie auf ihn reagieren sollte. Er war ihr so fremd geworden.

«Hast du denn schon Zukunftspläne?»

«Dad sagt, dass ich ins Gymnasium müsse.»

Willy, logisch, der musste ja wissen, was für seinen Sohn gut war und was nicht. Zuerst das Gymnasium und dann ein Wirtschaftsstudium in St. Gallen. Hauptsache, er konnte damit prahlen, was er seinem Sohn alles ermöglichen würde.

«Das ist eine gute Basis», sagte sie, doch gleichzeitig ärgerte es sie, dass sie Willy indirekt recht gab.

«Aber ich weiss schon jetzt, dass ich die Aufnahmeprüfung nie bestehen werde. Ich bin zu faul.»

«Faulheit kann man überwinden», sagte Valérie und hätte sich am liebsten gleich die Zunge abgebissen. Sie erwartete von Colin eine heftige Reaktion. Die blieb jedoch aus.

«Du bist nicht dumm, Colin. Du musst es nur wollen.»

«Ich will aber nicht. Ich möchte …» Er stockte.

«Was möchtest du?»

«Ich weiss, es klingt bescheuert. Dad hat gesagt, ich hätte sie wohl nicht mehr alle.»

«Was denn?»

«Je voudrais bien être un policier.» Dass er es auf Französisch sagte, gab dem Ganzen eine eigenwillige Note. Es war lange her, seit er mit ihr in ihrer Muttersprache geredet hatte.

Valérie schluckte leer. An alles hatte sie gedacht, nur an das nicht. Sie wusste nicht, ob sie weinen oder lachen sollte. Es kam völlig unerwartet.

«Aber auch wenn man Polizist werden möchte, muss man

vorher etwas abschliessen. Eine Lehre, ein Studium …» Was hätte sie sonst sagen sollen?

Andererseits freute sie sich: Ihr Sohn kam nach ihr. Das musste Willy arg in Rage versetzen. Jetzt nur nichts überstürzen oder etwas Falsches sagen.

Sie überquerten den Bahnhofplatz. Immer wieder schaute Colin auf den Eingang, dorthin, wo die Taxis standen und Chauffeure nach Kundschaft Ausschau hielten.

«Erwartest du jemanden?» Ein erstes komisches Gefühl machte sich bemerkbar.

«Nein, nein.» Colin winkte ab.

Sie gingen weiter, tauchten in den Untergrund des Bahnhofs ab. Sie passierten verschiedene Geschäfte, die Bäckerei Bachmann und das Buchparadies. Auf der Höhe Pilatusstrasse stiegen sie über die Rolltreppe wieder auf. Valérie hatte sich von Colin einfach führen lassen. Sie hatte nicht die geringste Ahnung, wohin er steuerte.

«Ziehst du denn eine Lehre in Betracht?»

«Ich möchte Informatik lernen.»

«Das ist sicher interessant.»

«Die Lehre dauert allerdings vier Jahre. Aber nach der Sek könnte ich gleich beginnen. Die Lehrlinge sind rar, und Lehrstellen hat es im Überfluss.» Colin sah auf die Westseite des Bahnhofs.

Valérie blieb stehen. Sie drehte Colin zu sich. «Du hast doch etwas.» Sie fixierte seine Augen. Noch immer waren sie von dieser Melancholie beherrscht.

«Dad wartet dort drüben auf mich.»

«Was!» Valérie fuhr herum. «Dein Vater ist hier?»

«Ich habe ihm gesagt, dass er mich nicht begleiten soll. Er hatte aber in Luzern zu tun. Deshalb ist er hier. Ich bin mit ihm hergefahren.»

«Mit dem Zug?» Es war alles, was Valérie dazu zu sagen hatte.

Auf einmal war der Zauber vorbei. Sie spürte, wie ihre Knie weich wurden. Sie musste davon ausgehen, dass Willy sie beobachtete. Dass er jeden ihrer Schritte kontrollierte. Jede Bewegung. Jede Berührung.

«Wir haben abgemacht, dass ich dich vier Stunden lang sehen kann.»

Genau das hatte sie nicht sagen wollen. Colin sollte nicht von ihr denken, dass sie das Treffen mit ihm ausgehandelt hatte. Dass ein Zeitfenster von vier Stunden reichen sollte, um sich einander wieder anzunähern.

Am liebsten hätte sie ihren Sohn gepackt und wäre mit ihm ausgerissen. Weg von hier. Hinaus aufs Land, in eine entlegene Hütte an einem einsamen See. Mit ihm verreist, nach Paris, London oder Rom. Dorthin, wo kein Richter sie verfolgen, wo kein Kinderpsychologischer Dienst sie in die Schranken weisen konnte.

Valérie hatte das Jurastudium abgeschlossen. Sie durfte sich «lic. iur.» nennen. Sie würde zuletzt gegen das Gesetz verstossen.

Sie fühlte sich wie ein nasser Waschlappen. Colin liess die Arme hängen. Sie standen vor der Rolltreppe, nicht sicher, welches ihr nächster Schritt sein würde. Sie schwiegen, während der Verkehr auf der Pilatusstrasse an ihnen vorbeirauschte. Es war eine bedrückende Situation. Valérie versuchte, sich zusammenzureissen und nicht auszuflippen. Denn genau darauf wartete Willy. Sie war sich sicher, dass er sie von seinem Versteck beim Bahnhof sehen konnte. Sie spürte geradezu seine Blicke auf sich.

«Was meinst du», brach sie endlich das Schweigen, «sollten wir uns an einem anderen Tag sehen? Ich würde es verstehen, wenn du zurückmöchtest.»

«Maman ...» Es war das erste Mal seit Langem, dass er sie so nannte. «Ich glaube, es wäre besser, wenn wir uns in Zukunft gar nicht mehr sähen. Dad macht mir sonst die Hölle heiss. Er glaubt, dass es für mich nur von Nachteil ist, wenn ich dich treffe.»

«Und du parierst?» Valérie wandte ihr Gesicht von ihm ab. Colin sollte nicht sehen, wie Tränen in ihre Augen schossen.

Es war einfach zu viel.

Plötzlich drehte sie sich nach ihm um. Egal, wie verquollen ihr Gesicht aussah. Sie trug eine Brille, das gab ihr Sicherheit. «Du willst Polizist werden ... dann kämpfe um Gottes willen für deine Rechte, Colin. Es geht dabei nicht um mich. Es war vielleicht ein Fehler von mir, dass ich mich in den letzten Monaten von dir zurückgezogen habe. Aber es darf nicht sein, dass meine Rücksichtnahme dir gegenüber uns jetzt zum Verhängnis wird.»

Es war nicht abschätzbar, wie tief ihre Worte ihn getroffen hatten. Wenn sie ihn jetzt so stehen sah, war ihr, als könnte sie sein Wesen nicht erfassen. Auf der einen Seite war er das Kind, auf der andern der heranwachsende Mann. Aus dem wenigen, das er sprach, konnte sie schwerlich heraushören, was in ihm vorging. Nein, sie würde ihn nicht zurückhalten. Er sollte nicht das Gefühl haben, zwischen Vater und Mutter hin und her gerissen zu werden. Vielleicht arbeitete die Zeit für sie.

Noch während sie sich darüber Gedanken machte, fuhr Colin erschrocken herum. Valérie folgte seinem Blick und erblasste augenblicklich.

Vor ihr stand Willy.

***

Louis fühlte sich an diesem Sonntag miserabel. Im Moment stagnierte nicht nur der Fall, an dem sie seit mehr als einer Woche arbeiteten, auch sein Privatleben stand still. Die junge Frau aus dem Internet, mit der er neulich ein Date vereinbart, es jedoch nicht eingelöst hatte, hatte ihn in der Zwischenzeit versetzt. Seine letzte längere Beziehung lag Monate zurück. Manchmal beschlich ihn das ungute Gefühl, nicht beziehungsfähig zu sein. Von schnellen Bekanntschaften, flüchtigen Bettgeschichten und dem Grauen am Tag danach hatte er genug. Er sehnte sich nach etwas Beständigem.

Seine Zweizimmerwohnung in Rickenbach erdrückte ihn an diesem Morgen. Er hatte schlecht geschlafen und war gereizt. Er hatte in den letzten Tagen viel geleistet, oftmals über die normale Arbeitszeit hinaus gearbeitet. Aber er merkte, dass ihm ein Ausgleich fehlte.

Er liess sich Zeit beim Duschen, legte wie immer Hand an sich an. Doch das war nicht die Lösung. Er war erst fünfunddreissig, sah gut aus, war ein umgänglicher Kerl, so wenigstens sah er sich selbst. Nach einem ausgiebigen Frühstück setzte er sich in seinen Kombi. Vielleicht müsste er sich ein schnittiges Auto leisten, das würde sein Image etwas aufpolieren. Aber woher das Geld nehmen, ohne es zu stehlen?

Gemütlich, mit offenem Fester und dem Remix von «About: Berlin» im Ohr, fuhr er über die Gersauerstrasse in seinen Bürgerort. Das Dorf lag verschlafen am Südhang der Rigi, an den Gestaden des Sees. Viel geändert hatte sich in den letzten Jahren nicht. Ein paar neue Häuser waren entstanden, hoch oben an den Hängen. Doch der Dorfkern hatte von seinem Charme kaum etwas eingebüsst.

Irgendwo musste das Geburtshaus seines Vaters stehen. Doch das interessierte Louis nicht. Überhaupt fühlte er sich manchmal mehr zur Mutter hingezogen, dieser sanften, lieben Frau aus Thailand. Vater hatte sie vor siebenunddreissig Jahren aus den Händen skrupelloser Menschenhändler befreit – das jedenfalls war seine Version, wenn er von der Bekanntschaft mit seiner Frau erzählte. Louis kannte es anders. Sein Vater war selbst ein Sextourist gewesen und hatte Pattaya südlich von Bangkok regelmässig besucht, war also nicht ganz unschuldig an diesem Desaster. Es ging immer um Angebot und Nachfrage. Vor zehn Jahren hatte Louis' Mutter sich von Vater getrennt. Seine Ferien verbrachte er seither wieder im Süden von Bangkok.

Dass in seiner Brust zwei Herzen schlugen, brachte Louis manchmal an den Rand der Verzweiflung. Von Thailand und von der Herkunft seiner Mutter wusste er wenig. In Bangkok war er erst einmal gewesen. In dieser stinkigen, lauten und überbevölkerten Metropole am Chao Phraya. Seine Mutter hatte die Nabelschnur zu ihrer Heimat abgeschnitten. Das verstand Louis nicht, getraute sich aber auch nicht, nach den Gründen zu fragen. Er selbst kam sich manchmal wie ein Heimatloser vor. Was ihn als Kind weniger gestört hatte, gab ihm mit den Jahren je länger desto mehr zu denken. Da konnten auch sein gutes Aussehen, das auf die andern exotisch und reizvoll wirkte, und seine oft gespielte Selbstsicherheit nicht darüber hinwegtäuschen. Er fühlte jene Zerrissenheit tief in seiner Seele, die die Verbindung zwischen einem Europäer und einer Asiatin mit sich brachte. Früher hatte seine Mutter mit ihm Thai gesprochen. Dann hatte sie einen Deutschkurs besucht, und Louis hatte sich in der Schule auf die deutsche Sprache konzentriert. Zudem hatte sein Vater ihn forciert, Deutsch zu sprechen.

Er liess Gersau hinter sich. Er fuhr jetzt die Seestrasse entlang, vorbei an urigen, bewaldeten Abschnitten und gelangte nach Vitznau, das genauso verträumt dalag wie Gersau vorhin. Auf den zweiten Blick jedoch war das einstmals romantische Rigidorf aus dem Schatten der Vergangenheit herausgetreten. Futuristische Bauten dominierten hier und verdrängten die alten Gebäude. Es würde nicht mehr lange dauern, bis das einstige Dorfbild der Vergangenheit angehörte.

Nach Weggis waren es noch ein paar Kilometer. Auf dem See fuhr ein Raddampfer vorbei, begleitet von einem Speedboot, das im Kielwasser Slalom fuhr. Louis passierte das Dorf und gelangte zum Parkhotel. Das Hotel hatte einen alten Teil, der wohl aus dem vorletzten Jahrhundert stammte, und einen neuen, modernen. Nebst dem mit Türmen versehenen und in Holz verkleideten verspielten Altbau präsentierten sich ein Betonkubus und ein Aussenbad mit Säulengang. Louis parkte seinen Wagen vor der Treppe, die zu einem Zen-Garten führte. Er stieg aus, schritt zum Eingang und erreichte dahinter den Empfangstresen des Spa-Bereichs.

Es wummerten leise sphärische Klänge. Er trat vor den Tresen. Sein Gegenüber, eine schlanke Frau im weissen Kittel, sah ihn verwundert an.

«Guten Tag, mein Name ist Louis Camenzind. Ich komme von der Kripo Schwyz und würde gern Frau …» Er entnahm seiner Jackentasche das iPhone und suchte nach dem Namen. «Barbara Inderbitzin sprechen. Ist sie da?»

«Haben Sie einen Termin bei ihr?»

Louis beugte sich über den Tresen, der ihn von der Frau trennte. «Ich bin von der Polizei. Ich brauche keinen Termin.» Ungeniert schaute er der Frau auf den Ausschnitt, während er ihr seine Marke zeigte.

Sie tat sehr erstaunt, aber das war er sich gewohnt. «Dann will ich sehen, was ich machen kann.» Sie verschwand über einen Korridor und von dort durch eine Tür.

Louis sah sich um. Überall waren Buddhas aufgestellt, Fläschchen und Döschen mit originellen Namen beschriftet. Massageöle und ein Stapel weisser Frotteetücher, Orchideen in Kupfertöpfen. Der Duft nach Zitronengras breitete sich aus.

Wenig später kehrte die Frau im weissen Kittel zurück. Hinter ihr ging eine ältere Dame. Sie trug beige Hosen und die im Farbton dazu passende Schürze. Ihre grauen Haare hatte sie zu einem Knoten auf dem Hinterkopf zusammengebunden. Sie kam direkt auf Louis zu. «Guten Tag. Sie wollten mich sprechen?» Sie streckte die Hand zum Gruss aus. «Barbara Inderbitzin.»

«Danke, dass Sie sich die Zeit nehmen.» Louis reichte ihr die Hand. Ihre fühlte sich kühl an, ein bisschen feucht. «Ich habe ein paar Fragen zu einer Patientin, die am letzten Donnerstag bei Ihnen zur Massage war.» Louis stellte sich mit Namen vor und zeigte noch einmal die Polizeimarke.

«Polizei! Meine Kollegin teilte es mir soeben mit.» Barbara Inderbitzin machte ein verdriessliches Gesicht. «Ist etwas passiert?»

Louis beruhigte sie. «Sie erinnern sich, dass am letzten Donnerstag Frau Marta Betschart aus Schwyz bei Ihnen in Behandlung war.»

«Ja, natürlich. Ich wurde deswegen aber schon einmal befragt. Ich glaube, eine Frau Ulrich war es. Sie hat mir aber nicht gesagt, worum es genau ging. Was müssen Sie denn noch wissen?»

«Frau Betschart war also zwischen neun und zehn am Abend bei Ihnen?»

«Ja … ich kann Ihnen den Eintrag in der Agenda zeigen, wenn Ihnen das dienlich ist.»

«Darum geht es nicht. Es erstaunt aber insofern, dass Frau Betschart zu so später Stunde eine Massage gebucht hat. Kommt das öfter vor, dass Sie abends spät arbeiten?»

«Wir machen öfter mal Ausnahmen. Der Gast ist bei uns König. Ich kenne Frau Betschart von früher. Sie war regelmässig bei mir in Behandlung. Seit ich in Weggis arbeite, haben wir uns jedoch kaum mehr gesehen. Ich hatte an diesem Donnerstag wirklich eine Menge zu tun. Ich musste Termine verschieben, um sie um neun noch annehmen zu können. Aber ich habe mich über das Wiedersehen sehr gefreut.»

«Welchen Eindruck hat Ihnen die Frau hinterlassen?»

«Sie war nervös. Aber das kannte ich von früher. Sie war schon immer ein Nervenbündel gewesen. Sie hatte es nie leicht mit ihrem Mann …»

«Worüber haben Sie gesprochen?»

«Während der Behandlung?»

Louis nickte.

«Tja, über dies und das. Sie erzählte mir von ihren Söhnen, die in den USA Sprache studieren und eine Reise mit dem Mississippi-Dampfer planen, von ihrem Mann sprach sie, der kaum mehr freie Zeit habe, seit er das Amt des Regierungsrates innehat. Sie betonte aber oft, wie sehr sie ihn liebe und dass sie von Glück reden könne, einen solch starken Mann an ihrer Seite zu haben.»

«Hat Sie das verwundert?»

«Nein, nicht wirklich …»

«Aber?» Louis sah der Frau an, dass ihr noch etwas auf der Zunge lag.

Barbara Inderbitzin stiess die Hände in die Kitteltaschen. «Mit den Jahren bekommt man ein Gefühl für seine Klienten. Bei Marta glaubte ich, dass sie sehr unter dem Scheffel ihres Mannes steht. Sie kam mir wie eine verwelkte Blume vor, die man nicht mehr begossen hatte. Ihre ganze Physiognomie verriet mir das. Die Frau ist noch nicht einmal sechzig, aber sie kam mir am letzten Donnerstag wie eine Greisin vor, eine eingefallene, dürre Frau ohne jegliche Lebensfreude. Ihr Gerede über das vermeintliche Glück vermochte mich nicht zu überzeugen. Aber … das ist mein ganz persönliches Empfinden.» Barbara Inderbitzin hob die Schultern. «Aber jetzt verraten Sie mir, was geschehen ist.»

«Haben Sie es denn noch nicht in den Nachrichten gehört? In der Nacht, als Frau Betschart bei Ihnen war, wurde ihr Mann umgebracht.»

Barbara Inderbitzin wich erschrocken zurück. «Das ist ja furchtbar … nein, ich habe nichts davon gehört … was die arme Frau alles erleiden muss …»

«Ich wollte Sie nicht beunruhigen», sagte Louis leicht beschämt. «Ich wollte mich nur noch einmal vergewissern, dass Frau Betschart zur Tatzeit wirklich hier war.»

«Aber warum hat mir diese Frau Ulrich nichts davon gesagt?»

«Das ist so bei laufenden Ermittlungen.» Louis bedankte sich für die Auskünfte. Er verabschiedete sich und machte sich auf den Weg in den älteren Teil des Hotels. Dort erkundigte er sich an der Rezeption nach dem Kellner, der am Donnerstagabend Dienst gehabt hatte. Renzo Vanoli hatte die Bar bedient und erinnerte sich an die alte Frau – so seine Worte –, die nach dem Saunabesuch bei ihm um die kleine Karte gebeten hatte.

«Es war nach Mitternacht, als sie das Foyer verliess. Ich musste ihr ein Taxi bestellen. Sie war ziemlich betrunken, dabei hatte ich ihr nicht mehr als eine halbe Flasche Weisswein ausgeschenkt.» Vanoli hob bedauernd die Augenbrauen. «Sie war halt eine Dünne … die vertragen den Alkohol nicht.»

Louis notierte sich alles. Obwohl er in dieser Hinsicht nichts Neues herausgefunden hatte, war er zufrieden mit diesem Sonntag.

Nach einem ausgiebigen Brunch liess er sich von Barbara Inderbitzin massieren.

***

«Vali!» Nur Willy nannte sie so. Es war ihr nie recht gewesen, dass er ihren Namen dermassen verunglimpfte. Sie hatte damit leben können, obwohl sie davon ausging, dass er Valérie in der Verniedlichungsform ausgesprochen hätte, wäre es möglich gewesen. Willy hatte ihr zeigen wollen, dass sie ihm unterlegen war. Damit, dass sie Polizistin war, hatte er nie wirklich umgehen können. Im Gegensatz zu ihr hatte er aber die Mittel gehabt, sie zu demütigen.

Valérie ballte ihre Hände zu Fäusten. Wäre Colin nicht gewesen, wäre sie auf ihren Nochehemann losgegangen und hätte ihm ins Gesicht geschlagen. Wie angewurzelt blieb sie stehen, während Willy sie anlachte. Es war nicht mehr das sympathische Lachen, das sie von früher kannte. Es war das Lachen eines Teufels, ein fratzenhaftes, widerliches Grinsen, das das Diabolische seiner Seele zeigte.

Trotzdem fühlte sie sich auf eine eigenartige Weise von ihm angezogen. Das beunruhigte sie dermassen, dass sie ganz vergass, die Konsequenz aus dieser Begegnung zu ziehen: Willy und Colin einfach stehen zu lassen und das Weite zu suchen.

Sie hatte sich geschworen, nie mehr mit Willy zu reden. Das konnten ihre Anwälte tun. Jetzt stand er vor ihr, charismatisch wie eh und je. Älter war er geworden, seine schwarzen Haare hatten graue Sprenkel bekommen, aber noch immer sprühten seine Augen vor Vitalität. Seine ganze Körperhaltung signalisierte ihr, dass er sich trotz seiner einundsechzig Jahre nicht zum alten Eisen zählte. Da steckte diese Urkraft in ihm, die sie immer fasziniert hatte, etwas Machoides, von dem sie früher nicht genug hatte bekommen können.

Und da stand der Vater ihres Sohnes. Und Colin zwischendrin. Eine bedrohliche wie auch seltsame Situation. Neben ihr warteten die Autos vor dem Rotlicht. Leute gingen an ihr vorbei. Niemand schien sie zu beachten. Valérie war eine Frau unter vielen, die an diesem Sonntag durch die Stadt gingen oder still stehen blieben, umgeben von zwei Männern. Drei Menschen am Mittag in der Anonymität einer Stadt. Nichts Auffälliges an ihnen. Es gab keinen Grund, sie anzuhalten, sich in ihre Gespräche einzumischen. Da war nichts Lautes, das sie einander zu sagen hatten.

Vorwürfe konnten auch nonverbal zum Ausdruck gebracht werden.

Wenn Colin nicht gewesen wäre …

«Wollen wir uns in ein Restaurant setzen?»

So eine Frage konnte nur Willy stellen, als wäre in den letzten Jahren nichts geschehen. Als wären seine schriftlichen Attacken und seine Hetzkampagnen ein Spiel gewesen. Ein «Mensch ärgere Dich nicht» nach Art Willy Lehmann. Er hatte sie wieder im Griff. Das war seine Strategie: sich vor ihrem gemeinsamen Sohn als vorbildlicher Ehemann und Vater zu präsentieren. Doch hinter seiner Nonchalance lauerte eine perfide Erwartungshaltung. Er sülzte sie ein mit seinem Geschwafel und würde erbarmungslos zuschlagen, sollte es ihr in den Sinn kommen, laut zu werden und sich seinen Machtspielchen zu widersetzen.

«*Maman*, wir könnten wirklich gemeinsam Mittag essen.»

Valérie sah ihren Sohn fassungslos an. Hatte er tatsächlich keine Ahnung?

Willy hatte bestimmt nichts in Luzern zu tun gehabt. Er hatte Colin begleitet, um ihn nicht aus den Augen zu lassen.

Er kontrollierte seinen Sohn, wie er früher Valérie kontrolliert hatte. Er wollte vermeiden, dass sich Mutter und Sohn wieder näherkamen. Verhindern, dass seine Lügen aufgedeckt würden.

Valérie fuhr über Colins Arm. «Das ist keine so gute Idee, mein Schatz.» Sie musste sich zusammenreissen. «Wir können gern miteinander telefonieren, wenn du möchtest. Es ist aber besser, ich gehe jetzt zurück nach Hause.» Sie berührte ihre Narbe. Ob Colin das Zeichen verstand, fand sie nicht heraus. Sie wandte sich um. Ihre Füsse trugen sie über den Asphalt. Sie erreichte die Rolltreppe und fuhr hinunter in den Untergrund. In ihrem Innern tobte die Hölle, und der Schmerz drohte ihr den Verstand zu rauben.

Ihre Wut wurde plötzlich übermächtig. Sie versuchte, sich in den Griff zu bekommen. Sie nahm ihr iPhone zur Hand, wählte die Nummer ihres Anwalts. Es war an der Zeit, dass er handelte – und zwar rigoros.

Seine Sekretärin bedauerte, dass er in den nächsten drei Tagen nicht erreichbar sei.

Sie wählte Katjas Nummer, erreichte sie jedoch nicht. Sie sprach auf Band: «Katja, ich habe Willy getroffen. Nein, eigentlich habe ich ihn nicht getroffen. Er stand plötzlich vor mir. Es hätte nicht viel gefehlt, und ich hätte ihm in seine verhasste Visage geschlagen. Glaube mir, Katja, wenn Colin nicht gewesen wäre, hätte ich es getan … hätte ich ihn sogar umgebracht.»

Valérie fuhr zurück nach Schwyz. Drei Uhr. Sie musste sich beschäftigen. Es durfte nicht sein, dass ihre persönlichen Nöte überhandnahmen. Sie hatte Colin getroffen. Sie würde von dieser Begegnung ein paar Tage zehren können, ein paar Wochen vielleicht.

Sie musste einen Fall aufklären. Er war Beschäftigung genug. Ihre Hände umklammerten das Lenkrad. Sie spürte, wie eine unbändige Wut von ihr Besitz ergriff. Sie drehte am Knopf der Radiosender, suchte nach klassischer Musik, fand sie auf SRF Kultur. Mussorgsky fügte sich ein in ihre psychische Verfassung. Valérie spürte ein Ziehen in ihrem Unterleib. Sie hatte nicht damit gerechnet, dass sie heute ihre Tage bekam. Sie war nicht darauf vorbereitet und nicht ausgerüstet. Auf der Autobahn zwischen Küssnacht und Schwyz drückte sie wieder auf das Gaspedal. «Eine Nacht auf dem kahlen Berge». Sie erhöhte von hundertzwanzig auf hundertsechzig. Im Rausch der Geschwindigkeit vergass sie ihr Elend. Der Hexentanz in der Johannisnacht. Es passte. Alles passte zusammen. Der Komponist, seine sinfonische Dichtung, die grauenerregenden Frauen. Und in ihrem Schoss wurde es feucht. Sie liess es geschehen, drückte das Pedal durch. Erst vor den beiden Tunnels oberhalb Arth bremste sie ab. Wenn sie es nicht tat, hatte sie den Führerausweis weg. Ihre Freiheit, das Einzige, was ihr noch geblieben war.

Sie hätte sie gern eingetauscht für ein wenig Liebe.

Der Schmerz nahm noch zu. Sie passierte in gemässigtem Tempo die Tunnels. Die Autobahn lag im Schatten. Die Rigi hatte die Sonne verschluckt. Erst am Lauerzersee wurde es wieder heller. Bei der Ausfahrt Seewen-Schwyz verliess sie die Autobahn. Sie fuhr bis zum Kreisel und zweigte rechts ab. Vor dem Bahnhof spuckten Busse Reisende aus. Ein Menschenstrom bewegte sich auf die Züge zu, die in entgegengesetzter Richtung bereitstanden.

Bis zu ihrem Quartier waren es ein paar hundert Meter. Die Häuserreihen kamen Valérie wie Ställe vor, ihr Haus, eine Burg von Biederkeit. Zu viele Wohnungen, zu viele Leute, dicht gedrängt. Treppenhausmief und unfreundliche Gesichter. Fenster, hinter deren Vorhängen sich Gesichter verbargen. Unheimliche Augen im Dauerstarren.

Wie ein ungeheurer Blitz durchzuckten die Gedanken an die letzten Tage ihr Gehirn.

Valérie parkte und stellte den Motor ab. Mittlerweile hatte sich auf dem Sitz eine warme, klebrige Feuchtigkeit ausgebreitet. Das Blut strömte aus ihr, als würde es den Gram mitreissen. Sie stieg aus, schlug die Autotür zu, sah an die Fassade ihres neuen Domizils. Sie würde sich wohl nie daran gewöhnen können.

In Zürich hatte sie in einer Villa mit sieben Zimmern gelebt. Hallenbad inklusive.

Oben in der Wohnung angekommen, stürzte sie ins Badezimmer, riss sich die Kleider vom Leib. Sie drehte den Duschhahn auf und stellte sich unter den Wasserstrahl.

Selten zuvor hatte sie eine dermassen grosse Wut empfunden. Sie blickte dem Wasser nach, das im Abfluss versickerte. Seife und Blut vermischten sich. Es ging dahin, ein verhindertes Menschenleben, wurde weggespült in die Kanalisation. Es würde noch einige Male so sein, dass ihre Fruchtbarkeit im Boden versickerte. Dreiundvierzig war sie jetzt, zu alt für Kinder.

Und das einzige, das sie hatte, ward ihr geraubt.

Valérie ging in die Küche. Sie schaltete die Kaffeemaschine ein, füllte den Kolben mit Pulver und rastete ihn ein. Sie liess eine Tasse mit Kaffee volllaufen. Sie setzte sich damit an den Küchentisch. Ihre Bauchschmerzen waren unerträglich geworden, die Wut hatte zugenommen. Im Moment konnte sie überhaupt nicht damit umgehen. Sie hatte schon immer unter wahnsinnigen Krämpfen gelitten, alle vier Wochen wieder. Ihr Monatszyklus hatte sie noch nie im Stich gelassen, auf den Tag genau hatte er ihre Stimmung vermiest. Während sie nur an der Tasse nippte, ging ihr der Tag noch einmal durch den Kopf. Sie senkte die Lider und liess die Eindrücke vor ihrem inneren Auge vorüberziehen. Sie befand sich in der Schwebe. Ihre Seele wurde einer Belastungsprobe ausgesetzt. Colin, Willy, der unheimliche Verfolger, ihr ungelöster Fall. Sie war sich nicht mehr sicher, ob alles zusammenhing. Sie machte sich wohl selbst verrückt.

Aber plötzlich hatte sie das Gefühl, ein Vorhang lichtete sich. Und sie sah auf eine Bühne. Die Bühne aus ihren Träumen, die Bühne in der Herrengasse. Der Wald und die Lichtung lösten sich jedoch rasch auf. Ihr Blick war auf einmal frei, reichte hinter die Kulissen, und sie meinte, eine andere Dimension würde sich ihr öffnen. Sie sah in den Abgrund, den sie nie zuvor so deutlich gesehen hatte. In die Hölle unter ihr. Ihre Sinne waren wach, und es war, als würde sie aus dem brodelnden Inferno eine Antwort erhalten auf ihre vielen Fragen. Eine einzige Antwort, die ihr den Weg wies.

Mit zitternden Händen trank sie den Kaffee aus.

Valérie erhob sich, ging ins Büro, griff nach dem Telefon und stellte Henry Vischers Nummer ein.

Nach dem zweiten Klingelton nahm er ab.

«Valérie am Apparat. Sorry, wenn ich dich an einem Sonntagnachmittag störe. Aber wir sollten miteinander reden.»

«Das ist denkbar ungünstig», kam es wenig euphorisch zurück. «Ich habe Besuch. Wie sieht es morgen Vormittag aus?»

«Dann bin ich im IRM in Zürich. Wie wäre es morgen Nachmittag?»

«Vor Dienstagmorgen geht es nicht. Morgen Nachmittag unterrichte ich am Kollegi.»

Valérie überlegte. Sie konnte die Angelegenheit nicht hinausschieben. Sie war von so grosser Brisanz, dass nur der Gedanke, alles könnte sich verzögern, sie nervös machte. «Hör zu, ich hatte da eine Eingebung. Frage mich nicht, wie die zustande gekommen ist. Vielleicht wirst du es mir sagen, sobald du sie kennst. Aber ich glaube, ich weiss, wer hinter den Morden steckt.»

«Aber dazu brauchst du mich doch nicht. Ruf Fischbacher an oder gleich die Staatsanwaltschaft.»

«Ich muss deine Meinung wissen. Es fehlen mir die Beweise. Und –»

«Und um an diese zu gelangen», fuhr Henry ihr ins Wort, «willst du mit mir eine Strategie entwickeln.»

Sie hörte ihn lachen.

«Exakt. Ich muss den Täter ins Messer laufen lassen.»

Ein tiefes Atmen drang an ihr Ohr.

«Wir könnten uns morgen Abend um sieben Uhr treffen.»

Valérie stiess erleichtert Luft aus. «Danke, Henry … wo soll ich hinkommen?» Sie wollte nicht unbedingt, dass er ihre Wohnung sah. Diese würde ihm eine etwas andere Seite ihrer Person vermitteln. Ausserdem hatte sie noch nicht alle Kartons geleert. Die Schränke waren noch nicht vollständig eingeräumt, und die Möbel wirkten so, als hätte sie sie planlos hingestellt. Wenn sie es genau nahm, war sie hier noch nicht richtig angekommen.

«Ich wohne in einem Bauernhaus ausserhalb Küssnacht», sagte Henry. Er erklärte ihr den Anfahrweg. «Gerne erwarte ich dich zur vereinbarten Zeit.»

Valérie bedankte sich noch einmal und legte auf.

VIERZEHN

Res Stieffel in einem wasserabstossenden Mantel und einer Haube zu sehen hatte etwas Unwirkliches an sich. Die grüne Farbe des Mantels warf ein fahles Licht auf sein Gesicht, das im Neonhell des Sektionssaales gespenstisch aussah.

Valérie hatte lange gezögert, als Stieffel sie nach Zürich einlud. Für sie gab es Grenzen, vor allem wenn es darum ging, einer Obduktion beizuwohnen. Jetzt stand sie mit zwiespältigen Gefühlen vor dem Alutisch, auf dem der getötete Regierungsrat lag. Bis auf den Kopf war der Körper unbedeckt. Ohne Gesicht war der Leichnam bloss eine Arbeitsfläche, eine tote Materie mit rot umrandeten Wunden, dort, wo der Mörder mit dem Messer zugestochen hatte, eine seelenlose Kreatur. Seine Gestalt wirkte noch massiger als am Tatort, unförmiger und wie platt gedrückt.

Valérie selbst hatte sich einen sterilen Overall anziehen müssen. Unter der Gesichtsmaske fiel ihr das Atmen schwer.

«Glauben Sie, genug starke Nerven zu haben?» Stieffels Frage kam allerdings spät.

Valérie fand keine Zeit, sie zu beantworten. Die Tür ging auf, und ein halbes Dutzend Medizinstudenten in grünen Anzügen strömte herein. Sie redeten leise miteinander. Es herrschte eine beinahe ehrfürchtige Stimmung unter ihnen. Valérie beruhigte sich etwas. Was diese jungen Menschen hier verkrafteten, sollte für sie ein Klacks sein.

Wenn nur dieser Geruch nicht gewesen wäre. Im Saal roch es penetrant nach Formaldehyd. Man hatte den Toten damit konserviert. Valérie sah sich um. Auf einer Alubrücke, die über den Leichnam geschoben war, befand sich diverses Präparierbesteck: Skalpellhalter mit verschiedenen Klingen, eine Sonde, Schere, spitze und stumpfe Pinzetten, eine Säge.

«Erstes Semester», sagte Stieffel und musterte Valérie. «Es kommt nicht alle Tage vor, dass wir einen Leichnam mit diesem Körpermass untersuchen dürfen. Ein Paradebeispiel für unsere angehenden Gerichtsmediziner.» Er begrüsste seine Zöglinge.

Diese stellten sich um den Tisch herum auf. Einige unter ihnen hatten ihren Lernatlas mitgenommen. Sie schlugen ihn auf und verglichen die Bilder im Buch mit dem toten Menschen vor ihnen. Stieffel bat die Studenten, dies zu unterlassen. «Aufgrund der Hygiene muss ich Sie bitten, die Bücher in der Garderobe zu deponieren.»

Stieffel war ein Meister seines Fachs, ein Mediziner, der seine Arbeit mit Leidenschaft ausführte, den Körper als eine Art Spielfeld mit kniffligen Rätseln sah, die er unter seinen Händen zu entschlüsseln versuchte.

«Nachdem Sie erfolgreich an verschiedenen Körpern hatten praktizieren können», begann er, «geht es heute an einem schwierigeren Fall weiter. Was fällt Ihnen auf?»

«Der Tote hat ungewöhnlich viel Fettgewebe an sich.» Die Feststellung kam von einer zierlichen Person. «Das heisst, dass wir zuerst durch dieses Gewebe kommen müssen, um an die Organe zu gelangen.»

Valérie spürte ein erstes Unwohlsein.

«Richtig», sagte Stieffel. «Das dürfte einige Zeit beanspruchen. Wir wollen ja kein Gewebe zerstören. Wir müssen also zuerst das Fett komplett wegzupfen, um auf die Muskulatur zu stossen.»

Valérie kam es vor, als hätte Stieffel ihre Anwesenheit vergessen. Er war jetzt nur noch Lehrer, nur noch Gerichtsmediziner.

Sie wandte sich ab. Sie spürte, dass heute der falsche Tag war, einer Sektion beizuwohnen. Die Physiognomie des Toten, der stechende Geruch und die Menge der anwesenden Personen schreckten sie davor ab. Langsam zog sie sich zurück bis zur Tür. Sie öffnete diese und trat hinaus in den Flur. Als Erstes riss sie die Maske weg. Darunter perlten Schweisstropfen über ihre Wangen. Sie ging zur nebenan liegenden Toilette und wusch sich das Gesicht ab. Vom Spiegel über dem Lavabo sah ihr eine Fremde entgegen, ein grünes Gespenst mit zerzausten Haaren. Valérie fragte sich, weshalb sie sich das in ihrer körperlich schlechten Verfassung antat.

Was hatte sie von der Autopsie erwartet, was sie nicht schon wusste? Bereits die Legalinspektion hatte gezeigt, dass Betschart an den Folgen verschiedener Messerstiche gestorben war. Ob die Augen vor oder nach dem Tod eingedrückt worden waren, war zum jetzigen Zeitpunkt nicht relevant, zumindest nicht für sie. Es bewies bloss, dass der Täter diesmal mit grosser Brutalität vorgegangen war. Da war viel angestaute Energie gewesen, die er loswerden wollte.

Sie trocknete ihr Gesicht ab, fuhr sich mit einem Kamm durch ihr Haar. Sie trug etwas Lippgloss auf. Als sie in den Flur zurückkehrte, stand Stieffel dort.

«Ist alles in Ordnung bei Ihnen?» Seine Stimme klang besorgt und sanft.

Valérie war verwundert, dass der Arzt, der Leichen aufschnitt und Innereien zerstückelte, eine zärtliche Seite an sich hatte.

«Ich weiss, Sie wollen mich bestimmt auf das noch nicht eingelöste Mittagessen ansprechen.» Sie wollte nicht zugeben, dass es ihr schlecht ging. Dass sie noch immer unter Bauchschmerzen litt und sie diese a priori nicht mit Medikamenten lindern wollte, da sie von Zeit zu Zeit Schmerzen brauchte, um sich zu spüren – das ging Stieffel nichts an. «Ich habe heute eine wichtige Besprechung. Ich sollte mich darauf vorbereiten. Ich nehme an, Sie werden die Resultate baldmöglichst an den Kripochef senden.»

«Ist wirklich alles in Ordnung?»

«Aber ja doch.» Seine empathische Haltung störte sie. Es wäre ihr lieber gewesen, er hätte sie in der Art angesprochen, die sie von ihrer Begegnung am ersten Tatort kannte. Damals hatte er sich ihr eher als grobschlächtiger Mann zu erkennen gegeben. Mit einem solchen Charakterzug konnte sie in der Regel besser umgehen, und er erleichterte es ihr als Frau, nicht allzu viel von ihrer sensiblen Seite preiszugeben. «Noch eine Frage hätte ich.»

Stieffel sah sie erwartungsvoll an.

«Warum dürfen Ihre Medizinstudenten an diesem Toten experimentieren? Ausgerechnet an *diesem*?»

Stieffel setzte ein Lächeln auf. «Erstens experimentieren wir nicht, zweitens haben wir selten einen so schweren Leib auf dem Tisch, und drittens werden die Studenten mir dabei nur zusehen. Ihr Leichnam ist also nicht zu Übungszwecken hier, sondern es geht einzig und allein darum, meinen Schülern zu zeigen, wie man sich durch das aussergewöhnlich kompakte Fettgewebe durcharbeiten kann.»

«Danke.» Valérie reichte ihm die Hand.

«Na dann ...» Stieffel sah sie mit hochgezogenen Brauen an. «Ich sollte auch wieder zurück. Wir hören voneinander. Auf Wiedersehen.»

Valérie sah ihm nach, wie er den Flur entlangging, die Tür zum Sektionssaal öffnete und dahinter verschwand.

***

Valéries Team hatte sich am frühen Nachmittag im Sitzungszimmer eingefunden. Die Ermittler sassen an den Tischen, vor sich Kaffee und Gipfeli, Laptop und Dokumente. Am Flipchart waren noch immer die Tatortfotos angeheftet. Seit dem Mord an Betschart waren noch einige mehr dazugekommen.

Valérie begrüsste ihre Truppe. «Willkommen zurück aus eurem Wochenende. Für einige unter euch dürfte es arbeitsintensiv gewesen sein. Ich gehe davon aus, dass noch einige Rapporte ins Reine geschrieben werden mussten.» Sie warf einen Blick in die Runde und erhielt eine Bestätigung.

«Wir konnten den Taxichauffeur ausfindig machen, der Ronald Ackermann vom Bahnhof Seewen zur Obermattstrasse gefahren hatte», meldete sich einer der Polizisten. «Er sagte uns, dass er noch ein paar Minuten am Bestimmungsort stehen geblieben sei, weil die Taxizentrale ihm per Funk Order durchgab. Er habe gesehen, wie Ackermann einmal um das Haus gegangen sei und sich in entgegengesetzter Richtung entfernte, wahrscheinlich über einen Feldweg, der direkt zum Bahnhof führte.»

Louis meldete sich. Valérie sah ihm an, dass er etwas lädiert aussah. Er machte den Eindruck, in der letzten Nacht kaum geschlafen zu haben. «Ich war gestern in Weggis», sagte er. «Da solltet ihr auch mal hin. Ich hatte eine Massage vom Feinsten.»

«Die dir wohl nicht sehr bekommen ist», spottete Valérie, «so wie du ausschaust. Komm auf den Punkt.»

Niemand lachte. Valérie entschuldigte sich.

Louis hatte nur einen abwertenden Blick für sie übrig. «Ich überprüfte Marta Betscharts Alibi. Beim letzten Mal ging ja alles ziemlich schnell. Barbara Inderbitzin bestätigte mir, dass Frau

Betschart am Donnerstagabend bis mindestens zehn bei ihr zur Massage war. Ich war auch beim Kellner, der an diesem Abend Dienst hatte. Er sagte, dass er seinem Gast nach Mitternacht ein Taxi bestellt habe –»

«Aber das wissen wir alles schon», unterbrach Valérie ihn. «Ich möchte neue Fakten und Beweise.»

«Es gibt keine neuen Fakten und Beweise», konterte Louis. «Aber es dürfte dich interessieren, dass Frau Betschart an diesem Donnerstag unter allen Umständen den Termin am Abend bekommen wollte. Es hat Frau Inderbitzin sehr verwundert, weil ihre Kundin sie ansonsten eher selten in Weggis besucht.»

Valérie krauste ihre Stirn. «Das hat sie gesagt?»

«Auf jeden Fall habe ich das so verstanden.»

«Und was schliesst du daraus?»

Fabia machte sich bemerkbar. «Als hätte sie es geahnt …»

«Was geahnt?», fragte Valérie.

«Dass ihrem Mann in dieser Nacht etwas zustösst.»

«Aber dann wäre sie doch zu Hause geblieben», meldete sich ein junger Ermittler.

«Es gibt Menschen, die haben so etwas wie einen sechsten Sinn», sagte Fabia. «Sie spüren, dass etwas geschehen wird, aber sie können nicht damit umgehen. Sie wollen sich dann einfach nur ablenken. In diesem Fall mit einer Massage in Weggis.»

«Wir sollten nicht mit irrationalen Ideen spielen», sagte Valérie. «Ihr habt ja euer eigenes Täterprofil erstellt. Ich würde das heute gern mit euch näher ansehen. Bis anhin war der Mörder nicht wirklich fassbar. Wir haben weder eindeutige Motive noch Indizien noch handfeste Beweise. Wir wissen nur, dass er ein blutrünstiges Monster ist. Und er ist ein Serientäter, das steht eindeutig fest. Er wird weitermachen, wenn wir ihn nicht stoppen.» Valérie hatte das Wort nicht in den Mund nehmen wollen. Doch jetzt war es gesagt. Nur über ihren Verdacht, den sie jedoch vielmehr als übernatürliches Phänomen einstufte, wollte sie sich nicht äussern. Noch nicht. In erster Linie fehlte es ihr an Beweisen oder an einem Indiz, das eine richterliche Verfügung gerechtfertigt hätte. Kam dazu, dass ihr niemand je geglaubt hätte. Zweifelhafte Eingebungen, Ahnungen und dergleichen hatten in ihrem Beruf nichts zu suchen.

«Das ist unheimlich», flüsterte Fabia. «Das macht mir Angst.»

«Er steigt in Häuser ein», sagte Louis. «Er ist gut vorbereitet.»

«Aber sein Gemetzel deutet eher auf eine impulsive Tat hin», mutmasste eine Ermittlerin am Ende des Tisches.

«Impulsiv dürfte das Eindrücken der Augen gewesen sein», sagte Louis. «Alles andere war akribisch vorbereitet. Man denke nur an die Art und Weise seines Vorgehens.»

«Nicht zu vergessen die Handschellen», fügte Valérie hinzu, «das Messer … dann diese Rohlinge mit ‹Tannhäuser›.»

«‹Tannhäuser›! Klar doch», insistierte Louis. «Worauf zielt das hin?»

Valérie fröstelte. Die Musik hatte vielleicht mehr zu bedeuten, als ihr lieb war. In den letzten Tagen hatte sie diese Tatsache verdrängt. Aber sie kannte solche Fälle aus der Literatur, dass ein Täter, insbesondere bei einer Mordserie, mit oft fragwürdigen Trophäen den Tatort zeichnete. «Tannhäuser» war ein solches Zeichen. Hatte sie in die Richtung zu wenig geforscht? «Gibt es in der Vergangenheit ähnliche Fälle? Habt ihr da etwas herausgefunden?»

«Nichts dergleichen», sagte der Ermittler neben Louis. «Es gibt zwar einige Serientäter in der Schweiz, die uns bestens bekannt sind, aber diese mordeten über die Jahre in unregelmässigen Abständen. Die dichte Zeitfolge, wie wir sie hier erleben, ist neu. Und vor allem fanden sich an diesen Tatorten keine Hinweise.»

«Das ist es doch», fuhr Fabia dazwischen. «Der Mörder will uns mit ‹Tannhäuser› einen Hinweis geben.»

Und genau dieser Hinweis löste in Valérie erneut heftige Krämpfe aus. Sie fieberte geradezu auf das Treffen mit Henry Vischer. Der Psychologe konnte ihr womöglich ihre Bedenken und Ängste beseitigen, sollte sie in der Lage sein, sich ihm gegenüber zu öffnen.

Sie lenkte vom Thema ab. «Sind die Mitglieder des Panthers Club im Rahmen der jüngsten Tat noch einmal befragt worden? Wurden die Familienmitglieder der getöteten Männer befragt? Anverwandte, Freunde, Arbeitskollegen? Wurden alle Alibis geprüft? Wurden die Telefonlisten in der Zwischenzeit gecheckt? Festnetzanschlüsse, Handys?» Valérie überzeugte sich mit Blick in die Runde. Aber ein klares Ja blieb aus.

«Mittlerweile dürften auch die Anrufe von Heinzers Handy gecheckt sein. Gibt es Neuigkeiten?»

«Nichts Auffälliges. Seine letzten Anrufe gingen an eine seiner Patientinnen, die zwei Tage vor seinem Tod eine Periduralanästhesie hatte ...»

«Eine was?», fragte ein junger Polizist.

«Einen Kaiserschnitt mit örtlicher Betäubung ins Rückenmark», konkretisierte Valérie.

«... dann gab es ein kurzes Gespräch mit seiner Tochter», fuhr Louis fort, «das allerdings keine zwei Minuten dauerte. Dann noch einen Anruf in die Ärztekammer.»

«Wie sieht es mit den Computern aus?» Valérie wandte sich an den IT-Spezialisten. «Habt ihr dort etwas gefunden?»

«Nichts, das wir uns näher ansehen müssten», antwortete ein Polizist mit Schnurrbart und Brille. «Weder einschlägige noch verbotene Seiten. Der Verlauf von Erotikseiten wurde bei Heinzer wie bei Betschart zwar gelöscht. Diese befanden sich aber im Graubereich des Legalen. Die Computer wurden offensichtlich auch von ihren Frauen benutzt. Wir fanden eine ganze Reihe Internetzugriffe auf verschiedene Versandhäuser.»

«Das ist mir einfach zu wenig. Es wird doch etwas zu finden sein, das uns weiterhilft.» Valérie liess sich ihre Verzweiflung nicht anmerken. «Ihr müsst noch einmal die Zeugen befragen. Und bitte gleicht untereinander ab. Für doppelt und dreifach geführte Befragungen haben wir im Moment keine Zeit. Wir treffen uns in vierundzwanzig Stunden wieder.» Sie schob ihre Akten zusammen. «Ach ja, damit ich es nicht vergesse: Morgen um halb zehn findet in der Sankt-Martins-Kirche ein Gedenkgottesdienst für unseren Regierungsrat statt. Wer begleitet mich? Vier Augen sehen oft mehr als nur zwei.»

Fabia streckte den Arm in die Luft.

«Gut, dann wäre das auch erledigt. Wir sehen uns in der Kirche.»

***

Henry Vischer wohnte in der Nähe der Autobahnausfahrt zwischen Küssnacht und Immensee. Schwarze, von der Sonne verbrannte Schindeln und grüne Fensterläden, deren Farbe verblasst und abgeblättert war, liessen das heruntergekommene Bauernhaus mysteriös auf die Betrachterin wirken. Die Umgebung war nicht sehr gepflegt. Die Äste eines Mammutbaumes verdeckten das halbe Dach, dem zwei Ziegel fehlten.

Valérie parkte neben einer Blumenrabatte mit verwelkten Tulpen. Sie stieg aus und konnte im letzten Moment einem Kuhfladen ausweichen. Sie hatte nicht mit so einer Unordnung und einem Dreck gerechnet. Sie hatte den Psychologen anders eingeschätzt. Es zeigte ihr einmal mehr, wie sehr sie sich vom Äusseren eines Menschen täuschen liess. Sie ging über eine Holztreppe und gelangte auf ein Podest. Sie drückte eine Klingel, die sich wie eine Kirchenglocke anhörte.

Sie musste nicht lange warten. Die Tür wurde aufgemacht, und Vischer baute sich unter dem Rahmen auf. Weisse Hose, weisses Hemd. Um die Taille ein schwarzer Gurt, der vorne steif verknotet war. Ein neuer Gurt, stellte Valérie fest.

«Oh, ich habe dich nicht so früh erwartet.» Vischer schien offensichtlich überrascht. «Ansonsten hätte ich mich schon vorher geduscht und normal angezogen.»

Valérie sah auf ihre Uhr. «Um sieben haben wir abgemacht. Jetzt ist es fünf nach.»

«Wirklich? Meine Küchenuhr muss falsch gehen. Aber bitte, komm rein.»

Valérie trat in einen offenen Raum. Anders als draussen sah es hier sehr sauber und ordentlich aus. Hinter einem seidenen roten Paravant erblickte sie eine Wohnlandschaft, wie sie sie schon in japanischen Filmen gesehen hatte. Der Tisch war niedrig. Sessel gab es keine, aber eine Menge Kissen in warmen Farbtönen. Auf einer etwas sonderbaren Konstruktion, die an eine japanische Kalligrafie erinnerte, war ein Gong angebracht. Im hinteren Raumteil erblickte sie einen Futon.

«Ich hoffe, ich erschrecke dich nicht.» Vischer lud sie zum Sitzen ein.

Valérie setzte sich im Schneidersitz auf eines der Kissen.

«Wie ich sehe, bist du sehr beweglich.»

Sie wollte dies nicht kommentieren. Stattdessen fragte sie: «Du hast den schwarzen Gürtel. Wenn ich mich bei dir so umsehe, so könnte es sich dabei um eine japanische Kampfkunst handeln.»

«Da liegst du richtig. Ich mache Karate und habe kürzlich meinen ersten schwarzen Gürtel geholt, den Shodan. Wie du siehst, bin ich noch immer der Suchende …»

«Und von der japanischen Kultur ziemlich angetan.» Valérie schmunzelte, obwohl ihr alles hier ein wenig suspekt vorkam. Für erwachsene Männer mit ausgefallenen Hobbys hatte sie wenig Verständnis.

Vischer tischte Grüntee auf. Etwas anderes hatte sie auch nicht erwartet. Dazu gab es in Honig und süssem Soja eingelegte Reisknödel. Valérie kam es so vor, als hätte Henry seinen Kampfsportanzug absichtlich angezogen. Da mochte kaum eine defekte Uhr der Grund gewesen sein. Er wollte ihr zeigen, womit er seine Freizeit verbrachte. Ein Kindskopf, sinnierte sie und war sich plötzlich nicht mehr sicher, ob er für ihr Anliegen die richtige Ansprechperson war. Als er noch japanische Meditationsmusik auflegte, glaubte Valérie, das Haus fluchtartig verlassen zu müssen. Sie wollte schon aufstehen, als er sie sanft ins Kissen zurückdrückte. «Entspann dich.»

Es war ihr nicht recht. Sie verabscheute solches Gebaren. Sie war aufgrund ihrer Ermittlungen hier. Von Entspannung konnte wohl kaum die Rede sein. Nicht bei einem Psychologen, mit dem sie beruflich zu tun hatte. Auch sonst nicht.

Der Stimmung zuliebe blieb sie sitzen. Die Musik hatte wider Erwarten eine beruhigende Wirkung. Valérie griff nach der Teeschale, trank von dem Gebräu, das wie Gras schmeckte, und schob von den Reisknödeln nach. Ihr Appetit kam beim Essen, und sie dachte, dass sie heute schon wieder vergessen hatte, vernünftig zu essen. Später tischte Vischer Sake, japanischen Reiswein, auf und verstand, auch dies zu zelebrieren. *«Kampai!»*

Valérie fühlte sich peinlich berührt. Sie griff nach der Schale und trank den heissen Wein aus. Sie stellte die Schale zurück auf den Tisch. «Willst du mich betrunken machen? Soviel ich weiss, hat Sake einen Alkoholgehalt von bis zu zwanzig Volumenprozent.»

«Nein, es steckt überhaupt keine Absicht dahinter. Ich möchte dich einfach willkommen heissen in meiner gewöhnungsbedürftigen Welt. Japan hat mich seit jeher fasziniert. Ich fliege einmal pro Jahr nach Tokio und bin dann während fünf Wochen auf Reisen.»

«Habe ich ganz vergessen, dass du auch noch einen Lehrerjob hast.» Sie schmunzelte. «Und lasse mich raten ... du pflegst eine Fernbeziehung mit einer Geisha.»

Vischer verzog seinen Mund zu einem weisen Lächeln. Valérie dünkte es, als hätte er bereits fernöstliche Züge angenommen. Undurchschaubar und unheimlich.

«Ich pflege eine Fernbeziehung, das ist richtig. Aber meine Freundin ist Schweizerin und studiert seit drei Jahren im Bezirk Bunkyô Japanologie.»

Valérie spürte das Ziehen im Bauch wieder intensiver. Ihr Gegenüber befand sich also in einer festen Beziehung, in einer Fernbeziehung, und lebte all das, was das Konventionelle in den Schatten stellte. Konnte man in dieser Hinsicht auch festgefahren sein?

Da war plötzlich ein Gefühl, das sie nicht richtig zuordnen konnte. War es Neid? Eifersucht? Die Gewissheit, dass es Leute gab, die aus dem Herkömmlichen ausbrachen, mutig waren, andere Kulturen kennenzulernen, in ihnen zu leben, sie zu studieren?

Ihre eigene Welt kam ihr in diesem Moment der Erkenntnis klein und schäbig vor.

Vischer hatte ihre Zurückhaltung bemerkt. «Wir sind nicht hier, um über mich zu reden. Es geht vielmehr um diesen Fall. Er erdrückt dich, das spüre ich. Du glaubst, Schuld an Betscharts Tod zu haben. Ich habe deine Rapporte gelesen. Niemand hätte es verhindern können.»

«Vielleicht doch, wenn ich auf deine Mail geantwortet und mir Zeit für deine Ausführungen genommen hätte. Damals auf dem Korridor im SSB, erinnerst du dich, wolltest du über deine Beobachtungen am ersten Tatort sprechen. Ich habe dich abgewiesen.»

«Ich war da auch nicht ganz bei der Sache», sagte Vischer. «Ich machte lediglich ein paar Notizen von der Umgebung, von der

Witwe, ihren zum Teil fadenscheinigen Antworten. Aber ich merkte auch, dass sie unter Schock stand. Man lässt sich dann allzu oft blenden. Die Realität ist wie weggewischt. Ich hatte nach deinem Abgang noch Zeit, mit ihr zu reden. Aber da kam nicht mehr viel. Es ging mir ehrlich gesagt mehr um dich. Es war mein Versuch, mit dir ein Gespräch zu beginnen. Nicht jeder Ermittler, den ich kenne, hat genug starke Nerven, wenn er mit solch bestialisch zugerichteten Leichen zu tun hat.»

«Und nun triffst du eine Frau, die ziemlich abgebrüht darauf reagiert.»

«Das wollte ich so nicht sagen.» Vischer streckte seinen Rücken durch. «Ich vermute hinter deiner harten Schale einen sehr verletzlichen Kern.»

«Du wärst kein guter Psychologe, wenn du das nicht herausfinden würdest.» Valérie wandte den Blick ab.

«Im Übrigen habe ich von der Staatsanwältin einen Hinweis bekommen, dass ich mich ein wenig um dich kümmern soll.»

Valérie kommentierte es nicht. Ihr Blick war jetzt konstant auf den Gong gerichtet. Sie wusste nicht, was sie davon halten sollte. Ob sie es als Einmischung in ihr Privatleben oder als ehrliche Sorge einer Kollegin betrachten musste. Jole hatte Andeutungen gemacht, aber Valérie hatte nie damit gerechnet, dass sie gleich zu Henry Vischer rennen würde. Andererseits war es gar nicht so schlecht, wenn sie sich in ihre Seele blicken liess. Denn dort verbarg sich vielleicht der Ursprung allen Übels. Aber Henry war Psychologe und nicht Psychiater.

Er bemerkte ihr Zögern. Und als hätte er ihre Bedenken erraten, sagte er, dass er mit der Approbation zum Psychotherapeuten einiges mehr an Erfahrung mitbrächte als nur als Psychologe.

Die Zitterklänge aus der Musikbox beruhigten Valérie zusehends. Der Sake machte ihre Gedanken schwer und leicht zugleich. Vischer hatte sie gebeten, sich auf den Futon zu legen. Obwohl sie sich vorerst heftig dagegen gesträubt hatte, liess sie es zu. Der fünfte Sake hatte ihren Kopf umnebelt. Jetzt hatte sie ihre Beine ausgestreckt und betrachtete das Bild an der Decke über ihr, auf dem ein japanischer Kirschblütenzweig zu sehen war. Alles wirkte auf eine Art berechnend. Aber Valérie war es egal. Sie hatte sich entspannt, und Vischer stellte ihr die ersten Fragen.

Sie zielten auf die Empfindungen hin, wenn sie sich an einem Tatort aufhielt, das Opfer sah, sich mit ihm auseinandersetzen musste. «Was geht da in deinem Kopf ab?»

«Ich würde lügen, dass mir das alles nichts mehr ausmacht. Ich bin nicht abgebrüht. Es ist dieser erste Schritt an den Ort des Geschehens, die Vorstellung von dem, was sich mir präsentieren könnte. Es ist die Angst vor dem Gesicht. Kein Körperteil fordert mich mehr heraus als der Kopf. Wenn der verletzt ist, insbesondere die Sinnesorgane, befällt mich immer zuerst eine gewisse ... wie soll ich sagen? Ich bin dann wie paralysiert. In der Regel schalte ich mein Gehirn um. Ich funktioniere, weil ich es muss.»

«Du verdrängst.»

«Jeder Ermittler verdrängt, das gehört zu unserem Job. Ansonsten wäre er am falschen Ort.»

«Ich hatte Einblicke in deine Arbeitsakte aus Zürich.» Vischer erwartete ihre Erwiderung. Valérie jedoch schwieg. «Du hattest ein einziges Mal eine Sitzung beim Polizeipsychologen.»

«Das ist richtig. Das war an dem Tag, als ich zu einem Verkehrsunfall gerufen wurde. Ein Rentner war in eine Gruppe spielender Kinder gerast ... Mehr möchte ich dazu nicht sagen.»

«Gibt es etwas, das wir explizit thematisieren sollten?»

«Mir fällt nichts ein.»

«*What about* ‹Tannhäuser›?»

«Eine tragische Figur.»

«Und die Musik von Richard Wagner?»

«Sie hat etwas Aphrodisierendes.»

«Du blockst ab, Valérie. Ich spüre es. Du versuchst, meine Fragen auf die Wörter zu reduzieren und den Sinn auszublenden.»

«Du bist der Profi.» Ihr schwindelte, was sie dem Sake zuschrieb. Im Moment vertrug sie den Alkohol nicht.

«Ich drücke mich also verständlicher aus. Was lief da im Herrenhaus ab? Was löste die Oper ‹Lohengrin› in dir aus?»

Valérie setzte sich auf. Sie zog die Beine an und legte die Arme um die Knie. «Wagner hat die gleiche Wirkung auf meine

Befindlichkeit wie Cannabis … oder ein guter Fick.» Sie musterte Henry herausfordernd. Er blieb jedoch unbeteiligt. «Früher hatte ich mich dazu verleiten lassen, ab und zu einen Joint zu rauchen, bis ich merkte, dass Wagner die gleichen Gefühle in mir auslöst.»

«Kannst du das einem bestimmten Erlebnis zuordnen?»

Valérie legte ihren Kopf auf die Knie. «Es war in Bayreuth, als ich mit meinem Mann zum ersten Mal in der Oper war. Da flippte ich zum ersten Mal aus.»

«Wie äusserte sich das?»

«Das möchte ich hier nicht erzählen.»

Vischer akzeptierte es. «An den Tatorten wurde alle drei Male eine CD mit der Musik von Wagner hinterlegt. Welche Gefühle hat das in dir ausgelöst?»

«Schuldgefühle.» Valérie drehte den Kopf zur Seite und sah Henry an. «Ich gehe noch immer davon aus, dass mir mit diesen Morden jemand schaden möchte.»

«Und wer kommt dir spontan in den Sinn?»

«Willy Lehmann, mein Nochehemann.»

«Bist du nie davon ausgegangen, dass das einfach ein Zufall sein könnte?»

«Glaubst du an Zufälle?»

«Es gibt nicht immer kausale Erklärungen.»

«Aber an Ursache und Wirkung?»

«Du lenkst vom Thema ab.»

«Ich hatte es versucht, kehrte aber immer wieder zum ersten Eindruck zurück. Zudem wurde ich mehrmals von einem schwarzen Wagen verfolgt. Von einem Ford Mustang. Ich konnte die Hälfte der Nummer entziffern, die Fahndung ging raus. Aber der Wagen wurde bis heute nicht gefunden. Ich weiss gar nicht mehr, ob ich mir das alles nur eingebildet habe …»

Vischer machte zum ersten Mal an diesem Abend Notizen in ein blaues Buch. Lange sagte er nichts mehr. Valérie schloss die Augen und lauschte der Musik.

Endlich fuhr er fort: «In der Herrengasse tanzen die Frauen vom Escort-Service nach Opern von Richard Wagner. Könnten diese CDs nicht auch damit zusammenhängen?»

«Selbstverständlich können sie das. Ich muss da sogar einen

Zusammenhang sehen. Und ich glaube, er nimmt auch langsam Formen an. Die CDs an den Tatorten sind ein Hinweis auf den Panthers Club. Es könnte auch ein Hinweis auf meine Vergangenheit sein. Jemand kennt meine Neigungen. Er benutzt sein Wissen darum, mich entweder einzuschüchtern oder fertigzumachen.»

«Und dazu fällt dir nur dein Mann ein.»

«Mein Nochehemann», korrigierte Valérie.

«Nehmen wir an, wir könnten deinen Nochehemann ausschliessen, wer würde übrig bleiben?»

«Jemand muss Wind davon bekommen haben, dass der Panthers Club und seine Anhänger in der Herrengasse nach der Musik von Richard Wagner Orgien feiern.» Valérie schnellte auf. Es war an der Zeit, das heikle Gespräch mit Vischer zu beenden. Ihre Seele vor ihm blosszulegen kam einer Enthäutung gleich. Sie hatte sich in den letzten Jahren einen Panzer umgelegt. Wie es in ihrem Innern aussah, das ging niemanden etwas an, auch einen Psychologen nicht. Irgendwann würde sie selbst damit fertigwerden. Aber es war ihre Aufgabe, es zu tun. «Da fällt mir ein, dass wir die Leute, die inkognito an der letzten Aufführung dabei waren, noch nicht vorgeladen haben.»

Vischer war erstaunt über ihre Sprunghaftigkeit, folgte jedoch ihrem Rundumschlag. «Du sagst inkognito?»

«Sie waren zum Teil in Vollmaske.» Nur der Gedanke daran erregte sie.

«Wir beenden die Sitzung sowieso.» Vischer erhob sich und schloss sein blaues Buch. «Aber du sollst wissen, dass ich für dich da bin.»

Es war ihr nicht recht, als er sie auf die Wange küsste. Auf die linke Wange, auf der sie die Narbe trug. «Wir haben uns nicht über dein Anliegen unterhalten, fällt mir ein. Willst du darüber reden?»

«Ich habe es mir anders überlegt.»

FÜNFZEHN

Da war dieser Sarg in der Mitte vor dem Altar, umwogt von einem Meer von Blumen und Kränzen und Arrangements. Und auf einem Notenständer Martin Betscharts Foto. Rundum zufrieden mit diesem Lachen in den Augen. Das schmale schwarze Trauerband wollte nicht recht dazu passen. Er hatte Schwarz nie gemocht.

Marta sass ganz vorne auf der linken Seite, auf der Frauenseite, wie es sich ihrer Meinung nach gehörte. Wo sie in ihrer Kindheit schon gesessen hatte, eingepfercht zwischen ihrer Mutter und der Grossmutter. Mutter hatte nach Veilchen geduftet, Grossmutter nach Knoblauch gestunken. Noch immer hatte Marta diese Gerüche in der Nase und brachte sie mit der Messe in Verbindung und all dem ihr Heiligen, das sie bis heute gepflegt hatte.

Der Pfarrer kam aus der Sakristei und ging auf den Altar zu, auf den Sarg mit den Kränzen und den Stoffschleifen. Der Organist stimmte eine herzzerreissende Melodie an. Orgelklänge in Moll. Das «Ave Maria» von Bach und der Sarg vor ihr, in dem sie ihren Mann sich nur vorstellen durfte.

Marta las «Zum letzten Geleit» und klein gedruckt «Tennis Club», «Letzter Gruss» von der Stiftung Menschen mit Behinderung. Die anderen Texte konnte sie nicht lesen. Sie lagen unter dem Trauerflor der CVP und langstieligen Nelken. Zwei Ministranten schwangen Weihrauch und nebelten den Sarg ein, in dem der Regierungsrat nicht lag. Vielleicht hatte seine Seele sich in den hellen Samt gelegt, den Thomas und Stefan, seine Söhne, ausgesucht hatten. Heller Samt in einem Sarg aus geölter Eiche. Marta hatte darauf bestanden, dass sich Martin einmal in geölter Eiche auf den Weg zum Herrgott machen sollte.

Hinter sich hörte sie es in den Bänken knacken und rascheln. Die Kirche war schon halb voll gewesen, als sie mit ihren Söhnen eingetroffen war. Seither hatte sie nicht mehr in die hinteren Reihen geschaut. Die Weihrauchwolke erreichte ihr Gesicht. Sie sah irritiert nach rechts, wo sie plötzlich die Frau von der Polizei erblickte. Valérie Lindemann oder Lohmann oder so ähnlich. Sie hatte sie im Spital besucht, als sie an diesem Pfropf gehangen hatte, an der Infusion mit wer weiss was für einer Lösung. Das Pflegepersonal hatte sie während drei Tagen mit Flüssigkeit vollgepumpt. Sie hatte sich wie eine Tonne gefühlt. Seither musste sie andauernd aufs Klo.

Hinter ihr husteten die Leute. Immer musste jemand in der Kirche husten oder sich räuspern. Und auf den Bänken hin und her rutschen. Manchmal fiel ein Gebetbuch auf den Boden. In der Kirche war es nie ganz still, wenn sie es genau nahm. Marta sah zu Valérie und bemerkte, dass sie nicht alleine war. Eine junge Frau sass neben ihr und guckte neugierig in der Kirche umher, als hätte sie die Fresken und kunstvollen Heiligenstatuen noch nie zuvor gesehen. Sicher war sie zum ersten Mal in der Kirche. Marta betete für sie.

Marta betete für Martin, der nicht im Sarg, sondern noch in der Rechtsmedizin lag. Mit offenem Leib, das hatte sie einmal in einer medizinischen Sendung gesehen. Die Toten wurden aufgeschnitten, und das Innere wurde herausgeholt. Dann wurden sie wieder zugenäht, was ein T hinterliess. Zum Glück war dort vorne der Sarg, damit wenigstens Martins Seele eine weiche Unterlage hatte.

Der Pfarrer sprach ein Gebet. Marta kannte ihn von früher. Sie kannte ihn gut. Er hatte ihre Söhne Thomas und Stefan getauft. Jetzt sprach er ein Gebet für Martin, der den Weg in den Himmel angetreten hatte. Vielleicht würde er noch eine Weile im Fegefeuer schmoren. Heute war es nicht mehr so einfach, direkt vor die Himmelspforten zu gelangen. Die Versuchungen waren zu gross, das Fleisch zu schwach. Marta betete für Martin, dass er es, sollte er im Fegefeuer warten müssen, nicht allzu lange aushalten musste. Wieder erklang die Orgel und stimmte zum gemeinsamen Lied an. «Grosser Gott, wir loben dich, Herr, wir preisen deine Stärke …» Marta sang. Sie kannte alle elf Strophen. Martin hatte nur die ersten vier gekannt, aber diese hatte er aus voller Kehle gesungen. Immer in der zweitvordersten Reihe auf der Männerseite.

Heute wurden nur drei Strophen gesungen. Marta weinte. Sie

weinte immer, wenn jemand Kirchenlieder sang. Sie hatten so etwas Trauriges an sich, die katholischen Kirchenlieder. Nicht nur an Beerdigungen, auch an Taufen und Hochzeiten vermittelten sie etwas Trauriges.

Dann gingen Thomas und Stefan nach vorne. Sie stiegen eine Treppe hoch und stellten sich auf die Kanzel. Es hatte nur ein Mikrofon dort oben. Martas Söhne mussten sich das Mikrofon teilen. Thomas redete zuerst, und Marta sah ihm an, dass er gegen die Tränen kämpfte. Er hatte ein Blatt Papier in den Händen und las die Zeilen, die er in der letzten Nacht geschrieben hatte. Stefan dagegen wusste den Text auswendig. Die Söhne lobten den Vater, dankten ihm und sprachen ein Gebet für den Menschen, der ihm das angetan hatte. Ihn aus dem vollen Leben gerissen hatte. Sie beteten und verziehen ihm. Und Marta dachte, dass sie das nie würde tun können – einem Mörder verzeihen.

***

«Hast du gesehen? Der Bundesrat ist auch anwesend, vertreten durch Frau Schindler. Sie hat eine neue Frisur. Die Farbe finde ich cool … rot mit orangefarbenen Mèches. Das macht sie aber nicht hübscher.»

«Psst, nicht so laut.» Valérie wies Fabia darauf hin, dass sie sich in der Messe in einer katholischen Kirche befanden. «Was denkst du, wie viele Leute sind zum Gottesdienst erschienen?», flüsterte sie.

«Keine Ahnung», sagte Fabia.» Die Kirchentür ist offen. Ich nehme an, da stehen noch welche draussen.»

Valérie hatte zwar mit einem Grossaufmarsch gerechnet, aber was sie sah, übertraf ihre kühnsten Vorstellungen. Die hinterste und letzte Bankreihe war besetzt. Die Leute standen oder sassen auf Klappstühlen in den Seitengängen. Die Familie und Verwandten des Verstorbenen belegten die zwei vordersten Reihen. Der Sarg stand direkt vor ihnen, eine Beinlänge von Marta entfernt. Valérie fragte sich, wie Marta diesen Gottesdienst hatte durchsetzen können. Es war bestimmt nicht leicht gewesen. Ein Sarg ohne Leichnam war wahrscheinlich in der Sankt-Martins-Kirche ein

Novum, und es hatte einiges an Überredungskünsten gebraucht, um den Pfarrer zu überzeugen. Sollte Rom nämlich von diesem leeren Sarg erfahren, wäre der Priester vom Papst persönlich zurückgepfiffen worden. Andererseits wussten nur gerade Marta und ihre Söhne, allenfalls noch der Leichenbestatter, von der Abwesenheit des Toten. Und die Polizei, aber die zählte nicht. Unbeantwortet blieb die Frage, womit man den Sarg gefüllt hatte, damit es gewichtsmässig nicht auffiel.

Es war schon eine Weile her, seit Valérie in einer Kirche gesessen und einem Gottesdienst beigewohnt hatte. Es erstaunte sie, dass sich zwischen früher und heute kaum etwas geändert hatte. Der Pfarrer zelebrierte die Messe, die Ministranten dienten ihm. Nach der Eucharistiefeier kamen zwei Katecheten dazu, die bei der Verteilung der Hostien behilflich waren. Beinahe alle Anwesenden traten den Gang zum Altar an, um das heilige Brot zu empfangen. Valérie, die mit Fabia auf der Seite sass, hatte genügend Zeit, die Leute zu beobachten. Einige bekannte Gesichter waren darunter. Auch Politiker, die sie aus Zürich kannte. Es überraschte sie, dass sämtliche Mitglieder des Panthers Club geschlossen auftraten. Hintereinander pilgerten sie zur Kommunion. Valérie zählte sie. Sie täuschte sich nicht: Es waren alle siebzehn verbliebenen Mitglieder. Sie erkannte sie an ihrer Einheitsuniform – an weissen Hosen und Blazer. Weiter hinten in der Reihe entdeckte sie Selina, Melinda und Lorena, und ihr kam der Verdacht, dass die drei Frauen doch enger mit dem Regierungsrat befreundet gewesen waren, als sie zugaben. Und dass sie seinen Namen sehr wohl kannten. Die drei schlanken Frauen mit dem korpulenten Betschart in trauter Gemeinsamkeit zu sehen fiel ihr allerdings schwer.

Nach dem Schlusssegen lud der Pfarrer im Namen der Hinterbliebenen zum Leichenmahl ins Hotel Ochsen ein. Valérie und Fabia sahen davon ab. Allmählich leerte sich die Kirche. Zurück blieben die Angehörigen des Toten. Betscharts Söhne stützten ihre Mutter und gingen langsam auf den Ausgang zu. Nachdem Fabia sich von ihr verabschiedet hatte, wartete Valérie vor dem Kirchentor auf Marta. Sie passte den richtigen Moment ab, um mit ihr ein paar Worte zu wechseln. Sie stellte sich in die Reihe der Kondolierenden, musste sich aber gedulden, bis sie dran war, Marta die Hand zu reichen.

Dann stand sie vor ihr. Martas Gesicht wirkte versteinert. In ihrem schwarzen Kostüm machte sie eine jämmerliche Figur. Ihr blasses Gesicht war eingefallen, die Wangenknochen traten hervor. Doch ihre Augen waren trocken.

Valérie drückte ihr Bedauern aus und kondolierte. Sie liess etwas Zeit verstreichen, ehe sie mit ihrem Anliegen an die Witwe herantrat. «Frau Betschart, so leid es mir tut, aber wir sollten noch einmal miteinander reden. Wann hätten Sie denn Zeit für mich?»

Noch bevor Marta etwas erwidern konnte, stellte sich einer der Söhne zwischen sie und Valérie. Ohne sich vorzustellen, griff er Valérie an. «Das ist die absolute Höhe! Jetzt stört die Polizei auch noch den Trauertag der Familie. Hätten Sie Ihren Job richtig gemacht, wären wir heute nicht hier. Meine Mutter hat mir gesagt, wer Sie sind.»

«Valérie Lehmann ist mein Name.» Sie reichte die Hand zum Gruss und kondolierte auch ihm. «Und Sie sind …?»

«Stefan Betschart. Ich bin der Sohn …» Er trug einen dunklen Anzug aus edler Schurwolle und ein weisses Hemd mit Krawatte. Die Schuhe schienen aus wertvollem Leder zu sein. Valérie hatte ein Auge dafür. Schliesslich hatte sie mit einem Mann zusammengelebt, der auf teure Labels viel Wert legte.

«Der Zweitgeborene», ergänzte Marta, der Stefans Benehmen sichtbar peinlich war.

«Mutter, lass mich das machen.» Betschart junior zog Valérie von ihr weg und stand mit ihr in die Nähe der Kirchenmauer. «Die Polizei kennt offenbar gar nichts», enervierte er sich weiter. «Ich werde das Ihrem Vorgesetzten melden. Sehen Sie sich um. Nicht nur mein Vater, heute wird der Regierungsrat des Kantons Schwyz zu Grabe getragen. Alle, die ihn mochten, sind anwesend oder vertreten. Es sind viele. Ich darf doch von Ihnen wohl eine gewisse Pietät erwarten.»

«Es tut mir sehr leid, Herr Betschart.» Valérie liess sich nicht einschüchtern. «Wir stecken mitten in den Ermittlungen. Die sterblichen Überreste Ihres Vaters liegen noch in der Rechtsmedizin. Es war die Idee Ihrer Mutter, dass heute die Beerdigung stattfindet … ohne Leichnam wohlverstanden. Ich kann deshalb keine Rücksicht auf Sie nehmen. Und um es vorwegzunehmen, rechtlich gesehen haben Sie keine Handhabe.»

Valérie sah dem jungen Mann an, dass er mit sich selbst focht. Er schaute immer wieder zu der Gruppe von Leuten, unter denen sich seine Mutter und sein Bruder befanden. «Hören Sie, Sie haben es verschlampt. Ich habe in der Zwischenzeit sehr wohl erfahren, dass Vaters Tod mit dem Tod des Gynäkologen Joachim Heinzer zu tun hat. Zudem waren sie sehr gut befreundet. Da bleibt einem nichts verborgen. Und die Zeitungen informieren uns wenigstens darüber, was Sache ist.»

Valérie war nicht seiner Meinung. Sie hatte die Berichte in den Medien verfolgt. Die wenigsten hatten das wiedergegeben, was an der Pressekonferenz besprochen wurde. Unter den Medienleuten gab es immer welche, die es besser wussten und es ignorierten, dass sie mit ihren auf Effekt ausgerichteten Artikeln die Polizeiarbeit behinderten.

«Wann sind Sie denn aus den Staaten angereist?» Valérie sah, wie sie Betschart junior mit dieser Frage verwirrte. Aber sie wollte ihn bewusst ablenken.

Mechanisch sah er auf seine Armbanduhr. Eine goldene Rolex, wie Valérie flüchtig feststellte.

«Wir kehrten am Sonntag in die Schweiz zurück. Wir landeten am Morgen um sieben in Kloten. Wir hatten Glück, dass wir so kurzfristig einen Flug bekommen hatten.»

«Und Sie hatten, nehme ich an, den restlichen Sonntag und gestern den ganzen Tag Zeit, sich mit dem Mord an Ihrem Vater auseinanderzusetzen.»

«Ich verstehe nicht, was Sie meinen.» Betschart war perplex.

«Ich meine damit, dass Sie in diesen beiden Tagen Ihre Zeit dazu verwendet haben, die Trauerfeier für Ihren Vater vorzubereiten, Ihre Mutter zu trösten und die Todesanzeigen zu versenden. Das musste ja alles ziemlich schnell gehen.»

«Mutter hatte bereits Vorarbeit geleistet, so weit das in ihrem Zustand möglich war.»

«Lassen Sie uns also unsere Arbeit tun, Herr Betschart, und sehen Sie davon ab, uns als Sündenbock hinzustellen. Ich versichere Ihnen, wir haben auf dem Weg zur Wahrheitsfindung nichts ausgelassen. Es gab keinen Grund, Ihrem Vater nach Heinzers Tod einen Bodyguard vor die Tür zu stellen. Es tut mir leid, wenn ich es im Angesicht Ihrer Trauer sagen muss: Ihr Vater war ein Mann der Öffentlichkeit. Er hatte alle Möglichkeiten, sich selbst zu schützen.»

Valérie spürte, dass sie wieder einmal zu weit gegangen war. Aber sie verabscheute diesen blasierten Gockel, der vom Leben keine Ahnung, dafür aber das Vermögen seines Vaters auf Nummer sicher hatte. In ihren Augen hätte sie ihn genauso zum Kreis der Verdächtigen zählen können, wenn sie es nicht anders gewusst hätte. Die Passagierlisten der Flüge von Boston nach Zürich Flughafen waren gecheckt worden. Thomas und Stefan hatten tatsächlich in der Frühmaschine gesessen, die am Sonntagmorgen in Kloten gelandet war.

Aber ... sie ahnte ja, wer der Mörder war. Mit dieser Ahnung konnte sie zumindest verhindern, dass es zu einem weiteren Mord kam. Sie würde dem Mörder zuvorkommen.

Sie würde den Beweis finden, der ihr fehlte.

Sie beendete das Gespräch mit Stefan Betschart. Sie ging, ohne ihn eines Blickes zu würdigen, zurück zum Kirchentor. Die Leute hatten sich entfernt. Unter der Verkehrsregelung der Polizei überquerten sie den Hauptplatz, wo sie wenig später vom Eingang des Hotels Ochsen verschluckt wurden.

Valérie wartete, bis der letzte Gast im Gebäude verschwunden war und die Tür sich hinter ihm schloss. Dann machte sie sich auf den Weg dorthin.

Im Restaurant hielt sie Ausschau nach Marta Betschart. Sie entdeckte sie, als sie über die Treppe ins Untergeschoss ging. Sie folgte ihr. Auf den Toiletten traf Valérie nicht nur Marta, sondern auch eine burschikose Frau in einem schwarzen Herrenanzug mit Kurzhaarschnitt und altmodischer Brille. Sie kannte sie nicht. Allem Anschein nach kannte Marta sie. Als sie jedoch Valérie erblickte, verschwand sie schnell hinter einer Kabinentür. Auch die fremde Frau schloss sich in einer der Kabinen ein.

Valérie wusch sich die Hände. Dann öffnete sie die Tür in den

Flur, schlurfte absichtlich laut über die Fliesen und schlug die Tür dermassen heftig ins Schloss, dass sie selbst darüber erschrak. Leise huschte sie zurück, betrat eine Kabine und drückte die Tür ebenso leise zu. Von nebenan hörte sie Marta schimpfen. Sie regte sich über die ungezogenen Weiber auf, die es nicht gelernt hatten, eine Tür richtig zu schliessen.

«Marta?»

Valérie hielt den Atem an. Die Stimme klang für eine Frau ziemlich tief.

«Marta, bist du da?»

«Ja, ich bin noch da. Seit man mich im Spital mit dieser Flüssigkeit vollgepumpt hat, drückt es mir andauernd auf die Blase. Eine unangenehme Sache.»

«Marta, wir müssen reden.»

«Nicht heute», kam es barsch zurück. «Meine Söhne bleiben noch bis Sonntagabend. Dann fliegen sie zurück nach Boston. Vorher können wir nicht miteinander reden. Ich hoffe, du verstehst das.»

«Marta, dein Zustand gefällt mir nicht.»

«Mir gefällt er auch nicht. Der Chefarzt im Spital meinte, ich müsse zur Kur.»

«Das täte dir sicher gut. Du siehst schlecht aus.»

«Danke, darauf wäre ich nicht gekommen.»

Valérie hörte die Spülung. Dann eine Tür. Valérie bückte sich. Ihre Beweglichkeit kam ihr dabei zu Hilfe. Sie sah unter dem Spalt Richtung Waschbecken. Davor stand Marta. Denn nur Marta hatte solch dünne Fesseln. Auch die zweite Spülung wurde betätigt, die Tür geöffnet, und die fremde Frau trat neben das Waschbecken.

«Ich werde dich morgen besuchen, Marta.»

«Das ist keine gute Idee. Du weisst, ich bin nicht allein.»

«Aber wir sollten deine Kur besprechen.»

«Das hat noch Zeit.»

«Nein, hat es nicht. Du weisst, was du zu tun hast. Du kannst es nicht hinausschieben.»

«Ich schaffe es nicht. Ich …»

Jemand trat in den Raum. Augenblicklich verstummte das

Gespräch zwischen den beiden Frauen. Valérie wartete, bis sie die Toiletten verlassen hatten, und ging auch nach draussen. Sie stieg die Treppe hoch und warf einen Blick ins Restaurant, das aus allen Nähten zu platzen drohte. Marta Betschart bekam sie nicht mehr zu Gesicht.

Valérie hielt sich in der Nähe der Rezeption auf. Von hier aus behielt sie alles mehr oder weniger im Auge. Sie war sich nicht schlüssig, welchen Schritt sie als Nächstes tun wollte. Sie musste Marta sprechen, dringend. Andererseits durfte sie nicht einfach in die Trauergemeinschaft platzen. Der Disput mit Stefan Betschart vor der Kirche war schon zu viel gewesen. Mit noch einer solchen Auseinandersetzung hätte sie die Aufmerksamkeit auf sich gezogen. Das wollte sie vermeiden. Im Restaurant nahm der Geräuschpegel zu. Es wurde jetzt nicht nur miteinander geredet. Valérie vernahm lautes Gelächter, ab und zu auch Rufe. Aus der anfänglich stillen Feier war ein makaberer Freudentanz geworden. Es floss reichlich Alkohol. Valérie registrierte dies an den Weinflaschen, die die Kellnerinnen an die Tische brachten.

Halb Schwyz betrank sich.

Auf Kosten des ermordeten Regierungsrats.

***

Am frühen Nachmittag kehrte Valérie zurück nach Biberbrugg.

Louis kam über den Korridor, als sie ihre Bürotür aufschloss. Er wedelte mit einem Stoss Papier. «Gut, bist du da. Unten wartet eine Mutter mit ihrer Tochter. Die Tochter möchte eine Aussage machen.»

«In welchem Zusammenhang?» Valérie ging zum Fenster, riss die Flügel auf und streckte die Nase in die Luft. Die Würze des Frühsommers wehte ihr entgegen. Eine Weile sah sie auf die Biber hinunter. Dann drehte sie sich um.

Louis legte sein Dossier auf ihr Pult. «Hier ist das Protokoll von Fabias Befragung in Heinzers Nachbarschaft. Du wirst es vielleicht brauchen.»

«Worum geht es?» Valérie setzte sich auf den Drehstuhl. Ihr war nicht nach Befragung zumute. Zuerst wollte sie Ordnung in ihre angefangenen Arbeiten bringen. Zudem musste sie das Gespräch mit Stefan Betschart niederschreiben.

«Soll ich sie ins Vernehmungszimmer schicken?»

Valérie stiess Luft aus. «Bestell sie in mein Büro. Aber ich möchte, dass du dabei bist.»

Louis machte sich auf den Weg ins Erdgeschoss. Wenig später kam er mit zwei Frauen zurück.

Valérie forderte sie ohne aufzublicken auf, sich auf die Besucherstühle zu setzen. Louis zog einen dritten Stuhl heran. Valérie bat ihn, das Protokoll zu führen.

Erst jetzt sah sie auf und geradewegs in zwei helle Gesichter mit dunklen Augen. Die Ähnlichkeit zwischen Mutter und Kind war frappant. «Sie möchten also eine Aussage machen.» Valérie wechselte Blicke zwischen den beiden.

«Mein Name ist Franca Iten. Das ist meine Tochter Sabrina. Sie –»

«Danke, das reicht. Bitte seien Sie so gut und lassen Sie Ihre Tochter zu Wort kommen. Mir wurde gesagt, dass Ihre Tochter mir etwas mitteilen möchte.» Valérie musterte das Mädchen. Sabrina war ein hübsches Kind mit grossen Kirschenaugen und einem herzförmigen Mund. Sie hatte ihre dünnen Arme auf das Pult gelegt. Auch sonst sah sie sehr mager aus. Sie kam Valérie wie ein Insekt vor. Ihre Mutter dagegen hatte mehr auf den Knochen. «Was möchtest du mir denn mitteilen?»

Sabrina zog die linke Hand zurück. Nervös kaute sie nun an den Fingernägeln. «In der Nacht, als Dr. Heinzer starb, war ich draussen vor dem Haus … also, vor dem Haus von Patriks Vater.»

«Hast du das unserer Frau Ulrich nicht erzählt?» Valérie sah Louis an, der still verneinte. Jetzt wusste sie, weshalb er ihr Fabias Rapport in die Hand gedrückt hatte.

Sabrina schüttelte mit zusammengekniffenem Mund den Kopf. «Nein, ich wusste ja nicht, dass es wichtig sein könnte.»

«Du warst also vor dem Haus. Wo genau?»

«Bei den Gebüschen, welche das Grundstück der Familie Kloiber vom Grundstück der Familie Heinzer abgrenzen.»

«Was hast du dort gesucht?»

Sabrina sah ihre Mutter an, die sie zum Sprechen aufmunterte. «Ich musste pinkeln.»

«Gab's denn im Haus keine Toiletten?»

«Die waren alle besetzt.» Sabrina zog ihre knöchernen Schultern hoch. «Ich weiss, das gehört sich nicht für ein Mädchen. Deshalb wollte ich daraus keine Staatsaffäre machen.»

«Staatsaffäre.» Valérie versuchte, ruhig zu bleiben. Das Mädchen, das keine fünfzehn sein konnte, war vielleicht der Schlüssel zur Auflösung des Falles. Sie durfte es auf keinen Fall mit ihrer unzimperlichen Art erschrecken. «Weisst du, welche Uhrzeit da war?»

«Zwischen halb eins und eins.»

«Warum weisst du das so genau?»

Sabrina sah wieder zu ihrer Mutter rüber. «Weil ich um eins eine SMS an Mami schickte und ihr mitteilte, dass ich die Nacht bei einer Freundin bleiben würde. Das war, nachdem ich draussen gewesen war.»

Valérie wandte sich an Frau Iten. «Können Sie das bezeugen? Hat Ihre Tochter Ihnen um ein Uhr in besagter Nacht eine SMS geschickt?»

Frau Iten suchte in ihrer Handtasche nach dem Mobiltelefon, drückte ein paar Knöpfe und reichte es über den Tisch.

Valérie überzeugte sich mit einem Blick darauf. «Eine kleine Bemerkung, Frau Iten: Machte es Ihnen nichts aus, dass Ihre Tochter über Nacht wegblieb?»

«Nein, ich war beruhigt. Es ist mir lieber, Sabrina übernachtet bei einer Freundin, wenn es spät wird. Zudem kennen wir Familie Kloiber sehr gut.»

«Aber die Freundin», Valérie malte Gänsefüsschen in die Luft, «war in diesem Fall ein Freund.»

«Ich übernachtete mit meiner Freundin bei Kloibers», ergänzte Sabrina ihre Ausführungen. «Patrik ist unser Schulkollege.»

«Und ein ganz feiner Kerl», mischte sich Frau Iten ins Gespräch.

Valérie warf Louis einen Blick zu, der eifrig auf dem Laptop tippte.

«Als du zwischen halb eins und eins draussen warst, was fiel dir auf?»

«Ich hörte ein Geräusch, bevor ich zurückkehren wollte. Ich blieb stehen und vergewisserte mich, wo es herkam. Durch die Blätter des Strauchs sah ich zur Tür von Dr. Heinzers Haus. Dort kam jemand heraus.»

«Ein Mann oder eine Frau?»

«Ich konnte es nicht genau sehen. Es war ja dunkel. Die Lampe über der Tür gab zu wenig Licht … aber, wenn ich es mir jetzt so überlege, hätte es ein Mann sein können. Er trug etwas Enges.»

«Hatte der Fremde es eilig?»

«Das kann man wohl sagen. Er rannte den Weg runter zum Gartentor. Dort lehnte ein Velo. Er schwang sich darauf und radelte davon. Ich gehe davon aus, dass es ein Elektro-Bike war. Ich hörte es surren …»

«Du weisst, wie sich ein E-Bike anhört?»

«Sabrina hat ein sehr gutes Gehör», sagte Frau Iten. «Sie hat es von mir …»

Sabrina sah ihre Mutter an. «Mein Vater hat auch so ein Velo.»

«Ist dir sonst noch etwas aufgefallen?»

«Nein, das ist alles. Ich machte mir nichts daraus und ging ins Haus zurück.»

«Meine Tochter hat mir davon erzählt», sagte Frau Iten. «Es hat ihr keine Ruhe gelassen …»

«*Dir* hat es keine Ruhe gelassen, Mami», insistierte Sabrina.

Frau Iten überhörte es. «Deshalb habe ich ihr geraten, zur Polizei zu gehen. Ich meine, nach den Zeitungsartikeln, dass Sie Zeugen suchen und so … Ist es möglich, dass meine Tochter den Mörder gesehen hat?»

«Sie haben richtig reagiert.» Valérie wandte sich erneut an Sabrina, ohne auf Frau Itens Äusserungen einzugehen. «Und dir danke ich für deine Aussage. Du bist jetzt eine wichtige Zeugin. Mein Kollege Louis Camenzind wird noch deine Personalien aufnehmen. Danach kannst du mit deiner Mutter auf meine Kosten im Ristorante ‹Da Massimo› etwas trinken gehen.»

Valérie verabschiedete sich und verliess ihr Büro.

Auf dem Flur musste sie erst einmal tief durchatmen. Sabrinas Aussage war Gold wert. Endlich hatte sie einen Anhaltspunkt: ein Elektro-Bike. Eine clevere Idee, musste sie sich zugestehen.

Ein Velo fiel weniger auf als ein Auto. Ein Velo machte keinen Lärm. Ein Velo konnte man überall hinstellen.

Jetzt begann die grosse Suche nach der Nadel im Heuhaufen, denn E-Bikes, deren Motor nicht stärker als fünfhundert Watt war, mussten nicht registriert werden. Wer eines hatte, wer eines fuhr, stand in keinem Katalog.

***

Heute hatte sich sogar Fischbacher zur Teamsitzung herbemüht. Aber das hatte einen Grund. Valérie hatte ihn vorab angerufen und die neuen Erkenntnisse mit ihm bereits besprochen. Sie hatte noch etwas bei ihm gutzumachen nach dem Fauxpas mit Fabia. So konnte sich der Kripochef schon vorbereiten. Es war denn auch Fischbacher, der seine Leute begrüsste. Er sass am Kopfende des Tisches. Er hatte Valéries Platz eingenommen.

«Wir haben eine Zeugin, die gesehen haben will, wie gegen ein Uhr in der Mordnacht vom Mittwoch, den 7., auf Donnerstag, den 8. Mai, eine fremde Person aus dem Haus des getöteten Joachim Heinzer gekommen ist. Der oder die Fremde verliess den Tatort mit einem E-Bike. Ich fordere euch auf, sämtliche befragten Personen im Umfeld der Toten noch einmal aufzusuchen und herauszufinden, wer unter ihnen im Besitz eines Elektro-Velos ist.»

«Und wie gehen wir vor», warf Fabia ein, «wenn keine der in Frage kommenden Personen ein E-Bike hat?» Sie verwies auf eine Quelle von Velo Schweiz. «In unserem Land wurden allein im 2013 fast fünfzigtausend E-Bikes verkauft. Die können wir doch nicht –»

«Stopp!» Louis fuhr ihr ins Wort. «Fangen wir an und machen uns erst Gedanken darüber, wenn unsere Bemühungen ins Leere laufen …»

Valérie hörte nur noch halbherzig hin. Sie war aufgewühlt. Der Fokus war jetzt auf das Fahrrad gerichtet. Wenn sie mit ihren abstrusen Visionen daherkam, würde man sie nicht mehr ernst nehmen. Sie war jedoch der festen Überzeugung, dass sie das Motiv des Täters geknackt hatte, wenn auch nur in ihren Vorstellungen.

Die Zeit arbeitete plötzlich gegen sie. Sie musste sich beeilen, denn der nächste Mord würde unweigerlich geschehen, wenn sie mit ihren Vermutungen richtiglag.

Sie spürte die Erschöpfung in ihren Gliedern, die Müdigkeit im Kopf. Sie hatte Mühe, den Ausführungen des Kripochefs zu folgen. Glücklicherweise fiel es Fischbacher nicht auf, dass sie mit ihren Gedanken weit weg war. An einem andern Ort, wo niemand sonst hinwollte.

In den Abgründen kranker Seelen. Im Sumpf entarteter Menschen.

Ihre Unterleibsschmerzen hatten endlich nachgelassen. Ein vages Ziehen erinnerte sie noch an das Desaster, als sie am Montagmorgen zuerst den Autositz hatte reinigen müssen, bevor sie losfahren konnte. Frau Annen aus der dritten Etage hatte ihr dabei zugesehen. Und als Valérie mit dem Eimer zu ihrer eigenen Wohnung hochging, kam sie über die Treppe runter und machte eine saublöde Bemerkung. Valérie hätte ihr am liebsten den Eimer über den Igelfrisurkopf gekippt.

Valérie war froh, wollte Fischbacher im Anschluss an die Sitzung keine weitere Besprechung mit ihr. Sie ging in ihr Büro zurück und machte sich an ihre Schreibarbeit. Es war ihr nicht möglich, sich zu konzentrieren. Sie erhob sich, trat auf den Flur und liess einen Kaffee aus dem Automaten. Er schmeckte genauso bitter wie letztes Mal.

«Valérie!» Es war Vischer, der von Weitem ihren Namen rief.

«Henry, darf ich dich zu einem Kaffee einladen?»

«Danke, den kenne ich. Kein Bedarf.» Er sah sie erwartungsvoll an. «Wie geht es dir?»

«Die Reisknödel lagen mir über Nacht auf.» Sie konnte ein Schmunzeln nicht verbergen. «Hast du Zeit für mich?»

«Wann?»

«Jetzt gleich … Ich bin da auf etwas gestossen, das mir keine Ruhe lässt.»

«Das hast du neulich schon gesagt, dass du auf etwas gestossen bist. Täusche ich mich, oder haben wir tatsächlich nicht darüber gesprochen? Worum geht es überhaupt?»

Valérie ging zurück ins Büro. Vischer folgte ihr. Sie schüttete den Rest Kaffee in den Pflanzentrog, aus dem eine Yuccapalme wuchs. «Die verträgt den besser als ich. Zudem soll er das Wachstum fördern.» Sie schmunzelte und warf den Pappbecher in den Abfalleimer. «Ich erinnere mich an eine Fallstudie während meines Jurastudiums.»

«Du hast Rechtswissenschaften studiert?» Vischers Erstaunen war echt. «Das wusste ich gar nicht.» Dann erzählte er von Louis, der ihren Namen gegoogelt hatte und auf keine Resultate gekommen war.

«Es gibt da einen Trick, damit man in den Suchmaschinen nicht gefunden wird», sagte Valérie mit verschwörerischem Unterton. «Aber nun zum Grund, weshalb du hier bist.»

Vischer setzte sich. Valérie blieb stehen. Sie lehnte ans Pult, während ihre Finger in der feuchten Erde der Yuccapalme stocherten.

«Der Psychiater und Universitätsprofessor Dr. Adam Anselmi, in dessen Vorlesungen ich gewesen war, forschte in Frauenhaftanstalten nach der Ursache weiblicher Mordlust. Nach der Auswertung eines Fragebogens, nach wiederholten Gesprächen mit den Insassen und monatelangen Beobachtungen war er zum Schluss gekommen, dass der weibliche Zyklus eine wesentliche Rolle dabei spielt, wenn eine Frau mordet.»

«Davon habe ich auch gelesen. Hat er nicht ein Buch darüber geschrieben?»

«Ja, hat er. Das solltest du auch gelesen haben.»

«Ich bin kein Psychiater. Die haben ganz andere Lehrgänge als wir Psychologen. Anselmi hat zuerst Medizin studiert … wenn ich richtigliege, sogar Frauenheilkunde, bevor er sich der Psyche widmete.»

«Ausschliesslich der weiblichen Psyche», ergänzte Valérie. «Aber seine Arbeit fand keine sehr grosse Resonanz. Man belächelte ihn.»

«Und womit kann ich dir helfen?»

«Die weibliche Psyche als Ursprung des Bösen», sagte Valérie mehr zu sich selbst. «Ich meine, Anselmis Forschungen sind da ziemlich einseitig. Im Verhältnis zu den männlichen Tätern gibt es wenig weibliche. Aber die Frauen morden leidenschaftlicher. Und das hat seine Gründe.»

«Muss ich davon ausgehen, dass du den Mörder kennst?»

«Nein, ich kenne ihn noch nicht. Aber ich weiss, wie er tickt. Ich lag komplett falsch, als ich von einem Mann ausging.»

«Ich verstehe dich nicht. Du sprichst von einer Täterin, nicht von einem Täter.»

«Ich musste mir zuerst über einiges klar werden.»

«Du gibst Rätsel auf.»

«Die du bestimmt entschlüsseln kannst.» Valérie schenkte ihm ein Lächeln. «In dieser Mordserie geht es um Gefühle, um verletzte Gefühle, um Wut, letztendlich um Rache.»

«Das weicht kaum vom Täterprofil ab, das übrigens alle Ermittler mit wenigen Ausnahmen genau gleich sehen.»

«Aber sie gehen von einem Mann aus, wie ich übrigens bis vor Kurzem auch. Nachdem man Astrid Ackermann ausschliessen konnte, wurde eine Frau nicht mehr in Betracht gezogen.»

«Und du siehst das jetzt anders.»

«Ja.»

«Und was verhalf dir zu dieser Einsicht?»

«Ich selbst.»

«Du?» Vischer liess sich seine Verlegenheit nicht anmerken.

«Und Anselmis Arbeit. Die Libido der fruchtbaren Frau erreicht ihren Höhepunkt um den Eisprung herum.»

«Was hat das mit Mord zu tun?»

Vischers Unruhe entging Valérie nicht. Sie sah auf ihn hinunter und musste ein wenig schmunzeln. Offenbar war er es sich nicht gewohnt, mit einer Arbeitskollegin ein derartiges Gespräch zu führen. Ihm fehlte der schützende Raum. Sein Raum, in dem er sich seinem Gesprächspartner überlegen fühlte. Die Rollen waren vertauscht. Valérie genoss es.

«Eine Woche bis vor der Menstruation spielen die Hormone verrückt. Wassereinlagerungen und Migräne sind sekundäre Signale, wenn die Plazenta die Gebärmutterschleimhaut und das unbefruchtete Ei abstösst. Die Frau stirbt im Verlauf ihres Lebens viele kleine Tode. Anselmi zählt die Stimmungsschwankungen zur eigentlichen Ursache allen Unbills. In dieser Zeit ist eine Frau in der Lage, gewalttätig zu werden. In den meisten Fällen richtet sich diese Gewalt gegen sich selbst. Es gibt die andern, bei denen entartet sie. Äussere Einflüsse, familiäre Tragödien, die vielen Nuancen der schlechten Gefühle … es ist eine Kumulation von vielen Begebenheiten, die zum Gau führen.»

«Ich kann dir nicht folgen.»

«Der Mörder ist eine Frau.» Valérie erzählte vom unfreiwilligen Treffen mit ihrem Mann in Luzern. Von der unkalkulierbaren Kraft, die sie im Moment der Begegnung dazu verleitet hatte, ihm etwas anzutun. Dass sie ihn blindwütig hätte zusammenschlagen können, wenn Colin nicht dort gewesen wäre. Ihr Sohn hatte Schlimmeres verhindert. «Alles hatte sich in mir angestaut. Der ganze Frust, die Ohnmacht, nichts gegen meinen Mann tun zu können. Seine kontinuierlichen Nadelstiche, seine Macht über mich. Als ich unterwegs nach Hause war, merkte ich, dass ich meine Tage habe.»

«Das ist zu simpel», intervenierte Vischer. «Und jetzt glaubst du, dass eine Frau mit derselben Ausgangslage und körperlichen Verfassung die drei Männer umgebracht hat? Die Taten waren geplant. Das, was du beschreibst, ist Impuls. Ist nicht kontrollierbar.»

«Der Zeitpunkt der Tat war geplant», ereiferte sich Valérie. «Aber als es zur Tat kam, geschah sie im Affekt. Astrid Rast liess das Küchenmesser wahrscheinlich auf dem Bett liegen, bevor sie ging. Wenn das Messer nicht dort gewesen wäre, hätte der Täter, respektive die Täterin, vielleicht nicht getötet. Irgendetwas muss der Tat vorausgegangen sein. Ein Streit mit dem Opfer, etwas, das zum Eklat führte. Der Mord geschah in einer Art Rauschzustand.»

«Aber Betschart wurde doch auch mit einem Messer getötet, das bis heute unauffindbar ist.»

«Vielleicht war diese Tat die einzig kalkulierte …»

«Frauen morden anders als Männer», liess Vischer verlauten, streckte die Arme hinter den Kopf und lehnte sich zurück. «Männer töten aus Wut, Verlustangst und Eifersucht. Frauen dagegen, um sich zu befreien … Wie willst du weitermachen?» Es war ihm offensichtlich nicht wohl, mit Valérie über weibliche Zyklen zu reden und darüber, was die prämenstruellen und hormonellen Purzelbäume alles bewirken konnten.

«Ich muss mit der Witwe des Regierungsrats sprechen», fuhr Valérie fort. «Ich bin sicher, sie führt mich zur Aufklärung des Falles.»

«Marta Betschart, diese kleine, dürre Frau? Sie ist in einem Alter, wo sie die fruchtbaren Jahre hinter sich hat. Das widerspricht deiner Überzeugung. Zudem hat sie ein Alibi.»

«Ich habe nicht gesagt, dass sie die Täterin ist. Aber sie weiss etwas, was mir weiterhelfen kann. Ich möchte sie noch einmal befragen. Und dazu brauche ich dich.»

«Das klingt aber ganz nach Kreuzverhör», mutmasste Vischer. «Weiss Fischbacher davon?»

«Ich muss es ihm noch schonend beibringen.»

«Und was rechtfertigt dein Tun?»

«Meine Intuition.»

Vischer deutete plötzlich auf ihre Narbe. «Willst du darüber reden?»

«Da gibt es nicht viel zu sagen.»

«Wie war deine Ehe?»

Valérie ging rückwärts. Sie setzte sich auf ihren Bürostuhl und drehte ihn Richtung Fenster. Sie war mit Henry an einem Punkt angelangt, wo sie nicht hinwollte. Doch es war ihr egal. Sollte er auch noch dies erfahren. Entweder sah er sie als eine Art Patientin, oder er wandte sich von ihr ab, weil er sie als Arbeitskollegin nicht mehr ertrug. Weil sie zu weit ging und weil dieses Thema nicht hierhin gehörte. Doch er hatte sie darauf angesprochen. Wenn sie ehrlich mit sich war, war sie nicht einmal so unglücklich darüber. Vielleicht würde sie bei Henry loslassen und all das thematisieren können, woran sie unbewusst litt.

«Wir führten anfangs eine gute Ehe und hatten befriedigenden Sex. Mehr als das. Es war … manchmal unglaublich.» Sie schloss die Augen, als könnte sie die schönen Dinge, die zwar nur von beschränkter Dauer gewesen waren, zurückholen. «Die Geburt unseres Sohnes hat da kaum etwas geändert. Die Veränderung kam schleichend. Willy kam immer öfter spät nach Hause oder blieb die Nacht weg. Als ich ihn darauf ansprach, sagte er mir, dass ich meine Attraktivität für ihn verloren hätte.» Valérie hielt inne, um Luft zu holen. Ihr Hals schnürte sich zu. «Dann begann er mich zu schlagen. Zuerst nur verbal, später wurde er handgreiflich.»

«Und du hast die ganze Zeit geschwiegen?»

«Meinem Kind zuliebe.» Valérie presste die Lippen aufeinander. «Später brachte er eine seiner Geliebten mit nach Hause. Sie trieben es in unserem Ehebett. Als ich ihm deswegen eine Szene machte, bedrohte er mich mit einem Messer. Seine Hand glitt dabei aus. Die Schramme auf meinem Gesicht ist das bleibende Souvenir. Die junge Geliebte kam dann öfter zu uns. Diese Demütigung war allerdings schlimmer als die Verletzung im Gesicht.»

Eine ganze Weile schwiegen beide. Henry hatte die Lider gesenkt, Valérie kaute auf der Unterlippe.

«Du hättest dich von deinem Mann trennen können.»

«Nein. Ich bin kein Mensch, der einfach aufgibt. Wenn es sich lohnt, kämpfe ich. Ich wollte für Colin kämpfen … Ich versuchte, Willys Neigungen als etwas Vorübergehendes zu betrachten. Wenn ich bei ihm blieb, würde ich Stärke zeigen …» Valérie brach ab.

«Wie würdest du die Beziehung zu deinem Mann beschreiben? Hast du ihn geliebt?»

«Natürlich habe ich ihn geliebt …» Valérie fuhr sich nervös mit der Hand über die Stirn. Sie wusste, dass sie Henry niemals etwas würde verheimlichen können. Und dass ihr Geständnis nur für sie sprach. «Ich war ihm ausgeliefert, hörig, um das Kind beim Namen zu nennen.»

«Wenn du willst, können wir das Gespräch bei mir zu Hause fortsetzen», sagte Vischer.

Valérie spürte, wie sie nach diesem Vorschlag wieder zumachte. Sie neigte den Kopf zur Seite. «Da gibt es nichts fortzusetzen. Es ist alles gesagt. Und bitte kein Mitleid. Das ertrage ich nicht. Es geht um unseren Fall und nicht um mich. Aber vielleicht verstehst du, weshalb ich auf diesen Schluss gekommen bin … dass eine Frau zu so einer Tat fähig ist. So, und jetzt sollte ich meine Pendenzen abarbeiten.»

Vischer verstand. Er erhob sich, schob den Stuhl unter das Pult und verliess das Büro.

Als er die Tür hinter sich zugezogen hatte, griff Valérie nach dem Telefon und rief Louis an.

«Valérie? Noch im Büro?»

«Wurden die Alibis von Monique Tuzzi, Elvira Heinzer und Marta Betschart noch einmal geprüft?»

«Selbstverständlich. Wir haben die Aussagen von allen Personen, die ihre Alibis bestätigten.»

«Das reicht mir nicht. Wir müssen uns die Damen näher ansehen. Ihre Lebensläufe, ihre Vernetzungen untereinander ... Ich muss wissen, ob es da in der Vergangenheit Vorfälle innerhalb ihrer Beziehungen gegeben hat. Fragt nach. Es muss irgendwelche dunklen Flecke geben, eventuell Gespräche mit Eheberatern. Besuche bei Mentoren oder Psychiatern.»

«Aber ...» Louis liess ein Seufzen vernehmen.

«Nichts aber. Ich brauche die Gewissheit, dass wir nichts ausgelassen haben. Zudem benötige ich dringend den Namen von Elviras Freundin und die Telefonnummer.»

«Die Dame hält sich zurzeit in Washington auf.»

«Das ist mir egal. Kannst du mir bitte eine Verbindung zu ihr herstellen?»

Sie hörte Louis durchs Telefon tief ausatmen, bevor er ihr versprach, die Angelegenheit gleich in die Hand zu nehmen.

Valérie wartete keine fünf Minuten, bis das Telefon klingelte und Louis sie mit einer Lene Heldstab verband.

Valérie entschuldigte sich für die Störung.

Lene Heldstab klang nicht sehr erfreut. «Das ist bereits das zweite Mal, dass die Polizei Schwyz mich anruft. Es ist eine wirklich schreckliche Sache, was Elvira widerfahren ist. Aber mehr als bestätigen, dass sie in der Nacht, als ihr Mann verstarb, bei mir übernachtet hat, kann ich nicht sagen.»

«Daran gibt es auch nichts zu beanstanden. Nur stellt sich mir die Frage, weshalb Elvira Heinzer gerade in dieser Nacht bei Ihnen war. Ich meine, Sie hatten sicher anderes zu tun so kurz vor Ihrer Abreise.»

«Ich verstehe nicht, was Sie meinen.»

«Hatte Ihre Freundin einen besonderen Grund, dass sie bei Ihnen war?»

«Ich bleibe ein halbes Jahr in den Staaten. Wir wollten uns vor meinem Weggehen einfach noch einmal sehen», kam es weniger überzeugt zurück. «Allerdings … wenn Sie mir das jetzt so sagen, kommt es mir auch sonderbar vor. Ich hatte ihr eine Woche zuvor angeboten, mich zu besuchen. Das hat sie vehement abgelehnt. Am 7. Mai stand sie einfach vor meiner Tür.»

Valérie glaubte, den Nerv getroffen zu haben. «Hat sie sich über ihren Mann geäussert? Hatte sie Differenzen mit ihm?»

«Wollen Sie die Wahrheit wissen?» Lene Heldstab liess ein paar Sekunden verstreichen. «Sie war sehr unglücklich. Ihr Mann betrog sie nach Strich und Faden. Zudem war er es, der ihre gemeinsame Tochter aus dem Haus vertrieben hatte. Stellen Sie sich das vor. Eltern sind doch dazu da, ihren pubertierenden Kindern Paroli zu bieten. Joe steckte ihre Tochter einfach in ein Internat.»

«In eine internationale Schule», korrigierte Valérie.

«Das tönt besser: *International School.* Joe wollte sie vom Hals haben und gleichwohl mit der Ausbildung seiner Tochter prahlen.»

«Er war Gynäkologe …»

«Pah … was heisst das schon. Sie als Polizistin müssten es ja besser wissen, dass es auch in dieser Berufssparte Schweine gibt. Oder soll ich Ihnen einen Link schicken, wo Sie es nachlesen können? Hören Sie, Frau Lehmann, es ist grässlich, was geschehen ist. Aber ich trauere ihm keine Minute nach. Und jetzt lassen Sie mich bitte in Ruhe.»

Der Piepton hallte noch lange in Valéries Ohr nach.

SECHZEHN

Valérie erwachte, weil neben ihrem Kopf etwas explodierte. Sie hatte geträumt, erinnerte sich aber nicht daran, wovon. Der Knall erfüllte das ganze Zimmer. Er kam von der Strasse. Valérie tastete nach dem Lichtschalter, erhob sich, ging zum Fenster und zog die Rollläden hoch. Draussen tobte ein Vorsommergewitter. Über den schwarzen Himmel zuckten die Blitze wie ein Gewirk von Adern und kapillaren Verästelungen. Die Luft hatte merklich abgekühlt. Mit den Windböen kam ein heftiger Regen, der gegen die Hausfassaden peitschte. Valérie schloss das Fenster. Halb fünf. An Schlaf war nicht mehr zu denken.

Sie ging in die Küche, machte Licht und bereitete sich eine Tasse Kaffee zu. Sie goss Milch dazu und setzte sich an den Tisch. Vor dem Fenster brach die Welt auseinander.

Cornelia Heinzer.

Valérie hatte ihr Augenmerk nie wirklich auf sie gerichtet. Louis war dem nachgegangen. Keine sexuellen Übergriffe vonseiten des Vaters, hiess es. Wurde da etwas vertuscht? Verschwiegen? Weshalb kauft ein Vater seiner Tochter ein teures Boxspringbett, wenn er reinen Gewissens ist? Es gab Widersprüche. Musste Valérie die Ermittlungen in diese Richtung selbst in die Hand nehmen? War es möglich, dass Louis etwas Wichtiges entgangen war? Es wäre nicht das erste Mal gewesen.

Sie trank den Kaffee aus. Sie stellte die Tasse ins Spülbecken. Danach ging sie ins Badezimmer. Der Blick in den Spiegel munterte sie nicht auf. Im Gegenteil. Die letzten Tage hatten Spuren auf ihrem Gesicht hinterlassen. Sie hatte zu wenig geschlafen, ungesund und unregelmässig gegessen, das Training ausgelassen. So durfte es nicht weitergehen. Sie brauchte die Power, die sie gewohnt war. *Mens sana in corpore sano.* Valérie wollte ihren guten Vorsatz gleich mit einem ausgiebigen Frühstück in die Tat umsetzen. Aber das war leichter gesagt als getan. Der Kühlschrank gähnte ihr fast leer entgegen. Ein Körbchen verschimmelter Tomaten, eine Packung Mozzarella, dessen Verbrauchsdatum weit überschritten war, sowie matschige Bananen fristeten ein erbärmliches Dasein nebst einer Tafel Schokolade, die als Einziges noch geniessbar war. Im Vorratsschrank fand Valérie diverse Körner und Nüsse. Sie leerte alles, was sie davon fand, in eine Schüssel und goss Milch darüber.

Um halb acht verliess sie ihre Wohnung. Es regnete Bindfäden. Der Frühling hatte Adieu gesagt. Graue Wolkenschlieren umhüllten die Mythen. Ein bissiger Wind fegte durch die Strassen. Valérie fuhr zum Hauptplatz und suchte dort das Innendekorationsgeschäft von Gabi Suter. Sie fand es in einer Querstrasse, die in die Herrengasse mündete. Sie parkte, stieg aus und rannte unter das Vordach. Das Geschäft war noch geschlossen. Valérie sah die Fassade hoch. Gleich war ihr Gesicht platschnass. Oben brannte Licht. Valérie ging auf die Rückseite des Gebäudes, eines herrschaftlichen Hauses aus den 1930er Jahren. Sie erreichte einen Platz, auf dem ein paar Autos standen. Valérie sah sich die Nummern genauer an. Alles Schwyzer Nummern.

Plötzlich hielt sie inne.

Da parkte ein grauer Toyota, auf dessen Verkehrsschild die Buchstaben SZ und die ersten Ziffern sechs und neun standen.

Es war wie ein Déjà-vu. Obwohl Valérie sich nur an die ersten beiden Ziffern erinnerte, glaubte sie, die Nummer zu kennen. Valérie näherte sich dem Wagen, beugte sich hinunter und prüfte, ob das Nummernschild so angebracht war, dass man es leicht entfernen konnte. Eine Wechselnummer! Valérie spürte ihren Puls bis zum Hals schlagen. Inzwischen war sie triefend nass geworden. Sie ging weiter über den aufgeweichten Boden und gelangte zu einem Carport. Ein roter Matra 530 LX, Baujahr 1972, stand dort. Gleich daneben ein weiterer Wagen. Allerdings war dieser mit einer Plane zugedeckt. Valérie hob die Decke an. Darunter erkannte sie die Front des gesuchten Autos. Sie hatte den Ford Mustang gefunden, der sie verfolgt hatte. Es waren dieselben runden Lichter, die getönten Scheiben, die nicht erlaubt waren, die eckige Karosserie. Nur das Nummernschild fehlte. Valérie nahm ihr iPhone zur Hand. Sie machte ein paar Fotos. Diese sandte sie an Franz Schuler, den Technischen Leiter, mit dem Vermerk, dass er sich schon mal auf eine Spurensicherung vorbereiten solle. Irgendetwas würde ihr bestimmt noch einfallen, um die Aktion zu rechtfertigen.

Valérie blieb stehen. Der Hinterhof schien wie ausgestorben. Ein geeignetes Versteck für ein Auto, das man dazu verwendete, um ihr Angst einzujagen. Hier würde niemand vorbeischauen. War es ein Fingerzeig von oben, dass sie ausgerechnet heute auf diesen Wagen stiess?

Warum hatte man sie überhaupt mit einem solchen Wagen verfolgt?

Vor allem stellte sie sich die Frage, *wer* sie verfolgt hatte. Dass sie Willy Lehmann von der Liste der Verdächtigen streichen konnte, beruhigte sie nur bedingt. Es gab jemand anderen, der es auf sie abgesehen hatte.

Sie ging zurück. Bei einem Seiteneingang fand sie drei Klingeln mit der Anschrift des Deko-Geschäfts, des Architekturbüros «Markus Suter AG» sowie «M. und G. Suter». Sie drückte die Klingel des Geschäfts. Es ging eine Weile, bis sie hinter der Tür Schritte vernahm. Die Tür wurde aufgerissen. Nicht nur Valérie war ob der Begegnung überrascht. Auch die Frau, die sich im Türrahmen vor ihr aufbaute. Gross, drahtig, mit Herrenhaarschnitt und Brille, nicht wirklich schön, aber kraftvoll. Sie begegneten sich in Augenhöhe. Es war dieselbe Frau, die Valérie zusammen mit Marta Betschart im «Ochsen» gesehen hatte.

Ein nie zuvor gekanntes Gefühl beschlich sie. Valérie konnte nicht abschätzen, was mit ihr gerade geschah. Da war etwas, das sie eher dem Feinstofflichen zuschrieb. Nicht greifbar und ebenso nicht erklärbar.

Sie zückte ihre Dienstmarke und stellte sich vor. «Ich nehme an, Sie sind Frau Suter.»

«Ja, die bin ich.» Ihre Stimme war tief und rauchig. Wider Erwarten hielt sie die Tür weit auf und liess Valérie eintreten. «Ich öffne das Geschäft erst um neun. Aber ich nehme an, Sie sind nicht deswegen hier. Kommen Sie in mein Büro.»

Der Weg dorthin führte durch ein ästhetisch eingerichtetes Kleinmöbel- und Dekorationsgeschäft. Valéries Versuch, die grobschlächtige Frau mit dem aparten Interieur in Verbindung zu bringen, scheiterte kläglich. Entweder hatte Gabi Suter zwei gegensätzliche Seiten an sich, oder eine Kollegin hatte dem Ausstellungsraum seine Note verliehen.

Valérie folgte Gabi Suter in den hinteren Trakt des Hauses. Vom Fenster aus konnte man den Platz mit dem Carport sehen. Hatte man sie vorhin beobachtet? Ihr gegenüber stand eine Frau mit burschikosen Zügen. Allein ihre Stimme erhärtete Valéries Vermutung, dass sie es mit einer unzimperlichen Person zu tun hatte. Ihrer Schätzung nach musste sie zwischen fünfzig und fünfundfünfzig sein. Sollte sie je einmal attraktiv gewesen sein, hatte sie heute all ihre Eleganz verloren. Ihre Gesichtszüge wirkten hart. Ihre Augen fast brutal.

«Wem gehören diese Oldtimer?» Valérie deutete auf die beiden Wagen unter dem Dach.

«Meinem Mann. Er hatte noch mehr davon. Aber in der Zwischenzeit sind sie verkauft. Die Wirtschaftslage zwang ihn zu diesem Schritt.»

«Ist es möglich, dass er die Autos noch fährt?»

Gabi zögerte. «Nein … Sie sind nicht zugelassen. Aber ich glaube nicht, dass Sie wegen der Sammlerleidenschaft meines Mannes hier sind.»

«Ich bin hier, weil ich eine Auskunft möchte. Am Tag als Dr. Heinzer starb, war er noch bei Ihnen und hat ein Bett für seine Tochter gekauft.»

«Aber das habe ich doch alles bereits zu Protokoll gegeben.» Gabi liess sich auf ihren Bürostuhl fallen.

«Das ist richtig. Leider steht nirgends, weshalb Heinzer das Bett gekauft hat. Gab es einen besonderen Anlass? Hat er sich dahin gehend geäussert?» Valérie blieb stehen.

«Nein, keine Ahnung. Vielleicht wollte er seiner Tochter einfach etwas Gutes tun. Ich meine, immerhin war er es, der Cornelia in diese Schule geschickt hat. Aber ich kann Ihnen versichern, Elvira wird sie wieder zurückholen. Das Mädchen gehört hierher. Wir haben in Schwyz ausgezeichnete Schulen.»

Valérie bereitete sich für den Angriff vor. Es gab keinen Grund, die Frau am Pult zu schonen. Noch während der Fragen war sie auf die Idee gekommen, dass sie die unbekannte Person war, die Leandra Eisenbauer angerufen hatte. Ihre ganze Art brachte

Valérie zu diesem Schluss. Vielleicht war es auch das Bauchgefühl, vergangene Erfahrungen, die sie jetzt sensibilisierten. Doch vergeben wollte sie sich nichts. «Frau Suter, kann es sein, dass Sie eine Begleitagentur mit Namen WOP kennen?»

Auf diesen Schlag war Gabi nicht vorbereitet gewesen. Einen Moment lang wirkte sie verdattert. «WOP? Stand das nicht in der Zeitung?»

«Kennen Sie eine Leandra Eisenbauer?»

«Wer soll das sein?»

«Haben Sie vor einigen Tagen Frau Eisenbauer angerufen?»

«Warum hätte ich das tun sollen? Zudem kenne ich die Frau nicht.»

«Wir werden es auch ohne Ihre Aussage herausfinden.»

Gabi setzte ein verächtliches Lachen auf. Ihre aufgesetzte kühle Mimik gelang ihr nicht ganz. Ihre Mundwinkel zitterten. «Ich weiss nicht, worauf Sie hinauswollen. Aber ohne meinen Anwalt sage ich gar nichts mehr.»

Das war der Schlüsselsatz.

Valérie nahm keine Rücksicht auf die Befindlichkeit der Frau, die so aussah, als würde sie in der Klemme stecken. «Der Ford Mustang dort draussen», sie nickte mit dem Kopf gegen das Fenster, «wurde gestern vor einer Woche im Parkhaus des Trainingscenters ‹One› gesehen. Mit derselben Nummer wie auf dem Toyota hinter dem Haus. Das kann doch wohl kein Zufall sein.»

«Ich müsste meinen Mann fragen. Vielleicht machte er eine Probefahrt.»

«Ich dachte, der Wagen sei nicht zugelassen.»

«Fragen Sie meinen Mann. Ehrlich gesagt weiss ich es nicht.»

«Wo waren Sie am Dienstag, den 13. Mai, zwischen zwölf und eins am Mittag?»

«Soll das ein Witz sein? Hier natürlich. Ich sass im Büro und ass ein Sandwich.»

«Kann das jemand bezeugen?»

«Nein, ich war allein. An diesem Tag machte ich Inventur.» Gabi warf Valérie einen zornigen Blick zu. «Im Übrigen nervt mich Ihre Fragerei. Was soll das? Tun Sie Ihren Job und behelligen Sie uns nicht damit.»

Valérie ballte die Fäuste hinter dem Rücken. Sie mochte diese Frau nicht. Sie hatte etwas an sich, das sie abstiess. Trotzdem versuchte sie, ruhig zu bleiben. «Und wo war da Ihr Mann?»

Gabi verdrehte ihre Augen. «Ich gehe davon aus, dass er auswärts essen ging wie jeden Tag. Oder vielleicht war er mit dem Mustang Probe fahren …» Sie setzte ein perfides Lächeln auf, als läge ihr noch etwas auf der Zunge, das sie jedoch im letzten Moment zurückbehielt.

«Kann ich Ihren Mann sprechen?»

Gabi entfloh dem Stuhl. Sie hob wütend ihre rechte Hand und zeigte mit dem Finger auf Valérie. «Wollen Sie mich und meinen Mann jetzt auch noch in diese leidige Geschichte hineinziehen? Aber wenn Sie darauf bestehen, werde ich gleich meinen Anwalt anrufen.»

«Wo ist Ihr Mann jetzt?»

«Ich habe ihn heute noch nicht zu Gesicht bekommen.» Sie schnappte nach Luft. «Er wird oben in seinem Büro sein.»

«Danke, das war's. Ich finde den Weg alleine raus.» Valérie wandte sich um und suchte den Ausgang. Hinter sich hörte sie Gabi schimpfen, und ein komisches Gefühl beschlich sie. Die Frau verbarg etwas. Valérie hatte sich von ihrer Intuition selten täuschen lassen. Sie fühlte es geradezu. Von der Frau ging eine Bedrohung aus. Ihre Gesichtszüge sprachen dafür. Ihre zwanghaften Bemühungen, ihrem Äusseren den Eindruck eines Androgyns zu geben, wobei das Maskuline überwog. Es schien, als hätte die Vergangenheit harte Züge in ihr Gesicht gemeisselt.

Valéries Unbehagen verstärkte sich.

Vom Flur führte eine Treppe ins Obergeschoss. Durch eine Glastür sah Valérie direkt ins Grossraumbüro. Ein schlanker, athletischer Mann mit einer markanten Nase legte gerade den Telefonhörer auf die Station zurück, als er Valérie ansah. Ausholenden Schrittes gelangte er zur Tür. Er öffnete. Sein Lachen hatte eine sympathische Wirkung auf sie.

Valérie zeigte ihm die Marke.

Suter warf einen flüchtigen Blick darauf. «Ich weiss es schon.»

«Aha, das Buschtelefon funktioniert demnach einwandfrei.

Kann ich Sie einen Moment unter vier Augen sprechen?» Valérie sah sich im Grossraumbüro um. Sie registrierte vier Mitarbeiter, die vor Bildschirmen sassen.

«Gehen wir doch in mein kleines Kabuff.»

Dass Suter nicht übertrieb, bewies der kleine Raum, kaum drei auf vier Meter gross, der mit Ordnern und Büchern vollgepackt war bis unter die Decke. Mittendrin stand ein Pult, das genauso überladen wirkte. Durch ein schmales Fenster drang Tageslicht.

«Leider kann ich Ihnen keinen Sitzplatz anbieten ausser dem Bürostuhl.»

«Ich bleibe stehen.»

Suter setzte sich. «Wie kann ich Ihnen behilflich sein?»

«Fahren Sie Ihren alten Mustang noch?»

Wenn Suter lachte, entblösste er ein erstaunlich weisses Gebiss. «Sie interessieren sich für Autos?»

«Beantworten Sie mir einfach die Frage.»

«Seit zwei Jahren stehen die Wagen nur noch zum Anschauen da, leider.»

«Wie kommt es dann, dass der Ford Mustang am letzten Dienstag in Schwyz gesichtet wurde? Mit Ihrem Nummernschild. Ich nehme an, der Toyota hinter dem Haus gehört Ihnen. Wozu haben Sie die Wechselnummer?»

Suter zog die Augenbrauen nach oben. «Ihnen entgeht wohl gar nichts.»

Valérie erwartete schweigend seine Antwort.

«Ich habe noch eine andere Leidenschaft als die Oldtimer. Ich fahre einen Maserati Grancabrio MC. In nur vier Komma neun Sekunden beschleunigt er auf hundert. Deshalb die Wechselnummer. Wenn Sie möchten, lade ich Sie einmal zu einer Spritzfahrt ein.»

«Ihr alter Ford, Herr Suter, wurde am Dienstag vor einer Woche gesehen. Davor am 8. Mai und auch am Muttertag.»

«Das ist nicht möglich. Der Wagen steht immer im Carport.»

«Wer hat zum Wagen einen Schlüssel?»

«Eigentlich nur ich. Worum geht es überhaupt?»

Valérie wusste nicht, ob sie Suter von der Bedrohung berichten sollte. Aber je länger sie darüber nachdachte, umso mehr kam sie zum Schluss, dass der Wagen, der sie verfolgt hatte, und die Serienmorde zusammenhingen. Des Rätsels Lösung lag vielleicht hier in diesen Mauern. Das Motiv und vor allem die Beweise, die ihr fehlten.

«Sie gehören auch dem Panthers Club an. Es gibt bereits drei Tote in diesem Umfeld.» Valérie tastete sich vorsichtig heran. «Fühlen Sie sich nicht auch bedroht?»

Suter fuhr sich mit der Hand über die Stirn. Sein Haar war trotz seines Alters von siebenundfünfzig Jahren, was Valérie aus den Akten wusste, noch immer dunkel und fest. «Ich überlege mir das jeden Tag. Aber ich kann nicht einfach zu Hause bleiben. Ich muss arbeiten, damit ich Ende Monat die Löhne meiner Angestellten bezahlen kann.»

«Ihre Freunde wurden im Bett umgebracht.» Valérie fixierte ihr Gegenüber mit starrem Blick. «Haben Sie eine aussereheliche Beziehung, Herr Suter?»

Suter drehte den Kopf Richtung Fenster. «Bleiben wir realistisch. Monogamie ist ein Wunschdenken.»

«Dieser Meinung war der Regierungsrat auch. Jetzt ist er tot.»

Suter sah ihr wieder ins Gesicht. «Sie glauben, da räumt jemand auf? Da spielt jemand Gott?»

«Soviel ich weiss, steht Gott nicht fürs Töten.»

«Sie haben recht. Das war nur so dahingesagt.»

«Vielleicht sagen Sie mir alles, was Sie wissen. Solange der Mörder nicht gefasst ist, ist auch Ihr Leben in Gefahr.»

«Warum kommen Sie ausgerechnet auf mich? Unser Club zählt immerhin siebzehn Mitglieder …»

«Die sich weiter verringern werden, wenn Sie uns nicht helfen. Ist Ihre Frau mit Marta Betschart befreundet?»

«Darüber haben wir nie gesprochen.» Suter stiess heftig Luft aus. «Ich will ehrlich mit Ihnen sein. Meine Frau und ich gehen uns privat aus dem Weg.»

«Sie hat Sie vorhin angerufen, nachdem ich bei ihr war. Was wollte sie?»

«Sie hat mich über Ihren Besuch informiert. Sie mag es, mich zu ärgern. Aus ihrer Stimme klang pure Schadenfreude.»

«Sie wohnen unter dem gleichen Dach. Ich habe es auf dem

Klingelschild gelesen. Über dem Geschäft und den Büros liegt Ihre gemeinsame Wohnung.»

«Ich bin selten zu Hause.»

«Haben Sie eine Affäre?»

«Das geht Sie wohl nichts an.»

«Wie heisst die Glückliche?»

Suter stiess wieder Luft aus. «Also gut, Sie werden es sowieso herausfinden. Mittlerweile kenne ich Ihre Hartnäckigkeit. Ich treffe mich ab und zu mit Lorena Mascoli.»

Valérie liess sich ihr Erstaunen nicht anmerken. «Sie war auch Betscharts Muse.»

«Sie war unser aller Muse.»

Valérie sah die junge Frau vor sich. Dunkelhäutig, wie Samt – ein angeblicher Männertraum. «Wie soll ich das verstehen?»

Suter erhob sich. Er vergewisserte sich, dass die Tür im Schloss eingeschnappt war. Er ging zum Fenster und blickte in den immer noch aufgewühlten Himmel. Dann wandte er sich frontal an Valérie. «Ich kann kaum noch ein Auge schliessen. Als Paolo starb, sah ich das noch einigermassen gelassen. Obwohl es einen nicht unberührt lässt, wenn ein Freund im selben Alter an einem Herzinfarkt stirbt. Er hat Sport getrieben. Aber Sie sehen, auch Sport ist kein Garant für ein gesundes Herz.» Er zögerte nachdenklich. «Dann aber wurde Joe umgebracht. Das ging mir ziemlich an die Nieren. Joe und Paolo waren meine engsten Freunde.» Suter fuhr sich über den Mund. «Als ich von Martins Tod erfuhr, klingelte bei mir die Alarmglocke.» Er riss seine Augen weit auf. «Ja, ich habe Angst. Wahrscheinlich mehr als alle anderen Mitglieder des Panthers Club.»

«Erklären Sie mir das bitte.» Valérie lehnte sich an den Fenstersims. Sie nahm den Schreibblock zur Hand und notierte. Sie spürte, dass Suter bereit war zu reden. Sie liess ihm Zeit.

«Wir waren eine Gruppe von sieben Leuten», fuhr Suter fort. «Paolo, Joe, Martin und ich sowie Lorena, Selina und Melinda vom WOP. Wir trafen uns einmal die Woche in der Herrengasse …»

«Moment.» Valérie unterbrach ihn. «Das war nebst den Ballettabenden?»

Suter nickte, während er die Tastatur auf seinem Pult anstarrte.

«Und für dieses Treffen wurden die Frauen auch über WOP gebucht?»

«Nein, die drei Studentinnen … arbeiteten für uns, wenn man das so sagen darf, auf eigene Rechnung.»

«Ist es möglich, dass die Inhaberin von WOP, Leandra Eisenbauer, etwas ahnte?»

«Das kann ich mir nicht vorstellen.»

Vor Valérie taten sich plötzlich neue Abgründe auf und mit ihnen mögliche Motive. «Warum fanden diese Treffen … heimlich statt?»

«Wir trafen uns zur Entspannung.»

«Zu Swingersex?» Valérie blieb emotionslos. «Vier Männer und drei Frauen … das geht nicht ganz auf.»

«Martin hat nur zugesehen.»

Valérie verzeichnete es als grossen Erfolg, dass Suter über die intimsten Dinge in seinem Leben berichtete. Der Mann musste unter einer enormen psychischen Belastung stehen. Dass Betschart bloss seinen voyeuristischen Leidenschaften nachgekommen war, nahm sie ihm allerdings nicht ab. Lorena hatte durchblicken lassen, ihn sexuell befriedigt zu haben. Andererseits konnte Valérie es sich anhand von Betscharts Anatomie durchwegs vorstellen, dass er sich oft aufs Zugucken beschränkt hatte. «Wer wusste davon?»

«Es ist mir schleierhaft. Diese Treffen fanden unter absoluter Geheimhaltung statt. Einzig die auswärtigen Besucher konnten davon gewusst haben. Aber ich kann mir nicht vorstellen, dass sie das in der Öffentlichkeit breitgeschlagen haben. Ich meine … sie waren ja auch irgendwie in die Sache involviert.» Suter hüstelte. «Und Frau von Reding wusste natürlich davon. Sie drückte ab und zu ein Auge zu, wenn wir ihre Zimmer im Dachgeschoss benutzten.»

«Moment.» Valérie machte eine abwertende Handbewegung. «Damit wir hier vom selben reden: Frau von Reding hat Ihnen den Saal im Erdgeschoss vermietet, das heisst an alle Mitglieder des Panthers Club, und parallel dazu ein Zimmer zur Verfügung gestellt, für den harten Kern, wenn ich dem mal so sagen darf.»

«Richtig. Und von diesem harten Kern bin ich der einzige Mann, der noch lebt.»

«Ist es möglich, dass Ihre Frau über Ihre Eskapaden Bescheid weiss?»

«Gabi?» Suter stiess Luft aus. «Und wenn schon, sie bedeutet mir schon lange nichts mehr.»

«Aber vielleicht Sie ihr. Kann es sein, dass Ihre Frau einen Schlüssel zum Ford Mustang hat?»

«Sie glauben, sie hat den Wagen gefahren? Ich kann es mir nicht vorstellen. Warum hätte sie ihn fahren sollen? Sie macht sich nicht viel aus Autos.»

«Besitzen Sie ein E-Bike?»

«Nein. Ich fahre Rennvelo, um mich in Form zu halten. Aber … warten Sie mal, Gabi hat eines.»

***

Die Teamsitzung auf dem SSB stand an diesem Nachmittag ganz im Zeichen der DNA-Abgleiche. Die Resultate aus dem IRM sowie der Kriminaltechnik waren eingetroffen und lagen nun an Valéries Platz. Die Fremd-DNA, die bei Betschart sichergestellt worden war, war identisch mit der DNA von Lorena Mascoli.

Valérie verwunderte das nicht. Nach allem, was Markus Suter ihr anvertraut hatte, war das ein weiterer Beweis dafür, dass er die Wahrheit gesagt hatte. Aber warum hatte Lorena nicht zugegeben, dass sie Betschart in der Mordnacht nach Hause begleitet hatte?

Bevor Valérie ihre Vermutung aussprach, orientierte sie ihr Team über das Resultat ihrer Recherchen.

«Wir kommen nun nicht mehr darum herum, eine Gegenüberstellung zu machen. Und zwar möchte ich verteilt auf den Tag nacheinander Leandra Eisenbauer …» Valérie vergewisserte sich anhand der Akte, dass sie die Namen nicht verwechselte, «Selina Anderhub, Melinda Gross und Lorena Mascoli noch einmal befragen. Insbesondere Lorena. Ich würde gern erfahren, weshalb sie mir verschwiegen hatte, dass sie vor Betscharts Ermordung bei ihm war … Dann zitiere ich Gabi Suter hierher.» Dass dies auch persönliche Gründe hatte, verschwieg Valérie. Ihres Erachtens war es möglich, dass sie den Ford Mustang gefahren hatte. Aus irgendeinem Grund hatte die Frau ihr aufgelauert. Kam dazu, dass sie Leandra Eisenbauer angerufen haben konnte. Leandra hatte von einer hohen Männer- oder einer rauchigen Frauenstimme gesprochen. Gabi Suter war die einzige Person, bei der dies zutraf. «Wir müssen jedem Verdachtsmoment nachgehen, auch wenn das vielleicht eine Nachtschicht zur Folge hat.»

Dass sie dabei nicht auf grosse Begeisterung stiess, war abzusehen, liess es in der Folge jedoch zu, dass vonseiten des Teams ein paar Anmerkungen angebracht wurden.

Fabia drehte schmatzend den Kaugummi im Mund, und Louis sass eingesunken auf seinem Stuhl. Allgemein herrschte eine gedrückte Stimmung. Motivation sah anders aus.

«Gibt's denn einen Durchbruch?», fragte einer der Polizisten. «Oder steht uns einer bevor? Wie mir scheint, arbeiten wir seit Tagen im Hickhack. Ausser nervtötenden Befragungen und einem Stapel Rapporten haben wir nichts in der Hand.»

«Zumindest gibt es Indizien.»

«Ja klar, Indizien», foppte Louis. «Einen Ford Mustang, der meiner Meinung nach wenig mit dem Mord an den drei Clubmitgliedern zu tun hat. Der taucht einfach mal auf. Kommt dazu, dass wir zuerst beim Mörder von einer Frau ausgingen, dann von einem Mann ... Jetzt zeichnet sich plötzlich wieder ein weibliches Täterprofil ab. Ein Hickhack, ich gebe Hubi recht.»

Valérie bedachte ihn mit einem kühlen Blick. «Ehrlich gesagt hätte ich von euch mehr Eigeninitiative erwartet als diese Dauerkritik.» Sie sah alle an, musste sich dabei zusammenreissen, dass sie nicht laut wurde. «Ich kann doch verlangen, dass ihr euren eigenen Denkapparat aktiviert.»

«Du zielst also auf einmal auf eine Frau», sagte Louis.

«Wir müssen alles ausleuchten», wich Valérie aus. «Aber vor allem müssen wir verhindern, dass es einen weiteren Toten gibt. Ich will, dass man Markus Suter rund um die Uhr unter Polizeischutz stellt.» Sie zögerte plötzlich, während sie Louis mit einem ernsten Blick bedachte. «Was hat sich eigentlich aus den Recherchen ergeben, mit denen ich dich betraut habe? Ist das liegen geblieben, oder hast du es vergessen?»

Louis fühlte sich angegriffen. «Du meinst, ob Heinzer den Anwalt Tuzzi mit einem Mandat beauftragt hat? Eine solche Verbindung gab es nie.» Louis fuhr sich mit den Händen durch sein schwarzes Haar. «Aber darauf kommst du reichlich spät.»

«Dann hätten wir diese offene Frage nun auch geklärt.» Valérie schlug ihre Akte zu. «Wir treffen uns morgen um die gleiche Zeit.»

***

Der Gang eine Etage höher bereitete Valérie grosse Überwindung. Seit dem berüchtigten Abend in der Herrengasse und danach am Tatort von Betschart hatte sie mit Jole kaum mehr als ein paar Worte gesprochen. Valérie bekundete Mühe, ihr hundertprozentig zu vertrauen, nach allem, was sie über sie erfahren hatte.

Hatte sie am Ende etwas mit den Morden zu tun?

Aber was für ein Motiv hatte sie?

Dass eine Frau hinter den Tötungsdelikten steckte, war ihr damals klar geworden, als Willy vor ihr stand. Die Staatsanwältin war Anfang vierzig, alleinstehend und auf der Suche nach Anerkennung. Sie vermittelte eine kühle Extravaganz, eine gewisse Überheblichkeit, war aber leicht reizbar, wenn etwas nicht nach ihrem Kopf ging. Vielleicht war ihre Liaison mit Joachim Heinzer gewichtiger, als Valérie annahm. Gut möglich, dass mit deren Beendung etwas in ihr kaputtgegangen war. Und als sie erfahren hatte, dass ihr Liebhaber sich mit einer jungen, attraktiven Studentin einliess, gingen bei ihr die Sicherungen durch. Um von sich abzulenken, hatte sie den perfiden Plan geschmiedet, alle vier Männer, die sich mit den Frauen trafen, zu eliminieren.

Valérie ging auf Joles Büro zu. Sie überlegte sich, wie sie ihr gegenübertreten sollte, ohne ihr Gesicht zu verlieren. Aber sie würde nicht mehr darum herumkommen, nach den Alibis der Staatsanwältin zu fragen.

Es war ein harter Gang.

Vor der Tür zögerte sie. Sie hoffte, Jole heute nicht anzutreffen. Dies würde ihr die Entscheidung abnehmen. Sie klopfte.

Nichts rührte sich.

Valérie nahm die Faust zu Hilfe und polterte auf die Tür. Als sie wieder nichts hörte, drückte sie die Falle. Diese gab nach.

«Jole? Bist du da?»

Keine Antwort. Valérie trat in den Raum. Sogleich schlug ihr der Duft von Joles Parfum entgegen. Also konnte es noch nicht lange her sein, seit sie ihr Büro verlassen hatte. Valérie ging zum Pult und vergewisserte sich mit einer einzigen Handbewegung, dass dort nichts lag, was sie interessierte. Keine Akte, kein Schreibpapier, nicht der kleinste Hinweis, dass Jole an etwas gearbeitet hatte. Auf dem Pult herrschte Ordnung. Ausser einem Stapel leerer Klarsichtmäppchen befand sich dort nichts. Valérie ging um das Pult herum und setzte sich auf den Bürostuhl. Von hier aus hatte sie freie Sicht zur Tür, die sie nur angelehnt hatte. Sie beugte sich seitlich hinunter und zog die Schubladen des Korpus auf. Im ersten Schubfach fand sie Klebstreifen, einen Bostitch, Büroklammern, eine Schere, mindestens drei Dutzend Schreibstifte, einen Montblanc-Tintenschreiber, Post-its und zwei Schreibblöcke. In der zweiten lagen Mäppchen, die sie eilig durchsah. Sie entdeckte Rapporte, die jedoch nichts mit ihrem Fall zu tun hatten. In der untersten Schublade stiess sie auf eine angefangene Packung Antibabypillen, Aspirine, Schlaftabletten und Ritalin – auf nichts anderes als den normalen Wahnsinn einer unter Druck stehenden Frau.

Warum verhütete sie, wenn sie keine Beziehung mehr hatte? Die Affäre mit Heinzer lag Monate zurück. Lebte sie von gelegentlichen Affären, von One-Night-Stands? Valérie traute es ihr durchwegs zu. Sie stellte sich vor, wie Jole nach der Arbeit auf Männer- oder Frauenfang ging. Wie sie allein durchs nächtliche Schwyz zog oder durch Zug und Zürich. Wie sie sich an eine Bar setzte, einen harten Drink bestellte und darauf wartete, dass jemand sie ansprach. Oder sie flirtete und ergriff selbst die Initiative. Schlussendlich zog sie mit einem Typen ab.

Litt sie unter Torschlusspanik? War diese Verzweiflung ein möglicher Grund für eine Gewalttat? Für Totschlag? Für Mord?

Wer steckte wirklich hinter dieser kleinen, charismatischen Frau?

Nicht zuletzt war ein tadelloser Leumund Grund gewesen, dass Jole die Stelle in der Kantonalen Staatsanwaltschaft bekommen hatte. Nur fragte Valérie sich, ob sie die Fähigkeit besass, nicht bloss eine Polizistin zu täuschen, sondern einen ganzen Polizeiapparat. Es war doch eher ungewöhnlich, dass eine Frau wie die Staatsanwältin sich für eine wie Valérie interessierte, ohne dabei an ihre eigenen Vorteile zu denken. Die eingegangene SMS, die sie bei ihrer ersten Begegnung erwähnt, aber gelöscht hatte, hatte vielleicht nie wirklich existiert. War bloss Mittel zum Zweck gewesen, um Valérie zu zeigen, dass sie ihre Schwachstellen kannte. Woher auch immer die Informationen stammten. Es konnte Berechnung gewesen sein, dass Valéries Sohn zur Sprache gebracht wurde. Ein infames Zeichen, dass Jole sie in der Hand hatte.

Wenn sie den Mund hielt, verlangte sie dasselbe von ihr.

Das Fazit war, dass Jole gegen sie spielte. Möglich auch, dass sie ihre eigenen Unzulänglichkeiten auf ihre ermittelnde Kollegin projizierte. Dass im Grunde von Anfang an alles geplant gewesen war.

Vom Anruf nach Heinzers Ermordung an.

Die Tatsache, dass sie und der Kripochef Dominik Fischbacher einander nicht ausstehen konnten.

Die Einladung in ihre Villa in der Herrengasse.

Das war Kalkül gewesen. Um von sich abzulenken. Um einem Verdacht auf sie keine Chancen zu geben.

Valérie wusste nicht, wem sie trauen durfte und wem nicht. Es war nicht leicht gewesen, in ein bestehendes, gut eingespieltes Team zu kommen. Dass sie die Ermittlungen im aktuellen Fall führte, half ihr nicht unbedingt zu einer unvoreingenommenen Akzeptanz. Man sah sie als Eindringling an, der die bestehenden Ermittlungsstrategien auf den Kopf stellte.

Trotzdem musste Valérie es als grosse Chance ansehen, vom Polizeicorps als eine von ihnen angesehen zu werden, sollte sie in der Lage sein, den Fall zu lösen.

Letztendlich arbeitete sie auf dieses Ziel hin.

Sollte sie sich in Biberbrugg etablieren, wäre der Weg frei für Colin.

Ein Geräusch, das vom Flur her kam, liess sie erschrocken zusammenfahren. Valérie stiess die Schubladen zu, erhob sich und konnte sich gerade noch vor das Pult stellen, als Jole ins Büro zurückkehrte.

«Valérie! Was tust *du* denn hier?»

«Ich suchte dich», schummelte Valérie, ohne rot zu werden. «Bin eben erst reingekommen.»

«Das ist nicht möglich. Ich stand mindestens zehn Minuten vor dem Lift und unterhielt mich mit Henry Vischer.» Jole winkte ab. «Ach, lassen wir das. Es ist eh nicht wichtig. Wie mir Henry erzählte, seid ihr in der Vergangenheitsbewältigung einen grossen Schritt weitergekommen.»

«Vergangenheitsbewältigung? Ist mir etwas entgangen?»

«Nun, er hat mich nicht über Details aufgeklärt. Er ist integer genug, und ich weiss um seine Schweigepflicht.» Von Reding setzte ein Lächeln auf, bei dem Valérie nicht wusste, ob es von Herzen kam oder kalte Berechnung war. «Hauptsache, du findest bald aus diesem Schlamassel hinaus. Es ist mir wichtig, dass es dir gut geht.» Jole wechselte das Thema. «Ich habe gehört, dass es einen erneuten Durchbruch gibt?»

«Es wird noch einmal Befragungen geben. In der Zwischenzeit haben wir erfahren, dass der Täter nach Heinzers Ermordung den Tatort mit einem E-Bike verlassen haben könnte. Vielleicht kann uns jemand nähere Hinweise geben. Zudem ist nun klar, wer unmittelbar vor Betscharts Ableben in dessen Schlafzimmer war. Ich bezweifle allerdings, dass sie die Täterin ist.»

Valérie spürte, wie ihre Hände vor Aufregung feucht wurden. Die ultimative Frage würde sie nun stellen müssen. Sie kam nicht darum herum.

«Jole», begann sie. «Der Strick zieht sich enger.» Sie wartete auf eine Reaktion. Diese blieb aus. Von Reding neigte nur den Kopf etwas zur Seite. Da war nicht der kleinste Anflug eines schlechten Gewissens zu erkennen. «Ich hatte heute Morgen ein aufschlussreiches Gespräch mit dem Architekten Markus Suter. Er teilte mir mit, dass er, Tuzzi, Betschart und Heinzer bei dir ab und zu ein Dachzimmer bezogen haben. Mir sagtest du, dass die nicht besetzt sind. Wem soll ich nun glauben?»

Von Reding setzte sich wortlos auf ihren Bürostuhl.

«Die drei ermordeten Männer sowie der einzige Überlebende dieser Gruppe haben sich in diesem Zimmer regelmässig mit drei Frauen getroffen. Und … du wusstest es.»

Von Redings Augenlider waren gesenkt. Ihr Gesicht blieb ausdruckslos.

«Es ist höchste Zeit, dass du mich aufklärst. Ansonsten muss ich meinen Verdacht Fischbacher melden.» Jetzt war es gesagt. Valérie fühlte sich deswegen nicht befreiter.

Von Reding atmete heftig aus. «Es war ein Fehler, verflucht. Ich habe meine Position ausgenutzt. Ich brachte es nicht fertig, Joe in diese Geschichte hineinzuziehen. Ich konnte mir auch nicht vorstellen, dass die Morde etwas mit dieser Vierergruppe zu tun haben –»

«Dieser Joe ist tot», fuhr Valérie ihr ins Wort. «Wenn ich dich richtig verstehe, willst du seinen Namen nicht mit Unangenehmem in Verbindung bringen.» Sie musterte die Staatsanwältin. «Was lief da tatsächlich zwischen dir und dem Mordopfer ab? Verheimlichst du mir etwas?»

«Nein, warum sollte ich. Ich weiss, was du von mir denkst. Dass alles Berechnung war: die Einladung zum Ballettabend, meine Zuneigung zu dir … Ich bin dir nicht einmal böse, wenn du mich deswegen hasst. Aber glaube mir, als ich dich bat, die Ermittlungen zu übernehmen, hatte ich keine Hintergedanken. Fischbacher wollte es so und schob mich vor, weil sein Stellvertreter nicht vor Ort war. Und ich wollte einfach wissen, ob wirklich so viel in dir steckt, wie mir das von Zürich übermittelt wurde. Du bist stark. Du bist hartnäckig und konsequent. Etwas Besseres kann die Kripo nicht bekommen. Du hast mich auf deiner Seite, Valérie. Auch wenn das in den letzten Tagen nicht den Eindruck erweckt hat. Es war mein Fehler. Ich hätte Transparenz schaffen sollen. Ich habe es versäumt.»

Valéries iPhone klingelte. Sie griff danach. Es war Louis. Sie war froh, konnte sie sich aus dem Gespräch mit Jole winden. Es war ihr plötzlich sehr unangenehm. Wie hatte sie nur die Staatsanwältin verdächtigen können?

«Louis?»

«Hallo, Valérie, wir sind jetzt in der Telefonzentrale. Leandra Eisenbauer ist hier, und vor zehn Minuten ist auch Gabi Suter eingetroffen. Wir werden gleich mit den Gesprächsaufzeichnungen beginnen.»

«Haben sich die Polizistinnen vom uniformierten Dienst schon bei dir gemeldet?»

«Trix, Sonja, Karin und René warten bereits auf ihren Einsatz.»

«Warum René?»

«Weil er eine relativ hohe Stimme hat.»

Valérie schüttelte lächelnd den Kopf. Wahrscheinlich tat sie Louis unrecht. Er hatte zwar seine gewöhnungsbedürftigen Eigenheiten, aber er war ein loyaler Kerl und hatte hin und wieder brauchbare Einfälle. «Beginnt mit den Aufnahmen. Ich werde gleich bei euch sein.»

Valérie drückte ihn weg. Sie wandte sich an Jole. «Darüber müssen wir uns noch einmal unterhalten.»

«Worüber?»

«Über die Transparenz. Wann hast du Heinzer kennengelernt?»

«Vor neun Monaten.»

«Und wann hast du die Liaison mit ihm beendet?»

«Kurz vor Weihnachten. Jetzt weisst du, weshalb ich nicht wollte, dass der Mord an ihm publik gemacht wird. Ich sehe schon die Schlagzeilen: ‹Schwyzer Staatsanwältin war mit Mordopfer liiert.› Ein gefundenes Fressen für die Presse. Das wollte ich verhindern.»

***

Louis winkte Valérie zu sich, als sie die Telefonzentrale betrat. «Gabi Suter ist mit ihrem Anwalt hier. Sie hat sich zuerst geweigert, ins Telefon zu sprechen. Aber er hat ihr geraten, es zu tun.»

«Eine Verweigerung hätte sie von vornherein verdächtig gemacht.» Valérie warf einen Blick zu den Tischen, wo gerade René dabei war, einen vorgegebenen Text ins Telefon zu sprechen. «Und wo ist Leandra Eisenbauer?»

«Sie sitzt im Nebenzimmer und hört die verschiedenen Stimmen ab. Fabia ist bei ihr.»

«Ich geh zu ihnen.» Sie tätschelte Louis' Arm. «Danke.»
Louis sah ihr schmunzelnd nach. Das Eis war gebrochen.

Leandra Eisenbauer hatte so eine Art an sich, die man nicht allzu ernst nehmen konnte. Heute trug sie ein olivgrünes Kleid, dazu Pumps, und ihre karottenroten Haare hatte sie toupiert. Über dem linken Ohr steckte eine grüne Stoffblume. Valérie musste sich bei ihrem Anblick beherrschen, damit sie nicht laut lachte. Leandra sass halbseitig auf einem Stuhl wie eine Dame auf dem Pferd, hatte die Beine übereinandergeschlagen, die Speckrollen um die Hüfte überlappten einen schmalen Gurt. Dass sie damit eine unvorteilhafte Falle machte, schien sie nicht zu stören. Leandra warf Valérie nur einen nichtssagenden Blick zu. Sie konzentrierte sich auf die Stimme, die sie aus der Hörmuschel vernahm. Vor ihr lag ein Notizblock, auf den sie ihre Anmerkungen schrieb. Das ganze Prozedere dauerte etwa zehn Minuten. Valérie blieb solange im Raum stehen.

Leandra legte den Hörer auf die Station zurück. Sie sah zuerst Fabia, dann Valérie an. «Es besteht kein Zweifel: Ich habe die Stimme wiedererkannt. Die Nummer vier war's.»

«Warum sind Sie sich da so sicher?»

«So sicher wie das Amen in der Kirche. Die Nummer vier war's. Mann oder Frau, ich weiss es nicht. Aber der Dialekt war derselbe und diese eigenartige Stimme. Die habe ich nicht vergessen. Schliesslich wurde ich bedroht. Kommt der Kerl jetzt in den Knast?»

Valérie kehrte zu Louis zurück.

«Und, wie sieht es aus? Hat die Lady die Stimme wiedererkannt?»

«Nummer vier.»

«Bingo! Ich würde sagen, ein Volltreffer. Deine Intuition hat dich also nicht getäuscht. Langsam kommst du mir unheimlich vor.»

«Gabi Suter also.»

«Mich nimmt wunder, was sie zu ihrer Verteidigung sagt.»

«Sie wird nichts sagen, darauf kannst du Gift nehmen. Wenn sie mit dem Anwalt aufkreuzt, hat sie sich schon bestens darauf vorbereitet. Bleibt nur noch die Frage offen, ob sie auch den Mustang gefahren hat.»

Louis zog Valérie aus dem Blickfeld seiner Kollegen. «Kannst du mir mal erklären, was es mit diesem Mustang auf sich hat?»

«Während mehrerer Tage wurde ich von einem dunklen Wagen verfolgt.» Valérie erzählte von der Begegnung im Parkhaus und der eingeleiteten Fahndung und dass sie den Wagen in Suters Carport wiedergesehen hatte. «Ich war mir ziemlich sicher, dass das kein Zufall sein konnte», schloss sie, indem sie ihre eigene Interpretation ein wenig veränderte. «Ich habe Schuler von der Technik schon mal darüber informiert. Ich will, dass man den Wagen auf Spuren untersucht. Suter sagte mir, dass seine Frau ihn nicht fährt. Sollten von ihr Fingerabdrücke gefunden werden, so können wir sie zumindest wegen Androhung von Gewalt an einer Beamtin vor Gericht bringen.»

«Das glaubst du doch selber nicht. Was hat das mit unserem Fall zu tun? Kann es sein, dass du dich verzettelst?»

Valérie hob nur die Schultern. Louis hatte nicht unrecht. Sie hatte überreagiert. Aber da war dieses Bauchgefühl. Darüber zu sprechen fiel ihr im Moment allerdings schwer.

Sie ging zurück in ihr Büro. Dort holte sie den Papierbogen hervor, den sie neulich mit den Namen aller Involvierten beschrieben hatte. Sie breitete ihn auf dem Pult aus. Lange starrte sie auf die Namen und Verbindungen zwischen den einzelnen Personen. Sie entnahm der Schublade das Dossier mit den entsprechenden Befragungsprotokollen. Sie schlug die Seite mit den Aussagen von Monique Tuzzi auf. Als ihr Mann starb, war sie mit Marta Betschart im Stadttheater gewesen. Ausgerechnet mit Marta Betschart. Valérie suchte nach Elvira Heinzers Alibi. Ihre Freundin hatte bestätigt, dass sie in der Mordnacht bei ihr gewesen war, allerdings sei sie dort unangemeldet aufgetaucht. Marta Betschart hatte ein ebenso fadenscheiniges Alibi. Als ihr Mann umgebracht wurde, hatte sie den Abend bei einer Masseurin in Weggis verbracht. Zu einer ungewöhnlichen Zeit, wenn man die Distanz von Schwyz bis Weggis in Betracht zog. Zudem hatte Barbara Inderbitzin gesagt, dass Marta auf dem Termin beharrt habe.

Hier stimmte etwas nicht.

Die Witwen hatten zwar ein einwandfreies Alibi, doch irgendwo musste der Haken liegen.

Und Valérie ahnte, wo.

***

Zur täglichen Teamsitzung hatten sich mit Ausnahme von Jole von Reding alle eingefunden. Auch Dominik Fischbacher sass im Sitzungsraum.

Valérie informierte ihre Truppe über die Ermittlungen der letzten vierundzwanzig Stunden. Dass man im Zusammenhang mit den Drohungen an der Inhaberin der WOP einen Erfolg verzeichnen konnte. «Gerade dieser Umstand, dass Gabi Suter den Escort-Service telefonisch angegriffen hat, könnte ein möglicher Hinweis auf die Täterschaft in unserem Fall sein.» Sie wandte sich an Henry Vischer. «Vielleicht klärst du uns darüber auf, was diese verbalen Drohungen auf sich haben.»

Vischer sprühte vor Energie. Valérie musste davon ausgehen, dass er die zwanzig Regeln des Karate bereits vor dem Frühstück verinnerlicht hatte. *Erkenne zuerst dich selbst, dann den anderen.* Unter anderem. Seine dunklen Augen leuchteten. Valérie fragte sich, wie er den Job bei der Polizei, den Lehrerberuf am Kollegium und seine Lebensgesinnung auf die gleiche Reihe brachte.

«In der Pädagogik stellt die Drohung eine Art Verwarnung dar», begann Vischer mit den Ausführungen. «Sie soll auf ein Fehlverhalten hinweisen. Die Drohung im Falle eines Verbrechens lässt eine mögliche Ursache in der Ohnmacht finden. Die aktive Person weiss offenbar über etwas Bescheid, welches ihr Leben nachhaltig negativ verändern könnte. Gleiches wird mit Gleichem vergolten. Gabi Suter, um die Angeschuldigte beim Namen zu nennen, fühlt sich dadurch bedroht, dass ihr Unrecht widerfährt. Sie findet heraus, von wem die Bedrohung ausgeht. In unserem Fall der Escort-Service. Die Bedrohte will Rache und sucht nach der Ursache. Hier stösst sie auf die Geschäftsinhaberin. Und macht den ersten Fehler. Sie rechnet nicht damit, dass man ihre Stimme erkennt. Im Moment des Anrufs ist sie nur auf Verletzung aus, auf Rache, auf eine kurzfristige Befreiung ihrer gepeinigten Seele. Solche niederen Gefühle verdrängen den gesunden Menschenverstand … und machen uns durchschaubar.»

«Heisst es, dass Gabi Suter etwas mit den Morden an den zwei Männern zu tun hat?», fragte Fabia.

«Noch haben wir nicht die geringsten Beweise.» Valérie erhob sich. Sie stellte sich vor das Flipchart, auf den sie ihren Papierbogen aufgespannt hatte. «Fällt euch dazu etwas auf?» Sie tippte die Namen der Witwen an und die Namen derer, die ihre Alibis bestätigt hatten.

Den Raum erfüllten Räuspergeräusche. Doch niemand hatte dazu eine Meinung.

«Seit heute Morgen wissen wir, dass es sich bei den Morden mit ziemlicher Sicherheit um einen Racheakt an vier Mitgliedern des Panthers Club handelt. Um den sogenannten harten Kern, der sich alle Freiheiten für körperliche Befriedigung herausgenommen hat. Obwohl die Männer verheiratet sind … sorry, waren. Ich bin mir sicher, Gabi Suter ist nur eine von vier gebeutelten Frauen, die die aussereheIichen Beziehungen ihres Mannes rächen wollte. Angenommen, die vier Frauen haben sich zusammengetan, um gemeinsam gegen dieses Unrecht zu kämpfen, bekäme der Fall plötzlich eine ganz andere Bedeutung.» Valérie machte eine nachhaltige Pause.

Im Raum breitete sich ein Raunen aus.

«Wir haben jeweils die Alibis der Frauen gecheckt. Sie wurden immer bestätigt. Haben wir aber zum Beispiel das Alibi von Monique Tuzzi zum Zeitpunkt der Morde an Heinzer und Betschart überprüft? Da ist uns ein eklatanter Fehler unterlaufen, weil wir es uns nicht vorstellen konnten, dass sich vier Frauen zu solch einer Tat zusammentun könnten. Aber jetzt kommt's: Marta Betschart ist ein Mensch, der niemandem ein Haar krümmen kann. Ich habe sie kennengelernt. Sie scheint mir von allen vier Frauen diejenige zu sein, die nicht über die geringste kriminelle Energie verfügt. Hinter dem maskenhaften Gesicht von Monique Tuzzi und dem gefühlskalten von Elvira Heinzer vermute ich jedoch etwas abgründig Tiefes, das diesen Schluss zulässt. Zudem habe ich die Vita von Monique überprüft. Als sie ledig war, trat sie im Schauspielhaus Zürich auf. Sie hat es also im Blut. Sie war Theaterfrau und beherrschte es schon früher, verschiedene Rollen zu spielen.»

«Und was ist mit Gabi Suter?», fragte Louis.

«Nehmen wir einmal an, sie hat ihren Auftrag bereits in die Tat umgesetzt – und davon gehe ich aus –, wird sie auf diejenige Komplizin Druck ausüben, die beauftragt wurde, ihren Mann, also Markus Suter, umzubringen. Wenn meine Rechnung aufgeht, so ist das Marta Betschart.»

«Das sind sehr gewagte Hypothesen», mischte sich Fischbacher ins Gespräch.

«Gewagt oder nicht, es ist die einzige noch verbleibende Möglichkeit. Zudem habe ich einem Gespräch zwischen Gabi Suter und Marta Betschart gelauscht, in dem es darum ging, dass Marta noch etwas erledigen sollte. Es konnte sich nur um den geplanten Mord an Suter handeln. Uns fehlen aber die Beweise. Wir haben keine DNA, nichts. Die Taten wurden mit äusserster Sorgfalt geplant. Wir müssen davon ausgehen, dass die Täterinnen einen Anzug getragen haben, der es uns verunmöglichte, eine Spur zu finden. Ich werde mich morgen noch einmal mit Marta Betschart treffen. Ich bin sicher, dass wir sie zum Reden bringen werden.» Sie tauschte Blicke mit Vischer. «Henry und ich.»

SIEBZEHN

Noch immer regnete es. Schwyz glich einer Sepia-Fotografie, diesig, bedrückend, grauweiss. Die Mythen waren verschwunden. Die Wolken hingen tief. Die letzten Blütenreste hatten sich von den Bäumen gelöst und bepflasterten Strassen und Wege.

Valérie hatte sich mit Vischer vor dem «Ochsen» verabredet, wo sie sich trafen. Jetzt waren sie in Valéries Auto unterwegs zu Marta Betschart.

«Und, was glaubst du», fragte Vischer, «wird sie uns die Wahrheit sagen?»

«Ich schätze Marta Betschart so ein, dass sie dem seelischen Druck nicht mehr standhält.»

«Wie bist du darauf gekommen, dass die Witwen etwas mit dem Tod ihrer Männer zu tun haben könnten? Ich erinnere mich an unser letztes Gespräch, in dem du dem Monatszyklus der Frau Schuld gegeben hast. Keine von den Witwen ist unter fünfzig. Die fruchtbaren Jahre haben sie längst hinter sich. Die Hormone spielen nicht mehr verrückt.»

«Vielleicht spielen sie noch verrückter als früher. Sobald die Östrogen- und Progesteronproduktion abnimmt, bilden sich mehr Androgene. Es gibt Frauen, die neigen genetisch bedingt zu einem stärkeren sekundären Haarwuchs oder einer tieferen Stimme.»

«Und jetzt glaubst du, dass sie dadurch auch krimineller werden?»

Valérie schlug mit einer Hand aufs Lenkrad. «Ich weiss es nicht. Es ist nur so ein lautes Denken. Du kennst dich wahrscheinlich besser damit aus. Zudem könnte auch der Kollektivgedanke der vier Frauen sie zu einer solchen Tat bestärkt haben. Es könnte sein, dass nicht bloss die Rache an ihren Männern Grund zum Morden war, sondern die Aussicht darauf, endlich von ihnen befreit zu sein. Mit Ausnahme von Gabi Suter geht keine der Frauen einer Arbeit nach. Sie waren auf ihre Männer angewiesen.»

Vischer verdrehte amüsiert die Augen. «Ich glaube, du solltest dieses Thema lieber mir überlassen.»

«Sagte ich doch.» Valérie bog in die St. Martinsstrasse ein.

«Sie hätten sich scheiden lassen können», sagte Vischer.

«Weisst du, wie erzkatholisch diese Schwyzer sind?»

«Keine Scheidung, aber Mord. Sollte mal einer die Welt verstehen.»

«Vielleicht hätten sie bei einer Scheidung auf alles verzichten müssen.»

«Sollten sie des Mordes überführt werden, wäre der Rest ihres Lebens vorbei.» Vischer schüttelte schniefend den Kopf. «Lebenslänglich für eine Fünfzigjährige bedeutet das Ende.»

«Was wissen wir, was im Kopf eines Mörders vorgeht.»

Über dem Landhaus lag jene Melancholie, die man an trüben Tagen findet und die schwer auf das Gemüt drückt. Eine Schweizerflagge hing auf Halbmast schlaff an einer Fahnenstange. Vor dem Gartentor lag ein Kranz aus weissen Lilien. Daneben, umrahmt von Tannenzweigen, Martin Betscharts Porträt. Leute hatten Blumen, Gestecke, Girlanden, Kreuze, Kerzen und Friedhofslichter hingestellt, auch eine Weinflasche war dabei. Valérie wunderte sich über die Kreativität der Leute, die jedoch nichts anderes bezwecken wollten, als ihrem toten Regierungsrat zu huldigen. So wie es aussah, hatten sie ihn wirklich sehr gemocht.

Valérie parkte in der Nähe einer Buchsbaumkette, welche die Grenze zum Nachbarhaus bildete.

Kaum waren sie beim Hauseingang angelangt, öffnete einer der Söhne die Tür. Offenbar hatte er sie aus dem Küchenfenster beobachtet. Denn dort stand schon der zweite Sohn – Stefan Betschart, den Valérie nicht in sehr guter Erinnerung hatte.

«Guten Tag.» Valérie zeigte ihre Dienstmarke und stellte sich mit Namen vor, obwohl sie davon ausging, dass auch Thomas sie schon kannte. «Und das ist Henry Vischer, der Polizeipsychologe. Wir würden gern mit Ihrer Mutter sprechen.»

«Thomas, was ist los?», ertönte eine sonore Stimme. Augenblicklich später baute sich Stefan Betschart vor den Besuchern auf. Er trug wie sein Bruder dunkle Jeans und einen schwarzen Rollkragenpullover.

Valérie liess sich nicht von ihm beeindrucken. «Ist Ihre Mutter da?»

«Was wollen Sie von unserer Mutter?», fragte Thomas.

«Das würden wir gern mit ihr persönlich besprechen.»

«Haben Sie eine entsprechende Bescheinigung?», fragte Stefan.

«Wir können sie gern auch vorladen, wenn Ihnen das lieber ist», sagte Vischer in seiner ruhigen Art. «Aber ersparen Sie es Ihrer Mutter.»

Nur widerwillig hielten die jungen Männer die Tür auf.

Im Flur wartete bereits Marta. Obwohl sie ganz in Schwarz war, erkannte man das teure Label auf ihrem Kleid. Sie gab sich Mühe, von ihrer Trauer nicht allzu viel zu zeigen. Sie war sogar geschminkt. Valéries Empfindungen ihr gegenüber waren sehr ambivalent. Sollte sie bei der Planung dieser furchtbaren Tat dabei gewesen sein, musste sie davon ausgehen, dass die drei anderen Frauen ihr das Selbstwertgefühl völlig ausgehöhlt hatten. Marta trauerte um ihren Mann. Das konnte sie nicht verbergen.

Sie dort abzuholen, wo sie sich gerade befand, war nun ihre und Henrys Aufgabe.

«Frau Betschart, es tut mir leid, wenn wir Sie noch einmal behelligen müssen.»

«Ich weiss, warum Sie hier sind. Kommen Sie ins Wohnzimmer.» Marta warf ihren beiden Söhnen einen zurechtweisenden Blick zu. «Und ihr beide lasst uns allein.»

Das Wohnzimmer war Valérie gut in Erinnerung. Ob sich Marta nach dem Tod ihres Mannes von all den fürchterlichen Trouvaillen würde trennen können, bezweifelte sie. Es machte den Anschein, dass Marta die Sammlerin war. Sie hielt sich an diesen unnötigen Dingen fest, weil ihr die Liebe fehlte. Weil ihr Liebe und Zuneigung schon immer gefehlt hatten. Der Kitsch in der Wohnung war eine Art Ersatz, ebenso die teuren Kleider, die sie trug. Marta hatte sich eine Parallelwelt erschaffen, wo sie ihr kleines Glück zu finden hoffte.

«Bitte nehmen Sie Platz», forderte Marta ihre Gäste auf. «Möchten Sie etwas zu trinken?»

Valérie und Vischer verneinten.

«Wir sind in einer sehr unangenehmen Sache hier.» Valérie setzte sich auf das Sofa. «Und unsere Fragen dürften Ihnen nicht gefallen.»

Marta setzte sich Valérie gegenüber. Valérie entging nicht, wie sie zitterte.

«Wie gut kennen Sie Gabi Suter?»

Marta atmete ein. Als sie den Atem ausstiess, vibrierte die Luft. «Ich habe bei ihr schon eingekauft, mir von ihr auch schon unnötige Dinge aufschwatzen lassen. Sie kennen das sicher.»

Valérie liess es unkommentiert.

«Nach der Trauerfeier waren Sie mit ihr auf den Toiletten. Was wollte sie von Ihnen?»

«Ich war auf den Toiletten mit ihr?» Marta runzelte die Stirn. «Wie kommen Sie darauf, dass ich mit ihr dort war?»

«Ich habe Sie gesehen. Erinnern Sie sich nicht mehr?»

«Ach ja, jetzt fällt es mir wieder ein. Sie waren das. Gabi und ich haben uns da zufällig getroffen.»

«Um sich über Ihre Kur zu unterhalten?»

«Was für eine Kur?»

«Frau Betschart, nachdem ich die Tür heftig ins Schloss gestossen hatte, kehrte ich in eine der Kabinen zurück und bekam dort das Gespräch mit Ihnen und Gabi Suter mit.»

«Sie spionierten uns nach?» Marta wusste nicht, wohin mit ihren Händen. Ihr ganzes Wesen war in Aufruhr. Sie hatte Angst und war unfähig, sie zu verbergen.

«Worum ging es da wirklich in diesem Gespräch?»

Vischer gebot zum Innehalten. «Das bringt nichts», flüsterte er Valérie zu.

«Wir können Sie auch mitnehmen», schlug Valérie wenig zimperlich vor, während sie Vischer im Auge behielt. Sie hatte sich vorgenommen, heute alle Hebel in Bewegung zu setzen, um die Wahrheit hinter den Morden zu erfahren. Sie spürte zwar, dass sie sich fast krankhaft in etwas verbiss. Aber in ihren Augen gab es nur noch diese Möglichkeit: Die Witwen selbst steckten dahinter. Und Marta würde sie auf die Spur bringen. Marta, das schwächste Glied in der Kette.

Einzig Henry würde ihr im Wege stehen. Der Psychologe sah die Situation aus einer anderen Perspektive als sie. Er versuchte sie dort zu bremsen, wo sie forcierte. Doch Rücksichtnahme war jetzt unangebracht.

Marta brach in Tränen aus. «Es ist wie ein Alptraum.»

«Wann hat er denn begonnen?», fragte Valérie. «Dieser Alptraum? Wollen Sie uns darüber berichten?»

Marta fuhr sich mit einem Taschentuch über die Wangen. Ihre Augen hatten jeglichen Glanz verloren. Sie lagen wie zwei tote Kugeln in den Höhlen. «Es war an Silvester. Ich war allein zu Hause, weil Martin mit seinen Freunden der CVP feierte. Mir ging es an diesem Abend nicht besonders gut, also machte ich mir weiter keine Gedanken. Ich war froh, wenn man mich in Ruhe liess. Es war kurz vor Mitternacht, als mich Gabi anrief.» Marta zog Rotz hoch. «Sie war ganz aufgebracht und erzählte mir, was sie soeben beobachtet habe. Ich verstand zuerst nicht, weshalb sie auf mich kam. Ich kannte sie ja nur aus ihrem Geschäft.»

«Was hat sie Ihnen erzählt?»

«Sie habe ihren Mann in flagranti erwischt, wie er mit Martin, Joe und Paolo in der Herrengasse in eine Villa ging. Sie seien in Begleitung dreier Frauen gewesen.» Marta schnäuzte sich.

«Und Gabi Suter ist ihnen bis ins Haus gefolgt?»

«Ja, sie schaffte es, dort reinzukommen. Es war ja Silvester. Die Leute waren auf den Strassen, sie waren überall. Es war ein Gedränge wie an der Fasnacht. Gabi ging dort also hinein und bekam mit, wie unsere Männer sich mit den Mädchen vergnügten.»

«Moment.» Valérie griff nach Martas Händen. Diese waren kalt und steif wie die Krallen eines Greifvogels. «Gabi Suter hat dabei zugesehen, als Ihre Männer sexuell aktiv wurden? Wie denn das?»

Marta nickte tränenüberströmt. «Gabi schlich ihnen bis vor die Tür eines Zimmers nach. Sie sagte, dass sie alles mitbekommen habe. Sie benachrichtigte am darauffolgenden Morgen auch Monique und Elvira. Diese wollten es zuerst nicht glauben, verschafften sich aber anlässlich einer Veranstaltung des Panthers Club Zutritt in das Etablissement.»

Valérie wusste mittlerweile, wie einfach es war, in das Herrenhaus zu gelangen. «Waren Sie auch einmal dabei?»

«Nein, ich war nie dort. Aber Elvira und Monique. Sie wollten sich davon überzeugen, dass Gabi die Wahrheit sagte.»

Valérie konnte es sich gut vorstellen, dass die Frauen unerkannt geblieben waren. Hinter einer Frauenmaske ahnte man nichts Böses. «Wann kam zum ersten Mal die Idee, Ihre Männer büssen zu lassen?»

«Das war Gabis Idee. Sie zitierte uns an einen Tisch und impfte uns ein, dass wir uns das niemals gefallen lassen dürften. Schliesslich hätten wir unsere Männer zeitlebens unterstützt, damit sie erfolgreich wurden, während wir uns zu Hause um Haushalt und Kinder kümmerten.»

«Und dann reifte diese unglaubliche Idee zur Tat in Ihnen.» Vischer schrieb in sein blaues Buch. «Erzählen Sie uns darüber. Sie hatten also die feste Absicht, Ihre Männer umzubringen?»

Marta biss sich auf die Lippen. «Bitte, ich kann nicht mehr.» Sie schluchzte heftig. «Wir wollten ihnen nur … einen Schrecken … einjagen. Wir zogen Lose. Gabi meinte, wegen des Restrisikos. Und dass wir zusammenhalten sollten … Wir wollten sie nur erschrecken …»

«Bei Paolo Tuzzi hat dieser Schrecken zum Tod geführt. Wer war bei ihm?»

«Elvira. Elvira hat seinen Namen gezogen. Es war eine komische Situation. Wir haben anfänglich noch darüber gelacht.»

«Wie ist sie ins Haus gelangt?»

«Monique hat ihr den Schlüssel ausgehändigt.»

«Und hat dort Paolo Tuzzi und eine Prostituierte angetroffen?»

«Ja. Aber das wusste Monique. Das war ja auch die Idee, den Verdacht auf eine Hure zu lenken.»

«Sie wussten also von diesen Handschellen?»

«Ja.»

Vischer schrieb jetzt ununterbrochen.

Valérie überlegte sich, ob sie mit den Fragen fortfahren sollte oder abbrechen. Eigentlich hatte sie erreicht, was sie wollte. Und einer Festnahme der vier Frauen stand nichts mehr im Weg. Alles, was sie wissen musste, würde sie bei der Vernehmung erfahren.

Sie würde gleich anschliessend zu Jole von Reding fahren und Haft für die vier Frauen beantragen. Trotzdem liess ihr etwas keine Ruhe. «Wie kommt es, dass an allen drei Tatorten keine Spuren gefunden wurden?»

«Ich weiss nicht.»

«Aber Sie haben sich doch vorher beraten. Ist das nie zur Sprache gekommen?»

«Doch, doch … das war ja das Problem. Wir mussten uns etwas einfallen lassen wegen der Spuren. Gabi sagte, sie habe einen Neoprenanzug. Als sie jung war, ging sie tauchen.»

«Und wo ist dieser Neoprenanzug jetzt?»

«In meinem Wagen. Ich hätte diesen anziehen müssen.» Marta weinte wieder. «Ich habe ihn … unter Gabis Augen … zur Probe … anziehen müssen. Er passte …» Wildes Schluchzen. «Ich wollte ihn eigentlich nicht anziehen …»

«Und mit diesem Neoprenanzug haben die anderen Frauen die Tat verübt?»

«Ja.»

«Aber um einen solchen Neoprenanzug überzuziehen, braucht es meines Erachtens sehr viel Kraft. Man rutscht ja nicht einfach so hinein.»

«Gabi war früher kräftiger als heute. Der Anzug war eigentlich allen zu gross.»

Valérie griff nach dem iPhone und stellte Schulers Nummer ein. «Franz, ich brauche die Spurensicherung an die St. Martinsstrasse, zum Haus des Regierungsrats Betschart.» Und an Marta gewandt sagte sie: «Ihr Wagen ist somit von uns beschlagnahmt.»

«Aber dort waren wir doch schon», kam es von Schuler zurück.

«Offenbar habt ihr etwas ausgelassen.»

«Das ist nicht möglich.»

«Wir haben eine neue Situation.» Sie drückte Schuler weg.

Valérie nahm Martas Hände. «Wenn Sie uns alles erzählen, wie es gewesen ist, kann sich das positiv für Sie auswirken. Noch haben Sie nicht getötet. Verstehen Sie mich? Sie haben *nicht* getötet. Sagen Sie uns, was Sie wissen. Elvira Heinzer war also bei Paolo Tuzzi. Wusste sie, dass das Opfer ein Herzproblem hatte?»

«Monique wusste es. Sie hat es uns erzählt.»

«Was ist dann geschehen?»

«Ich weiss es nicht. Als mich die Todesnachricht erreichte, sprachen alle von einem Herzinfarkt. Was Elvira dort angestellt hat, liess sie mich nie wirklich wissen. Aber dann artete die ganze Sache aus. Nach Paolos Tod bekam unser Plan eine Eigendynamik. Gabi sprach davon, wie einfach es sei, wenn man ein bisschen nachhelfen würde. Mit einem Mal wären alle Probleme gelöst.»

«Sie wissen, wer Joachim Heinzer umgebracht hat?»

«Ja. Gabi hat das Los mit seinem Namen gezogen.»

Valérie spürte, wie ihr Hals trocken wurde. Sie hätte gern nach einem Glas Wasser verlangt, wollte aber die Befragung nicht unterbrechen. «An den Tatorten fanden wir CDs mit Stücken aus Wagners ‹Tannhäuser›. Welche Bewandtnis hatte die Musik?»

«‹Tannhäuser› sei die Hintergrundmusik bei den Orgien im Herrenhaus gewesen», schluchzte Marta. «Gabi wollte es so. Die Musik solle sie daran erinnern, wenn sie zu sich kamen, warum sie gefoltert wurden.»

«Reden wir vom selben? Heinzer und Ihr Mann sind tot. Ermordet.»

«Aber mit Paolos Tod haben wir nicht gerechnet.» Marta hinterliess den Eindruck, geistig plötzlich nicht mehr auf der Höhe zu sein.

«Joachim Heinzer wurde aber hingerichtet. Und Ihr Mann, Marta, genauso … Da kann man nicht mehr davon ausgehen, dass die Männer nur erschreckt werden sollten. Da ist es schlimm aus dem Ruder gelaufen. Was geschah bei Joachim Heinzer?»

«Ich weiss nur, was mir Gabi erzählt hat. Sie musste ein wenig nachhelfen.»

Valérie erinnerte sich an die schrecklich zugerichteten Leichen und an Betscharts eingedrückte Augen. «Ich gehe davon aus, dass Monique Tuzzi Ihren Mann auf dem Gewissen hat.»

Marta flennte jetzt ununterbrochen. Sie war kaum mehr fähig, etwas zu sagen. «Wir … wollten … unsere Männer … nur erschrecken …»

«Und daraus ist ein Blutbad geworden.» Valérie warf Henry einen verzweifelten Blick zu. Dann erhob sie sich. «Marta

Betschart, ich verhafte Sie wegen Planung und Beihilfe zum Mord an Paolo Tuzzi, Joachim Heinzer und Martin Betschart. Alles, was Sie jetzt sagen, kann gegen Sie verwendet werden.» Sie zog Marta vom Sofa hoch. «Bitte ziehen Sie den Mantel an. Wir werden Sie jetzt nach Biberbrugg bringen und Sie dort der Staatsanwaltschaft übergeben.»

«Aber Sie haben … mir doch … gesagt, dass mir nichts geschieht, wenn ich die Wahrheit sage …»

«Es ist zu Ihrem eigenen Schutz», beruhigte Vischer sie.

In der Zwischenzeit war der Kriminaltechnische Dienst eingetroffen. Unter dem neugierigen Blick der Nachbarn schritten drei Männer auf den Eingang zu. Schuler traf im Flur auf Valérie. «Ich verstehe nicht, warum wir hier noch einmal nach Spuren suchen sollen. Haben wir unseren Job nicht richtig erledigt?»

«Bitte nehmt den Neoprenanzug aus Frau Betscharts Wagen mit. Schickt ihn in die Forensik.» Valérie drückte ihrem Kollegen einen Zettel in die Hand. «Im Hinterhof von Architekt Suter steht ein schwarzer Ford Mustang, den ihr auf Spuren prüfen sollt. Ich brauche Fingerabdrücke.»

***

Jole von Reding sass vor ihrem Pult, als Valérie ohne anzuklopfen ins Büro trat.

«Valérie! Was für eine Überraschung. Hat man dich durch den Fleischwolf gedreht? Du siehst ziemlich abgerackert aus.»

«Ich bin auch schon seit morgens früh auf den Beinen.» Valérie blieb stehen. «Entschuldige, dass ich einfach so hereinplatze.» Sie war ausser sich vor Aufregung. «Ich beantrage Haftbefehl gegen vier Frauen aus Schwyz.»

«Du willst mir aber nicht sagen, dass du den Täter gefasst hast.»

«Noch nicht, deshalb brauche ich sofort grünes Licht von dir.»

«Vier Frauen?»

«Vier Frauen.»

«Wenn die Lage nicht so verdammt ernst wäre, müsste ich jetzt lächeln.»

«Die Lage ist aber verdammt ernst, Frau Staatsanwältin. Ich frage mich, ob ich mich nicht direkt an den Landammann wenden soll. So wie sich die Dinge entwickelten, bist du tatsächlich befangen.»

«Dein Vorgesetzter ist noch immer Fischbacher.» Von Redings Augen blitzten vor Zorn. «Was brauchst du?», fragte sie schnippisch. «Ich glaube nicht, dass wir uns einander etwas vorzuwerfen haben, meine Liebe.»

Valérie knallte den Zettel mit den vier Frauennamen aufs Pult.

Von Reding griff sofort danach. Ihre Augen weiteten sich. «Soll es ein Witz sein?» Doch dann wurde sie zusehends nachdenklicher und demütiger. «Was für ein Drama. Was müssen diese Frauen in den letzten Jahren erduldet und gelitten haben, dass sie zu so einer Tat fähig waren.» Sie fixierte Valérie mit starrem Blick. «Bin ich froh, nicht verheiratet zu sein.»

«Nicht jede Frau kann es sich aussuchen. Ich weiss, wie es ist, eine Karriere anzustreben und gleichzeitig ein Kind erziehen zu müssen. Diese Frauen haben sich für den Haushalt und Kinder entschieden. Ihrer Arbeit gebührt genauso grosser Respekt. Es ist eine verkehrte Welt. Bleibt die Frau zu Hause und managt ihre Familie, wird sie von der Gesellschaft belächelt. Klettert sie auf der Erfolgsleiter nach oben, verpönt man sie dafür, wenn sie auch noch Kinder hat. Die Frau wird immer angegriffen. Nichts, was sie tut, ist richtig. Weisst du was, Jole? Ich hasse die Männer genauso, wie es diese Frauen tun. Ich kann ihre Tat nachvollziehen. Vielleicht geschah es doch im Affekt.»

«Das wird der Richter entscheiden.» Von Reding wandte ihr Gesicht ab. «Und das, was du soeben gesagt hast, bleibt unter uns, versprochen.»

***

Für Valérie war es ein befriedigendes Gefühl, sich die Frau des Architekten vorzunehmen, während sie Monique Tuzzi und Elvira Heinzer ihren Kollegen überliess. Hinter dem Verdacht, dass sie Joachim Heinzer umgebracht hatte, standen noch andere Gründe. Hatte doch Gabi Suter nebst dem mutmasslichen Mord am Gynäkologen einiges mehr zu verantworten. Gemäss Marta Betschart war sie die Drahtzieherin gewesen. Sie machte auf Valérie denn auch den verwegensten Eindruck. Kalt und unberechenbar. Die Alphafrau des Quartetts. Aber sie hatte Fehler gemacht, und darin erkannte Valérie eine gewisse Verletzlichkeit, ein Tor, in das sie würde eindringen können, um sie zum Reden zu bringen.

Zwei Polizisten in der vollen Montur – mit Anzug, Kampfstiefeln und einer Glock im Holster – führten Gabi Suter ab. Sie stiessen sie auf den Rücksitz des Polizeiwagens, wo Valérie auf sie wartete.

«Ich werde gar nichts sagen.» Gabi nahm die Brille vom Gesicht. Ohne dieses altmodische Gestell sahen ihre Gesichtszüge unwesentlich weicher aus. Auch heute trug sie einen Herrenanzug, der den Rest ihrer verbliebenen Weiblichkeit noch mehr in den Schatten stellte. Ihre tiefe, von Nikotin havarierte Stimme liess den Verdacht zu, dass ihr Auftritt gewollt war. Sie war ein Kerl, und in dieser Rolle gefiel sie sich.

Auf dem Platz vor Suters Anwesen hatte sich halb Schwyz versammelt. Auch die Presse war jetzt da, wusste der Teufel, woher sie von den Verhaftungen erfahren hatte. Im Blitzgewitter digitaler Kameras fuhr der Polizeiwagen weg. Eskortiert wurde er von Valéries TT, in dem der Psychologe sass. Nur ungern hatte sie ihm den Roadster überlassen. Vischer war nicht der Typ, der sich etwas aus Sportwagen machte. Und die Frage, ob er die zweihundertzweiundsiebzig PS beherrschte, beschäftigte Valérie sehr.

Der Regen hatte nachgelassen. Die Strassen glänzten von der Nässe. Von den Hausdächern tropfte es.

Auf der Fahrt nach Biberbrugg hielt Valérie Gabi Suter im Visier, ohne mit ihr ein Wort zu wechseln. Ihre Hände lagen in Handschellen, obwohl dies nicht nötig gewesen wäre. Doch Valérie hatte darauf bestanden. Sollte sie selbst fühlen, wie es war, wenn die Hände gebunden und die Bewegungsfreiheit eingeschränkt waren. Vielleicht überlegte sie sich auf dem Weg zur Staatsanwaltschaft, was sie getan hatte. Würde sie Reue zeigen?

Valérie schätzte sie allerdings nicht so ein.

Louis, Fabia und sie hatten es so vereinbart, dass sie gleichzeitig jeweils eine Vernehmung führen würden. In erster Linie ging es darum, die Mörderinnen zu überführen.

Am Abend erreichten hintereinander drei Polizeiwagen den Parkplatz auf dem SSB. Die Frauen wurden daraufhin ins Gebäude gebracht, wo ihnen eine Speichelprobe und die Fingerabdrücke abgenommen wurden. Anschliessend wurden sie in die Vernehmungszimmer geleitet, wo die Ermittler auf sie warteten.

Dominik Fischbacher nahm einen Augenschein von den Angeklagten, forderte sämtliche Akten von ihnen ein und verschanzte sich daraufhin in seinem Büro, wo man ihn nicht mehr stören durfte.

Valérie liess am Automaten einen Kaffee raus. Der bittere Geschmack des Gebräus passte zu ihrer Verfassung. Sie hatte sich lange überlegt, wie sie die Vernehmung beginnen würde. Der Erfolg lag darin, was Louis und Fabia aus Monique Tuzzi und Elvira Heinzer herausbringen würden. Valérie hatte sich in der Asservatenkammer die erforderlichen Gegenstände geholt. Sie legte einen Plastikbeutel auf den Tisch.

Gabi Suter sass gerade wie ein Bolzen auf dem Stuhl. Ihre Arme hatte sie auf die Tischplatte gelegt. Sie starrte unentwegt auf das Mikrofon vor ihr.

Valérie drückte den Startknopf des Aufnahmegeräts. Sie warf der Protokollführerin, die an einem kleinen Pult in der Nähe des Fensters sass, einen einvernehmlichen Blick zu.

«Vernehmung im Fall Tuzzi, Heinzer und Betschart. Anwesend sind die Angeschuldigte Gabi Suter, Oberleutnant Valérie Lehmann sowie Susi Kathriner, die das Protokoll führt. Heute ist der 22. Mai … neunzehn Uhr vierundvierzig.» Sie wandte sich an Gabi Suter. «Würden Sie so gut sein und uns Ihre Personalien angeben?»

Gabis Blicke streiften Valéries Gesicht. «Ich werde gar nichts. Mein Anwalt ist unterwegs hierher. Ohne ihn werden Sie gar nichts von mir erfahren.»

«Es wäre aber von grossem Vorteil für Sie, wenn Sie jetzt sprechen würden.»

«Ich kenne meine Rechte. Sie können mir nichts anhaften, nur weil die durchgeknallte Alte des verstorbenen Regierungsrats Lügenmärchen erzählt.» Gabi kniff den Mund zusammen.

Valérie drückte den Aus-Knopf. «Wie Sie wollen. Falls Sie

einen Kaffee möchten, bis Ihr Anwalt hier eintrifft, bestellen Sie ihn bei der Aufsicht.»

Unter dem fragenden Blick von Susi Kathriner verliess Valérie das Zimmer. Gleich nebenan klopfte sie an die Tür. Fabia war noch nicht so weit. Sie sass am Tisch und installierte das Aufnahmegerät. Ihr gegenüber sass Monique Tuzzi unter der Aufsicht eines Polizisten in Uniform.

«Ich würde gern die Vernehmung führen», flüsterte sie, dass nur Fabia es hörte.

«Das kannst du nicht machen. Es ist meine erste Vernehmung, die ich führe», erwiderte Fabia tonlos.

«Genau darum geht es. Wir möchten keine Fehler machen. Ich bitte dich aber, das Protokoll zu übernehmen.»

«Das war unmissverständlich, oder?», fragte Fabia enttäuscht und wies ihre Kollegin, die vor dem Laptop sass, weg. «Wie es aussieht, mache ich heute deinen Job.»

Monique Tuzzi, die distinguierte, kühle Witwe des Anwalts: So also sah eine Mörderin aus. Valérie erinnerte sich an ihre erste Begegnung in der Villa, an ihren Hund Clooney und die kontrollierte Distanziertheit, die sie damals an den Tag gelegt hatte. Die Diva, die im Schauspielhaus Zürich aufgetreten war. Das Wissen um die Escort-Frauen, die Grosszügigkeit, mit der sie ihren Mann zeitlebens bedacht hatte, bekamen mit dem Wissen, dass sie einen der höchsten Schwyzer auf dem Gewissen hatte, eine ganz andere Bedeutung. Die mörderische Aktion war von Anfang an geplant worden. Allein der Vorbereitung für die Taten lag Präzision zugrunde.

Valérie schaltete das Aufnahmegerät ein und sprach die Einführung auf Band. «Bitte geben Sie uns Ihre exakten Personalien an», endete sie und überliess Monique das Wort.

«Mein Name ist Monique Tuzzi. Mein lediger Name lautet Chevin, geboren wurde ich am 14. April 1948 in Fribourg.»

«Frau Tuzzi, Sie stehen unter Verdacht, in der Nacht vom 15. auf den 16. Mai den Regierungsrat Martin Betschart in seinem Haus umgebracht zu haben. Was haben Sie zu dieser Anschuldigung zu sagen?»

«Sie ist völlig aus der Luft gegriffen.»

Valérie hatte diese Antwort erwartet. «Möchten Sie Ihren Anwalt zuziehen?»

Monique setzte ein kühles Lächeln auf. «Wozu brauche ich einen Anwalt? Mein Mann sagte immer, dass nur der Lügner einen Anwalt brauche, wer die Wahrheit sagt, stehe von alleine aufrecht.»

«Glauben Sie, mit dieser Aussage kommen Sie durch?»

Monique presste die Lippen aufeinander.

«Martin Betschart kehrte am 15. Mai kurz vor Mitternacht nach Hause zurück. Es gibt Zeugen, die das bestätigen. Waren Sie da schon im Haus? Befanden Sie sich im Schlafzimmer?»

Monique warf den Kopf nach hinten. «Sehen Sie mich an. Ich leide seit Jahren unter Rheuma. Wie könnte ich auch in meiner gesundheitlichen Verfassung jemanden umbringen?»

«Das Opfer konnte sich liegend selbst kaum bewegen. Es dürfte für Sie nicht sehr schwierig gewesen sein, es zu überlisten. Das Überraschungsmoment dürfte Ihnen dabei noch geholfen haben. Zwei Handgriffe, und der Mann war mittels Handschellen am Bettpfosten gefangen. Haben Sie ihm die Augen vor oder nach dem Aufschlitzen eingedrückt?»

«Ich bin unschuldig», kam es leise aus Moniques Mund.

«Wiederholen Sie es, damit man es versteht?»

«Je suis innocente!» Ihre Stimme überschlug sich fast. Das Zittern entging Valérie nicht.

«Wie war das für Sie, als Sie Betschart dabei beobachteten, wie eine junge, hübsche Studentin ihn zum Erguss brachte? Was haben Sie sich dabei vorgestellt? Dass sie dasselbe mit Ihrem Mann gemacht haben könnte?»

«Je n'en reviens pas. Ça suffit!»

Valérie unterliess es, sie darauf hinzuweisen, dass sie bei der deutschen Sprache bleiben solle. «Möchten Sie nicht doch einen Anwalt?»

«Je m'en fous.»

Valérie erhob sich. Sie ging um das Pult herum und stellte sich hinter Monique.

Fabia tippte mit flinken Fingern auf die Tastatur. Manchmal wechselte sie mit Valérie einen Blick. In ihren Augen erkannte

Valérie Unsicherheit, Anzeichen davon, dass sie mit ihrer Vorgehensweise nicht einverstanden war. Valérie hatte richtig entschieden, die Vernehmung selbst zu führen.

«Ich habe Zeit, Monique.» Sie nannte sie absichtlich beim Vornamen. «Ich habe die ganze Nacht Zeit. Und morgen den ganzen Tag. Wenn Sie etwas zu essen mögen, wir haben eine gute Pizzeria in unserer Nähe. Wenn Sie sich ausruhen wollen, haben wir Zellen. Sie sind schon mal ein Vorgeschmack auf die U-Haft. Unsere Zellen sind eng, Monique, sehr eng.»

Valérie öffnete eine der Plastiktüten und entnahm ihr den bespielten CD-Rohling. Sie legte ihn vor Monique auf den Tisch. «Geliebter, sag, wo weilt dein Sinn. ‹Tannhäuser› wurde aufgeführt, als Sie, zusammen mit Elvira Heinzer und Gabi Suter, in der Herrengasse waren. Sie wussten über den Panthers Club Bescheid. Erinnern Sie sich, als Sie mir von der Reise an den Panamakanal erzählten? Sie hatten sich versprochen. Es ging nicht um den *Pan*amakanal, es ging um den *Pan*thers Club.»

Monique schwieg mit stoischer Gelassenheit.

«In der Villa in der Herrengasse wurde Ihnen bewusst, welche Rolle Sie für Ihren Mann noch spielten – nämlich gar keine mehr. Er amüsierte sich, während Sie ihm die schmutzigen Unterhosen wuschen. Es muss ein erniedrigendes Gefühl sein. Da kam Gabis Vorschlag wie gerufen. Sich diese Niederlage niemals gefallen zu lassen. Die Männer mussten dafür büssen. Elvira hatte, wenn ich es so sagen darf, das grosse Los gezogen. Ich weiss noch nicht, wie sie es bei Ihrem Mann gemacht hat. Ihre Aktion hatte ihn aber dermassen erschreckt, dass sie einen Herzinfarkt zur Folge hatte. Das war in Ihren Augen kein Mord, es war ein krankheitsbedingter Unfall. Ein Zufall, der Ihnen zugutekam. Wir haben Ihre finanzielle Situation überprüft. Sie können sehr wohl in Ihrer Villa wohnen bleiben. Ihr Mann hat Ihnen ein Vermögen von rund sechs Millionen Franken hinterlassen. Die Geschwister Ihres Mannes wird es sicher freuen. Sie hätten es dabei belassen können. Sie waren frei. Hat Gabi Sie dermassen unter Druck gesetzt, damit Sie den Plan in die Tat umsetzen? Dachten Sie, Betschart würde auch an Herzversagen sterben, wenn Sie nur lange genug auf ihn einredeten? Seiner Physiognomie zufolge hätte es zutreffen können. Er war übergewichtig und in einem kritischen Alter.»

Monique schluckte schwer, vermied es aber, etwas zu erwidern.

«Damit man am Tatort keine Spuren fand, hatten Sie sich einen Neoprenanzug übergezogen. Dieser verdeckte sowohl die Füsse wie auch den Kopf bis aufs Gesicht. Sie trugen Handschuhe und eine Maske, wie sie in Spitälern getragen werden. Dieser Neoprenanzug wurde von unseren Leuten sichergestellt. Er wird gerade nach Hautschuppen und Haaren abgesucht und mit Ihrer DNA verglichen.»

In Monique kam zum ersten Mal so etwas wie eine nervöse Bewegung auf. Unruhig rutschte sie auf dem Stuhl hin und her.

«Überlegen Sie gerade, ob Gabi Suter den Neoprenanzug gewaschen hatte, bevor sie ihn an Sie weitergab? Hatten Sie ihn gewaschen, bevor Sie ihn Marta brachten?» Valérie geriet in Hochform. Ihre Fragen mussten auf die Verdächtige wie ein Stahlregen niederprasseln. «Wenn Gabi den Anzug gewaschen hat und Sie haben es unterlassen, werden wir nur Ihre DNA finden. Dann fehlen uns die Beweise gegen Gabi. Was glauben Sie, hat Gabi den Anzug gewaschen oder nicht?»

Moniques Gesichtsfarbe hatte sich verändert. Erst noch bleich wie ein Laken, hatten sich ihre Wangen gerötet, und Schweisstropfen erschienen auf der Stirn, die wie durchsichtige Perlen über ihre Schläfe kullerten. Ihre Mundwinkel zitterten, aber sie schwieg.

«Gut, dann wollen wir hier eine Pause einlegen.» Valérie drückte auf den Aus-Knopf des Aufnahmegeräts, nachdem Monique auch weiterhin keine Anstalten machte, etwas zu sagen.

Draussen auf dem Flur riss Valérie die Fenster auf. Sie legte den Kopf in den Nacken und wandte ihr Gesicht der verbliebenen Restfeuchtigkeit in der Luft zu. Sie wusste nicht, wie weit Louis mit dem Verhör von Elvira Heinzer war. Valerie schrieb ihm eine SMS. Sie sah hinunter auf den Parkplatz und auf die parallel verlaufende Strasse, über die stockend der Verkehr rollte.

Es verstrichen ein paar Minuten, bis Louis aus seinem Zimmer trat.

«Und? Brauchst du auch eine Verschnaufpause?» Louis griff in seine Jackentasche und holte ein Päckchen Marlboro hervor. Er zündete sich eine Zigarette an und stellte sich unter das offene Fenster.

«Bietest du mir auch eine an?»

«Seit wann rauchst du?» Louis hielt ihr das Päckchen hin.

«Seit eben. Und du?»

«Gelegentlich.» Louis reichte ihr Feuer.

Valérie zog kräftig am Filter. «Ich habe früher mal geraucht und dann damit aufgehört. Doch jetzt möchte ich dir Gesellschaft leisten.»

«Wie weit bist du?», fragte Louis.

«Ich bin sicher, die haben sich abgesprochen untereinander. Es muss ja wohl so sein. Wenn Marta Betschart die Nerven nicht verloren hätte, könnte man von einem perfekten Verbrechen ausgehen. Aber ausser Martas Geständnis kennen wir rein gar nichts. Es stehen Aussagen gegen Aussagen. Und Beweismaterial existiert nicht. Jetzt können wir nur hoffen, dass die Forensik uns eine brauchbare Verwertung schickt.»

«Oder eine der Damen hält dem Druck nicht stand.»

«Die werden standhalten», war Valérie überzeugt. «Die haben ihre unmoralischen Typen ausgehalten. Sie werden auch die Verhöre durchstehen.»

«Hast du auch schon einmal versucht, die Situation aus der Sicht der Männer zu betrachten?»

«Was willst du damit andeuten?» Valérie stiess Rauch aus.

«Wenn ich mir die Frauen so ansehe, würde es mich als Mann auch … irgendwie abstossen. Sorry, aber bei Marta Betschart beschleicht mich das Gefühl, dass es ziemlich Überwindung braucht …»

«Stellt sich hier die Frage, bei wem es mehr Überwindung brauchte … bei ihm oder bei ihr.»

Louis winkte ab. «Und Gabi Suter kommt einem Mannsbild gleich. Ihr Benehmen, wie sie redet … schlimmer noch als ein Kerl. Ich kann ihren Mann durchwegs verstehen, wenn er sich nach einem richtigen Weib sehnt. Elvira Heinzer und Monique Tuzzi scheinen nur mit sich selbst beschäftigt zu sein. Kälter als Eisklötze.»

«Das rechtfertigt noch lange nicht ein Fremdgehen.»

«Doch, in meinen Augen schon. Wir sind nun mal anders gestrickt als die Frauen.»

Valérie drückte den Zigarettenstummel auf dem Fenstersims aus, bevor sie ihn aufs Vordach des Eingangs warf. «Das mag sein. Aber von einer Beziehung würde ich persönlich mehr verlangen als nur sexuelles Einvernehmen.»

Louis schippte die gelöschte Kippe hinterher. «Wir könnten es ja mal ausprobieren.»

Hätte er ihr das noch vor einer Woche gesagt, hätte sie ihm eine Ohrfeige verpasst. Heute sagte sie: «Du bist acht Jahre jünger als ich. Also bitte, bleib auf dem Boden.»

Schmunzelnd kehrte sie ins Vernehmungszimmer zurück.

«Einen Versuch wäre es wert», rief Louis ihr nach.

Valérie hörte es nicht mehr.

Sie setzte sich wieder an den Tisch. Monique Tuzzi hatte sich in der Zwischenzeit kaum bewegt. Die Schweisstropfen auf ihrem Gesicht hatten sich vermehrt.

Valérie drückte auf «Aufnehmen». «Frau Tuzzi, als ich Sie vor zwei Wochen besuchte, teilten Sie mir mit, dass Sie nicht an einen natürlichen Tod Ihres Mannes glauben. Erinnern Sie sich?»

«Gut möglich.» Monique fuhr sich mit dem Handrücken über die Stirn.

«War das ein Ablenkungsmanöver oder ein abgekartetes Spiel? War das unter euch Frauen so abgemacht, damit alles wie echt aussieht, sollte sich die Polizei plötzlich dafür interessieren? Wollten Sie den Verdacht auf Asadeh lenken?»

«Wer ist Asadeh?»

Valérie erwähnte absichtlich nur den Künstlernamen. «Die junge Frau, die Ihr Mann mit Ihrem Segen bei sich haben durfte. Sie war auch Heinzers Geliebte. Vielleicht haben Sie diese Verbindung als Rechtfertigung für Ihre Tat betrachtet, weil Sie davon ausgingen, Asadeh könnte sich auch an Betschart herangemacht haben. Asadeh hat ihren Körper den Männern geschenkt, die von ihren eigenen Frauen weggestossen wurden. Wie fühlt sich das an?»

«Hören Sie endlich auf damit!» Monique fuhr mit der flachen Hand über die Tischplatte.

«Wollen Sie jetzt einen Anwalt?» Valérie blieb konstant ruhig.

«Nein, ich brauche keinen!» Monique hatte ihren Kopf gesenkt wie ein Stier, der demnächst zum Angriff überging.

Valérie wartete. Sie durfte jetzt nichts unternehmen, was Monique aus dem Konzept warf. Valérie glaubte, sie bald so weit zu haben, dass sie ein Geständnis ablegte.

Es kam nichts.

«Monique, haben Sie den Regierungsrat Martin Betschart umgebracht? Haben Sie ihn mit einem Messer aufgeschlitzt? Haben Sie ihm die Augen eingedrückt?»

Plötzlich gab es einen lauten Knall.

Valérie sah nicht, was zuerst auf dem Boden landete: der Stuhl, auf dem Monique gesessen hatte, das Mikrofon oder die Plastiktüte aus der Asservatenkammer. Es ging alles sehr schnell. Die Türwache reagierte, indem sie auf Monique lossprang, sie packte und die Arme auf ihren Rücken drehte. Als die Handschellen einklickten, ertönte ein metallenes Geräusch.

Einen Moment lang herrschte absolute Ruhe.

Valérie hob das Mikrofon und den Stuhl auf. Mit gefesselten Händen setzte sich Monique Tuzzi widerwillig wieder hin.

Valérie vergewisserte sich, dass das Aufnahmegerät noch funktionierte. Sie wiederholte die Fragen von vorhin. Dass Monique die Nerven verlor, war schon mal ein Anfang. Aber dass es so schnell ging, damit hatte sie nicht gerechnet.

Ein gutturaler Schrei erfüllte plötzlich den Raum. Monique riss den Mund weit auf und schrie so laut und anhaltend, dass Valérie glaubte, es zerschlage ihr Trommelfell.

«Jaaaaaaaaaa, ich habe den Mistkerl umgebracht. Ich habe ihm die Kehle aufgeschlitzt und die Augen eingedrückt … in dieser Reihenfolge. Und ich würde es wieder tun, immer wieder tun … Diese Männer verdienen unsere Verachtung. Sie machen uns Frauen kaputt. Sie profitieren von uns und prahlen in der Öffentlichkeit damit. Wir halten ihnen den Rücken frei, sorgen für ein schönes Zuhause … lieben sie. Ja, wir lieben sie. Aber dann werfen sie uns einfach weg … ohne Skrupel werfen sie uns auf den Müll und wenden sich denen zu, die ihr Ego aufpolieren, die ihnen des Geldes wegen schöne Augen machen … Jaaaaaaaaa, ich habe ihn umgebracht … Für jede Demütigung habe ich zugestochen …» Monique sank in sich zusammen. «Als ich Betschart aufschlitzte, schlitzte ich meinen Mann auf, diesen Widerling …»

Valérie wechselte Blicke mit Fabia. Diese hob nur die Schultern. Ihre Augen waren vor Schreck riesengross geworden.

«Wo hatten Sie das Messer her?», fragte Valérie ruhig.

«Es war mein Messer. *Mein* Messer. Ein wunderschönes Küchenmesser von Victorinox. Es war verdammt teuer. Aber es war es mir wert.»

«Wo ist das Messer jetzt?»

«Ich habe es gewaschen und in die Schublade gelegt. In *meine* Schublade.» Die Ruhe, mit der sie dies sagte, hätte bedrohlicher nicht sein können.

«Und wie sind Sie in Betscharts Haus gelangt?»

Monique sah ihre Peinigerin zornig an. «Ich hatte Martas Wohnungsschlüssel. Das war die Abmachung.»

«Sie haben den Regierungsrat ermordet», flüsterte Valérie und konnte es nicht fassen. Moniques schöne Fassade zerbröckelte. Die einstmals stolze Frau mit Hang zur Pedanterie entlarvte ihren inneren Teufel.

«Jaaaaaaaaaa!» Monique riss sich selbst vom Stuhl hoch, stürmte gegen die Wand und schlug dort mit ihrem Kopf dagegen. Einmal, zweimal, bis sie laut heulend auf dem Boden zusammenbrach.

Valérie griff nach ihrem iPhone. Sie stellte Vischers Nummer ein. «Henry, wir haben einen Notfall. Komm bitte ins Zimmer acht.»

***

Valérie traf Louis erst auf dem Weg in ihr Büro. Es war weit nach Mitternacht. Er sah erschöpft aus. Er hatte die Hemdärmel nach hinten gekrempelt, die Knöpfe standen bis zur Brust offen. Unter seinen Schlitzaugen lagen Schatten.

«Elvira Heinzer hat gestanden.» Louis sah auf seine Armbanduhr. «Nach sechs Stunden und vier Minuten hat sie gestanden,

den Anwalt Paolo Tuzzi verbal so lange angegriffen zu haben, bis er einen Anfall erlitt. Sie habe sich daraufhin mit Gabi Suter getroffen. Aber zu diesem Zeitpunkt hätten sie nicht gewusst, dass Tuzzi gestorben war.»

«Jetzt fehlt uns nur noch Gabi Suters Geständnis.» Valérie schloss die Tür auf. «Sie ist wirklich eine harte Nuss, emotionslos und … voller Hass.»

«Für sie dürfte es aber eng werden. Elvira Heinzer belastet sie schwer. Du kennst ja die Frauen.» Louis bugsierte Valérie ins Büro. «Sie sehen immer alles ganzheitlich. Wenn die eine im Schlamassel steckt, reisst sie die andere mit.»

«Komm, setz dich!» Valérie wies auf einen der Stühle. «Elvira Heinzer hat sie also beschuldigt … Joachim Heinzer umgebracht zu haben?»

«Elvira sagte, dass sie völlig ausser Kontrolle geraten sei. Gabi habe nachträglich mit der Tat geprahlt und Monique dazu ermuntert, es ihr gleichzutun.»

«Was für eine schreckliche Vorstellung. Was hat diese Frauen umgetrieben, dass sie einer wie Gabi Suter dermassen verfallen waren?»

«Das werden wir wohl nie wirklich erfahren.»

Valérie machte eine wegwischende Handbewegung. «Wir sollten die Pressekonferenz von morgen …», sie sah Louis mit zuckenden Schultern an. «Es ist nach Mitternacht … von heute Vormittag besprechen. Ich denke, dass wir einen grossen Erfolg verzeichnen können. Wir haben unseren Job getan. Alles andere ist jetzt Sache des Sicherheitsdepartements.»

«Soll ich uns einen Kaffee holen?»

«Nein danke. Ich überlege mir sowieso, eine eigene Maschine anzuschaffen.» Valérie nahm die Akten zur Hand, als es an der Tür klopfte. «Herein!»

«Störe ich?»

«Jole!»

«Frau von Reding!»

Überrascht waren alle.

«Ich habe da noch etwas … für euch.» Jole legte ein Dokument auf den Tisch und sah zuerst Valérie, dann Louis an.

«Was ist das?», fragte Valérie skeptisch.

«Die Auswertung aus der Forensik.»

«Jetzt schon? Die haben aber ziemlich Dampf aufgesetzt ... und für uns eine Nachtschicht gemacht?»

«Das kann man wohl sagen. Auf Hollinger ist Verlass.»

«Hätte uns das nicht Fischbacher aushändigen sollen?»

«Er ist beschäftigt. Er bespricht sich gerade mit Staatsanwalt Gwerder.»

«Und was bedeutet das?» Valérie ahnte Schlimmes. Sie liess Jole nicht mehr aus den Augen.

«Ich bin raus aus dem Fall.» Von Reding wandte ihr Gesicht ab. «Mehr kann ich im Moment nicht dazu sagen.»

Wenn Valérie ehrlich mit sich selbst war, hatte sie damit rechnen müssen. Indirekt stand die Staatsanwältin Pate für die drei Morde. Sie hatte dem Panthers Club die Räumlichkeiten vermietet. Sie hatte es akzeptiert, dass in ihrem Haus wilde Orgien gefeiert wurden. Sie hatte sozusagen Prostitution zugelassen. Dass die betrogenen Ehefrauen zu Mörderinnen wurden, hatte sie nicht ahnen können. Aber sie hatte die Weichen dazu gestellt, wenn man es genau nahm.

Jole von Reding würde mit einem Verfahren rechnen müssen. Dass sie vom Fall suspendiert war, bedeutete wahrscheinlich erst den Anfang. Valérie ging davon aus, dass sie ihren Job quittieren musste.

«Bevor ihr mich los seid, würde ich euch gern die Resultate mitteilen», sagte von Reding, als hätte sie Valéries Gedanken gelesen. Sie bedachte die Polizistin mit ihrem forschen Blick, der keinen Einwand duldete. «Die Hautschuppen, die auf der Innenseite des Neoprenanzugs sichergestellt werden konnten, weisen die gleiche DNA auf wie die Speichelproben der mutmasslichen Täterinnen. Die Blutspuren auf der Oberfläche sind mit Heinzers sowie mit Betscharts Abdruck identisch. Der Anzug wurde zwar abgewaschen, trotzdem konnten Reste von Proben sichergestellt werden.» Sie verwies auf ein weiteres Dokument. «Das dürfte vor allem dich interessieren, Valérie: Auf dem Lenkrad des Ford Mustangs wurden Gabi Suters Fingerabdrücke gefunden.»

«Ach, sie und ihr Mann haben bestritten, dass Gabi den Mustang je gefahren war.»

«Somit kannst du mit grosser Wahrscheinlichkeit davon ausgehen, dass sie es war, die dich verfolgt hat.»

«Das würde auch zu ihrem Täterprofil passen», sagte Louis. «Sie ist eine skrupellose Frau, die nichts dem Zufall überlässt. Nur hat sie nicht mit deiner Hartnäckigkeit gerechnet.»

«Somit wäre ziemlich alles geklärt», freute sich von Reding. Sie schenkte Valérie ein einvernehmliches Lächeln. «Wo steckt eigentlich Fabia?»

«Warum?»

«Weil ich euch allen gratulieren wollte. Das habt ihr toll hingekriegt.»

«Sie musste nach Hause fahren. Ihre Tochter bekommt den zweiten Zahn.»

«Na dann ...» Von Reding entnahm ihrer XL-Handtasche eine Flasche Champagner. «... wollen wir zu dritt auf die Auflösung des Falles anstossen.»

Valérie wehrte ab. «Danke, Jole, aber wir sind noch im Dienst. Zudem haben eine ganze Menge Leute an diesem Fall gearbeitet.» Joles übertriebene Nettigkeit kam ihr seltsam vor.

«Aber ihr steht mir am nächsten.» Von Reding blinzelte Louis zu.

Valérie schüttelte den Kopf. «Aber», sie setzte eine ernste Miene auf. «Noch etwas, bevor ich es vergesse: Kennst du in Schwyz einen Scheidungsanwalt?»

«Dann hast du dich definitiv entschieden, im Team zu bleiben?» Von Redings Gesicht erhellte sich noch mehr.

«Habe ich je etwas anderes behauptet?»

«Ich werde dir die beste Scheidungsanwältin vorstellen, die ich kenne.»

Valérie sah nachdenklich zuerst auf das Pult, dann Jole an. «Mir wäre ehrlich gesagt ein Mann lieber.»

Glossar

Älpler Magronen – Kartoffeln gemischt mit Teigwaren an Käse, Rahm und Zwiebelschwitze

Brunnen-Mändl – Brunnen mit Figur auf dem Hauptplatz in Schwyz

Clustern – Brainstorming-Verfahren

Gersauer – Bewohner des Dorfes Gersau am Vierwaldstättersee

Kampai – Japanischer Trinkspruch

Krummfluh – Alp in der Nähe von Einsiedeln

Meggen – Agglomerationsgemeinde von Luzern; liegt teils am Vierwaldstättersee

Muotathaler Urwaldschinken – Eine Fleischspezialität aus dem Muotathal. Der Schinken heimischer Schweine wird ausschliesslich mit aromatischem Fichtenspan aus dem Urwaldgebiet Bödmerenwald geräuchert.

Mutschli – Semmel, weisses Brötchen

Mythen – Zwei Berge oberhalb von Schwyz

Neuenburger – Bewohner von Neuenburg

Puschlaverin – Bewohnerin des Puschlav; südbündnerisches Tal

Schlacht am Morgarten – Schlacht zwischen den Eidgenossen und den Habsburgern 1315

Schwarzenbach-Initiative – Überfremdungsinitiative, 1970 vom Nationalrat James Eduard Schwarzenbach initiiert, die jedoch an der Urne scheiterte

Stift – Auszubildender, Lehrling

Zyanose – Violette bis bläuliche Verfärbung der Haut (medizinisch)

Dank

Eine Schriftstellerin arbeitet monatelang an einem Buch; bis zur Veröffentlichung gibt es zahlreiche andere Menschen, die mit ihrem Einsatz, ihren Fähigkeiten und viel Herzblut hinter dem Projekt stehen. Einigen von ihnen möchte ich in diesem Buch danken.

Ganz oben auf der Liste steht der Emons Verlag in Köln, insbesondere die Cheflektorin Christel Steinmetz, die mich mit konstruktiver Kritik motiviert, mein Bestes zu geben. Ich danke der Lektorin Stefanie Rahnfeld, die nicht lockergelassen hat, mich nach meiner ersten Manuskripteingabe zu finden, und ganz besonders meiner Schweizer Lektorin Irène Kost – ich habe viel von ihr gelernt. Ich danke Sarah Richert und Franziska Emons für ihre tolle Arbeit und Betreuung und vielen anderen Menschen, die zu dem Buch beigetragen haben, die ich ob des Platzmangels nicht namentlich erwähne. Ich schätze mich stolz, für einen so erfolgreichen Verlag zu schreiben.

Ein besonderer Dank geht an David Mynall, Sachbearbeiter Information der Kantonspolizei Schwyz, für Rede und Antwort und den Blick hinter die Kulisse sowie Geza Rothenberger für die nützlichen Tipps über Psychiatrie und Psychologie.

Herzlichen Dank schulde ich meinen Töchtern Melanie und Graziella sowie meinen Söhnen Silvan, Reto und Andrea für ihre Freude an meinem Schaffen. Ich danke allen Leserinnen und Lesern, die meine Bücher mögen und stets auf ein neues Buch von mir warten.

Und nicht zuletzt möchte ich Peter danken für seine bedingungslose Liebe und Unterstützung während all der Höhen und Tiefen im Zusammenhang mit einer Vollzeitschriftstellerin. Du hast aus mir die Autorin gemacht, die ich bin.

Silvia Götschi
JAKOBSHORN
Broschur, 320 Seiten
ISBN 978-3-95451-260-7

«Die genau ergründeten Charaktere und ein sarkastisches Gesamtkonstrukt zeichnen den Roman aus. Davos gibt zudem ein atmosphärisches Panorama für den Plot ab.» Bote der Urschweiz

«Psychologisch subtil, feinsinnig, unheimlich. Gänsehaut garantiert.»
Davoser Zeitung

Silvia Götschi
MATTAWALD
Broschur, 304 Seiten
ISBN 978-3-95451-482-3

Die achtzehnjährige Laraina Vetsch wird tot im Mattawald aufgefunden; die Polizei geht von einem Suizid aus. Doch Larainas Schwester glaubt nicht an einen Selbstmord und bittet ihre ehemalige Schulkollegin Allegra Cadisch um Hilfe. Die junge Jura-Studentin nimmt undercover in einem Davoser Hotel eine Stelle an und ermittelt vor Ort – nicht ahnend, dass sie sich damit selbst in Lebensgefahr bringt.